《人文》编辑部 编

人文

第四卷

中国社会科学出版社

图书在版编目(CIP)数据

人文．第四卷/《人文》编辑部编．—北京：中国社会科学出版社，2020．12

ISBN 978－7－5203－7562－7

Ⅰ．①人…　Ⅱ．①人…　Ⅲ．①中国文学—文学研究　Ⅳ．①I206

中国版本图书馆CIP数据核字(2020)第244105号

出 版 人　赵剑英
责任编辑　陈肖静
责任校对　刘　娟
责任印制　戴　宽

出　　版　中国社会科学出版社
社　　址　北京鼓楼西大街甲158号
邮　　编　100720
网　　址　http://www.csspw.cn
发 行 部　010－84083685
门 市 部　010－84029450
经　　销　新华书店及其他书店

印刷装订　北京君升印刷有限公司
版　　次　2020年12月第1版
印　　次　2020年12月第1次印刷

开　　本　880×1230　1/32
印　　张　11.875
插　　页　2
字　　数　299千字
定　　价　80.00元

人文 第四卷

目　　录

对　话

学　林

吴　真

把中国作为中国来理解
——二十世纪初日本新型“中国迷”的养成

一九二一年，芥川龙之介（1892—1927）初次踏上中国土地，即遭遇所有日本人在中国面临的窘状：“空气中荡漾着的浓重的尿臭”以及随时随地可见的生理排泄物，让他躲无可躲。在首站的上海豫园，芥川龙之介见到“高耸入云的中国式亭子，溢满了病态的绿色的湖面，和那斜着注入湖水里隆隆的一条小便”，他评论道：“这不仅是一幅令人备感忧郁的风景画，同时也是我们老大国辛辣的象征。”① 后来坐船经过浔阳江头，他见到“一个丑陋至极的屁股竟然肆无忌惮地悠然地在江上大便”②；到上海访问京剧名伶荀慧生，只见“（荀慧生）扭过头去，忽然挽起那大红底儿上绣着银线的美丽的袖子，利落地往地板上擤了一下鼻涕”③。这些不讲卫生的中国人在芥川龙之介的眼中，便是“小说里的中国”（现实的中国）的代言人，他进而断言——

---

① ［日］芥川龙之介：《上海游记》，收入芥川龙之介《中国游记》，秦刚译，中华书局2007年版，第14页。

② ［日］芥川龙之介：《长江游记》，《中国游记》，秦刚译，中华书局2007年版，第57页。

③ ［日］芥川龙之介：《上海游记》，收入芥川龙之介《中国游记》，秦刚译，中华书局2007年版，第14页。

> 现代的中国，并非诗文里的中国，而是小说里的中国，猥亵、残酷、贪婪。一味沉溺于瓷器上的亭台、睡莲或者刺绣的花鸟之类的廉价且伪造的东洋趣味，在西方流行一时之后，如今已经偃旗息鼓了。那么，除了《文章轨范》和《唐诗选》以外对中国一无所知的汉学趣味，在日本也应该适可而止地自行消失才好。①

芥川龙之介《中国游记》批判现实中国的发言，曾引起鲁迅、巴金等中国文化人的不同反应，被视为代表着大正时期（1912—1926 年）日本知识人对于现代中国的态度——“怀揣着古典中国的理想而来，但是现实中的中国却让他失望，二者怎么也对应不起来”②。芥川的游记连载于《大阪每日新闻》，在此之前的十几年间，类似的“中国纪行”“江南游记”早就是报纸的老生常谈，此番芥川作为“现代文坛第一人、新兴文艺的代表作家”，被每日新闻社特派访华，唯有写出新鲜热辣的现地报告，才能不辜负报社的期望。因此芥川在《中国游记》中刻意追求新奇角度来介绍中国，并且时不时贬低一下当时的日本“中国通”。那么游记中所称“除了《文章轨范》和《唐诗选》以外对中国一无所知的汉学趣味”，具体所指为何？这种趣味为什么让芥川龙之介感受到明显的竞争与威胁？

一　旧式东洋趣味与汉学趣味

芥川龙之介一九一六年毕业于东京帝国大学英文系，他属于在

---

① ［日］芥川龙之介：《上海游记》，《中国游记》，秦刚译，中华书局 2007 年版，第 15 页。

② 邵毅平：《东洋的幻象》，商务印书馆 2018 年版，第 101 页。

西洋学制中被培养出来的“文明开化型”学者，精通英德法三国语言，积极吸取西洋文明精华，对于曾经风行欧洲的“东洋趣味”，也有较深了解。在十八九世纪的欧洲上层社会流行着“东洋热”，人们热衷于穿着丝绸制作的东方式衣服，盛行模仿东洋式兴造“中国花园”“日本庭园”，园林中修筑东洋式的钟楼、石桥、假山、亭榭，室内则布置东洋式漆器家具，摆设中国陶瓷，装饰有中国图案壁画——这种对于东洋“物”的癖好，正是芥川龙之介《上海游记》所云，“瓷器上的亭台、睡莲或者刺绣的花鸟之类的廉价且伪造的东洋趣味”。

日本在西方概念中亦属于“东洋”（Orient），作为“东洋趣味”主体之一的日本，其“东洋趣味”则体现为对中国文化的癖好。追慕“唐风”，在日本由来已久，即使在闭关锁国的幕府时期，京都、江户（东京）的文人还是可以从一些老店获得营造中国情调的文化物品。比如京都的鸠居堂、文石堂，在笔墨用品之外，兼营书画古董，还售卖中国舶来的汉籍，多数是印谱、金石图录之类传统文人趣味的书籍。江户时代的日本文人，坐在中国情调的书斋中，将中国诗文经典一字一句地进行日文训读与解释，而对中国土地上发生的现实变化毫不关心——“除了《文章轨范》和《唐诗选》以外对中国一无所知的汉学趣味”，芥川龙之介所指即此。

然而有趣的是，芥川龙之介这段评论刊载于一九二二年，日本推进“脱亚入欧”已历半世纪，真正怀抱着“除了《文章轨范》和《唐诗选》以外对中国一无所知的汉学趣味”的日本知识人，主要不在旧京的京都，而是在摩登东京，以芥川的母校——东京帝国大学（下简称“东京大学”）为中心聚集。田中庆太郎（1880—1951）在东京大学附近开设专营中国书籍的文求堂书店，他常常批评东京大学出身的中国文学研究者，“尤其是那些汉文先生，简直是玩物丧志"[1]。

一九一九年二月，以东大教授为核心的日本儒学者，在东京汤岛成立了"斯文会"，专以弘扬"儒教之圣风"为宗旨，并创办会刊《斯文》。主持斯文会的盐谷温、小柳司气太等东大教授，被京都帝国大学（下简称"京都大学"）出身的年轻学者——青木正儿、武内义雄、小岛祐马、本田成之——称为"东京诸老儒"，认作是墨守日本汉学旧规陈套的老儒。一九二〇年九月，青木正儿联合京都同道出版了《支那学》创刊号，倡导一种全新的研究中国的学问，他在同年十月向北京的胡适寄呈《支那学》杂志，并写信表明心志：

> 在我们的国家里，说起支那文学，过去很多人会不约而同地举出四书五经、八家文、唐诗等等。现在还有很多人以为贵国仍然说着彷如《论语》中的语言。你所谓的早已埋葬在博物馆里的支那文学，依然活在我们一般人的脑海里。我与二、三同志为了把这种人从迷梦中唤醒，遂刊行了《支那学》一刊。[2]

日本大正时期流行着一种沉酣于"中国旧梦"的文化思潮，在学术界表现为与江户汉学传统合流的"斯文会"，在文学界则表现为作家佐藤春夫的《李太白》、谷崎润一郎的《玄奘三藏》《变成了鱼的李太白》、芥川龙之介的《杜子春》《秋山图》等中国题材小说所体现的"支那趣味"（按：下文按照现行习惯称为"中国趣

---

① ［日］仁井田陞：《文求堂和我》，田中壮吉编：《日中友好的先驱者：文求堂主人田中庆太郎》，极东物产株式会社 1987 年版，第 26 页。

② 《胡适遗稿及秘藏书信》第 42 集，黄山书社 1994 年版，第 630 页。

味”）。伴随着日本势力在东亚的扩张殖民，日本人无须签证即可到中国旅游，在日本本土亦可以方便地收藏中国家具古董、品尝中国料理，这些与中国文化亲密接触的多种渠道促进了中国趣味的普及。[①] 西原大辅曾指出，随着日本的迅速西化和对亚洲各国殖民化的推进，日本很快从被西方观看的东洋趣味的客体变为观看亚洲其他国家的东方主义的主体，“日本一方面将中国视作劣等国，视作不可能进步的停滞的国家，而同时又将其作为了保持传统文化的国度加以憧憬。因为在近代化过程中落后了的中国，反过来正好保留了充满异国情趣的景象和风俗”[②]。

二　把中国作为中国来理解

在二十世纪之初，真正告别东洋趣味与汉学趣味的日本知识人，集合于京都大学的日本中国学“京都学派”旗帜下，摸索出另一种认识中国的方式。这一个群体采用学术述著作为表达他们中国认识的方式，相对于谷崎润一郎、芥川龙之介等作家的中国游记小说，在中国的知名度较小。但其实他们早于清朝末期即开始踏访中国的实践之旅，并在之后的一百年之间，以修学旅行、派遣留学生、专家调查文献、实地考古及地理调研、与中国学者及书业互访交流等方式延续着与中国的实际接触。

内藤湖南（1866—1934）在一八九九年作为记者游历北京，一九〇〇年出版中国见闻录《燕山楚水》，他形容北京就是一个大溷圊（厕所）——“北京人家无溷圊设备，大街与胡同之角落、胡

---

① 参见李雁南《大正日本文学中的“支那趣味”》，《国外文学》2005年第3期；王升远《文化殖民与都市空间》，生活·读书·新知三联书店2017年版，第65—94页。

② ［日］西原大辅：《谷崎润一郎与东方主义——大正日本的中国幻想》，赵怡译，中华书局2005年版，第8页。

同屏侧，到处可为粪便堆撒之处。故行于北京街头，空中隐约飘过粪便臭气，觉整个北京城乃一大溷圊。”作为中国研究者，内藤在描状这些生理不适感之后，仍然不忘回顾明代北京都城建有壮大下水设备，在清代却未能发挥作用，“清朝文明如何，则由此可以推想矣”。[①] 内藤湖南于一九〇二年、一九〇五年、一九〇六年三次赴满洲调查档案文献，一九〇七年，他转任京都大学东洋史讲座的教授，此后的京都东洋史研究，在内藤的影响之下，一直“重视对中国的实地考察和实地接触”[②]。

与内藤湖南携手开创京都学派的狩野直喜（1868—1947）也有着丰富的中国踏访经验。狩野于一九〇〇年四月留学北京，恰逢义和团事件爆发，曾被困日本领事馆内三个月，翌年秋天，狩野转至上海留学两年，并在那里与罗振玉、王国维、内藤湖南相识。从一九〇六年开始，狩野担任京都大学的支那哲学讲座教授，翌年又兼任文学科教授，直至一九二七年退休，培养出青木正儿、吉川幸次郎等一大批中国文学研究学者。

针对日本旧汉学局限于第二手文献尤其是经学诗文材料的弊病，内藤湖南和狩野直喜尤其关注新鲜的出土考古资料。斯坦因、伯希和收集敦煌卷子的消息传到日本，京都大学即于一九一〇年派出二人率领的调查团到北京考查敦煌文书，一九一二年至一九一三年又由狩野带队赴英法俄等国调查欧洲人在中国考古所获资料，后来二人及其学生们一直关注殷墟甲骨、西北简牍、敦煌写本等新材料的发现。

一九一二年，王国维作《送日本狩野博士游欧洲》诗写道：

---

① ［日］内藤湖南：《燕山楚水》，收入《两个日本汉学家的中国行记》，王青译，光明日报出版社 2002 年版，第 83 页。

② 钱婉约：《从汉学到中国学——近代日本的中国研究》，中华书局 2007 年版，第 45 页。

"君山博士今儒宗，亭亭崛起东海东"[①]。狩野直喜虽然也是东京帝国大学毕业生，但是他清醒意识到江户汉学的局限性，强调研究中国学问当务之急首先是从日本式的兴趣之中脱离出来，"用中国人自身的解释方式去攻读中国原典"[②]。日后狩野的弟子吉川幸次郎（1904—1980）总结老师的学问贡献云：

> 京都的学风是取与中国人相同的思考方法，这种治学态度的中心人物是狩野直喜、内藤湖南两先生。两位先生采取这样的治学态度是对江户汉学的反叛。江户时代的汉学是把中国作日本式的解释。其原因从消极方面说，是因为锁国，没办法；从积极方面说，江户时代的汉学是一种民族主义的东西。但总之，江户汉学并不真正懂得中国。把中国作为中国来理解，必须是一种新的学问。[③]

这里所说"对江户汉学的反叛"，意味着将东京大学的旧汉学作为竞争对手，狩野直喜及其弟子青木正儿一直以此为目标，力图开辟东京"老儒"目光所未及的新领域。狩野直喜在上海留学时就很注意观察中国人的思维方式和生活状态，研究社会学范畴的"风俗习惯"，这是一种结合了欧洲汉学传统的新的"眼光向下"的学问。一九〇八年四月，狩野直喜在大阪《朝日新闻》的一次演讲会上，提

① 参见荣新江《狩野直喜与王国维——早期敦煌学史上的一段佳话》，收入《辨伪与存真：敦煌学论集》，上海古籍出版社 2010 年版，第 193 页。

② 参见刘岳兵《论"京都支那学"的开创者——狩野直喜的思想与性格》，成中英主编《本体的解构与重建：对日本思想史的新诠释》，上海社会科学院出版社 2005 年版，第 320—321 页。

③ ［日］吉川幸次郎：《我的留学记》，钱婉约译，光明日报出版社 1999 年版，第 4 页。

出应该从《太上感应篇》等民众宗教的普及经典去理解中国的道教信仰，虽然“以学术观点观之，当然是荒诞无稽、不值一谈之事，但道教吸收利用中国古来原有的宗教性质的思想，形成了自己独特的宗教形式，对中国民间的影响广泛而且深入，绝不可等闲视之”①。

一九一〇年，狩野直喜在京都大学开设“中国戏曲及小说”课程，成为第一位以讲座教授身份在帝国大学讲授中国通俗文学的学者。狩野还是第一个提出“俗文学”概念的学者，一九一六年他撰文介绍敦煌遗书，将其中的变文、曲子词定义为“俗文学”，开宗明义曰：“中国的俗文学，即小说、戏曲等，是所谓巷谈街说之类的东西，被大雅君子认为全无文学价值而不齿的文学。”②

“俗文学”概念的提出，给中国文学研究带来了全新的学问格局。而狩野直喜之所以成为这样引领学术风尚的“预流者”，在于他既能“入乎其中”，采取与中国人甚至是下层民众的感受方式来理解中国；又能“超乎其外”，不被中国传统士大夫和日本传统汉学的“尚雅”眼界所局限，带着“文化他者”意识对中国文化进行全新的客观的审视。

三　从“中国迷”到“中国学问”的内在超越

狩野直喜的语言天赋很好，他在上海留学两年，中国话说得很地道。在京都，他有时转用中文与弟子对话，还提醒弟子们留意中文谦语的微妙用法。比如他曾对吉川幸次郎说，你们回答我的表扬，不能说“不敢当”，必须说“岂敢”，这才是地道的中国话。

① ［日］狩野直喜：《从〈太上感应篇〉看道教的道德》，收入《中国学文薮》，周先民译，中华书局 2011 年版，第 228 页。

② ［日］狩野直喜：《支那俗文学史研究の材料》，《艺文》1916 年第 2 期，中译本由汪馥泉译为《中国俗文学史研究底材料》，载于《语丝》1928 年第 4 卷第 52 期。

只有能说中国话，能直读中国书，才是“以与中国人相同的思考方法、与中国人相同的感受方式来理解中国”①，这也是内藤湖南、狩野直喜领军的京都中国学研究与东京旧汉学分庭抗礼的秘诀所在。

在“对中国文化表现出最纯粹的爱好”② 的狩野直喜熏陶之下，京都大学成为中国文化在海外的“飞地”。仓石武四郎说，“京都很有些中国的氛围，原本就有许多先生像狩野先生那样，喜欢中国喜欢得不得了，大家聚集在一起，去吃点中国菜”③。当时京都的中国菜馆又油又脏，一般只有贫穷的留学生光顾，狩野却把到这样的脏店吃中国菜当作“中式生活体验”的一部分，时不时招呼学生前去体验一番。

> 我的先生们是一种到目前为止少见的“中国迷”——不是以往的那种遥遥地欣赏水墨画，把紫砂茶壶当作宝贝的所谓“中国迷”，他们对这些是嫌厌的，是一种新型的“中国迷”，所以，非常喜欢吃中国菜。我们有时被带着同去，脏是挺脏的，那店。狩野先生说，“来这里就像来到了中国”。大概当时那店也常有留学生去吃，故而不干净。④

狩野直喜所代表的新型“中国迷”，不再是江户汉学那样对中国古董“物”的迷恋，亦不是大正时期芥川龙之介“叶公好龙”

---

① ［日］吉川幸次郎：《我的留学记》，钱婉约译，光明日报出版社 1999 年版，第 3 页。

② ［日］狩野直喜：《中国小说戏曲史》，张真译，江苏人民出版社 2017 年版，第 24 页。

③ 《仓石武四郎中国留学记》，中华书局 2002 年版，第 275 页。

④ ［日］吉川幸次郎：《我的留学记》，钱婉约译，光明日报出版社 1999 年版，第 32 页。

式对于现实中国的生理性厌恶。喜欢中国，则连同中国的粗粝与脏乱也一并接受，而不是挑选合乎日本趣味的中国文化事项投注以热情。大弟子青木正儿在一九〇六年入学之际，狩野就经常对他耳提面命：“（对中国）不入迷不行。”同时又告诫他，业余爱好者（dilettante）的中国趣味最不可取，研究中国学问切不可称为业余爱好者。“汉文是发了霉的陈腐东西，汉诗是老头子的消遣，”这些江户的旧汉学趣味又被青木所不屑，于是他就沉迷于《水浒传》《西厢记》等小说戏曲的阅读，还学会弹月琴、治篆印、画山水画，总之变成一个彻头彻尾的中国文人①。

直到一九一一年毕业，青木一直未能获得亲历中国山水的机会，这给他留下了巨大的遗憾。从一九二〇年开始，随着文部省和外务省奖学金、上野奖学金等留学资助的设立，在京都大学文学部学习中国文史哲的日本学生，原则上都必须到中国留学。一九二二年三月，三十五岁的青木正儿获得外务省资助，踏上第一次的中国之旅。明治以来的日本人游览中国多以江南为目的地，比如蓝田股野的《苇杭游记》（1909），松田敏的《禹域游草》（1920），前田慧云的《吴楚游草》（1922），皆系江南游记。大正七年（1918），谷崎润一郎到中国旅行，从朝鲜半岛经北京南下，一路见闻最后只记了江南的一段。② 江南不只与日本的风土相近，日本文化受到六朝文学的浸染最深，而江南便是六朝文学的发生地，日本知识人对于江南怀抱着一种“文化乡愁”，并且普遍怀有“尊南抑北”的情感倾向。青木正儿亦不能免俗，也将中国首站选在江南。

---

① ［日］青木正儿：《支那かぶれ》，收入《青木正儿全集》第7卷，第40页。

② 参见刘建辉《日本近代文学中的中国——谷崎润一郎作品分析》，收入《比较文化：中国与日本——中西进教授退官纪念文集》，吉林大学出版社1996年版，第153—174页。

> 早晨从苏州出发时我的心情就很愉快，从车窗眺望油菜地和青麦田，不知不觉好像正旅行在日本的国土上。我涉足中国文学，现在为了了解中国又把自己置身于期间，但我还是热爱日本的。京调的音乐和随便擤鼻子吐痰的中国人我无法喜欢，只有面对自然美景我才心情愉快……经过了上海、苏州的我，好像从大阪回到京都一样感到安心和熟悉，连栖霞山前的景色也变得酷似京都了。①

从这些文字可以看到，青木正儿仍然未能摆脱旧式“中国迷”的舒适区，即只有与日本相似的中国江南才让他心情愉快，而嘈杂的京调与随地吐痰的中国人则让他忍不住的厌恶。十九岁的吉川幸次郎在中学毕业旅行时游历江南，比青木晚一年，吉川入学京都大学时——

> 在路上遇到狩野先生，先生问：“中国怎么样?”我回答说：“非常美丽”。先生又说：“这样的日本式的感兴趣是无意义的，应该去中国的北方。如果不对那广阔的、富有华美之感的北方产生兴趣是不行的。”②

在狩野直喜看来，新型的中国迷与中国研究者，应该全身心拥

---

① ［日］青木正儿：《南京情调》，收入《两个日本汉学家的中国行记》，王青译，光明日报出版社 2002 年版，第 110 页。青木正儿曾在《支那学》杂志上连载发表此次江南旅行的感想见闻，后结集为《江南春》，1941 年由弘文堂书房出版。青木正儿的中国认识，参见曹莉《京都学派青木正儿的中国文学研究》，中国社会科学出版社 2018 年版，第 103—112 页。

② ［日］吉川幸次郎：《我的留学记》，钱婉约译，光明日报出版社 1999 年版，第 34 页。

抱那个陌生的、黄沙扑面的、广阔的中国北方。被他寄予重望的吉川幸次郎后来再度留华，就在北京留学三年（1928—1931），一九二五年之后京都大学派遣的中国留学生，皆以北京为留学地。而青木正儿回到日本之后也反省之前的江南旅行只是“皮相的观察”，于是一九二五年又到北京留学一年，专注实地考察，“只要有机会就去热闹的场所，在拥挤的人群中穿行，或是在庙会的小摊上闲逛，或是在僻静的胡同里徜徉”[①]。青木雇佣北京当地的画工绘制《北京风俗图谱》，为老北京民俗留下最为详尽的图像记录。可以看到，青木正儿对于民俗事项的关注，也是对京都中国学“注重把握中国实况”实证学问的延长与发展。

一九二一年，芥川龙之介对于现实中国曾有一段激烈的评论：

> 在目睹了全体民众的沉沦之后，如果还能爱上它，那么这个人一定是极端颓废的感官主义者，要不就是浅薄的中国趣味的崇拜者。即便是中国人自己，只要还没有心智昏聩，一定会比我这样的一介游客更加地不堪忍受吧。[②]

芥川成功地在两句话之内得罪了日本的知识人与全体的中国人。“浅薄的中国趣味的崇拜者”，无疑也包括日本的中国研究者。芥川这种以一己之好随意地代表别人的才子意气，可能引起了京都知识人的反感，一九二二年青木正儿在《姑苏城外》一文中回击道：

> 现代文坛的某才子在江南游记中嘲笑西湖画舫，谓此等

---

① ［日］青木正儿：《东洋文库版〈北京风俗图谱〉序》，收入《青木正儿全集》第7卷，春秋社1970年版，第503页。

② ［日］芥川龙之介：《长江游记》，《中国游记》，秦刚译，中华书局2007年版，第57页。

简陋的白色阳伞遮盖的小船如何能称之为画舫。的确西湖是简陋的，有许多名不副实的东西，但是西湖也有名副其实的画舫，帘幕之间还有姑娘隐现。不能因为自己的丑陋就吝于成人之美。①

无论是芥川龙之介还是青木正儿，大正时期的知识人踏访中国，皆经历了从“举目所见皆诗词”到“现实所遇皆梦碎”的“幻灭”过程。芥川止步于幻灭，并用文字抒发他对现实中国的“弃绝”。以狩野直喜、内藤湖南、青木正儿为首的中国研究者，并不止步于“中国趣味”，他们从理性上将这种中国经验进行“内在超越”，即，从思想、政治制度、历史、民俗、宗教等角度，试图解释文化中国与现实中国的巨大落差。京都学派文学研究的集大成者——吉川幸次郎后来对他的学生说：

通过留学，我对中国人的价值观有了大致的了解，即中国人对这样的事喜欢，对那样的事不喜欢……现在想来，正是在认识这些大的价值观念、以及了解中国学术界方面用了心。至于是不是要采取与之协调的观念来研究是另一回事。但我自己是尽量与之相协调的。②

所谓的“尽量与之相协调”，意思正如吉川的恩师狩野直喜所说，将中国文明“作为智的对象进行研究”③，在自己的理性世界

① ［日］青木正儿：《姑苏城外》，收入《两个日本汉学家的中国行记》，王青译，光明日报出版社 2002 年版，第 109 页。

② ［日］吉川幸次郎：《我的留学记》，钱婉约译，光明日报出版社 1999 年版，第 78 页。

③ ［日］狩野直喜：《支那学文薮》，みすず书房 1973 年版，第 285 页。

中连接现实中国与古代中国之间的罅缝。应当看到，二十世纪初以京都学派为中心的日本中国学研究者，超越了之前的东洋趣味、汉学趣味与中国趣味，实现了从新型“中国迷”到“中国学问”的升华与超越。他们对于中国的认识，通过京都“学脉”散枝开花，形成了当代日本理解中国的一个原点。

（作者系中国人民大学文学院教授）

丁子江

新实用主义与当代西方儒学的趋向

内容提要：本文着重分析与比较了当前西方儒学研究中的新实用主义趋向，揭示它是如何构成西方儒学研究的某种思潮运动的。在阐析这种趋向时，将审思其焦点论题。本文主要目的是探究这些学术研究论题之间的相似性与差异性，并讨论那些有争议甚至令人困惑研究论题各自的某些合理性。儒学新实用主义趋向的意义是多重的：它为当代西方儒学研究的发展开辟了一个新的阶段，并可将孔子思想更广泛而深入地扩展到西方知识界的其他人文领域甚至普通民众之中。①

关键词：实用主义；新实用主义；分析实用主义；儒学新实用主义；西方儒学发展的趋向

从2010年至今，西方儒学研究经历了演变和发展，本文将对部分西方儒学著述加以审思，并着重分析与比较当前儒学研究中所涉及的新实用主义（new pragmatism）趋向。我们先对之加以概述，然后揭示它们是如何构成儒学研究的一个运动的。在阐析这种趋向中儒学研究的一些重要论题时，将提供某些论争以及对这些论争的评判。本文主要目的是探究这些学术论题之间的相似性与差异性，

① 本文系贵州省2018年年度哲学社会科学规划国学单列课题《西方儒学史》（批准号18GZX16）阶段性成果。

并讨论那些有争议甚至令人困惑观点各自的某些合理性。

一　儒学新实用主义的由来

所谓新实用主义又可称为后实用主义，语言实用主义或分析实用主义，它可谓古典实用主义在新的经济、政治、文化等综合社会语境下的翻版与变体，它通过提倡从一种新的，多学科的认识论视角来分析各种社会现象，并提供创新而有效的认知和分析方法，摒弃陈腐而无效的东西，力图解决实际问题。从一定意义上说，新实用主义的方法对西方儒学的研究有着难以回避的导向效应。

美国当代著名哲学家罗蒂（Richard Rorty）堪称这种新实用主义的主角，他对当代的思想产生过巨大的影响。罗蒂指出："20 世纪有两个伟大的哲学家，一个是维特根斯坦，一个是杜威。维特根斯坦的伟大之处在于，他写出来的东西给人以他似乎一无所知的印象；杜威的伟大之处在于，他写出来的东西给人以他似乎无所不知的印象。"① 杜威思想虽一度退隐，但后又经分析哲学家罗蒂等推波助澜，再次回潮。20 世纪 70 年代后期，对杜威相对缺乏兴趣的情况由于几个原因而有所改变。其中，罗蒂通过提倡将分析哲学回归到实用主义。② 在这一点上，杜威是他宣扬的英雄之一。有学者评价道，杜威对传统二元论思想进行了深入而系统地考察、批判和解构。从杜威哲学的现代价值来看，它也深深影响到了 20 世纪 70 年代出现的新实用主义思潮。强烈的批判精神成为杜威哲学的一大风格。杜威以及实用主义思想流派本身的影响，尽管在 20 世纪初叶相当可观，但在本世纪中叶逐渐被其他哲学方法，如英美分析学

① ［美］罗蒂：《后形而上学希望》，张国清译，上海译文出版社 2009 年版，第 387 页。

② Rorty, R., *Philosophy and the Mirror of Nature*, Princeton: Princeton University Press, 1979.

派的方法所遮蔽。尽管欧洲大陆的现象学发展到了极致，但最近的哲学趋势，却导致了这些僵化范式的解体，也导致了杜威方法的复兴。奎因（W. V. O. Quine）的“认识论自然化（naturalizing epistemology）”计划，是以杜威探究理论中所预期的自然主义假设为基础的。杜威等实用主义者所探讨的信仰系统重新受到罗蒂、哈贝马斯（Jürgen Habermas）等大哲的关注。像罗森塔尔（Sandra Rosenthal）和伊迪（James Edie）这样的美国现象学家已经审思了现象学与实用主义的密切关系，而分析哲学家普特南（Hilary Putnam）最近承认自己伦理方法与杜威伦理方法的密切关系。近来哲学讨论的多元化意味着对杜威哲学的重新兴趣，并有望在未来一段时间内继续下去。①

作为反形而上学本质主义者（anti-metaphysical essentialist），反认识论基础主义者（anti-epistemic foundationalist）以及自由主义者，罗蒂的新实用主义旨在促进个人自由和民主团结。并以西方哲学和科学传统的僵化效应为靶标，力图解放当代思想，促进个人的创造力和社会的宽容度。罗蒂将自身从本质主义的观念中解放出来，发展出一种完全不受原创性束缚的自我观。因此，他为了防止不可避免地出现的厌世行为，必须鼓吹“忍耐的团结”。

罗蒂的名作《哲学与自然之镜》对哲学界颇有影响，他在书中批判了从笛卡尔到黑格尔的一系列哲学家。在“哈贝马斯与罗塔德论后现代”（Habermas and Lyotard On Postmodernity）一文中，罗蒂站在更彻底的后现代立场上，在支持罗塔德的同时，批判了哈贝马斯。罗蒂指出，凡是被哈贝马斯当作“理论探索”的东西，都被崇尚怀疑的罗塔德看成“元叙述”。而任何对这种理论探索的摈弃，都被哈贝马斯视为多少是非理性主义的，因为它排斥了始终被用于

① Richard Field, “John Dewey”, *The Internet Encyclopedia of Philosophy*.

为启蒙运动以来形形色色的改革（它们勾勒了西方民主政体的历史）提供正当性的理念；这种理念至今仍作批判自由世界和共产主义世界的社会经济习惯。对哈贝马斯而言，抛弃一个即便并非先验但至少作为宇宙论的立场，就等于背离称为自由主义政治学核心的社会希望。对罗蒂来说，哲学不可能在探索中界定永恒的认识论架构。哲学家的惟一作用在于：斥责那种为避免具有“有关具有观点”的观点时，而具有一种观点的看法。伟大哲学家的政治观不必比自己的哲学观更严肃认真。任何观念与现实的关系、道德状况以及哲学写作，纯粹为暂时性、偶然性的。于是，一种新的研究方式不再是对文学生产的评估，也不再是理智历史、道德哲学、认识论和社会预言，而是一种新样式的重新组合。罗蒂把尼采、詹姆斯、海德格尔、维特根斯坦和杜威称作“形而上学的破坏者”，因为他们摧毁了奠定知识根本训练的哲学基石。使福柯与实用主义者相融合的原因，在于他们都主张：（1）并不存在本身非处于创造实践过程中而创造的那种标准；（2）并不存在本身非诉诸上述标准的那种理性准则；（3）并不存在本身非服从人们自己传统的那种严格论证。罗蒂本人继承实用主义的衣钵，拒绝把真理看成以哲学兴趣进行理论探讨的东西，而是将其看作不过是全部真实陈述所具有的物的名称而已。

罗蒂把杜威与海德格尔和维特根斯坦并称为20世纪最重要的哲学家。他还在谈及杜威哲学的现代意义时曾指出，“杜威的实用主义是理解现代世界的最好向导”。罗蒂在晚期有一个著名的论断，即当英美分析哲学家和法国哲学家，比如福柯与德勒兹，走到道路的尽头，他们会发现杜威已经在等着他们了。罗蒂声言，杜威和雅克・德里达（Jacques Derrida）对改变人类共享希望与乐观主义。[①]

① Paul Fairfield (ed.), *John Dewey and Continental Philosophy*, South Illinois University, 2010, p. 219.

在邓尼恩（P. J. Deneen）看来，罗蒂、哈维尔和杜威都主张一种乐观主义的政治观，如罗蒂在《实现我们的国家》（*Achieving Our Country*）中，曾鼓吹人们应采取杜威乐观实用的爱国主义。[①] 然而考虑到罗蒂的反基础主义立场，有学者批判道：他不可能呼吁宽容的理性共识。只有在相互竞争的结构之间进行达尔文式的斗争，诡辩的说服必定是哪种叙事"有效"的决定性因素。由于不存在作为仲裁者的最终的或"最终"词汇，而控制词语含义的词汇控制着语用对话的基础，即什么算作"工作团结（a working solidarity）"。"罗蒂的实用主义是弄巧成拙，它压制真正的对话并最终限制创造力。"[②]

在皮尔斯和杜威、甚至詹姆斯参与制定系统的哲学构想的地方，罗蒂将"实用主义"视为一个更具批判性或治疗性的哲学项目。他告诉我们，实用主义者教给我们的关于真理的东西，是没有什么系统的或建设性的东西可以说出来。特别是，这一概念并没有捕捉到我们的信仰和话语之间的任何形而上学的关系，一方面，和现实的另一方面。我们可以用"真"这个词来描述我们的所作所为：我们用它来表达我们对信仰和句子的认可，有时我们会发现，通过说我们的一些信仰可能不真实来表达我们的错误是有用的。（罗蒂称之为"警示性"使用这个术语。）但是，除了谈论这个概念的一些微不足道的形式属性之外，没有什么可以说的了。他还使用他所描述的"实用主义"原则来表明，当我们询问时，真理不能成为我们的目标。这一原则认为，只有当我们能够认识到某个目标已经实现时，我们才能采用它作为目标。既然我们是易犯错误的，

---

① P. J. Deneen, The Politics of Hope and Optimism: Rorty, Havel, and the Democratic Faith of John Dewey, *Social Research*, Vol. 66, No. 2, SUMMER 1999, pp. 577 – 609.

② Grippe, Edward J., *Richard Rorty's New Pragmatism: Neither Liberal nor Free*, Continuum, 2007.

我们就永远无法证明我们的一个信念是真实的，我们所能认识到的就是，它符合目前在我们的社会中得到认可的接受标准。[①] 这种对实用主义思想的解读必然也反映在他对我们如何批判和修正我们的世界观的描述中。我们应该自由地提出新的“词汇表”——分类和描述系统。我们并不是通过观察词汇是否能让我们发现真理，或者通过展示它们能被读出现实的本质来测试这些词汇。相反，我们通过观察它们如何帮助我们实现当前的目标、制定更好和更令人满意的目标以及如何更好地成为人类来评估它们。[②] 希拉里·普特南（Hilary Putnam）有时否认自己是一个实用主义者，因为他认为实用主义者对真理的解释是不可能持久的。事实上，他对这句务实的格言几乎没有任何同情心。然而，他与露丝·安娜·普特南（Ruth Anna Putnam）合作，撰写了大量关于詹姆斯、皮尔斯和杜威的文章，并对实用主义的独特之处以及从中可以学到的东西进行了深入的阐述。[③] 他指出了实用主义的四个特征：拒绝怀疑论；愿意接受谬论；拒绝尖锐的二分法，如事实与价值、思想与经验、思想与身体、分析与综合等；以及他所说的“实践的首要性”。[④] 21 世纪之交，普特南对实用主义认识论的前景提出了雄心勃勃的主张。在调查了最初启蒙计划的明显失败，并将其归因于启蒙哲学家无法克服基本二分法的事实之后，他表示希望未来可能包含“实用主义启蒙”[⑤]。

---

① Rorty, R., *Objectivity, Relativism and Truth*, Cambridge: Cambridge University Press, Chapter one, 1991.

② Rorty, R., “Feminism and Pragmatism”, in Goodman (ed.) 1995: 125 - 48.

③ Putnam, H., *Words and Life*, Cambridge M. A.: Harvard University Press, 1994.

④ Ibid..

⑤ Putnam, H., *Ethics without Ontology*, Cambridge M. A.: Harvard University Press, 2004, pp. 89 - 108

实用主义者对经验和科学的丰富理解，可以为制度和实践的评价和批判提供客观依据。他感到震惊的是，实用主义认识论强调了调查的共同特征，并需要考虑到其他调查者的经验和贡献，为捍卫民主价值观提供了基础。① 这可能与罗蒂的建议有关，即实用主义者坚持民主优先于哲学。②

从一定意义上说，罗蒂和普特南都受到杜威“整体论”的影响。罗蒂试图将杜威，黑格尔和达尔文的里程碑式成就融合到实用主义、历史主义和自然主义的综合中。例如，陈独秀对儒家全面抨击的其中一个因素，就是将儒家传统视为一种基本整体论，并由它引导了所有后来儒家的发展。另一方面，他了解到，黑格尔哲学的确深远地影响了现代中国文化，因为它不仅与传统思维方式，而且也是与共产主义需要相投机。对这种亲和力有两个基本的原因：一是中国思维方式真正地强调辩证，如易经将变化、对立统一以及事物相互作用看作对自然与社会发展最主要的动力；二是马克思主义将德国古典哲学，尤其是黑格尔的辩证法，当作自己最重要的来源之一。

在《新实用主义（*The New Pragmatism*）》一书中，马拉乔夫斯基（Alan Malachowski）系统地阐析了新实用主义者罗蒂、普特南与其祖师爷皮尔斯（Peirce）、詹姆斯（James）和杜威（Dewey）等老实用主义者的工作。他很好地解释了这些新老实用主义者之间的主要联系与差异，以及他们的成果是如何获得的。他赞同采用米沙克（Cheryl Misak）所首创的“新实用主义”一词来描述普特南、罗蒂及其哲学合作者的著述，因为他提及，新实用主义中的“新”

---

① Putnam, H., *Renewing Philosophy*, Cambridge M. A.: Harvard University Press, 1993, pp. 180–202.

② Rorty, R., “The Priority of Democracy to Philosophy”, in Rorty 1991a, pp. 175–196.

意味着对古典实用主义的自卑。马拉乔夫斯基宣称："新实用主义不再需要不断提醒自己它是'实用主义'的一种形式；它可以继续探索感兴趣的问题。正是因为这个原因，罗蒂经常不停地大量写作，明确地引用了新实用主义的名称。"① 罗蒂有时称自己为新实用主义者。马拉乔夫斯基指出，普特南的职业生涯"比罗蒂的更为传统。因此，他的观点没有被公众的恶名所笼罩或扭曲"。② 不管怎样，他对待普特南、罗蒂和古典实用主义者的态度是平等的，而在这个哲学领域并不总是如此。与杜威有联系的学者常常对罗蒂不屑一顾，或者那些被普特南所打动的人对詹姆斯几乎漠不关心，尽管罗蒂对杜威的评价很高。马拉乔夫斯基的亲实用主义立场使他能够以温善的方式分析每个人物的优缺点，并解释那些不那么细微的批评，例如罗素对詹姆斯的挑衅是如何在一些哲学界被轻易接受的。马拉乔夫斯基将新实用主义的特点植根于古典实用主义。詹姆斯认为一只松鼠在树上盘旋是为了避免被一个也在树上盘旋的人看到。问题是：这个人是绕着松鼠走，还是只绕着树走？詹姆斯回答说，这取决于我们在实践中所说的"绕着松鼠走"。用形而上学的术语回答这个问题会导致比它所解决的问题产生更大的智力问题（例如，"绕着走"的本质是什么？）如果我们把注意力放在各种可能的解释的实际后果上，那么困难就很容易解决了。当代实用主义者同样关心我们信仰的实际后果，也反对提前将自己附属于任何知识方法论。实用主义，无论是旧的还是新的，在智力上都显得软弱无力，正是因为它拒绝发布哲学上的法令（Ukase），但它的力量在于它的灵活性。实用主义并非为了让世界变成一个朴素形而上学的合适形状，而是以产生最佳长期结果的方式来处理世界和人类经

---

① Malachowski, Alan, *The New Pragmatism*, Acumen, 2010, p. 58.

② Ibid., p. 61.

验。马拉乔夫斯基还考虑了当代实用主义和当代哲学之间的关系，包括其欧洲大陆与英美分析的变体。欧洲大陆哲学家往往觉得实用主义太像分析哲学；而分析哲学家有时也会用嘲笑大陆哲学的相同术语来驳斥实用主义。当代实用主义占据了中间位置，既利用了分析哲学的元素，又利用了欧洲大陆哲学的元素，同时又完全与两者都不一致。后现代哲学为这种更大的模式提供了一个重要的例子。例如，后现代主义和当代实用主义都回避先验论和本质主义，但实用主义者对科学、启蒙运动以及我们的信仰（非形而上学的）可能与现实世界相关的可能性保持着比后现代主义更积极的态度。

有学者指出："新实用主义者罗蒂、奎因、普特南、塞拉斯（R. W. Sellars）、戴维森（Donald Davidson）、伯恩斯坦（R. Bernstein）等人也皆从杜威实用社会知识论中吸取养分，来构建自己的哲学思想，从某种程度上说，新实用主义很多学者在知识论上受到了杜威实用社会知识论很多思想的影响，展现出了分析哲学实用社会化的趋势，以及欧洲大陆哲学（尤其是后现代主义）与实用主义相结合的趋势。以上这些表明，杜威实用社会知识论中的基本立场和很多观念成为美国新一代哲学家们建构其哲学思想的源泉和动力，从这个意义上说，杜威哲学并没有过时，它在现时代焕发出了新的生机和力量。"① "以杜威作为主要代表的美国实用主义哲学传统近年来之所以不仅在美国，而且在整个世界哲学论坛上都重新得到重视，不仅罗蒂（R. Rorty）、伯恩斯坦（R. Bernstein）等美国哲学家的工作有关，而且与包括哈贝马斯（Juergen Habermas）在内的欧洲哲学家的工作有关。"② 作为西方马克思主义中的法兰克福学派在当

① 刘宽红：《杜威实用社会知识论及其现代价值研究：基于新实用主义的视角》，崧博出版事业有限公司 2017 年版，6. 3. 1。

② 童世骏：《写在〈确定性的寻求〉中译本再版之际》，《确定性的寻求——关于知行关系的研究》，付统先译，上海人民出版社 2005 年版。

代的主要代表，哈贝马斯多次表示自己认同于“从皮尔斯到米德（G. H. Mead）和杜威的美国实用主义的激进民主精神”，[①] 并把它定位为青年黑格尔派传统中除了马克思和基尔凯郭尔（S. Kierkegaard）之外的第三个传统，而且是“令人信服地发展了激进民主的自由精神的唯一传统。”[②] 哈贝马斯曾如此阐述：“今天，杜威的名字已经家喻户晓。这些年来，‘实用主义’这个词在德国也已经从一个贬义词变成了一个褒义词。这种接受上的延迟，当然提醒我们注意，杜威与他的德国同行们之间的关系，是不对称的。”[③]

有学者评价道，杜威对传统二元论思想进行了深入而系统地考察、批判和解构。从杜威哲学的现代价值来看，杜威的这一风格也深深影响到了其继承者与20世纪70年代出现的新实用主义思潮中，正是基于这个维度，在杜威哲学中凸显出来的这种强烈批判精神成为杜威哲学的一大风格。美国学者希克曼（Larry A. Hickman）在其《后—后现代主义的实用主义：约翰·杜威的教训》（*Pragmatism as Post-Postmodernism：Lessons from John Dewey*）一书中，指出，作为一个思想家，杜威大量的著述仍然为前沿的哲学辩论提供了新的见解。作者认为，杜威思想正是当代哲学话语的丰富和多元混合体，与法国启发的后现代主义、现象学、批判理论、海德格尔研究、分析哲学和新实用主义等相互竞争，依旧十分吸引人们。正如希克曼所揭示的，杜威既预见了法国后现代主义的一些中心议

---

① Jürgen Habermas, “Newconservative Cultural Criticism in the United States and West Germany”, in Jürgen Habermas: The New Conservatism: Cultural Criticism and the Historians' Debate, 45.

② Jürgen Habermas, “Reflections on pragmatism”, in Mitchell Aboulafia, et al (eds.): Habermas and Pragmatism, Routeledge, London and New York, 2002, 228.

③ ［德］哈贝马斯：《论杜威的〈确定性的寻求〉》，童世骏译，原为杜威《确定性的寻求——关于知行关系的研究》德译本书评。

题，倘若他如今还活着，肯定会是其中一个最热情的批评家；除此之外，杜威还预见了与培养全球公民权有关的一些最尖锐的问题。①

二 儒学新实用主义的建构

杜威的实用主义很容易为五四运动前后的中国知识界所接受。其实，中国的文化浸透着“中国式实用主义”的浓液，与杜威的思想竟不谋而合，殊途同归。在不同的历史阶段，中国“实用主义”也会产生不同的变体，这可视作中国哲学和意识形态发展的特点。值得注意的是，儒家与美国的实用主义之间本来没有直接的文化联系，但通过比较研究，它们之间存在很多共同之处。早在美国实用主义进入之前，中国古典哲学中就形成了一些具有实用性的思想。中国传统哲学与美国实用主义最重要的巧合表现在人文主义之上，即将人界定为具有宇宙至上价值以及人与自然本质之间有着根本区别，而将哲学理解为对人类生活精确描述，并努力对之加以改善。“中国哲学具备包容性的开放，这很容易让人联想到实用主义的多元化。儒家和美国的实用主义都强调社会的影响，以及社会行动在任何特定社会背景下的重要性。然而，杜威的民主概念并不符合儒家的家庭价值观。不过，杜威关于民主和科学的观点使20世纪著名的中国知识分子，如胡适、冯友兰、陶行知、蒋梦麟、郭秉文等，都批判性地接近儒家哲学和传统价值观。在当今的中国，经济实用主义已经成为主导思潮，决定了国家的社会经济发展和外交政策。”②

20世纪20年代，因杜威的两年访华，发生社会转型的中国受

① Larry A. Hickman, *Pragmatism as Post-Postmodernism: Lessons from John Dewey*, Fordham University Press, 2007.

② Kittenko, V., “Philosophy of American Pragmatism, Confucianism and Chinese Modernization”, *Chinese Studies*, 12/2016, pp. 18 – 29.

到了一种“杜威化（Deweyanization）”的过程，它包括以下五个方面：其一，任何进化与渐进的改革，包括汉语作为社会和文化变动的一个有效手段，都被认为是来自杜威工具主义基本的教条；在一定的意义上，中国改革就是实践杜威的基本方法。在他的主观解释中，胡适企图将杜威的科学方法作为一个首要条件来解决中国的社会和文化问题。对胡适来说，在中国，一种科学传统的创立是在为面对美国优越文化，在心理上所需要的中国资源，“与他为杜威化中国的热情目的在理智上所需要的建立改良派手段之间相互作用的结果”。[①] 其二，正如任何一种古老文化，中国文化需要新的“包装”“装饰”和“充电”；“西洋化”仅仅是为结束中国文明活力（vitalization）的手段。在采取了杜威的工具主义之前，胡适对儒家与中国文化传统的观点绝非是负面的，而从这以后，他开始创立一种方式来改造它们。显然，这种方式就是根据杜威的科学方法。胡适对杜威的发现决定性地将其早先简单、模糊、试探性，但真正改良派态度，转变成根据杜威早年哲学体系所提供的现代性和现代化模式来对中国加以“西化”。其三，因为杜威为社会与文化的渐进而论证，胡适也想沿着这条道路为中国的发展而避免俄国式的革命。对杜威来说，中国需要渐进与温和的改革，而非需要激进与暴力的革命，因为“改良”对社会政治转型是一种非常有效的试验与工具的类型。很清楚，杜威科学改良主义成为杜威化（Deweyanization）的主要手段，而并非寻求一种在中国现代化发展中对中国文化的认同。虽然社会成员成为极端偶像破坏者与反叛者，但“他们仍表达了这样一个信念，即社会改革应该一步一步地进行”。[②] 其

① 周策纵：《五四运动》*The May Fourth Movement*，英文版，第98页。

② 周策纵（Tse-tung Chow）：《五四运动》（*The May Fourth Movement*, Harvard University Press, 1980），英文版，第98页。

四，胡适企图采取杜威的工具主义对中国文化加以做“全面变革”，不仅为社会和政治的改变，而且为几乎所有文化的领域，包括语言、文学、思维方式，如“诗歌革命”“白话运动”以及“中国逻辑方法”。1917 年夏天，在回国途中，胡适被张勋复辟的消息所懊恼。他认为，环境本身必须被改变的主张下，复辟活动当然会发生。因此，他下决心参加中国文学的改革，并认为这是为政治变革打下基础。[①] 其五，“杜威化”的最重要的方面是教育。杜威是老师的老师，他教导人们在科技、民主以及社会发展成为人生要务的新时代怎样生活与思维。他的《学校与教育》（1889）和《民主和教育》（1916）两部著作为中国的教育家和知识分子所熟知。胡适赞同杜威这样的主张：教育即生活，并且学校即社会。重要的是，政治改革只有在社会与文化变革后才能实现而这就必须通过教育得到促进。杜威本人在自己有关中国的文章中系统地解释了与胡适一样的观点，正如他指出，因为“民主不仅仅是信仰、人生观、思想习惯的问题，也不仅仅单纯是政府形式的问题”，它要求“普及教育”，并且达到普及教育的首要一步是将口语作为一种书面写作语言来加以建立。[②]

为什么杜威于 20 世纪 20 年代对中国有着重大影响？在那期间，有许多主客观原因，其中之一就是哥伦比亚大学中国高足强有力的“宣传”。所有这些杜威门徒在中国教育界都是主导人物，而且在五四运动都有着重大贡献，如胡适、蒋梦麟、陶行知和冯友兰等。连杜威都惊讶地说：“中国到处布满了哥伦比亚大学的人！”[③]这些教育界的权威人物都不遗余力地宣传和推广恩师，一时间从都市到乡村造成了一种全国性的杜威教育热。在他们当中，胡适无疑

---

① 胡适：《胡适致孙伏庐和常乃德》，《文集》1922 年 6 月 16 日。

② ［美］杜威：《新文化在中国》，《亚洲》杂志 1921 年英文版。

③ ［美］杜威：《发自中国和日本的信件》，英文版，第 243 页。

充当了宣传杜威的一个统治角色。当胡适于1917年4月获哥伦比亚大学博士学位时，他已成为杜威的一个热心追随者，并开始系统地学习杜威的思想。1915年夏，胡适回国后，至少其任务之一就是将介绍杜威的实验主义或工具主义作为科学方法介绍给中国。胡适说道："作为一个哲学上的实用主义者，我对朋友们提倡白话实验……我已经为我的新诗集发现了一个题目叫作《尝试集》"。[①] 著名旅美华裔学者林毓生将胡适开展的运动称作"杜威化（Deweyanization）"。他认为，胡适的科学改革是对作为整体杜威化的一个主要手段，因为胡适现代西方文明的概念只有一个含义而不是多义的，"目的很明确，对中国文明进行杜威化。"[②] 林毓生指出胡适的科学改良计划正是为了推广"杜威化"运动。[③] 胡适说，"我们可以说，自从中国与西洋文化接触以来，没有一个外国学者在中国思想界的影响有杜威先生这样大的。我们还可以这样说，在最近的将来几十年中，也未必有别个西洋学者在中国的影响可以比杜威先生还大的。"[④] 有学者对此评论道："因其个人非常熟知杜威，声称遵循杜威的理念，并处处效仿这位恩师——所有这些使胡适正当地成为杜威的代理人。在正如林毓生所称谓'中国杜威化'的胡适计划中，实用主义从对社会不断探究和实验的重点变成了对胡适自身文化理智主义的论证。"[⑤] "无论在美国和中国，对杜威访

---

① 胡适：《中国的文艺复兴》，外语教学与研究出版社2002年版，第52页。

② Lin Yu-sheng, *Crisis of Chinese Consciousness*: *Radical Antitraditionalism in the May Fourth Era*, pp. 85 - 95.

③ Zijiang Ding, A Comparison of Dewey's and Russell's Influences on China, June 2007, *Dao*, Volume 6, Issue 2, pp. 149 - 165.

④ 胡适：《杜威先生与中国》，《胡适全集》第1卷，安徽教育出版社2003年版。

⑤ Jessica Ching-Sze Wang, *John Dewey in China*: *To Teach and to Learn*, State University of New York Press, 2007, p. 35.

华的评价及其对中国教育的影响都引起极大的争论。”① 正如当时一位评论家所指出的“杜威教授对几十万中国人说了他的话。”②后来，因众所周知的政治原因，杜威化的过程在中国大陆遭到了中断；但到了 20 世纪 80 年代后，杜威化又开始了某种复兴与延续。

进入 21 世纪以后，新实用主义思潮逐渐广泛而深入地影响了西方人文与社会科学领域的走向，当然也包括了西方儒学界的研究。不少中西方学者意识到了这种趋势。2010 年出版的《罗蒂、实用主义与儒学》（*Rorty, Pragmatism, and Confucianism*），可以看作是从一种新实用主义的视角，在作为历史主导传统思想的儒学与罗蒂的当代西方哲学之间展开了一场引人入胜的对话。在这本书中，安乐哲（Roger T. Ames）、成中英等十二位作者将罗蒂的思想理解为一种与儒学的阐释学对话，在探讨人性、民主、传统、道德进步、道德心理学、道德相对主义、道德形而上学以及宗教信仰等问题的同时，用儒学来阐释和重构罗蒂的思想。罗蒂本人向每位作者提供了详细的回复。他指出：“罗杰·埃姆斯和我在很多问题上意见一致。我们都认为，正如埃姆斯所说，‘人是一种社会成就’，我同意他的观点，问题不在于‘儒学思想是什么？’然而正如其所说，为了充分利用环境，儒学在中国文化发展的特定条件下是如何发挥历史作用的？”③从罗蒂的这次回复中，我们可看出，他本人也认可安乐哲所强调的应当在特定环境与文化条件下对儒学文本加以新的阐释。

2018 年，在“儒家与杜威的实用主义：关于成为人的对话

---

① Zhixin Zhu, *A Critical Evaluation of John Dewey's Influence on Chinese Education*, American Journal of Education, May 1995, p. 302.

② Remer, C. F., “John Dewey in China”, *Millard's Review*, XIII, No. 5, July 3, 1920, p. 267.

③ Huang, Yong, *Rorty, Pragmatism, and Confucianism: With Responses by Richard Rorty*, SUNY Press, 2010, p. 298.

(Confucianism and Deweyan Pragmatism: A Dialogue on Becoming Persons)”一文中，安乐哲指出，也许21世纪最重要的国际关系是美中关系。鉴于中美关系的历史通常是微妙的，有时甚至是低效的，因此，美国的实用主义可以作为一种词汇，在历史上的某个时刻促进这些文化之间的积极对话，而这种对话是很重要的，也是富有活力的。这些共性为我们向西方学术界介绍儒家哲学提供了一种语言，同时也提供了一种外部视角，从中我们可以检验我们自己的世界观和常识的前提。安乐哲将儒家核心的“人”或“人”概念与杜威的技术术语“个性”进行了比较，探讨了道德想象在儒家角色伦理学和杜威伦理学中的核心作用，并得出以下结论：“这两种传统都有以人类为中心的宗教观念”。[①]

通过探索儒学与美国先验主义和实用主义以及新实用主义运动之间的联系，福斯特（Mathew A. Foust）在其《儒学与美国哲学》（*Confucianism and American Philosophy*）一书中，对包括孔子、孟子、荀子、爱默生、梭罗、皮尔斯、詹姆斯和罗伊斯在内的众多哲学家加以考察，他追溯了早期儒家文本翻译的直接影响，并揭示了以前被忽视的概念上的密切关系。福斯特结合了传统、儒学和美国哲学的资源，为当代新美国主义所面临的各种问题提供了新的见解，并展示了跨文化对话在日益多元化的世界中的潜力。正如他所言：“本书对这样一种观点进行了挑战，即儒学必然仅与中国文化相连（或仅与东亚文化相连），而经过追寻，可以发现它同美国思想也有着历史和概念的联系。”[②] 对此书，有人评介说：“儒学和美国哲

---

① Ames, Roger T., “Confucianism and Deweyan Pragmatism: A Dialogue on Becoming Persons,” The Oxford Handbook of Dewey *Edited by Steven Fesmire*, Oxford University Press, 2019.

② Foust, M. A., *Confucianism and American Philosophy*, SUNY Press, 2018, p. 6.

学是南乐山（R. C. Neville）所称的‘波士顿儒学’（Boston Confucianism）的一个很好的例子，它指的是一个由东亚文化环境之外的所有人组成的爱尔兰成员国，他们把儒学视为一种宝贵的哲学资源。这本书应该引起广大读者的兴趣：对比较哲学感兴趣的哲学家和宗教家，美国古典哲学，儒家传统，以及这两种传统之间的生产性相互作用。”[①] 伯特容探索了中西方的哲学和神学变革，试图将中国道教和儒家思想与西方的过程、实用主义和自然主义哲学和神学进行对话，并且“倘若有希望生活在和平的世界中，对不同的哲学和宗教加以比较，对比和欣赏。”[②]

当今世界充满了许多令人不安的严重和紧急问题，这些问题可能将社会引向动荡，甚至崩溃。为了让人类避免这样的结局，思想界与知识界必须有一种思考的方式，让我们能够解决这些问题，而不是仅仅是理论上的空谈，而是一种重要的行动。这意味着我们将很好地发展出哲学的形式，它不仅导致对这些重要问题的探究，也会导致积极的解决。正如杜威曾经所宣扬的：“我们可以肯定地希望，这里的理论事业具有实用性和永久性。但是，成就是人类作为人类的工作，而不是他们在任何特殊的专业能力。”[③] 有美国学者试图通过与儒学和当代新实用主义的建设性接触来建构一种哲学实践方法，它涉及在知识、哲学、宗教和教育的观念上检验功能主义和实用主义之间的相似性的比较。这种相似性的检验涉及行为性、

① Dawson, Stephen, “Review of *Confucianism and American Philosophy*by M. A. Foust”, *Reading Religion*, September 2017.

② Berthrong, John H., *Expanding Process: Exploring Philosophical and Theological Transformations in China and the West*, State University of New York Press, 2009, p. 6.

③ Dewey, John, *Reconstruction in Philosophy*, Mineola: Dover Publications, 2004, p. XXV.

知识和哲学的经验基础和焦点，以及哲学作为一种单独改变人类实践的观念。人们能够在儒学与实用主义之间进行对话，从而可将这些类似的儒家思想和实用主义思想与西方思想文化中流行的几种思想进行对比，试图构建一种新的哲学方法论，旨在改善全球社会的状况和个人的生活。“通过将儒家思想和实用主义思想结合起来，人们可以创造出修正这些分离的哲学，把哲学带回到日常生活中，供人类实践。哲学不再会问群众所不关心的问题；大众也不再把哲学看作是一种超灵活的智力追求。应用这种影响我们经验和世界为中心的实践方法，哲学可以成为寻求通过我们社会所有成员的培养来治疗社会疾病的一种实用工具。这应该是我们作为哲学家的目标，这确实意味着这应该是我们作为人类社会成员的目标。”①

有不少华裔学者试图将美国实用主义以及新实用主义与中国哲学加以“沟通”与“对话”，对中国哲学产生了新的诠释。他们中间有人强调，利用“实用主义儒学的方式”来考察中国文化传统可以“促进中国社会的进步。”② 还有人通过概念化的分析，指出中国哲学术语不仅是一种通过规定的过程向我们提供现有世界知识的回顾性语言，而且是一种开放的、前瞻性的词汇，通过生产性的联想，使哲学家能够实现一个理想的世界。为此，应当引入了一个新的术语“儒学实用主义（Confucian pragmatism）”。尽管美国实用主义与儒学哲学有许多不同之处，但有足够的概念重叠，使儒学实用主义成为一个可行的、令人兴奋的研究领域。“美国哲学家在过程宇宙学（processual cosmology）的基础上运用语境论和创造论来反

---

① Stephens, D. J., “Confucianism, Pragmatism, and Socially Beneficial Philosophy”, *Journal of Chinese Philosophy*, 12 February 2009, p. 65.

② Tan, Sor-Hoon, “The Pragmatic Confucian Approach to Tradition in Modernizing China”, *History and Theory*, Vol. 51, No. 4, (December 2012), pp. 23 – 44.

驳杜威所说的‘哲学谬论（the philosophical fallacy）’……美国实用主义，尤其是杜威的经验和个体性，对与儒学对话是开放的。”[①]不过也有人如此批评道，许多杜威派哲学家一直认为，杜威实用主义和儒学具有显著相似的哲学基础，因此杜威派儒学社会是非常合理的。然而，杜威实用主义是一种语境特定的、反二元主义的、平等主义的理论，而儒家则是一种先验的、以美德为导向的、普遍主义的、精英主义的哲学。因此，任何试图促进儒学与杜威哲学合作的努力，无论其用意如何，都会阻碍真理之路。[②]

日裔美籍学者福山（Francis Fukuyama）力图用一种新实用主义的方法来观察中国历史与儒家思想。2012 年 5 月 10 日，福山在美国《金融时报》发表了题为《中国的“坏皇帝”问题》一文，对上述问题作了补充说明。他声称：“2000 多年来，在一个巨大社会的运行中，通过自上而下的方法，中国的政治体制已建成一个高度复杂的中央集权制。中国从未开发的是法治，即限制政府自由裁量权的独立法律机构，或民主问责制。中国取代对权力制衡是一个官僚机构，它遵奉使其行为得以约束的合理可预见的规则和习俗，以及儒家的道德体系，这种体系让受过教育的领导人寻求公众的利益，而不是他们自己的强化。在本质上，这种体系与当今的体系相同”。[③] 在福山看来，历代的中国政府都从来无法能够解决历史上称为“坏皇帝”的问题：一位仁智的统治者手中的权力不受制约却有不少利处，这怎样保证持续提供好皇帝？儒家的教育体系与官吏

---

① Wen, Haiming, *Confucian Pragmatism as the Art of Contextualizing Personal Experience and World*, Lexington Books, 2009, pp. 52 – 53.

② Shen, Russell, “Dissimilarities Between Deweyan Pragmatism and Confucianism”, *Paideusis*, Volume 20 (2012), No. 1, pp. 24 – 32.

③ Fukuyama, Francis, “China's Bad Emperor Problem”, *The Financial Times*, May 10, 2012.

制度被设定来灌输给领导者，但时不时会出现可怕的君主，而使国家陷入混乱。他声称，“一个内部小集团的非正式规则并不能真正代替一个正式的法律规则。正如今天我们所看到的，现代自由民主国家被法律所约束，而使选举常常产生平庸的或弱的领导人。有时民主选举造成怪物，如阿道夫·希特勒。但通过法律和选举的正规程序，至少可以为坏皇帝的为所欲为设置路障。”① 他提醒说：“我们美国人对自己的实用主义感到自豪，然而，目前我们要比中国人更加意识形态化，而他们却极为有心使用各种公共政策。”他还指出，更重要的是，中国人正在实验市场经济。“它有效，因此他们就坚持做下去。”他发出警示，“危险”在于美国的“境况是在缺乏消除功能失效制度均衡的某种强力之前，将继续恶化一阵。”这种评估相当严酷，然而以乐观主义者而著称的福山审慎地以一条积极向上的暗示作了结语，“随着情形日益恶化，人们将正视它，而体制也将纠正自身。”② 当然，福山对中国历史与文化的了解毕竟有限，他的分析与论证还是停留在认识的表层。

结　语

我们审思了当前西方儒学研究的新实用主义的趋向，阐述了西方学者在这一特别问题上的贡献。在这个趋向中，我们实际上讨论了针对“正统偏见”的某些类型的挑战，并从哲学的角度对它们进行了比较和分析。本文原本还要阐析当前西方儒学研究另外八种趋向，即新对话主义、新比较主义、新语境主义、新文本主义、新思辨主义、新美国主义、新现代主义以及新马克思主义等，但因篇幅

① Fukuyama, Francis, “China's Bad Emperor Problem”, *The Financial Times*, May 10, 2012.

② Evan R. Goldstein, “Well Beyond the End of History”, *The Chronicle of Education*, March 22, 2011.

过长，而只得另作讨论了。事实上，这九种趋向之间是相互关联、相互作用和可转换的。这些趋向的意义是双重的：为当代西方儒学研究的发展开辟了一个新的阶段，并将孔子思想逐渐广泛而深入地扩展到西方知识界的其他人文领域甚至普通民众之中。

[作者系美国加州州立科技大学哲学系教授；并兼任国际东西方研究学会秘书长（前任会长）；英文《东西方思想杂志》（*Journal of East-West Though*），主编；中文《东西方研究学刊》主编；《东西方思想家系列》丛书主编（已出版罗素、笛卡尔、穆勒以及哈贝马斯等四部）；《新比较学派文库》联合主编（六部专著已由中国社会科学出版社于 2019 年 8 月出版）]

李　晨

改革开放以来台港澳电影研究观察

对台、港、澳地区电影的研究，是中国电影探索与研究必不可少的一个部分，也是构建包含台、港、澳地区电影发展史在内的宏观中国电影发展史叙述的必备环节。一九四九年以后，因为内战/冷战格局的影响，内地对于台、港、澳地区电影的讨论和研究几乎为零，两岸的隔绝与对立状况也持续了近三十年，这种僵持状况随着改革开放政策的确立而打破。随着改革开放步伐的迈进，开启了内地台港澳电影研究之路，也开启了台、港、澳文学与文化研究之路。

第一个十年　打破僵局、初步引介

一九七九年元旦，全国人大常务委员会发表《告台湾同胞书》，郑重宣布关于台湾回归祖国、实现国家统一的大政方针，标志着内地对台政策的重大转变。一九八一年九月，叶剑英对新华社记者发表了后来被称为“叶九条”的讲话，进一步阐明了解决台湾问题的方针政策。次年十二月，全国人大五次会议通过的《宪法》中确立了“特别行政区”的合法性。随着“和平统一，一国两制”政策的逐步形成，内地对台港澳地区文化的引介也逐渐展开，在《大众电影》《电影艺术》《当代电影》《电影评介》等刊物上相继登载了一批有关台港电影的资讯，涌现出陈飞宝、蔡洪声等一批台港电影研究者，对台港电影从文本、题材、作者、演员、传播等多方面介绍和推荐，大多数研究者和介绍者一改改革开放前对台港地区文化单一性批判的立场，对台港电影给予充分的肯定，但总体而言这一时期内地学界对台港澳电影的研究和讨论尚在起步阶段，多为现象性和整体性介绍与转述。

一九八一年由中国电影出版社出版、中国电影家协会编纂的中华人民共和国成立后第一部大型电影年鉴《中国电影年鉴 1981》中首次开辟“台湾电影”和“香港电影”专栏，对台港电影进行介绍，将台港电影纳入中国电影的研究范畴。此后《中国电影年鉴》对台港电影的介绍，除了搜集整理台港电影的相关资料外，研究性文章多转载自台港地区的刊物，或直接向梁良、司徒浩、宋之明等台港地区学者约稿，通过这种方法，借台港学者的文章辗转表达内地学界对台港电影的看法和观点，将台港电影的“混乱”“黯淡”与内地电影的“探索”局面相对照。

厦门大学台湾研究所（后更名为台湾研究院）的陈飞宝是较早介绍、研究台湾电影、电视与新闻传播的内地学者，由他编写、厦门大学台湾研究所于一九八三年七月出版的《台湾电影史简编》是内地最早介绍台湾电影发展史的专著，该书按照政治经济以及社会变革对台湾电影的影响和台湾电影的发展特点，分日据时期（一八九五——一九四五年），光复后时期（一九四六——一九六〇年），六十年代（一九六一——一九七〇年），七十年代（一九七一——一九八〇年），以及八十年代五个时期来介绍，从中大致可以看出台湾电影生产、发展、变化以及走向危机的过程。今天看来，作为“内部参考”的《台湾电影史简编》因为当时研究资料不足等原因略显单薄，此后两年多，陈飞宝在原稿基础上做了较大调整和补充，更名为《台湾电影史话》，一九八六年七月由中国电影出版社出版。书中明确指出，“为帮助广大读者了解台湾电影，开展对台湾电影的研究，我们编辑出版了这本书以促进海峡两岸电影艺术交流，拓展中国电影研究的领域，为创建一个统一的、完整的中国电影艺术研究体系尽一点力量。”本书为当时薄弱的台湾电影研究界提供了了解和研究台湾电影的资料，也为起步中的内地台港电影研究奠定了基础。陈飞宝还先后发表了《台湾电影发展述评》[①]《试论台湾写实主义电影发展的脉络和特点》[②]《论台湾新电影》[③]等论文，对台湾电影的发展进行脉络性梳理的同时，还对当时在写实主义风潮影响下的台湾新电影予以论述。

此外，一九八七年内地刊物《电影评介》上连载了张锐鹏的《台湾电影史拾零》，对台湾电影发展史进行了梳理和概括。

一九八六年的《汪洋中的一条船》是第一部在内地公映的台湾电影，引起极大反响，《电影评介》上曾先后刊登一系列评论或介绍性文章，白沐在《台湾电影亟待重视》[④]一文中写到“台港电影是中国电影的一部分，就像香港、台湾是中国领土的一部分一样”，并质疑“为什么我们堂堂的中国电影发展史缺乏对台港电影的介绍？为什么我们的中国电影家协会没有人专门从事台港电影的研究？我们的电影出版社很少出版台港电影的书籍?”这些疑问真实体现了因政治原因造成的内地学界长期对台港澳电影的忽视。

此时正逢台湾“新电影运动”时期，内地学界对台湾新电影及其代表导演表现出极大的关注，刘文峰的《八十年代台湾新电影一瞥》[⑤]对新电影的产生、类型、特点及相关争议都做了详细介绍。

早在八十年代初期《电影评介》等内地电影期刊就有了对香港

---

① 陈飞宝：《台湾电影发展述评》，《台湾研究集刊》1984年第2期。

② 陈飞宝：《试论台湾写实主义电影发展的脉络和特点》，《台湾研究集刊》1985年第1期。

③ 陈飞宝：《论台湾新电影》，《电影艺术》1987年第2期。

④ 白沐：《台湾电影亟待重视》，《电影评介》1986年第9期。

⑤ 刘文峰：《八十年代台湾新电影一瞥》，《当代电影》1988年第5期。

电影节和香港电影金像奖的介绍，但对香港电影的研究和讨论还比较粗浅，基本处于对商业电影发展模式的探讨上，这种意识持续了很长时间。

一九八八年七月，香港浸会学院传理系举办“第三时期的中国电影北京、台北、香港学生电影录像汇展”，北京电影学院、台湾艺术专科学校电影科、台湾世界新闻专科学校电影科、台湾中国文化大学影剧组等院校、科系参展。汇展除了放映海峡两岸的学生电影和录影带外，还举行了影视教育研讨会，这是改革开放以后海峡两岸电影的第一次学术交流，尽管这次交流在第三地香港举行，却开启了内地学者与台湾学者在电影领域的学术交流。

同年十一月，由一批从事台湾、香港电影研究的学者、专家发起组织的民间学术团体——“台港电影研究会”在北京宣布成立，并举行了为期五天的“台湾电影观摩座谈会暨台港电影研究会成立大会”。会长石方禹在开幕词中指出“大陆电影与台湾电影、香港电影有着共同的文化渊源，又在不同的社会历史背景下形成不同的发展轨迹。把大陆、台湾、香港的电影作为一个整体来加以比较和研究，不但对于从总体上把握中国民族电影，探求中国电影今后发展的趋向，是十分必要的，而且对于探讨我们整个民族意识、民族文化的底蕴、弘扬中华文化、促进海峡两岸的文化学术交流，有着积极的意义。”

第二个十年　积极交流、加深理解

二十世纪八十年代末到九十年代，受香港澳门回归、两岸会谈、东南亚金融危机等事件影响，台港澳地区出现一批突显国族想象的电影作品，电影发展呈现多元化格局。同时，随着改革开放步伐加快，中国内地与台湾、香港、澳门，以及整个国际世界的交流不断加强，通过合作与学术交流，内地学界对台港澳电影有了更多了解，内地的台港澳电影研究在组织机构、研究人员、思想观念等层面都得到了极大地发展。

一九八九年五月，厦门召开的“台湾电影电视艺术研讨会”是四十年来海峡两岸电影研究界在内地进行的第一次学术交流活动，会议期间，两岸学者就台湾新电影的历史、现状和前景问题进行了交流和讨论，与会学者的论文分别在《北京电影学院学报》《当代电影》等内地刊物上发表。同年九月，上海电影艺术研究所、上海电影评论学会、上海电影资料馆与《电影新作》编辑部联合举办了台湾影片观摩研讨活动，就《稻草人》《风归来的人》《玉卿嫂》《嫁妆一牛车》《我是一片云》等台湾电影在思想内涵、美学追求和创作局限方面都进行了讨论，与会学者对具有浓郁乡土气息的台湾影片予以充分肯定，认为台湾电影艺术家对艺术具有极其顽强而执着的追求精神，在吸取外来先进观念和技巧进行探索创新的同时，在作品中保持并继承了中华民族的传统与风格。

一九九二年七月，蔡洪声、黄式宪和陈飞宝等三位内地学者赴台湾进行学术访问，迈出了海峡两岸电影学术双向交流的重要一步。这次出访无疑加深了内地学者对台湾电影的认知，蔡洪声在比较两岸电影异同时表示“虽然曾经经历过那么长时间的互相隔绝，虽然在特定的社会历史背景下形成了自己特定的发展轨迹，但是台湾电影和大陆电影在文化层面上却是完全想通的。”① 陈飞宝也在《对台湾电影的几点省思》② 一文中对分析了台湾社会的政治、经济、文化如何制约台湾电影的生产和发展，并就九十年代台湾电影环境发生遽变将对电影产生的影响做了初步探讨。

值得一提的是一九八九年台湾导演侯孝贤的电影《悲情城市》

---

① 蔡洪声：《海峡两岸电影之比较与展望》，《当代电影》1992 年第 6 期。

② 陈飞宝：《对台湾电影的几点省思》，《当代电影》1992 年 12 月。

在第46届威尼斯国际电影节获奖，一九九三年李安执导的《喜宴》获得柏林影展“金熊奖”、侯孝贤的《戏梦人生》赢得“评审团奖”，为内地带来一股“新电影”研究热潮。一九九〇年九月，侯孝贤造访北京电影学院，在致辞中他表示“台湾电影的母体在中国。台湾电影只是中国电影文化的一个支流”。此后数年，“新电影”和“李行”“侯孝贤”“杨德昌”等台湾导演都成为内地电影研究者热衷研究和讨论的关键词。如陈野的《台湾新电影导演谱》① 通过对侯孝贤、杨德昌、张毅、陈坤厚等11位台湾新电影导演创作经历的介绍透视台湾新电影的发展轨迹；蔡洪声的《台湾的乡土电影大师——李行》② 向内地观众介绍了台湾电影发展史上这位具有重要影响的乡土电影大师；李奕明的《静观默察写台湾——侯孝贤电影世界初识》③ 从主题方式、视听语言、诗学风格等方面探讨了侯孝贤的影片；石伟的《台湾新电影中女性形象之刍论》④ 集中论述八十年代以来新电影中的女性形象；于中莲的《香港新电影回顾》⑤ 分析了香港新电影兴起的主客观因素、发展历程和特色等；吴亚明的《台湾新电影运动中的女性电影初探》⑥ 分析了台湾新电影运动中涌现出的几类女性银幕形象。

随着改革开放的深入，内地学界对台港澳地区和海外社会文化了解逐渐增多，研究也随之理论化。一九八九年在《电影评介》上连载的刘小狄的《香港电影简史》和一九九一年《当代电影》第

---

① 陈野:《台湾新电影导演谱》,《电影艺术》1990年第5期。

② 蔡洪声:《台湾的乡土电影大师——李行》,《当代电影》1990年第6期。

③ 李奕明:《静观默察写台湾——侯孝贤电影世界初识》,《北京电影学院学报》1990年第2期。

④ 石伟:《台湾新电影中女性形象之刍论》,《当代电影》1990年第1期。

⑤ 于中莲:《香港新电影回顾》,《当代电影》1992年第4期。

⑥ 吴亚明:《台湾新电影运动中的女性电影初探》,《艺术百家》1998年第4期。

三期上刊登蔡洪声的《香港电影发展脉络》都较为系统地梳理了香港电影发展历史；李以庄的《香港电影与香港社会变迁》[①] 在回顾了香港电影发展轨迹的同时，突出了香港社会变迁对电影制片产业的影响。寇立光的《台湾电影创作概论》[②] 从社会发展史和创作论的角度对具有代表性的台湾优秀电影进行了审美方面的评述。陈犀禾的《“第五代”电影和台湾新电影之比较研究》[③] 对二十世纪八十年代海峡两岸新电影运动作了比较，其中关于成因及变化前景部分的观点颇有新意。一九九七年中国电影艺术研究中心杨德建的硕士论文《都市的忧虑——杨德昌电影研究》重点分析了杨德昌作品的现代性话语，从影片叙事结构和影像风格等角度对杨德昌的理性创作作了细致的梳理和分析。

陈飞宝的《初探台湾电影导演结构及其电影美学特征》[④] 一文对台湾电影导演群落有了更为全面的观察和分析，将在政治和资本两方面因素影响下的台湾电影导演从年龄、经历、背景、电影题材、表现手法和导演风格等方面区分为四个世代，第一代是日据时期的刘喜阳、张云鹤和光复初期的张彻、张英等台湾电影的开拓者；第二代是李行、白景瑞、李嘉宋存寿等出生于一九一九——九三七年间，来到台湾后才进入电影界的导演，也是这一代导演奠定了台湾电影传统和美学风格；第三代导演是陈耀圻、陈坤厚、王童、林清介、王菊金等出生于一九三七——九四五年抗战期间、台

① 李以庄：《香港电影与香港社会变迁》，《电影艺术》1994 年第 2 期。

② 寇立光：《台湾电影创作概论》，《徐州师范学院学报》（哲学社会科学版）1993 年第 2 期。

③ 陈犀禾：《“第五代”电影和台湾新电影之比较研究》，《电影新作》1995 年第 6 期。

④ 陈飞宝：《初探台湾电影导演结构及其电影美学特征》，《电影艺术》1994 年第 1、2 期。

湾光复前后，于二十世纪六十年代末到七十年代开始独立执导电影的导演群落，他们对前一辈导演的文化观、电影观、艺术表现手法和技术手段都有所吸收，虽然走出了自己的风格，但在电影语言和观念上与老一辈导演一脉相承；第四代导演指侯孝贤、杨德昌、陈坤厚等一九四五年后出生、一九八〇年后独立执导影片的导演群落，他们在电影美学结构和现代电影美学探索方面都取得了卓越成就。陈飞宝在随后一篇文章《台湾第五代导演及其艺术风格》[①] 中又专门分析了台湾第五代导演（即一九八七年到一九九二年间开始独立执导电影的导演）的艺术风格，归纳其影片特点为视觉风格强烈，具有浓厚个人色彩，创作上偏向城市、次文化的描述，不但没有历史文化的包袱，反而因台湾浓厚的人文色彩而有了更多的表现题材。

受香港回归影响，一九九七年前后内地学界对香港电影的研究呈现井喷式增长，其中不乏大量探究香港电影中传统文化因素的论文。一九九六年十一月，中国台港电影研究会在广州举办“香港电影回顾展暨研讨会”，对香港的历史和现状做了较为全面的回顾和研讨。影展展映了香港电影不同历史时期的十二部影片，来自海峡两岸的学者参加了研讨会，对香港电影中的文化脉络、香港的重要制片机构、粤语片的发展与成就、香港的类型片、导演艺术、表演艺术、“台湾因素”对香港电影的影响、合作拍片等专题进行了研讨。谭春发的《不可分割的银幕源流——祖国内地与香港的电影渊源及互动关系》[②] 提出了“香港电影在接受了内地电影文化母体，并在这一基础上发展的时候，以自己所拥有的条件去影响内地电影，进而造成一种两者之间的互动状态”。陈野在《香港电影之父

① 陈飞宝：《台湾第五代导演及其艺术风格》，《当代电影》1996年第4期。

② 谭春发：《不可分割的银幕源流——祖国内地与香港的电影渊源及互动关系》，《新文化史料》1997年第3、4、5期。

黎民伟》[1] 一文中介绍了中国电影的拓荒者之一，同时为香港的电影事业做出杰出贡献、有“香港电影之父”之称的黎民伟先生。蔡洪声在《香港电影中的中华文化脉络》[2] 一文中指出，作为中国电影的重要组成部分之一，香港电影尽管深受西方文化的影响，但同时也有着明显的中华文化脉络，而这一脉络，从黎民伟等创建华美影片公司并拍摄《庄子试妻》时即已非常清晰。这些论述都着意呈现了当代香港电影发源于中国内地，受中华民族传统文化滋养，在彼此交流中与内地电影共同成长的轨迹。

在倪震、黄式宪、郑洞天、陈墨、胡克、何建平、周星、贾磊磊等一批内地电影学者的努力下，香港电影研究领域初步形成了一个不同于香港学者研究方法和理论观点的“大陆学派”，他们以《当代电影》《电影艺术》《北京电影学院学报》为园地，与台、港学者展开讨论，极大地促进了海峡两岸的学术交流，也为台港澳电影研究提供了更多的角度和更广阔的视野。

在这个时期，内地出现了一批台港电影方面的专著。古继堂的《台湾的电影与明星》[3] 基本属于偏重于普及性介绍。一九九三年九月山西教育出版社出版寇立光、李玉芝合著的《台湾香港名片欣赏》选取了五十部台港电影作品进行鉴赏。一九九八年浙江摄影出版社出版的中国电影资料馆编的《香港电影图志（1913—1997）》是继《中国电影图志》之后，为纪念香港回归特别推出的。该书将香港电影划分为六个发展时期，用图文结合的形式较为详尽地展现出香港电影一九一三年到一九九七年的脉络，通过剧照、工作照、人物照、电影海报等图片，配合香港电影大事记和专题介绍，呈现

① 陈野：《香港电影之父黎民伟》，《电影艺术》1997 年第 4 期。

② 蔡洪声：《香港电影中的中华文化脉络》，《当代电影》1997 年第 3 期。

③ 古继堂：《台湾的电影与明星》，四川文艺出版社 1989 年版。

出香港电影的基本面貌。

与台湾和香港两地相比，澳门电影事业起步较晚，一九九五年，蔡氏兄弟影业公司拍摄出品了首部反映澳门本土文化的电影《大辫子的诱惑》，次年澳门电影协会正式成立，开创了澳门历史新篇章，也引发了中国内地对澳门电影的讨论。韦连城在《试探澳门电影如何发展》[1] 中指出，澳门电影应该立足澳门，挖掘和选取题材进行创作，着力在艺术上有所追求和探索，同时也要注意题材多样化，面向全国，面向世界，发挥优势，不断创新。

与此相应，“港台电影”作为一门课程，在九十年代已经进入了内地高校和研究院所的课堂。中国电影艺术研究中心于一九九四年开始招收港台电影方向的硕士研究生；北京电影学院、北京广播学院、北京师范大学艺术系、西南师大中文系影视专业、上海大学影视学院等高校都增设了相应的课程或讲座，开始着意培养青年研究人才，在这些高校和研究机构的推动下，更多学者，特别是青年学者开始涉足台港澳电影研究领域，在文本分析、文化批评、电影史写作等方面都取得了相应成果。

相对于改革开放初期台港澳电影研究的起步阶段，二十世纪八十年代末到九十年代因海峡两岸社会文化交往的频繁，学术研究界对台港澳电影的了解和研究都更为深入，除了总体性和现象性的报道与描述外，针对具体问题的探讨和学理性的论证增多：黄式宪的《时代投影：主体的苏醒及镜语重构——台湾、大陆新一代电影美学比较》[2]、郑洞天、施湘飞的《〈悲情城市〉的电影形态》[3]、贾

---

① 韦连城：《试探澳门电影如何发展》，《电影文学》1996 年第 12 期。

② 黄式宪：《时代投影：主体的苏醒及镜语重构——台湾、大陆新一代电影美学比较》，《北京电影学院学报》1990 年第 2 期。

③ 郑洞天、施湘飞：《〈悲情城市〉的电影形态》，《北京电影学院学报》1990 年第 2 期。

磊磊的《台湾新电影的叙事与阅读》[1]、王琛的《香港“英雄片”——男人灵魂深处的梦》[2]、蔡洪声的《台湾电影的发展历程》[3]、陈墨的《香港武侠电影的发展与衍变》[4] 等文章议题创新、视角独特、议论精准，代表了这一时期的研究水准。

第三个十年　确立经典、构建体系

跨入新世纪的最初十年，内地台港澳电影研究呈现出职业化、专业化的特点，随着最早一批设立相关学科的高校及研究院所培养的专业研究生和研究人员在学术上的日渐成熟，有关台港澳电影方面的大量专著、评论文章和博硕士论文出现。这些研究不仅内容多样、观点新颖，更通过学理上的论证，完成了台港澳电影经典化与体系化的过程，将台港澳电影研究提升到了一个新的高度。

对台港澳电影的研究中，作者论、作品论和文本分析是研究者最为热衷的领域，这些数量繁多的论述，一度将台港澳电影研究推向了热门（相较于台港澳文学与文化研究的其他相关领域），同时确立了部分影片及其创作者们在电影史上的经典地位。

台湾新电影及其代表导演依然是内地学者颇感兴趣的研究对象。孙慰川的《台湾新电影运动述评》[5] 反思了台湾新电影的教训主要在于“在追求电影的思想性和艺术性的时候，没有充分重视电影的娱乐性和商业性。新电影越到后来越往精英文化的道路上走，

---

① 贾磊磊：《台湾新电影的叙事与阅读》，《电影艺术》1990 年第 5 期。

② 王琛：《香港“英雄片”——男人灵魂深处的梦》，《电影艺术》1992 年第 6 期。

③ 蔡洪声：《台湾电影的发展历程》，《当代电影》1995 年第 6 期。

④ 陈墨：《香港武侠电影的发展与衍变》，《当代电影》1997 年第 3 期。

⑤ 孙慰川：《台湾新电影运动述评》，《当代电影》2004 年第 6 期。

从而与广大观众越来越远——这其实违背了电影作为大众文化和通俗文化的本质。”孙慰川的另一篇论文《王童，台湾电影界的今村昌平》[①] 以新电影导演王童为研究对象，指出台湾新电影最重要的两大叙事主题是记录个体的成长与反思台湾的历史，而王童在“后新电影时期”的创作仍然延续了新电影的追求，其执导的电影《无言的山丘》是当代台湾电影史上一部艺术精湛、气势恢宏的力作，是二十世纪九十年代台湾电影的一座里程碑。南京师范大学二〇〇三级硕士生蒋俊的毕业论文《形象的理性，艺术的思辨——杨德昌电影研究》通过对杨德昌电影的叙事手法、选材内容、电影语言、片名和具有意象性的结尾等方面的分析，展示了杨德昌电影的理性思辨。倪震的《侯孝贤电影的亚洲意义》[②] 探讨了侯孝贤电影在历史叙事中交织着个人经历和台湾社会演进的创作意识的变化历程，进而探讨他中期作品以来的亚洲视野和怀旧情结，通过对其亚洲叙事和镜语风格的讨论，挖掘其电影在亚洲文化中的意义。周斌的《论朱天文的电影剧作》[③] 讨论了台湾新电影重要编剧之一朱天文的电影剧作，指出以其小说创作《小毕的故事》《冬冬的假期》等改编的电影剧作在很大程度上推动了台湾电影界与文学界的联系与合作，催生了一系列文人电影的问世，显示了台湾新电影的成就和特色。此外，武汉大学的赵倩琳、暨南大学的熊晓霜、华东师范大学的顾杏娣、浙江大学的金舒兮、东北师范大学的王巍等人均以侯孝贤作为自己的毕业论文研究对象进行了不同角度的论述，河北大学的黄钟军、武汉大学的张琼等人也在硕士论文中论述了台湾新电影运动。简言之，台湾新电影已经成为研究台湾

---

① 孙慰川：《王童，台湾电影界的今村昌平》，《电影文学》2007 年第 23 期。

② 倪震：《侯孝贤电影的亚洲意义》，《当代电影》2006 年第 5 期。

③ 周斌：《论朱天文的电影剧作》，《华文文学》2006 年第 2 期。

电影不可逾越和忽视的重要环节，也是内地研究者重要的学术生发点。

“新电影”风潮之后，九十年代初台湾电影出现了所谓“第二浪潮”，李安、蔡明亮、徐小明、何平等导演回避了上一代导演的“乡土情结”，走上一条多元化探索的新道路，一九九四年夏天，台湾“行政院新闻局”筹备举办了“迎接新新电影”系列活动，这股潮流也随即被命名为“新新电影”。这股潮流恰与新世纪到来之时中国内地正在经历的都市化风潮相契合，世纪之交台湾电影的新走向引起了许多内地学者的关注。河北大学王曦的硕士论文《行进中的台湾新新电影》梳理了九十年代以后台湾电影由“新电影”到“新新电影”的发展脉络，运用社会学方法记述“台湾新新电影”产生的艺术背景和社会背景，运用美学、艺术学和比较学的方法分析“新新电影”的主题内容、风格特质、镜头语言与“新电影”运动的不同，并通过分析台湾电影与周边地区国家的关系展望了“台湾新新电影”的未来。徐漾的《蜕变中的反叛——试析台湾从新电影到新新电影和新都市电影成长主题的沿革》[①] 抓住“新电影”“新新电影”“新都市电影”等几次台湾电影潮流中都有所关注的“成长”主题，探求该主题所隐藏的社会文化内涵。孙慰川的《论蔡明亮的写意电影及其美学观》[②] 指出蔡明亮作为二十世纪九十年代台湾电影政策最大受益者，在电影题材的开拓、电影语言的创新和风格探索等方面均有大胆尝试，自然主义的美学观在电影中打破了传统意义上的美丑界限，也促使其电影缺乏认同主体，文章深入系统地剖析了蔡明亮的创作，并由此探索了九十年代台湾电

① 徐漾：《蜕变中的反叛——试析台湾从新电影到新新电影和新都市电影成长主题的沿革》，《浙江广播电视高等专科学校学报》2000 年第 3 期。

② 孙慰川：《论蔡明亮的写意电影及其美学观》，《北京电影学院学报》2003 年第 3 期。

影业陷入低谷的原因。李晨的《李安电影的东西方文化观——解析“父亲三部曲”》[①] 以李安早期作品“父亲三部曲”为例，立足于影片，在解析影片中阐述的东西方文化观念冲撞的同时，探讨了导演自身的文化体认。

动作片和喜剧片是香港商业电影的重要类型，这些原本属于大众流行文化范畴的案例却因其成功的生产和广泛的传播而受到研究者关注，在反复研究与讨论中，这些商业电影的艺术性和人文性被不断挖掘与提升，完成了经典化的过程。成龙电影在香港乃至整个中国电影、世界电影中都占有其一席之地，一九九九年九月，中国台港电影研究会在北京举办了“成龙电影研讨会暨回顾展”，对成龙的创作进行研讨。蔡洪声的《成龙的电影世界》、胡克的《成龙电影中的喜剧性动作与暴力》、王海洲的《成龙电影：英雄形象及其变奏》等文章都从不同方面解析了成龙及其电影这一独特的文化现象。

徐克是香港主流商业电影的领军人物之一，他的创作在二十世纪九十年代达到了顶峰。这些电影节奏明快，剪接流畅，武打特技新颖、大胆、富有想象力，具有强烈的视听震撼效果，将香港动作片提升到了一个新的高度。林敏《徐克的电影世界》[②]、张燕《徐克电影中的香港意识和中国想象》[③] 等论文以及南京大学殷海峰的硕士论文《“尴尬的中间人”——徐克电影侠客形象论》都从不同角度对徐克电影及其中的人物形象、文化内涵等方面进行了论述。

---

① 李晨：《李安电影的东西方文化观——解析“父亲三部曲”》，《华文文学》2004 年第 2 期。

② 林敏：《徐克的电影世界》，《电影评介》2001 年第 8 期。

③ 张燕：《徐克电影中的香港意识和中国想象》，《当代电影》2007 年第 1 期。

杜琪峰也是香港电影导演的独特代表，他的创作涉及喜剧、武侠、警匪、后现代等多领域，善于在艺术和商业之间寻找平衡，李相的《杜琪峰之“黑色映像”》[①] 选择杜琪峰在组成银河映像有限公司之后执导的几部主要影片，从形式语言和影像风格方面出发，从不同角度对其黑色电影美学特征进行了归纳，探讨其作品对于黑色电影传统的继承与发展，揭示其在类型电影中努力实现自我风格确立的作者电影理念。许乐的《香港有位杜琪峰》[②] 以杜琪峰为参照，对回归前后的香港电影生态进行了剖析。孟浩军的《杜琪峰电影完全接触》[③] 则指出“杜琪峰电影中流露的悲天悯人的情怀、对现实的自觉及对自我的挑战，在香港电影的浮躁中显出一种清新超脱的品格”。

王家卫可以说是最重视电影艺术性的香港导演，也是最具风格化的香港导演之一，他独特的电影语言构成了世纪之交香港后工业与后殖民社会语境中作者电影的独特景观。李道新的《王家卫电影的精神走向及其文化含义》[④] 从王家卫电影的地位、角色、身份和性别出发，透析其电影的内在困惑与情绪张力。陈墨的《生命的呢喃——王家卫电影阅读阐释》[⑤] 从王家卫电影的镜头画面——时空印象、画外之音——心理结构、作者电影——生命意识及其表达等三个方面建立阐释框架，对王家卫的电影创作进行阐释。

---

① 李相：《杜琪峰之“黑色映像”》，《当代电影》2007 年第 2 期。

② 许乐：《香港有位杜琪峰》，《当代电影》2007 年第 2 期。

③ 孟浩军：《杜琪峰电影完全接触》，《北京电影学院学报》2000 年第 4 期。

④ 李道新：《王家卫电影的精神走向及其文化含义》，《当代电影》2001 年第 3 期。

⑤ 陈墨：《生命的呢喃——王家卫电影阅读阐释》，《当代电影》2001 年第 3 期。

这个阶段的研究中还有大量对周星驰、吴宇森、许鞍华、关锦鹏、彭浩翔、陈果、刘伟强等电影创作者及其电影作品的分析和论述，促使台港电影成为学界、媒体和大众的热门话题。

新世纪到来后，随着理论程度的加深，学界对台港澳电影的产业研究、文化批评和类型化讨论也更具针对性。中国电影艺术研究中心索亚斌的硕士论文《东方暴力——一种美学风格的探讨》以“东方暴力美学”这一概念为总括，探讨香港商业电影在表象暴力场面时与西方同类电影的区别。谭亚明的硕士论文《香港鬼怪灵幻电影研究》以分类、比较为基础，研究香港鬼怪灵幻电影的形态特征、表现方式及文化内涵，采用结构主义方法，通过文本形态分析，试图解释香港鬼怪电影现象，寻找其类型特征。张燕的《香港喜剧类型电影浅析》[①] 从故事架构、人物关系、表现手法等方面梳理了香港喜剧电影的类型特点，展望了其发展前景。许乐的《黑白森林：香港黑社会片的社会文化症候读解》[②] 从社会文化角度解读了香港黑社会电影。这些类型研究文章不再止步于对影片类型描摹和影像特征的现象式呈现，而力图将某种类型及其产生、发展的特定的社会时代背景、历史环境动因相关联。

赵卫防的《制片体制对香港电影创作的影响》[③] 分析了香港电影发展历程中，独立制片和大制片厂流水线式制片两种体制具有轮流登场的规律性，这一规律使得香港电影创作中呈现出商业化比重和艺术性比重交替占先的轮回现象。这种轮回成就了香港电影的繁荣，并完成了香港电影在不同时期商业类型和艺术个性的最佳配

---

① 张燕：《香港喜剧类型电影浅析》，《当代电影》2003 年第 5 期。

② 许乐：《黑白森林：香港黑社会片的社会文化症候读解》，《电影艺术》2006 年第 4 期。

③ 赵卫防：《制片体制对香港电影创作的影响》，《当代电影》2005 年第 4 期。

置。李韧的《邵氏家族企业史与电影产业发展》[①]、刘辉的《邵氏兄弟（香港）公司大制片厂制度分析》[②]、王海洲的《百年中国电影中的邵氏“武侠新世纪”》[③] 以及胡春景的硕士论文《文化与产业：邵氏电影的双重解读》均分析了香港最大的制片机构邵氏家族电影产业对香港电影生产的重要作用和意义。

二〇〇五年恰逢中国电影诞生百年之际，大量的影史著作集中出版，对台港澳电影发展史的书写也成为改革开放以来中内地台港澳电影研究的标志性成果。此前因为长期的隔绝，内地电影研究界一直无法将海峡两岸电影发展纳入同一范畴书写，随着交往的增多和研究的深入，海峡两岸电影界和电影学术界共同参与的中国电影史应运而生。二〇〇七年，由内地、台湾、香港三地电影史学家共同组成编委会，内地著名电影史学家程季华、台湾著名电影导演李行和香港电影工作者总会会长吴思远担任编委会主席，集两岸数十位电影史学家、电影研究者共同编写完成的《中国电影图史（1905—2005）》由中国传媒大学出版社出版。该书全面、系统、客观地记录、展示了百年来包括内地、台湾、香港和澳门在内海峡两岸的中国电影的发展演变进程及成就。全书采用编年体例，图文并茂，在每年度中分别按内地、台湾、香港顺序排列，以“大事记”“影片目录”“重大事件”“史料摘录”“重要人物”“重要影片”等文字内容，配以“事件照”“剧照”“人物肖像”“报章文照”等图片，极力整合了海峡两岸电影界的学术资源，站在“统一”中国电影史

① 李韧：《邵氏家族企业史与电影产业发展》，《北京电影学院学报》2003年第2期。

② 刘辉：《邵氏兄弟（香港）公司大制片厂制度分析》，《电影艺术》2005年第6期。

③ 王海洲：《百年中国电影中的邵氏“武侠新世纪”》，《电影艺术》2006年第4期。

的立场上，将新世纪以来中国电影史的研究与书写推向了一个新的高度。

李道新的《中国电影文化史（1905—2004）》[①] 力图整合内地、台湾和香港电影的整体面貌，深入阐发中国电影的精神走向及其文化蕴涵，按中国电影文化发展的总体脉络，将中国电影文化史划分为四个具有特定文化内蕴的历史时段，并在具体的历史陈述中，把握各个时段的电影作者、文本或电影类型，进行细致的分析和研究。贾磊磊的《中国武侠电影史》[②] 和陈墨的《中国武侠电影史》[③] 把武侠片的发展过程做了清晰梳理，力图把两岸电影的历史整合在中国电影史的宏观叙述中来。此外，赵卫防的《香港电影史（1897—2006）》[④] 和孙慰川的《当代台湾电影（1949—2007）》[⑤] 两本论著以内地学者的立场梳理了香港电影和台湾电影发展的历史进程。

二〇〇八年，中国台港电影研究会与华夏电影发行公司联合举办"华夏杯"台港电影优秀论著评选活动，对一九九八年到二〇〇七年年底内地台港电影研究成果进行甄选，陈飞宝的《台湾电影史话》、赵卫防《香港电影史（1897—2006）》和中国电影资料馆编《香港电影图志》等三部专著，以及黄式宪的《时代投影：主体的苏醒及镜语重构——台湾、大陆新一代电影的美学比较》、贾磊磊的《台湾新电影的叙事与阅读》、王琛的《香港"英雄片"——男人灵魂深处的梦》、侯军的《李行的电影创作与中国传统文化精

① 李道新：《中国电影文化史（1905—2004）》，北京大学出版社2005年版。
② 贾磊磊：《中国武侠电影史》，文化艺术出版社2005年版。
③ 陈墨：《中国武侠电影史》，中国电影出版社2005年版。
④ 赵卫防：《香港电影史（1897—2006）》，中国广播电视出版社2007年版。
⑤ 孙慰川：《当代台湾电影（1949—2007）》，中国广播电视出版社2008年版。

神》、王海洲的《百年中国电影中的邵氏“武侠新世纪”》、张燕的《香港左派电影公司的历史演变》、石川的《族群认同与香港电影中的“北佬”形象》等十五篇论文获奖。这些获奖专著和论文充分体现了随着改革开放的深入，内地研究者在台港澳电影研究领域的突出贡献和卓越水平。

第四个十年　开拓视野、融合贯通

建立一个包括台湾、香港和澳门在内的宏大的中国电影学术体系，成为许多中国内地、台湾、香港和澳门电影研究者多年来的共同愿望，海峡两岸华语电影的融合也从二十世纪八十年代就已经开始。“华语电影”（Chinese - language film）这一概念最初由台湾学者在九十年代初提出，是为协商海峡两岸相异的意识形态以及价值取向而诞生的。随着二〇〇三年《关于建立更紧密经贸关系的安排》（简称 CEPA）和二〇一〇年《海峡两岸经济合作框架协议》（简称 ECFA）的签订，“华语电影”逐渐从理论性建构深入到中国电影产业和合拍片实践中，对“华语电影”这一整体概念在理论和实践方面的探讨是近十年来学者们格外关注的内容。

傅莹、韩帮文的《“华语电影”命名的通约性》① 在尊重史料的基础上，梳理了华语电影命名的基本逻辑，厘清“华语电影”概念史，从而说明了“华语电影”命名的合法化问题。文章指出：“华语电影”作为一种文化整合观念已经在产业运作、大众传播、学术生产等层面成为一个广泛运用的语汇，人们不再限于使用“大陆电影”“香港电影”“台湾电影”等蕴含地理/政治意义的概念来指称一种空间维度上的电影“群落”，而是开始使用“华语电影”

① 傅莹、韩帮文：《“华语电影”命名的通约性》，《文艺研究》2011 年第 2 期。

这一更具外延包容性与内涵亲和力的术语来概括语言上具有同一性、文化上具有相似性、产业上具有交融性的几大电影板块。作为"中国电影"概念的延伸，"华语电影"不仅更明确地指称了海峡两岸电影业之间的交流与合作的景象，同时也涵盖了跨国（区）资本运作的状况。而今媒体也广泛使用"华语电影"概念指称相关空间的电影工业实践，甚至这一概念被学术界集约为全球华人心理认同的文化观念。在某种程度上，"华语电影"已经成为显在的事实，吸引了越来越多的学者进行范畴阐释、现象解读、理论提炼。简言之，"华语电影"预示了一种新的电影批判风潮、理论旨趣与学术动向。

二〇一三年十二月，上海大学影视艺术技术学院、北京大学艺术学院、北京大学影视戏剧研究中心、暨南大学文学院/艺术学院和深圳大学文化产业研究院共同主办的第三届世界华语电影论坛"华语电影：影像、资本与文化的跨界流动国际学术研讨会"在上海大学召开，此前暨南大学和北京大学分别于二〇一〇年和二〇一一年召开了第一、二届世界华语电影论坛。在这次会议上，海外学者鲁晓鹏阐述并比较了"华语电影"和"华语语系电影"两个中文（中国）电影的研究模式，回顾了华语电影理论发展的三个板块，即九十年代以来的港台中文学术界、九十年代以后的海外英文学术界，和当今中国内地的中文学术界，及其各自特点，并讨论了新世纪以来"华语语系"这一概念在海外产生的缘起、特点和演变，呼吁影视理论家们致力于建构一种交流、对话、包容、多元、开放的理论框架，而不是互相排斥、对抗的理论框架。

随着 ECFA 和 CEPA 的实施，海峡两岸电影的融合已成为不可阻挡的潮流，特定时期的文化政策及其产生的文化现象也引起了学者们的关注。张燕在《后 CEPA 时代内地与香港合拍片的现实观照与文化表达》[①] 中指出，CEPA 实施以来，内地与香港合拍片已发展成为海峡两岸电影的创作主力和市场中坚，并已转向内容创作与文化表达的交汇融合，在日常题材、类型创作中凸显现实观照美学，并分别为海峡两岸电影生成了“新主流电影”与“新香港性”的文化新景观。南京师范大学程茜的硕士论文《ECFA 时代两岸合拍片的跨文化研究（2010—2015）》梳理了改革开放以来有关两岸合拍片的相关文本，以跨文化差异理论为主线，分析两岸不同文化体系的认知标准与操作规范所引发的合作难题，分析了两岸合拍片的文化内涵和价值取向。

一九八九年，台湾电影的辅导金政策开始实施，对台湾电影的选题、类型、市场定位、制片策略和艺术风格等诸方面都有深刻的影响，台湾当局对电影的辅导政策，有些直接冠以“辅导金”之名，有些则通过其他手段加以干预，孙慰川的《台湾电影辅导金政策的嬗变》[②] 一文将这些政策纳入研讨范围，以期对台湾电影的辅导金政策有一个更全面和完整的认知。金欣、袁少桐的《台湾电影辅导金政策探析》[③] 一文也指出自实施这一政策以来，台湾辅导金的额度基本上呈逐年上涨趋势，其辅导的范围由最初的剧情长片和摄制过程转向制作、发行、放映、市场营销和人才培养的全过程，但在定位、执行等方面也存在诸多问题。

中国政法大学胡喜辉的硕士论文《香港电影检查制度评述》从中国内地电影审查制度的现状出发，对香港电影检查制度与分级制

---

① 张燕：《后 CEPA 时代内地与香港合拍片的现实观照与文化表达》，《当代文坛》2018 年第 6 期。

② 孙慰川：《台湾电影辅导金政策的嬗变》，《北京电影学院学报》2012 年第 5 期。

③ 金欣、袁少桐：《台湾电影辅导金政策探析》，《河北工程大学学报》2018 年第 1 期。

度进行考察。针对内地审查标准烦琐不明晰、审查程序冗长不透明、没有设立分级制度等主要问题点，详细介绍了香港有关制度的设计，以期对中国内地电影审查制度的改进探讨有所借鉴。

二〇〇八年是台港电影发生重要转机的一年，香港电影通过与内地合拍片拓展了思维和观赏价值的维度，美学方面得到进一步完善；台湾电影则在一批新锐导演的带动下取得了重大成果，以《海角七号》为代表的影片取得了巨大的商业成就，甚至人将二〇〇八年以后的台湾电影命名为“后海角时期”或“后新电影”。二〇〇九年二月《海角七号》影片在内地上映，对《海角时代》的讨论成为两岸电影研究界最为热门的话题。中国社科院文学研究所的张重岗在《〈海角七号〉的叙事纬语》[①] 中指出，《海角七号》中诸多元素的拼贴已使之变成了一个文化的杂烩，给予电影界说书人的自我定位，编导魏德圣选取各年龄段台湾人的郁闷和焦虑作为影片的情绪主线，伴之以底层视角和怀旧情结，来解开主体的心灵之谜。遗憾的是导演陷入了叙事话语的内在冲突中，在这里，深沉的历史、人性话题与娱乐化、商业化的处理方式之间产生了极大的悖谬。影片的品格在此种意向主导下不免大打折扣。李晨的《难以规避的历史与现实——也谈〈海角七号〉》[②] 认为影片在台湾引起极大的社会反响，不仅因为该片中涵盖了当下诸多流行元素，更由于片中呈现出强调本土的论述方式以及柔化殖民历史的价值观，恰好迎合了台湾社会的政治审美取向，这种想象背后存在着复杂的社会历史原因。李娜的《从〈海角七号〉到〈1895〉》[③] 将《海角七号》与《1895》两部影片作比，一现实，一历史，“相反相成”地

① 张重岗：《〈海角七号〉的叙事纬语》，《华文文学》2009 年第 3 期。

② 李晨：《难以规避的历史与现实——也谈〈海角七号〉》，《华文文学》2009 年第 3 期。

③ 李娜：《从〈海角七号〉到〈1895〉》，《南风窗》2009 年第 8 期。

表现了当下台湾的“政治正确”：以“草根”为底的“爱台湾”意识，以“多元”“宽容”的历史观重新评价殖民历史与对日关系。陈美霞的《〈海角七号〉与台湾电影产业》[①] 以《海角七号》为文本，从文化产业角度切入，分析了影片在台湾电影产业中的位置，及其对台湾电影产业的启示。

《海角七号》的巨大成功为处于低迷期的台湾剧情片打了一剂强心针，此后一批新锐导演拍摄的具有青春意向的影片占据了银屏，对“后新电影”“青春片”，以及魏德圣、钮承泽、林孝谦等导演的讨论也随之增多。韩琛的《台湾“后新电影”：庶民美学与本土想象——以〈海角七号〉、〈艋舺〉为中心》[②] 认为以这两部影片为代表的“后新电影”是继“新电影”“新新电影”之后形成的台湾电影新世代，“后新电影”放弃了“新电影”的精英主义立场，致力于大众化、本土化的商业电影生产，并形成了以“台客影像”为主要标志的庶民美学风格，在塑造新的本土镜像的同时，放大了所谓“台湾主体意识”中的后殖民内涵，表征了当下台湾在中国/新房双重凝视之下的身份困惑。张燕的《“后海角时期”台湾新锐导演创作：在地文化、商业自觉》[③] 指出“后海角时期”台湾影坛涌现出四五十位新锐导演，他们自觉告别“艺术电影”，努力以在地文化表达和本土经验书写为核心，自觉推进商业类型创作。目前新锐电影已成为扛鼎台湾电影产业和主导市场的重要力量，这主要归功于制片企划与商业制作、电影营销、跨界合拍与多元市场开发。台湾新锐导演群体创作的繁荣态势，实际上是台湾电影管理

① 陈美霞：《〈海角七号〉与台湾电影产业》，《艺苑》2009年第1期。

② 韩琛：《台湾“后新电影”：庶民美学与本土想象——以〈海角七号〉、〈艋舺〉为中心》，《浙江传媒学院学报》2011年第5期。

③ 张燕：《“后海角时期”台湾新锐导演创作：在地文化、商业自觉》，《当代电影》2014年第8期。

部门、台湾电影界、企业机构等多年调整辅助政策和建立培养机制的合力结果。

随着新世纪以来台湾政治形态的变迁，台湾电影中的政治意识也有所强化，原住民、外籍劳工、同性恋、殖民历史等问题都直接或间接地出现在电影中。山东大学韩婕的硕士论文《台湾电影中日本殖民记忆的转向：媒介社会学的视角（1987—2017）》从媒介社会学视角出发，结合殖民记忆理论，使用文本分析法和历史研究法，聚焦于一九八七年到二〇一七年间台湾电影中关于日本殖民记忆的呈现，以台湾社会、政治和文化的整体风貌为问题语境，探讨电影、殖民记忆与身份认同间的理论关系，对电影中关于日据历史的多元解读与暧昧转向进行了分析。二〇〇五届四川师范大学彭洋捷的硕士论文《新世纪台湾同性恋电影研究》分析了作为表意空间的城市，对新世纪台湾同性恋电影发展及人物命运等的影响，用女性主义和社会学等相关理论，重点分析了影片中同性恋形象的建构，从影音和形象两个层面，对新世纪台湾同性恋电影具有的审美情趣进行分析。上海外国语大学二〇一七届任弼华的硕士论文《台湾同性恋题材电影在大陆传播的受众分析》对台湾同性恋题材电影在大陆的传播渠道、受众类型、传播内容进行了宏观分析，总结台湾同性恋题材电影在内地传播的现状及优劣条件。陈玲的《台湾电影原住民影像特点研究》[①] 梳理了百余年来台湾电影中涉及原住民题材的影片，探讨了随着社会变迁原住民影像的特点。

纪录片是电影的一个重要组成部分。伴随着剧情片的一度低迷，政治环境的进一步宽松，以及科技的发展和技术门槛的降低，台湾、香港等地的纪录片创作逐渐活跃起来，对台港澳等地纪录片

---

① 陈玲：《台湾电影原住民影像特点研究》，《遵义师范学院学报》2016年第6期。

的研究也随即出现。中国社科院文学研究所李晨的专著《光影时代——当代台湾纪录片史论》[①] 是一部关于台湾当代纪录片的专著，选取当代台湾纪录片为重点文本分析对象，对当代台湾社会转型过程中的文学、文化、影像生产及其美学形式，台湾政治变革导致的社会生态变化，以及这些现象背后隐藏的社会历史结构性问题做了深入和系统的考察，该书以文化研究为理论基础，结合历史学研究方法，同时结合社会学的田野调查，既有对台湾纪录片发展宏观视野上的把握，更注重文本的细读与分析，具有一定的理论深度和历史维度。喻溟的《台湾纪录电影崛起之路》[②] 梳理了台湾院线纪录片的发展轨迹，探讨商业价值与人文思考如何平衡的问题。此外，南京师范大学罗祎英也选取一九八〇年到二〇〇九年台湾社会纪实类纪录片为研究对象，写作了题为《1980—2009 台湾社会纪实类纪录片研究》的硕士论文。

二〇一〇年是香港银都机构成立六十周年，香港电影界及文化机构陆续出版一些相关回忆录和研究著作，有效地增补了这段长期被忽视的历史记忆，对内地学界的相关研究也提供了有益的启示，对香港左翼电影的研究也成为香港电影研究的又一个生发点。孙慰川在《银都体系六十年的产业和文化贡献》[③] 中梳理了香港“新长城”电影制片有限公司成立以来，从“长凤新”到银都机构，香港左派电影体系/银都体系六十年的发展历程，指出银都体系的政治色彩和政治贡献无可辩驳，但其产业规模、文化影响和美学影响在香港电影界占有不可忽视的地位。沙丹的《政治光谱中的文艺变

---

① 李晨：《光影时代——当代台湾纪录片史论》，社会科学文献出版社 2014 年版。

② 喻溟：《台湾纪录电影崛起之路》，《电影艺术》2015 年第 5 期。

③ 孙慰川：《银都体系六十年的产业和文化贡献》，《当代电影》2011 年第 1 期。

革：建国前夕香港左派影人的活动及影响》[①] 梳理了一九四九年建国前夕香港左派电影人的活动以及中共对此施加的影响。

因为各方面条件的限制，澳门地区的电影发展稍显落后，对澳门电影的研究也一直相对薄弱，在为数不多的研究论述中，田媛的《回归近二十年澳门电影发展概况》[②] 一文从价值链研究的角度切入，以 PEST 分析方法探讨回归近二十年间澳门电影的发展。

在专著出版方面，近十年学界更多地侧重历史文化方面的挖掘与剖析：周斌的《不一样的景观》[③] 以港台电影发展历程为观照对象，分别从历史、文化和审美等不同角度，对香港电影和台湾电影进行了多方面的研究和评介。唐桦的《文化研究视域下的台湾社会》[④] 系统阐述了文化研究理论，以此为研究视角从文化与意识形态、流行音乐与身份认同、电影与都市问题、饮食文化与文学等多个层面来深度透视台湾社会的变革及现状。二〇一四年十一月，商务印书馆出版了孙慰川的《后"解严"时代的台湾电影》，该书的一个显著特点是占有和充分运用了大量来自对象现场的资料和科研成果，在研究方法上史论研究与文化批评相结合。全书分为上下两篇，上篇致力于对一九八七年到二〇〇九年二十二年间台湾电影的发展历史进行检视，属于线的勾勒；下篇则是对该时期一些重要问题逐一予以专题研究，属于点和面的探讨。在对既有议题的探讨上，敏锐选取电影辅导金政策、商业电影的市场拓展等涉及政经元素的角度切入，并在社会纪实类纪录片以及两岸电影交流与合作等部分，将与电影发展关系密切的政经背景视为重要的幕后推手加以

---

① 沙丹：《政治光谱中的文艺变革：建国前夕香港左派影人的活动及影响》，《电影艺术》2012 年第 4 期。

② 田媛：《回归近二十年澳门电影发展概况》，《当代电影》2018 年第 4 期。

③ 周斌：《不一样的景观》，东方出版中心 2009 年版。

④ 唐桦：《文化研究视域下的台湾社会》，厦门大学出版社 2014 年版。

深入揭示和逐层剖析，论述特殊的政经背景与“解严”后台湾电影发展及其美学意涵之间的微妙互动。谢建华所著《台湾电影与大陆电影关系史》[①] 把电影看作一个文化产品或社会文本，在大“中国电影”的格局中，用一种由外（社会）而内（电影）的方法，从历史研究和文化研究的双重视角，观照两岸电影的历史关系，考察一九二四年大陆电影到台湾以来，两岸电影八十多年的发展关系史。香港电影方面的专著则更侧重电影史的书写：周承人的《早期香港电影史》[②] 分五个阶段梳理了早期香港电影的发展历程。许乐的《香港电影的文化历程》[③] 对香港电影自一九五八年至今五十年的发展历史进行梳理，在阅读具体文本的基础上对香港电影的文化进行了研究。王海洲的《香港电影研究》[④] 从百年中国电影中的邵氏“武侠新世纪”、前“九七”香港电影中的身份问题、二十世纪九十年代香港电影空间的后现代特征、周星驰喜剧电影的叙事和意识形态等方面对香港电影进行了考察。张燕的《在夹缝中求生存》[⑤] 全面观照香港左派电影，聚焦“长城”“凤凰”“新联”“银都”等公司，既有纵向的历史脉络梳理，也有横向的影人佳作分析，既有艺术美学研究，也有市场运作剖析。张建德的《香港电影》[⑥] 侧重关注香港电影自诞生以来为世界影坛瞩目的关键性因素，重点探讨香港电影独一无二的电影类型，并对香港电影工业中的重要导演进行了作者论分析。赵卫防的《香港电影艺术史》[⑦] 按照传统编年

① 谢建华：《台湾电影与大陆电影关系史》，人民文学出版社 2014 年版。
② 周承人：《早期香港电影史》，上海人民出版社 2009 年版。
③ 许乐：《香港电影的文化历程》，中国电影出版社 2009 年版。
④ 王海洲：《香港电影研究》，中国电影出版社 2010 年版。
⑤ 张燕：《在夹缝中求生存》，北京大学出版社 2010 年版。
⑥ 张建德：《香港电影》，北京大学出版社 2017 年版。
⑦ 赵卫防：《香港电影艺术史》，文化艺术出版社 2017 年版。

史方法，通过对香港电影各个历史时期的特征展现，描绘出百年来香港电影的流变过程，以及对当下整个华语电影的借鉴意义。

结　语

一九七九年的《告台湾同胞书》发表距今已有四十余年，随着改革开放政策的深入，时至今日，海峡两岸学术界与文化界的交流已经相当频繁而广泛，四十年间，内地学界对台港澳电影的研究从最初的引介，到逐步加深理解与交流，通过经典的确立，最后形成体系化的研究范式，在作品论、作者论、电影类型研究、电影产业研究、文化研究、电影史书写和文化政策研究等诸多方面都取得了令人瞩目的成就，更在全球化语境中完成了台港澳地区电影的“中国化”阐释，扩大了中国电影的格局，确立了华语电影的范畴，从学术的角度维护了中华民族的完整。

（作者单位：中国社会科学院文学研究所台港澳文学研究室）

艾　翔

笑的时代规范性
——对一九七〇年代小说《较量》的一种解读

内容提要：以较受忽视的情节元素“笑”为视角，结合国内外相关社会学、心理学著作，对一九七〇年代引起轰动的小说《较量》进行分析。通过江海涛的笑和黄建安的不笑揭示出这一行为蕴含的身份识别尤其是革命领导权的暗示，通过丁锦辉的被笑与马全福的被笑发掘出作为权利的“被笑”，以及引入宣传策略而更新的待改造人物的塑造方式，呈现出笑中暗藏的正面、反面及二者之间的人物的转换机制；最后通过对小说中俗语使用情况的分析，明确一九七〇年代对笑的精密设置，尤其是大众性和精英性的结合方式。

关键词：较量；七十年代；笑；政治有效性

由于六七十年代在多数人心里的印象是过于激烈的社会运动，加之一系列文艺批判运动，很自然地给人一种印象，即这十年间的艺术都是色厉内荏、怒目圆睁式的。其实“一九六八年后，群众在政治上沉寂了”，一九六九年“人民共和国回到了它在文化大革命前的起点，政治权利恢复了三年前的状态，……党恢复了其至高无上的地位。”[①] 进入一九七〇年代，基本不再有较大规模的社会运

---

① ［美］莫里斯·迈斯纳：《毛泽东的中国及其后——中华人民共和国史》，杜蒲译，（香港）中文大学出版社2005年版，第345、327页。

动，生活趋于平静。一九七二年一批文艺期刊复刊，文艺创作较此前略有恢复，尤其是一种较有弹性的劝说机制得到了延续，文艺具有一定内在的自足性，对此“笑”是一个有效的观察途径。本文将以一九七〇年代引起巨大轰动的小说《较量》为分析个案。

一　江海涛的笑与黄建安的不笑

在这部创作于一九七四年的反映上海东风机械厂阶级斗争的长篇小说的开篇，作为“主要英雄人物”的装配车间党支部书记江海涛的出场是个值得品味的细节。在大致介绍过东风机械厂的历史和国内国际政治现状后，作者把镜头推向了工厂的一处，一个学徒不慎将汽车开进深坑，众人费尽气力无济于事时，来了一个肩膀宽阔、身材敦实的“铁罗汉”般的年轻人，几下便带领大家成功“解救”出了被困汽车。在这个小高潮后紧接着又曝展开了一个更大的高潮，即被车间主任丁锦辉称为二〇一国防工程本体部分制造“五大难关”中的第一大难关——胡芦架钢丝润滑，顷刻间也被这个年轻人化解。这样快速的节奏非常有效率地塑造出江海涛这个具有“不可凛然性的”“半人半神”式的“文学超克”[①]。两个情节之间有一个简短的过渡，高猛虎口技未能让江海涛上当，之后两人又有一段嬉笑，高猛虎在借自江海涛的《毛泽东选集》上密写笔记后归还，江海涛故意嗔怪前者借书不还又随意圈画，然后将书送给前者。

有学者认为，“笑在本质上是表示满意。如杜普里尔所指出的，集体的笑往往能使人们结合在一块。”[②] 也就是说笑会使参与者产

① 程光炜：《文学的“超克”——再论蒋子龙小说〈机电局长的一天〉》，《当代文坛》2012 年第 1 期。

② ［新西兰］拉尔夫·皮丁顿：《笑的心理学》，潘智彪译，中山大学出版社 1988 年版，第 79 页。

生一种集体归属感或认同感，各集体成员间由于心照不宣的默契而共同产生一致的笑意，从而对内形成一种强大的凝聚力，对外则是一种坚定的宣传。虽然领袖语录中有“一切革命队伍的人，都要互相关心，互相爱护，互相帮助”这样相似的表述，而且包含着神谕性质的威严，但这里通过两人互相的“笑”这一动作转述这条语录的精神，无疑更具亲和力，更合乎文艺创作的一般标准。事实上小说中类似的笑可谓不胜枚举，不但作为党支部书记的江海涛和作为团支部书记的高猛虎如此，普通工人之间以及干部群众之间都是如此。另一类细节人们互相的称谓与这种笑的效果类似：一个普通工人遇见工厂党委书记郑志清，不是恭敬地称呼“郑书记”，而是以亲切的“老郑”打招呼，上级对下级、同级之间也没有丝毫隔阂；一向称呼丁锦辉“老丁”的江海涛面对前者拒不承认黄建安特务身份的时候换用“丁锦辉同志”的称呼，被称呼者大感不快：“‘丁锦辉同志’，这本来是个很亲切的称呼，可是此时此地，又是出于江海涛之口，在丁锦辉听来，是那样的陌生，那样的刺耳，因为江海涛从来也没有这样称呼过他呀!”称呼某人职务或“同志”的时候，态度可能是不偏不倚不带感情色彩的，而称呼“老郑”“老陆”心态一定是轻松随意并且是亲密的，其作用便与江高之间的“笑”相同，是一种潜在的笑。

在小说的人物设置上，天平的两端分别是江海涛（及紧密团结在江书记周围的高猛虎、向明忠、陆高春、沈丽萍）和黄建安（包括隐含着的国民党在上海的特务组织），两者中间是丁锦辉、马全福、肖武斌，十分类似十七年及其后形成的一套“主要英雄人物—正面人物—中间人物—反面人物”的谱系设计[①]。以新中国成立前

① 当然“文化大革命”文艺不存在十七年意义上的“中间人物”，许多描写中间人物的作品受到批判，“中间人物论”也被作为“文艺黑线”对待。

的汽车司机、新中国成立后的车间焊工身份潜伏下来的国民党特务黄建安，自然也是一个不能受到轻视的角色，必然会享受与江海涛出场的“设计”同等规格的“待遇”。丁锦辉的口头禅“懂不懂”被“小猴子”这个活泼好动的年轻工人及众人的讥笑，也包含有上文提及的“愉悦的笑”的成分，还有第三种“笑”，即黄建安的“不笑”。至少是在文艺作品中，党内民主气氛是一个较受作者重视的、普遍存在的基本因素，凡属于无产阶级队伍中的每一个体，无论革命干部或普通群众都相处得十分融洽，并不忌讳互相彼此之间的玩笑，甚至作为一种身份标识“笑”是一种必不可少的因素。除去间或出现的阶级斗争场景显得剑拔弩张外，这类不涉及两条道路分歧的桥段出现“不（准）笑”也就仅此一例。如果说小说存在某种设计，这正是作者通过“笑”这一细节向读者暗示了黄建安不寻常的身份，显示出创作本身的严谨与自足。

黄建安是《较量》中笑得最少的角色，二〇一工程指挥部来的工程师沈丽萍具有识破前者身份的可能性，在其未发现黄的神秘身份之前，迎面而来沈的微笑换来的是黄对其背影的怒视；当高猛虎对黄建安绽露笑容的时候后者却心惊擦汗。当然黄建安也并非严肃到被捕最后一刻，通览整部小说，“笑”是具有贯穿型的动作，几乎无人不在笑，但也是分层次或者说是有区别的。当设计谋杀沈丽萍后来到肖武斌张秀英夫妻家中，之后沈丽萍的到来令黄建安大惊失色，怕被识破而用笑来作为掩饰，这种心理印证了达尔文的论断：“虽然笑本来是用来表达愉悦的，但是它也可以‘强行’用来掩饰其他情感，例如：愤怒、羞愧、胆怯、嘲笑和轻蔑。”[①] 正是由于“强行”使笑成为一种不正常、不健康、不自然的举动，其产

① ［美］埃德蒙·伯格勒：《笑与幽默感》，马门俊杰译，中国人民大学出版社 2011 年版，第 18 页。

生机制与“不笑”是相同的，那就是紧张、心虚、怯懦的心理特征，因此这里的“笑”乃是此前“不笑”的合理延续。

当情节发展到向明忠不满意丁锦辉肖武斌的混淆阶级对立之是非而欲写大字报却被江海涛阻止，令黄建安“把水搅浑”的阴谋覆灭的时候，被黄建安偷听到而“咬牙切齿，目露凶光，暗自狞笑地说：‘你想要水清，我偏叫水浑，等着吧！’”基本上就在情节推演到近1/3处，黄建安开始四处寻迹进行阻碍工程的破坏活动的时候，他的“笑”也开始从被动的掩饰变成一种主动的行为。这种艺术设置是极具效果的，因为按照一些心理学家或生物学家的看法，笑是一种带有攻击性的行为，比如达尔文就认为有一种笑的功能“就是向冒犯者表明他不过是引起了高兴。”[①] 就如同愉悦的表现关系亲密的笑反映在影视剧中是党内高层领导的相视一笑，这种攻击性的笑也能在被俘逼供的革命者身上找到——只不过区别是艺术产品中革命者的这种笑往往令敌人手足无措，甚至是“魔鬼的宫殿在笑声中动摇”；黄建安则往往是笑声未落即被江海涛化解，做得比较隐蔽的也在最终彻底落败。黄建安这种主动的“狞笑”与其破坏行为形成了一种互文性的对照，又与最终的机关算尽形成鲜明反差，造成了反面人物的喜剧效果。

按照精神分析学派的观点，笑所携带的攻击性并不是真正的攻击，只是一种“补偿性的佯攻”[②]，并不会造成实质性的影响，因此影视作品中被俘的革命者在笑过之后，如果不能成功被营救则必死无疑，这样才能避免“佯攻”的无效性而营造出悲怆气氛。然而黄建安并未中途转移或立刻被捕，这也就预示了悲怆气氛形成过程

① ［新西兰］拉尔夫·皮丁顿：《笑的心理学》，潘智彪译，中山大学出版社1988年版，第118页。

② ［美］埃德蒙·伯格勒：《笑与幽默感》，马门俊杰译，中国人民大学出版社2011年版，第61、178页。

的中断和“佯攻”无效性的必然显露，同时这种“佯攻”的笑和最终未果的破坏行为形成的更深层次的互文性暗含着作者轻蔑的嘲讽。所以从某种意义上说，黄建安的“不笑”“掩饰的笑”和“狞笑”属于本质相同的一组动作，后二者是前者的正常发展。

正如有研究者所做出的判断：“笑与不笑的行为在某些特殊的情况下具有鲜明的政治意义。”① 通过以上解读不难发现，“笑”具有一种“身份识别”的作用，无论是“愉悦的笑”“礼貌性的微笑”或是彼此之间的调笑，均出现在无产阶级队伍内部，因此可以通过一个人是否笑、发出的是什么样的笑来判定其阶级属性，这种识别作用与黄军装、红宝书的符号意义是相同的。进一步说，这种识别功能还隐藏着一种“革命领导权”的标志，能够随意善意地调侃他人的必定是革命干部，如郑志清、江海涛、高猛虎；能够随意进行笑的活动的必定是坚定的革命有生力量，比如沈丽萍、陆高春、向大妈；能够发出笑声的必定是广大革命群众，如小猴子、转变后的肖武斌和马全福；被禁止笑或者只能发出不正常笑声的当然是对立面人物，如黄建安。事实上这也是那个年代的真实写照，众所周知，当时全国最擅长笑、最频繁笑、甚至大部分笑声的发出者正是最高领袖。

二　丁锦辉的被笑与马全福的被笑

在论述20世纪70年代文学时使用“中间人物”这一概念颇显尴尬，这个“十七年”文学的人物样式在很长时期内受到批判，甚至成为写作禁区。但由于七十年代文学与“十七年”文学是一种既偏离又延续的纠缠关系，所以这一时期的小说文本仍然存在着一类“比英雄人物落后、比反动分子进步”的形象群体，其重要性及其

① 劳马：《笑的意味与当代文学》，《中国人民大学学报》2009年第5期。

与“十七年”中间人物的差异性一样是不容忽视的。另外依据毛泽东最初对社会运动的设计，由于“官僚集团刚刚被老百姓斗过一次，经过了一段群众运动的洗礼，其官僚作风会收敛一点”，所以“要七八年搞一次，慢慢来，不必一步到位。”[①] 在具体实践中，真正意义上的“反革命”和原初经济学意义上的“剥削阶级”只是少数，“革命”的对象主要是“带有资产阶级、剥削阶级落后思想”的待改造人物，因此这类人的存在也是“革命”理论存在的基础，这同样说明了对他们不应有所忽视。

与大多数人物不同，丁锦辉不是以“笑”或“不笑”的方式出场，而是“被笑”，即前文提到的由于其口语的反复重复（“懂不懂?”）被小猴子模仿，引得众人一阵哄笑，此后第4章又有高猛虎、郑志清因其口头禅而发笑的桥段。这里所说的“被笑”并不仅仅指被另一方调笑，对比前文分析过的江海涛同高猛虎之间的玩笑可以发现，这种“被笑”是单向度的，不具备反抗的力量和冲动。这种形式的“笑”连接起来的不是两个人物之间的关系，而是将作用目标指向读者，建立起读者对被笑者的认知。如果按照更科学的界定，“被笑”实际上是作为“笑”四大支柱之一的“滑稽”[②]：“由于缺乏灵活性，由于疏忽或者身体不善应变，总之，由于僵硬或是惯性作用，当情况要求有所改变的时候，肌肉还在继续原来的活动。……因此笑了。”[③] 小猴子学舌的口头禅，正是“模仿了生命的机械动作”，凸显了被模仿者的滑稽。丁锦辉从一开始就是一

---

① 李北方：《我所理解的毛主义及其实践》（四），见其博客 http://www.caogen.com/blog/Infor_detail.aspx?ID=130&articleId=32225。

② ［美］埃德蒙·伯格勒：《笑与幽默感》，马门俊杰译，中国人民大学出版社2011年版，第168页。

③ ［法］伯格森：《笑》，徐继曾译，北京十月文艺出版社2005年版，第6、21页。

个滑稽角色，暗示了人物的身份属性。

除了口头禅的形式意义，“懂不懂”的内涵意义也是有“安排”的，体现出了一个资历更深且是推动提拔“主要英雄人物”江海涛的恩人形象的俯视教育姿态，这恰恰与后文多次出现丁的“笑”的深意相得益彰。丁锦辉的这种心态符合一些学者关于笑的发生原因所坚持的态度：“笑就是突然的荣耀，它是在与别人的弱点或自己的过去比较时突然意识到自己的优越感而产生。”[①] 但需要注意的是，丁锦辉虽然有“笑”赖以生成的优越感，但这种优越感本身是可疑的：从后续情节发展可知，论“生产”江不逊丁；论“革命”（阶级斗争）江游刃有余而丁却不得要领；论“出身”江是革命烈士之后而丁却并未说明；论对车间的了解，江凭借“群众路线”、与工人谈心的方式迅速摸清了现实的复杂性，而丁虽然“脑袋里装着每个职工的档案袋”最终却发现部分材料经过了伪造；至于江从电焊班长升任车间支书，固然有丁的竭力推举，但由于我国独特的干部任免体制，决定权并不在与车间支书记平级的车间主任。由此可见，丁锦辉的“笑”其实是一种“虚在”，自发的“笑”与后面的实际情况造成反差形成的“被笑”才是一种“实在”或“定在”。这种设计同其口头禅的“滑稽”形成了一种呼应关系，强化了“被笑”的实际境遇，为以后江海涛全面掌控局面（意味着政工系统相比业务干部势必掌握绝对领导权）预设伏笔。即使为数不多的“符合规范”的笑，也是以变相恭维江海涛为支撑的，如第1章丁故意挑起众人对江起哄“刚来就解决了一大难关，不讲话大家同意吗?”

另外，《较量》中惯用口头禅的并不止丁锦辉一人，还有陆高

---

① 语出霍布斯《人性论》，转自［美］埃德蒙·伯格勒《笑与幽默感》，马门俊杰译，中国人民大学出版社2011年版，第5页。

春（“百分之百”）、肖武斌（“照我看”）、黄建安（“靠磨嘴皮子吃饭”）等，但都未如丁锦辉般引发笑意，究其原因与话语本身及其背后的身份设定有关。以陆高春为例，“百分之百”是对其工作态度严谨、政治觉悟过硬、工作热情高涨的概括，也与其常用词语对应。可见在这种精密的设计下，“百分之百”无论如何也不可能提炼出滑稽因素，相反是一种正面刻画，这与陆作为书中仅有的四位革命前辈①、生产技术娴熟、品行高尚的人物是相符的，是江海涛的理想副手。肖武斌口头禅使用频率较低，并且初次出现在与沈丽萍交流的愉快气氛中，与“百分之百”一样具有完满的政治正确性，也没被滑稽化。相似的例子还有“绰号”的使用：“抬杠子大王”、“小警惕”（向明忠）、“小电筒”（肖武斌）、“小猴子”包括“百分之百师傅”，除了“小电筒”带有教育规劝意图（属于“人民内部矛盾”），其余都是正面的赞赏。至于黄建安，由于其“阶级敌人”身份，且语含恶毒攻击政工干部之意，决定了其不但被禁止“笑”而且某些时候也是禁止“被笑”的，根源还是其与丁马二人阶级归属的本质不同。

如果说丁锦辉由于其业务干部身份的“保护”使其只是带有一定滑稽性因素的话，马全福在很大程度上（或很大篇幅内）就基本是一个滑稽角色了。丁锦辉的被笑主要是由其口头禅和虚假的优越感引发的，而这两个因素并非经常出现，适度削弱其正面性的意图

---

① 这四位仍在世的革命前辈分别是：烈士家属江大妈（江振新妻）、烈士家属向大妈（向为群妻）、革命干部郑志清、工人骨干（八级焊工）陆高春。这种分配比例是非常有意思的：中国共产党是一个注重革命斗争史的政党，这是确立政权合法性与进行现实的道德号召的基础，因此书中设置了两位烈士家属；革干和工人两层面两角色的安置则表明时下的统治是合理并且有效的。这个四人方阵在文本中处于人格化图腾的地位，当江海涛屡次劝说丁锦辉未果的情况下，便是同时请出这个方阵的前三位，在烈士陵园祭奠向为群这个“仪式性”行为后，加上江海涛的最后努力，对丁的劝说才彻底完成。

一旦达到作者便收手，马全福的被笑则是通过多次受到愚弄的滑稽情景实现的。可以看一个比较典型的马全福在场的滑稽情境，黄建安为了离间肖武斌丁锦辉与沈丽萍马全福进而混淆众人视听，以达到拖延二〇一工程工期的目的，设计将马全福引向无人办公室，并利用沈、马二人分别与肖曾经的间隙激怒后者。正当马全福专注于翻转架图纸的时候，黄建安带着肖武斌闯入：

> 马全福脑子里“嗡——”的一声，不觉愣住了。他不由自主地打开了抽屉，忙不迭地将图纸往里面一塞，身体往椅背上一仰，闭起了眼睛，一动不动。……马全福正想拿图纸，一听这个“偷”字，两只手像被火星子烫了一下，连忙缩了回来，不敢拿出来了。他想：糟糕，现在拿出来，不偷也是偷了。索性还是过一会再说吧。（第 9 章）

基本上涉及马全福的滑稽情境都是黄建安一首搭建起来的，这里可以顺便简单解释一下两种待改造的问题。由于既是现实中的存在，又是当时流行的“不断革命论”的依据，“中间人物”就应当进入角色系统。但另一方面这类形象确实因其思想意识的保守，会大大降低社会主义价值观的劝说力度。于是“十七年”文学的“中间人物”塑造模式就被“改造”，淡化他们本身的保守倾向，突出“阶级敌人”的干扰和迷惑——问题解决的根本在于引入“阶级斗争”的创作方式，因此或许可以说七十年代文学的内在机制相较“十七年”文学尤其更为系统化的一面，是左翼文学发展的进阶模式，当然这种写作模式被带入了激进化的歧途。

这种解释不但适用于马全福，同样适用于丁锦辉和肖武斌，佐证是在情节接近高潮时黄的身份败露被确认后，这三个一九七〇年代式的“中间人物”无一例外地发生了根本性的思想转变（其中受到黄愚弄最多的马全福转变最早），说明“阶级敌人”这个外力因素是使“中间人物”“中间化”的根本原因。有研究者指出“哭所表达的心境恰好与伴随着笑的那种心境相对立。——哭表现重新调整的需要，”相反笑则意味着一种包容，“这种惩罚意味着他的行为不值得严肃地对待”，意味着他的罪责并非深重可以通过笑“补偿性的佯攻”解决[①]。由此便解释了为什么这三个待改造多少都带有滑稽成分，因其错误不在自身内部，不需要如对待敌对势力那样怒目相视。此外，“滑稽经常被用来贬低和嘲讽一本正经地虚夸和高调”[②]，甚至被社会用来“报复人们胆敢对它采取的放肆行为”[③]。通过滑稽化，丁锦辉凌驾政工干部及脱离群众、肖武斌阶级意识淡漠及马全福的个人主义也受到了惩罚。因此可以说，不同程度的滑稽化是针对个人情况的“量体裁衣”。

马全福并非自始至终都是一个滑稽角色，当其处于江海涛（党组织）的保护下便不再害怕黄建安的构陷和恐吓，勇敢地揭露真相与之对峙，形成的艺术效果是很大程度终止了“被笑”的滑稽情境。除了马全福、丁锦辉和肖武斌，还有一个人一度被滑稽化，那就是彻底暴露后的黄建安。作者着重写的黄建安的“被笑”有两次：先是江海涛和沈丽萍为了试探，令黄修车却越修越乱窘态毕现，甚至被青年艺徒嘲讽；后是最后泵水试验，黄对自己阴谋的破产毫不知情，以为二〇一工程本体会如他预料而爆炸，却只有他一人“扑通一声趴在地上”引来哄堂大笑。如前所述，在一九七〇年

---

① ［新西兰］拉尔夫·皮丁顿：《笑的心理学》，潘智彪译，中山大学出版社 1988 年版，第 66、81、76 页。

② ［美］埃德蒙·伯格勒：《笑与幽默感》，马门俊杰译，中国人民大学出版社 2011 年版，第 174 页。

③ ［法］伯格森：《笑》，徐继曾译，北京十月文艺出版社 2005 年版，第 132 页。

代的话语模式里，不但“笑”是一种资格，“被笑”也是一种资格。黄建安从“禁止笑”“禁止被笑”的“不笑”“假笑”“狞笑”变为“被笑”，相伴的是他从隐藏到被挖出，潜在威胁被卸除，成为一个不再有“阶级敌人危害”的个体，剩下的就是用笑对其进行惩罚、对群众进行教育，也就获得了“被笑”的资格。同样的，小说行将结束时马、丁、肖三个待改造人物由于“阶级敌人”的根除，使其摆脱了“中间人物”的“中间性”，变成了“正常/正面人”，因此就脱离了“被笑”的困境，获得了革命群众的“笑”的权力。

三　俗语的使用方法

今天普遍流传的表述是以“幽默”指代“笑”，其实这是偏狭的。“幽默”是资本主义文明化的产物，具有高雅、含蓄、善意等特点，属于上流社会。但在“幽默”产生之前，“笑”早已出现，只不过原初的笑更加粗鄙也更加有力。因此有观点认为“从一般意义上讲，笑话是属于民间的，而且是由普通民众创造的。”① 依据延安时期以来的文艺思想，古典的和民间的因素要被冲被利用到社会主义文学实践中，这一指示从延安时期一直延续到 20 世纪 70 年代，《较量》使用俗语就是实践的一个结果。

以下是对全书中出现的俗语做了一个大致的统计：

	俗语	发出者	指称者	出现章节
1	公鸡见不得蜈蚣	丁锦辉	马全福与肖武斌	1
2	豆腐渣贴对联（心里想）	丁锦辉	马全福与肖武斌	4
3	拾到红枣当火吹	郑志清	丁锦辉	11

① 劳马：《笑话中的民情民意》，见《笑亦载道》，中国人文出版社 2006 年版，第 223 页。

续表

	俗语	发出者	指称者	出现章节
4	拾到篮里便是菜	向明忠	丁锦辉	14
5	一碗清水看到了底	向明忠	黄建安	14
6	到底是红瓤还是白瓤剖开西瓜才能见分晓	江海涛	黄建安	14
7	错把黄金当马屎错把银条当白蛇	丁锦辉	江海涛	15
8	不能烂萝卜揩一段吃一段	江海涛	丁锦辉（向郑志清汇报工作）	15
9	豆腐渣贴门联	肖武斌	肖武斌与马全福	16
10	毒蛇要出洞，邪气在起风，乌龟四脚动，河面起波动。	高猛虎	阶级斗争（对肖武斌做思想工作）	16
11	不能毒蛇、黄鳝分不清好人坏人辩不明	高猛虎	肖武斌	16
12	不要把敌人的砒霜当冰糖吃	高猛虎	肖武斌	16
13	人肚是盘磨，放倒就不饿	肖武斌	肖武斌	17
14	一只碗不响，两只碗叮当	肖武斌	肖武斌与张秀英（劝说）	17
15	响鼓不用重锤/鼓不敲不响	肖武斌/向明忠	向明忠/肖武斌	17
16	篱笆扎得紧，野狗钻不进	江海涛	肖武斌	17
17	见人冷面一声笑，心中暗藏一把刀	张秀英	黄建安（劝肖武斌远离）	17
18	虎死留皮，人死留名（批）	肖武斌	肖武斌	17
19	上桥一蓬烟，下桥看不见	黄建安	司机（青年艺徒）	20
20	马达一响，要集中思想	黄建安	司机（青年艺徒）	20
21	米桩子，饭仓子	黄建安	肖武斌	21

此表的读法单位是“行”，分析单位是“列”。首先是第一列“俗语”，一共 21 条，其中产生笑意的是 1、2、3、4、7、9、13、14 共 8 条；其余未激发笑意的 13 条中 5、6、8、10、11、12、15、16、17、18 共 10 条带有揭露、批评、教育的意图，最后 3 条是非笑非教的特例暂时排除于分析。“笑与非笑” 8 条对 10 条的比例看

似基本平衡，如果剖开看，产生笑意的 8 条中 3、4 两条也携带有批评教育色彩，1、2、7、9 属于上文分析过的“被笑”。在小说语境中属于健康、纯粹、直接的笑的只有 12、13 两条，这是肖张夫妻二人家中亲昵互谑的结果，虽然是因为阶级斗争引起，但其浓重生活气息还是为这部整体立场严肃、气氛紧张的小说平添了一分趣味与生机。换个角度进行梳理的结果是，在意批评教育为目的的 12 条俗语中，只有两条被允许以“笑”的形式出现。

第二列“发出者”从表面上看各色人等都被作者赋予了使用俗语的权利，这当然出于一种语言使用的民主，带有很强劝说性和证明性，另外在小说接受层面来说广泛的俗语使用也更能“为广大人民群众所喜闻乐见”，同时由于这些俗语基本属于北方方言，因此并不会冲突推广普通话的政策。但细致区分会发现，一半的发出者属于“英雄人物”阵营的江海涛、郑志清、向明忠和张秀英。剩下的一半中多数归入待改造人物群体的肖武斌和丁锦辉，最少的是敌对势力黄建安。这种分布比例与当时的“三突出”和“以阶级斗争为纲”等文艺、政治策略是相符的，并未因为俗语的加入而打乱政治精英的部署。

第三列“指称者”作为俗语的接受一方，一样呈现出分布广泛的特点，同样蕴含着一定程度上的民主意识，即使是被神化的“主要英雄人物”江海涛也受到过俗语的揶揄嘲弄，且江海涛并不以私人恩怨回报，当然丁锦辉的发出俗语也是出于工厂生产斗争和阶级斗争的宏观意图，体现出当时文艺作品中共产党领导光明磊落的性格。但作为“中间人物”的肖武斌、马全福和丁锦辉明显承担了绝大部分的俗语嘲弄或批评，相对应的两极——英雄人物和敌特分子——则少很多，表明此类小说将三个人物代表的群体视为“可改造”和“可争取”的革命盟军，体现出强烈的劝诫意图。

这同样能从最后一列“出现章节”中体现，首先需要说明从起始的第一章到临近尾声的21章都有俗语的断续出现，足见作者对俗语使用的自觉性和一贯性，与人物一样有一个较为合理的普遍安置。全书共分26章，如果大致以9、18章为分界，小说基本断为大致相等长度的三段。结合上表可见，9章以前只有两条俗语，18章以后也仅置三条，绝大多数分布在了中间部分，并且是一种“激增”的态势：11章1条到14、15章的3、2条再到16章史无前例的4条直至17章空前绝后的6条。应该说俗语的使用频率与情节的发展存在某种程度的关联，即情节铺展开之前俗语使用较为稀少，越是阶级斗争激烈的部分，俗语出现密度越大。究其效果，一方面当然能够使政治话语更具亲和的一面，从而间接地增加说服力，然而另一方面也难免会多少动摇其纯洁性，甚至俗语中的戏谑效果会缓和阶级斗争的紧张局势，这正是当时的主流文艺政策所不愿看到的。如果再考虑到这些俗语出现的具体情景，有些俗语在表中则透露出一些相反的深意，这种笑意指向的反转主要发生在反面人物或待改造人物对“英雄人物”或革命群众的洋洋自得的说辞中。因为局势已经出现不利于己的境地，或为叙述者有所暗示，洋洋自得便令俗语的发出者自我滑稽化，俗语的力量便发生逆转，引火烧身。综上足见作者对俗语——或者更准确地说是“俗语”所蕴含的笑意——的使用，不但十分自觉和警醒，也具有相当的技巧，既避免了笑意的攻击性和民间性与上层决策发生冲突，又很好利用了俗语对小说及背后文艺政策的积极的传播效力。

正是由于“笑”所裹挟的“民间”这一原始印记，它对一切正襟危坐的严肃正统都是一种时刻存在的威胁。“笑的力量有时是巨大的，它常在嘻嘻哈哈、热热闹闹的欢乐气氛中温柔地改变人们的价值取向和固有的心智模式及行为方式。……笑所反映的喜剧精神是人类生存必备的乐观态度和批评意识，它使人保持着必要的清醒、冷静和警觉，不至于自傲自狂或自卑自贱。笑是一种改正的力量，防止我们严肃地干蠢事、走向异化。”① 流传着一种说法，即亚里士多德《诗学》还有第二卷专门论述喜剧与“笑”，失传的原因是被秘密藏于本笃会修道院，每页涂毒阅者必死以封锁消息。原因在于教徒们认为“笑”是耶稣唯一没有体验过的人类情感，具有不可控制的颠覆性力量，对基督教有反作用②。或许这只是小说家的假托，但在笑的“罪孽理论”中，“笑总是被神学家当作一种罪过”，《圣经新约》没有笑话，也“没有听说哪个圣徒、先知或使徒笑了”③。这就证明笑的反叛性确实被正统者意识到了，因此凡是“民间”的事物——尤其是“笑”——大都要受到监管和控制，并竭力塑造一种神圣感以维持统治区域内的思想与社会的稳定。出于这种考虑，作为公开出版物的《较量》中的俗语基本上被贯穿进了一种有意识的导向，尽可能避免纯生活化/纯民间性或“纯粹的无意义”④ 的笑。由此我们可以得出进一步的结论，一九七〇年代艺术的“民间性/通俗性”只是一层外衣，内核则是官方精英意识，是一种有级差的“两结合”模式。

有研究者认为：“频繁严酷的政治运动，彻底摧毁了一些作家幽默诙谐的笑的勇气和能力，他们不敢真笑，更不敢放肆地大笑，也不敢哭丧着脸不笑，久而久之练就了要求‘进步’的媚笑、谄笑，被迫或主动地通过作品皮笑肉不笑地讨好着、奉承着。笑的丰

① 劳马：《笑的意味与当代文学》，《中国人民大学学报》2009 年第 5 期。

② ［意］昂贝托·埃柯：《玫瑰之名》，林泰、仲安、曙光译，重庆出版社 1987 年版。

③ 英格索尔与路德维希语，见［美］埃德蒙·伯格勒《笑与幽默感》，马门俊杰译，中国人民大学出版社 2011 年版，第 13 页。

④ “纯粹的无意义”貌似不具有任何意图与技巧，但并非是一种无聊乏义的行为。“在‘无意识’中，个体无意识地攻击了教育权威，讽刺作为武器打败了这些试图向孩子灌输要尊重逻辑的思想的人。”见［美］埃德蒙·伯格勒《笑与幽默感》，马门俊杰译，中国人民大学出版社 2011 年版，第 218 页。

富内涵和批判功能被过滤、净化掉了。”① 通过对《较量》的解读论者试图还原历史的部分真相，那就是一九七〇年代并非一片孤冷笑声全无的历史阶段，而是具有很多被规划的笑声以及那个年代特有的笑声，只是这种笑声在三十年后的传播接受的效果已经今非昔比。

（作者系天津社会科学院文学研究所副研究员）

① 劳马：《笑的意味与当代文学》，《中国人民大学学报》2009 年第 5 期。

叶嘉莹

行行重行行

一　诗歌的形式美：音韵与平仄

我们讲《古诗十九首》，六个星期能够讲几首呢？我不知道。如果是快讲的话，一天都可以把它讲完，因为它其实看起来很容易懂，“行行重行行，与君生别离”，这个你不用讲，都是大白话一样的，很快就可以过去了。但我是要讲到诗歌的里边，讲到诗歌的深处。一个是要讲诗歌的感情，生命的意境是怎么样的；一个是要讲诗歌的美学，艺术的技巧是怎么样的。这样讲才能够彻底。可是天下事就不能两全，如果要讲得深、讲得透彻，就不能讲那么快，讲得快的话，就不能深入，不能全面。所以我在备讲的时候，预备的是繁简的结合。就是说，有些讲得比较详细，有些可以把它讲得比较简单；有的作品属于精读，需要仔细分析，也有的作品只要略读就可以了。这样繁简精略地结合起来，希望能够既周到，又深刻。

第一首《行行重行行》，需要讲详细一点。我们先念它一遍。讲诗一定要两方面结合，因为诗歌的好处，完全在于它的语言，重要的不是你说什么，而是你怎样去说。这是非常重要的一点。先把它念一下，见识一下它形式的美：

行行重行行，与君生别离。

“别”读 biè，一定要把入声的字尽量念成仄声。我说过的，诗歌的一个生命，就是它的声音，它的音乐性。

相去万余里，各在天一涯。

你要注意，这个“涯”字有三个读音，你查诗韵，中国诗都要押韵。“涯”第一个读音在麻韵，念 yá，我们说“天涯海角”，“涯”念 yá。它的第二个读音在佳韵，念 ái。还有第三个读音，在支韵，念 yí。这里押的是支韵，念 yí。

道路阻且长，会面安可知？胡马依北风，越鸟巢南枝。

这前面的八句，押的是一个韵，都是支韵。然后从后面第九句开始，换韵了。一般的律诗、绝句不换韵，但是古诗是可以换韵的。

相去日已远，衣带日已缓。浮云蔽白日，游子不顾反。思君令人老，岁月忽已晚。弃捐勿复道，努力加餐饭！

它是古诗，中间换了一个韵。

“行行重行行”写的是很妙。我们曾经讨论过的，写情到底是要显还是要隐？天下没有绝对的，宜显则显，宜隐则隐。万种的变化，从古至今，都在于作者自己的体会。

现在我们还要讲什么呢？我们讲近体诗，说平平平仄仄。假如用这样一个符号，一个横的符号“—”代表平声，用这个竖的符号“丨”代表仄声，按照中国唐朝以后近体诗格律的规定限制，基本的格式是：

— — —｜｜

｜｜｜— —

你要学作诗并不是很困难，只要记住上面这个格式，我们把它叫作 A 式。然后后边呢？

｜｜— —｜

— —｜｜—

我们把这个叫作 B 式。四句就是 AB 的排列：

— — —｜｜

｜｜｜— —

｜｜— —｜

— —｜｜—

这是五个字一句的，两句是一个基本格式，A + B，A 式加 B 式就是四句，是五言的绝句。它开头是“平平”，两个字都是平声，这是五言绝句的平起的格式。你只要把这两个格式记住了，就记得这是五言平起的格式。五言绝句还可以仄起，就是把它倒过去，BA 排列，先用 B，再加上 A：

｜｜— —｜

— —｜｜—

— — —｜｜

｜｜｜— —

这还是五言绝句，但变成了仄起的，因为它开头是“仄仄”。这都是五个字一句，如果要七个字一句怎么办呢？七个字一句也很简单，你就往上面加。不要从底下加，从上面加。它两个“平”，你就加两个“仄”；两个“仄”，你就加两个“平”。假如你把这两个七个字的格式，分别叫作 A plus（A +）和 B plus（B +），那你现在也可以 A plus 加上 B plus，那就变成了：

｜｜— — —｜｜

— — | | | — —

— — | | — — |

| | — — | | —

A plus 加 B plus，这就是七言的绝句了。开头是“仄仄”，它就是七言仄起的。你还可以再倒过去，你就把 B plus 放到前面去，B plus 加 A plus。变成：

— — | | — — |

| | — — | | —

| | — — — | |

— — | | | — —

这个开头是“平平”，所以这是七言绝句的平起的格式。很简单，你只要记住 A 和 B 两个格式就可以了。颠来倒去，五言的绝句，七言的绝句，这个格式都有了。如果是八句的五言律诗或者七言律诗呢？就把它排列两次，ABAB，就八句了；BABA，也是八句。所以你只要把这两个基本的格式记住了，那五言七言的律诗绝句你就完全都会了。这个很简单，所以你不用看那个格律，说这个怎么这么麻烦呢？就是一个 A form（格式），一个 B form（格式），就是这两个最基本的格式。当然，它中间可以有变化。有什么变化？你要懂得，诗歌除了这个平仄的 form，这个 tone pattern（声调的模式），还有一个 rhythm（节奏，韵律）。rhythm 要停顿，停顿怎么停呢？七个字的：

| | /— —/— | |

— —/| | /| — —

— —/| | /— — |

| | /— —/| | —

七言是二二三的停顿，如果是五言呢？就是二三的停顿。这个记住了以后，你就可以变化了。停顿的地方是重要的地方，所以第

二个字是重要的，第四个字是重要的，第六个字是重要的。那就是说，第一个字不重要，第三个字不重要，第五个字不重要。所以我们常常听人家说作诗，是“一三五不论”。就是说，如果是“仄仄平平平仄仄”，你可以变成“平仄平平平仄仄”，或者“平仄仄平平仄仄”，就是第一个字、第三个字、第五个字不重要。为什么不重要？因为它不是一个 rhythm 的停顿。这个很简单。

从什么时候，中国人开始注意了平仄、注意了停顿呢？在《诗经》的时代，中国古人没有这么讲究，没有发现我们的语言文字有这样的特色，应该这样作诗，所以没有这种规定。这个平仄的格式，是在南北朝的齐梁之间才形成的，齐梁之间才注重了声律。我想大家都应该知道中国的朝代有夏、商、周，有西周、东周，然后秦、汉，有西汉，有东汉，再后来曹丕做了皇帝，就是魏。魏又被司马氏篡夺了，就是晋。晋以后中国国土分裂，不是统一的了，那个时候北方有少数民族侵略进来，就建立有十六个小国，是五种胡人（少数民族）建立的国家，称为“五胡十六国”。中原的正统就是宋、齐、梁、陈。所以那个时候，我们把它叫作南北朝。南北朝是一个混乱的年代。你看中国分裂了那么多的小国，而且南朝的宋、齐、梁、陈四个朝代，十几年就换个天下，所以中国一直在战乱，一直是生活不安定的。

在战乱流离之中，人民容易相信宗教。中华民族本来自己没有一个系统的宗教信仰。中国是天人合一，从《诗经》就说上帝如何如何，“上帝”，就是观念之中的一个上天的主宰，不像后天的宗教有一个严格的定义。我们中国是尊天的、敬主的，我们恍惚之间觉得天地之间应该有一个天帝，我们也尊敬他，而不是像西方的宗教有种种的观念和限制。最初传到中国来的宗教是佛教，从东汉就传到中国来了。可是那个时候不普遍，普遍起来是在南北朝。南北朝的时代，佛教非常盛行，如杜牧《江南春》所说“南朝四百八十寺，多少楼台烟雨中”，不但老百姓相信了佛教，皇帝也相信了佛教，梁武帝就曾经舍身同泰寺。

我现在还不是要讲宗教，但有了宗教就有了一个现象。我出生的家中本来没有宗教信仰，后来在患难时期经过一些灾难，我先生和我接受了基督教，我是受过点水礼的。只是我喜欢东看西看，什么书都看，在温哥华的朋友知道，我从前在UBC大学教书，我的班上有一个女学生，是很虔诚的佛教徒，她每天跟我说佛教这样那样，她的师父如何如何。有一年她的师父到温哥华来，在温哥华也建了一个庙。我真的好奇，而且很好学习，她说你跟我去听一听，我就跟她去听她的师父讲道。她师父在台上，我们就坐在台下。可是因为我这个学生呢，她也总跟她师父说到我，还把我讲课的录音带拿去，所以她师父就认得我，他就说请叶嘉莹先生上来讲。我说我不成，我不懂佛教，不能上来讲。她师父说，你讲什么都可以，今天你随便讲。我想我讲什么呢？我讲这个死生离别，讲这个男女的爱情，这些都不好啊。我就讲了一首陶渊明的诗，说“结庐在人境，而无车马喧”，那是陶渊明的《饮酒》诗。我讲完，她的师父就说，你讲得很好，以后你就每个礼拜到我庙里来讲吧。陶渊明的《饮酒》诗有二十首，我没有讲完，只讲了十七首，因为我还要到中国大陆来教书，大陆有我一个正式的研究所，还有研究生，我本来离开了半年就不对，所以到他们开学我就要回去了。我说对不起，现在一定要走，就走了。过了差不多八年，我这个女学生后来就剃度做了女尼，她又跑到温哥华来，说我们在加州有个法界大学，你既然没有讲完，你剩下的三首到那边去给我们讲完吧。我这人很好奇，心想法界大学会是什么样子呢，她跟我说有多么大，我就说好。我就到他们法界大学，给他们讲。

那是佛教的法界大学，每天早晨，天还没有亮呢，他们佛堂里边就开始诵经了。诵什么呢？就诵《大方广佛华严经》。《华严经》

是佛教里边的一本大部头的、许多卷的经书。刚才不是说南北朝的时候佛经盛行吗？很多佛经都是南北朝的时候翻译过来的。南北朝翻译的都是用文言；而佛教作为宗教也是因声感人。你看基督教，我也到过基督教的教会去作礼拜，进去大家都唱诗，圣诞节报佳音也唱诗。佛教也是念诵、唱诵。《华严经》有很多四个字一句的，南北朝文人翻译得很典雅，而后面就有类似诗词的这种念诵。你打开《华严经》，它一开始是什么？是读音，什么字怎么读。佛教本身是梵文，印度的梵文，我们要学他们念“般若波罗蜜”什么的，其实就是声音，不是我们中原的字译。没有字译，开头都是读音。所以南北朝宗教盛行，大家要学佛教的念诵，我们中国才开始有了“转读”，注重了拼音。那个时候拼音叫“反切”。我们中国的语言，在《诗经》的年代，没有格律，什么都没有讲究。南北朝的时候，因为佛经的缘故，有唱诵就注意到反切，注意到拼音，注意到这个读音。所以，诗歌到了南北朝，才开始有了平仄的讲究。

《古诗十九首》是在东汉时期创作的，当然就没有格律。它不管平仄，我们看“行行重行行”，“行”是第二声，“行行”，“重”还是第二声，是平平平平平。这要按近体诗来说，是不对的。南北朝时期，有了这个拼音的反切以后，就感觉到全用一个声调是不好听的。假如你写这样的一句诗，“溪西鸡齐啼”，当然我们不反对，溪水的西边有鸡在叫，那是可以的，realisticly（实际地）它可以。但“溪西鸡齐啼”，念起来都不知是在念些什么。所以南北朝人说，一定不能都用同一个声调，而要平平平仄仄，仄仄仄平平。但天下没有绝对，“溪西鸡齐啼”当然是不好听了，可是“行行重行行”是好的。天下之事，美的东西没有绝对。你看那个流行的衣服，一会儿长，一会儿短，流行的没有绝对，美感也没有绝对。而且同样流行的衣服，这个人穿起来好看，那个人穿起来可能就不好看。所以事在人为，都没有绝对的。“行行重行行”，它除了中间一个

“重”字，其他四个字都是“行行”“行行”，它是直觉的，你不用拿后天的人为来给它加个套子，说平平平仄仄，它就是一种直觉的、本然的向前走的形象。这个很好，而且是不断向前走的形象。李商隐的一首诗说“路绕函关东复东”（《东下三旬苦于风土马上戏作》），向东走，再向东走。“东复东”就是“行行重行行”，是一个行走的基本的形象。而且“行行重行行”，它的声音都是平的，一直向前的感觉，这是一个行走的基本的声音和形象。而这个行走的基本的声音和形态是什么？是别离，是一个人走了。

二　“与君生别离”的多义性

什么叫别离？一个人四海为家，无所谓别离。有两个人才叫别离。这里一定有一个人是居者，是留下来不走的；有一个人是行者，是远行的人。“行行重行行”这五个字里边，既有时间的进展，也有空间的延伸。这是一个基本的形象，一个 archetype（典型）。不管他是坐着车走，是骑着马走，是步行着走，这个形象他越走越远了。随着时间的前进，这个距离就拉长了。就如同你现在要送行一个坐飞机远行的人，他去安检的路上，你也是看着他这么走过去的。两个本来相亲相爱的人，时间和空间把他们拉开的时候，就会有一种被扯开来的感觉，所以“与君生别离”。“与君”，我与你，“君”就是你，一个泛称。《古诗十九首》还有一个妙处，如何的妙处呢？因为我们不知道这个作者是谁，所以我们就不知性别，不知这是男人说的话，还是女人说的话。你都不知道，当然有不知的坏处，所以我们中国人喜欢考证，考什么历史、地理的背景，说它是什么出身。可是不知道也有不知道的好处。不知道，所以能够多义，你从哪一方面讲都可以。你可以从居者的口吻说，说她是留下来的人，她是看着另一个人走了，是送别那个人走，是从留下来的人的口吻写的这首诗。他也可以是行者，是我走了，“行行重行行”，我“与君生别离”，这就是行者。不知道作者，也不知道性别，它可以是男性的口吻，也可以是女性的口吻。这《古诗十九首》就是非常的妙，我们不知道作者，也不知道性别，所以有了多义的可能。

还有更妙的一点。你一定要知道我们的历史文化背景。这个是居者还是行者，是男性还是女性，都不知道。如果是女性，我们说这是夫妻、男女之离别。可是中国的传统伦理教化之中，有“三纲五常”之说。三纲是什么？是“君为臣纲，父为子纲，夫为妻纲”。这个“纲”就是我们常说的“纲目”的“纲”，抓鱼的大网，把这个网口收起来的粗绳子，就是那个“纲”，底下小小的细绳子是那个网。这个“纲”，是纲理，是法则，是那个高高在上的权力。而中国人的文化，非常有自己的特点。你看这个四书——《论语》《孟子》《大学》《中庸》，说的是什么？说的是你要“诚意、正心、修身、齐家、治国、平天下”。如果把中国跟西方比较一下，西方是个人的文化，是自己一个人（single person），你的独立（independent），你的人格（personality），西方人就重视这个，他们争取的是这个。可是中国不然，要使国家社会安定，就是把它放到一个安定的模式里边，所以“修身”以后是“齐家”，然后是“治国”，然后是“平天下”。中国的人是放置在一个社会的大规范之中，一个安定的家国重叠的模式之中。这个传统的文化，就作用在中国的诗歌里边，所以就很妙。妙在何处？就因为有“君为臣纲”和“夫为妻纲”。在夫妻的这一个人际关系里面，夫，是那个 dominant（支配者），是那个控制的、有权的、在上的；妻，是那个 subordinate（顺从者），是那个附属的、被统治的、在下的。可是这个“夫”，男子汉大丈夫，在家里他是“夫为妻纲”的，他要一出去，出仕于朝廷，他上面那个“君”，就变成 dominant，他自己就变成那个 subordinate 了。所以你看中国古人，常常说“臣妾”，这个

“臣”跟“妾”是站在一起的。我们讲过三曹，像曹植在他父亲曹操死了以后，他哥哥曹丕做了皇帝，给他封了一个地方，封他作陈王（后来称他作陈思王），说没有我的命令你就不许回朝。就是以后回来看母亲，那也不可以，你要申请，我批准你，才能回来。所以曹植就很不得意。曹植很有才华，本来他父亲也欣赏他的才华，他以为自己可以做父亲的继承人。但是现在他哥哥做了继承人，他心里面就感到很不得志。他曾写过一首《七哀诗》，他说，你坐在上边呢，是“君若清路尘”，你像那个路边的干净的尘土，尘土还有干净不干净吗？有的尘土是比较干净，没有污泥。他自己呢？曹植说了，“妾若浊水泥”，这是以女子自称，他说我就像那黑乎乎的浊水里面的污泥。他接着说，你，风一吹你就飞到天上了，我，是永远飞不起来的。然后他又说，我就愿意变成一阵风，“愿为西南风”，变成西南吹来的风，为什么不是西北风？因为西北风让人很害怕，西北风是冬天的风，那么冷，西南风是夏天的风，是南风，和畅温暖的好风。他说我“愿为西南风”，“长逝入君怀”。“逝”，是很远地跑去，“长”，是长远的距离，我就很远地跑去，一阵好风吹送到你的怀抱——夏天正热的时候，一阵好风吹来了。宋玉写过《风赋》，说一阵凉爽的好风吹来，我就把衣襟打开，迎接那个好风。曹植却说，我这个好风吹到你那里去，“君怀良不开”，你的怀抱不为我打开，不欢迎、不迎接我这个好风。既然“君怀良不开”，那么我呢？我是“贱妾当何依”，我这个卑贱的妾依靠谁呢？你看，曹子建就变成“贱妾”了。

我的意思就是说，你读中国的诗词，就要知道，中国的传统文化里面，有这么一种联想的可能性，有这么一种 potential meaning（潜在意义）。所以《行行重行行》这首诗，有人说是女子的口吻，有人说不是，这是一个大臣，被皇帝给赶走了，是那个“贱妾”所作的。这样一讲，你就发现了，这《古诗十九首》不是这么简单，它有多义的可能性。

还有呢，我说“行行重行行”这五个字，声音形象就很好，是一种时间、空间距离拉长的感觉。后面这五个字也很好，“与君”是“生别离”。“与君”，天下只有你，就是你，唯有你，这个“君”就是独一无二的那个人，诗人说“愿逐月华流照君”（《春江花月夜》），“君”就是唯一的那个人，我就与我平生相知相爱的唯一的那个人别离了。“别离”就“别离”好了，他说我与君是“生别离”啊。不讲不知道，一讲就觉得这《古诗十九首》有这么复杂。“生别离”就有两种的可能性。一个是《楚辞》里的《九歌》说，“乐莫乐兮”是“新相知”，“悲莫悲兮”是“生别离”。这是说悲哀没有比“生别离”更悲哀的，因为人与人之间怎样别离？只有两种，一种是“生别离”，一种是“死别离”。一般说起来，当然“死别离”是更悲哀的。我们看《红楼梦》三角恋爱的故事，说是林黛玉死了以后，贾宝玉一直很悲哀，一直心情很抑郁，他那种狂痴的病也一直不能好。大家就不敢把林黛玉死的消息告诉他。薛宝钗已经和他结婚了，有一天薛宝钗就跟贾宝玉说，你不要这么痴心妄想了，你的林妹妹早已经死了。所以宝玉一痛，就晕倒了。贾府上下的人都骂这个薛宝钗，说你怎么把林妹妹死的消息告诉他，害他这样昏过去了！薛宝钗说，我如果不告诉他，他总是不放心，他的病永远不会好，我现在告诉他，他一痛而绝，把这个念头断掉了，以后就慢慢会好起来。这个薛宝钗果然是有办法。“死别离”是一痛，当时那是非常惨痛的一种悲哀的感觉，可是天长日久，你心断望绝了，没有了。可是“生别离”却不同，你永远在相思，永远在怀念那个感情，永远没有断绝。这是“死别离”跟“生别离”的不同。

可是“生别离”在中国传统文化中，还有一种解释的可能。就是我们中国的语言，这个“生”，除了“死生”之“生”以外，还有一个说法，就是“硬生生”地怎么样了。比如有两支笔，就算我把它们分开了，两个本来是不相连的。现在是这一根，连在一起的一根，我把它给掰断了，硬生生的，这是硬生生的分别。就是两个人同心一体，不应该分别的，为什么硬生生地分别？你再来体会“行行重行行，与君生别离”，硬生生地，就这样与你分别了。

三　《行行重行行》吟诵之美

读诗，最好是要吟唱的。古诗之美，吟唱起来才会有真切体会。我的吟唱不是很好，我是北方人，不会念入声的字。要吟唱，我感觉这首诗还是比较适合的。有人让我吟唱杜甫的《秋兴》之类，你想杜甫那么苍老，我这个女人的语气，怎么唱也不像杜甫。不过这首诗还可以，我们姑且当他是女子，不当他是男子。（以下为吟唱，略）

（作者系南开大学中国古典文化研究所所长）

关于《善的脆弱性》的对谈

与谈人： 张宝明　王中原　邱业祥　韩辰锴　闵祥鹏　陈会亮
记录人： 范文杰　吴月颖

张宝明：《人文》茶座第一期读书会，我们选择美国学者玛莎·纳斯鲍姆的《善的脆弱性》作为对谈文本。就我个人的阅读体验而言，《善的脆弱性》有些翻译较为顺畅，有些则略显聱牙。抛开文本翻译，该书提出的命题却极具吸引力。纳斯鲍姆在序言中曾引用苏格拉底的一句名言：好人不会受到伤害。根据苏格拉底这一论断，纳斯鲍姆首先提出一个问题：好人究竟会不会受到伤害？古今中外的思想家从文学、哲学、伦理学等视角对这一问题提出了许多不同看法。中国在 20 世纪 90 年代有部电视剧作品叫《渴望》，可能因为年龄原因在座各位看过这部影视剧的较少，里面有一句话叫“好人一生平安”，这句话当年响遍大江南北，带有一点祈福保佑的色彩。好人真的不会受到伤害吗？这既是我们关注的现实问题，也是一个非常有价值的学术问题，这个问题会牵涉到世界上的每一个人。当遭遇不幸时的个体，往往都会自然地追问：好人为什么会遭受这样的磨难，命运为什么会如此不公。

回到《善的脆弱性》，苏格拉底认为具有美德的人在本质上不会受到伤害，在苏格拉底和柏拉图的时代，哲学更多地在对抗文学，他们认为文学不能纳入哲学沉思的范围。亚里士多德对这个观点有所拓展，后人对这一问题也有不同的意见，而纳斯鲍姆却恰恰是从包含这一问题的古希腊悲剧中，即哲学所对抗的文学开始她的论述。那我们今天就对这样一个论题——好人会不会一生平安，好人的命运与外界是一个什么样的关系——展开对谈。就我个人的阅读感受来说，苏格拉底和柏拉图强调理性沉思在人生当中的作用，纳斯鲍姆在这本书中谈到人类如何在寻求理性和技艺庇护的过程中，摆脱运气的摆布，从而将幸福稳稳地抓在我们手中。因为幸福太脆弱，人的命运也过于脆弱，充满了诸多偶然性和变数，如何将偶然变成必然，把不确定性变成稳定性，把脆弱性变成恒久性，这是一个经久不衰的话题。纳斯鲍姆谈到人类文明一直在这样走，这是她的一个思考。苏格拉底和柏拉图认为最好的生活方式是哲学沉思的生活，但是后来很多哲人对此有不同阐释。亚里士多德也曾说过，吾爱吾师，但吾更爱真理。这里的问题是：个体能否通过沉思的方式达至好人？好人的标准究竟是什么？个体完成了内化于心的人格上的完美，从而不需要外界的物质生活，这样的人是否就是好人了？好人的品质和天性究竟该如何体现？这也是亚里士多德所关心的问题。这是我在阅读《善的脆弱性》时的所思所想。

王中原：阅读这本书的时候，我也注意到了书中的一些问题，张老师刚才的分享给了我一定程度的启发。张老师对“善的脆弱性”的解读非常到位，在纳斯鲍姆看来，“善”就是一种幸福的、好的人类生活。但我对这种观点是有异议的。我理解的“善”与纳斯鲍姆的不太一致，“善”并不仅仅是好的人类生活。柏拉图认为，真实的存在者是超感性的存在者，而现实中的事物分有或模仿了真实，由此它是一个非真实的存在者，由此他区分出一个超感性世界与感性世界之间的形而上学的边界。虽然万物皆有理式，床有床的理式，人有人的理式，但在柏拉图看来，最高的理式是至善。而柏拉图理解的“善”应该是理式之王，即理式中的理式，它将所有的理式安排在这样一种存在方式中。康德对“善”的理解也与纳斯鲍姆不同，他认为“善”是道德律的无上命令。好人会不会得到回报不重要，个体仍要按照自己的坚持去行动。他后来又把“至善”的概念解释成伦理上的服从道德律，并为其配上尘世中应该有的幸福，康德将此称为“至善”。我们中国所讲的“至善”正如我们河南大学校训所引“明德新民，止于至善”，这其中的“至善”指的是“至于道”，具体的解释可能是“参赞天地之化育”，因此它意味着一种伦理上的使命，而不是追求一种效果和结果。另外，纳斯鲍姆提出“善的脆弱性”是基于人的繁盛生活很容易受到毁灭这样一种观点，她后来以此基础对古希腊的悲剧做出了令人耳目一新的解释。但在亚里士多德这位古希腊哲学的完成者这里，从同属于古希腊时期的思想者的角度出发，纳斯鲍姆的解释其实是有悖于古希腊精神的。亚里士多德的《诗学》将“悲剧”称之为对一个“严肃的有一定长度的行动的模仿”，“严肃”的含义指悲剧思考的是偶然事物背后的必然性问题。不可摆脱的命运降临在安提戈涅和俄狄浦斯身上，体现的并非厄运或者运气改变了人的幸福生活，其背后有着更深刻的含义。当然，后来用“卡塔西斯效应”（Catharsis）来解释悲剧的效果，也许是应和了“善的脆弱性”这个命题，但事实上那个悲剧最终谈的还是伦理问题。刚才张老师谈到了苏格拉底的伦理观念，其实苏格拉底在这方面与海德格尔十分相似。海德格尔不提伦理学，他有一个论断：谁真正知道了存在者，谁就拥有了我们所谓的认识；但实际上也不全是，谁真正知道的存在者，谁就知道应该怎样对待存在者。海德格尔这里提到的“应该”就是伦理，类似于王阳明“知行合一”当中的“行”。因此苏格拉底说，“知识就是美德，美德会带来幸福。”这也是柏拉图在《会饮》篇中谈到的对美的沉思带来的对最高的神性的幸福体验。因此，我更愿意将这个“善”置于伦理的视角而非人类生存状况的视角中加以理解。它指的是人应该怎样去行动，像儒家所言“知其不可而为之”，而不是强调行动能在现实生活中取得什么样的效果。也并不是说一定要弘道于天下，实现一定的政治图景。

另外，纳斯鲍姆提到理性在认识中的作用，又强调情感在认识和评价中的价值，古希腊是有这样的传统的。古希腊有一个词叫“逻各斯”（Logos），后来演化成理性和逻辑；还有另外一个词叫“厄洛斯”（Eros），指的就是情感。古希腊的哲学始于“惊异”，这就是一种情感；哲学最早也被称为“爱智慧”，而爱是比智慧更本原的东西，爱就属于情感。刚才张老师提到，在柏拉图时代诗与哲学争论何者是伦理的导师，谁对生活具有更高的指导意见。苏格拉底对诗人的判词表明，审美作为情感的领域也对真理具有发言权，特别是在人的伦理行为中可能指向一种目标。

张宝明：虽然人们对“善”的理解是多元的，中西方对“善”的理解也很不对称，但是在伦理进路上，“善”的问题有一定的可寻求的通约性。刚才王中原提到书中一个比较前卫的观点。文中关于“运气”和“善”的概念，纳斯鲍姆都给出了详细的注释，这些注释尽管和大家惯常的理解不太一样，但是纳斯鲍姆都给出了明确的定义。纳斯鲍姆用了很长的篇幅谈情感的问题，我虽然不是学哲学出身，但是出于兴趣阅读了柏拉图的相关作品，在《理想国》和《会饮》等对话中，苏格拉底和柏拉图都遇到这样的问题，他们讲理性沉思，甚至讲到了癫狂，他们是用理性处理情感问题的。这个问题过去不是没有人说过，但毕竟情感的地位比起理性来说始终是边缘的。我当时并不十分明白纳斯鲍姆为什么会谈到情感的作用。我认为纳斯鲍姆对理性占主导地位的思想仍然是肯定的。虽然对情感有所观照，但她在书中呈现了理性价值、内在价值的多元性以及二者的不可分离。没有一种善是单一的，善所包含的因素是多元的，理性同样在其中占很大一部分。在最后她提出不可忽视情感，但是理性还是占据主要位置，价值的多元性告诉我们价值主体对我者与他者、对每一种文化都要给予必要的尊重。许倬云先生有一本书叫《我者与他者》，这种关系在这里也有体现。人类是脆弱的，在命运面前不堪一击，但是在强调多元的时候，在“多与一”的关系上有一种辩证的认识：“多”是对多元化、价值多元主题的肯定；这里同时有对“一”的执念，这个“一”就是对“善”的永恒性、确定性、内在性的追求。柏拉图学园中有一句话：不懂几何者不要入内。对“数”的追求说明了对确定性、永恒性、内在性的一种统一的追求。也就是说，《善的脆弱性》中同样也还有对永恒东西的追求。

王中原：巴门尼德对“多与一”的关系有一句箴言，海德格尔将它翻译成“存在者在存在中”，还有一种译法叫“一切即一，一即一切。”这里就是在讲多样性的统一。哲学就是对那个“一”的思考，这个“一”既是普遍性又是整体性，指万物的整体。

邱业祥：纳斯鲍姆在39岁那年创作完成《善的脆弱性》。从书中我们能看到一个年轻学者思想的活跃不羁，初生牛犊不怕虎的灵气和锐气。刚才张老师提到了这本书的一个主题“诗与哲学之争”，这里纳斯鲍姆是用一种文学细读的方法来做哲学的。重新思考“诗与哲学之争”是本书的主题方向之一。纳斯鲍姆用一种于大众更容易理解的方式重思“诗与哲学之争”，这种方式虽然不是十分特殊却更有利，正如刚才中原所说的那样，文学可能更情境化、更特殊化、更能贴合人的日常生活，所以它可以被用以处理更为细致且更为多元的哲学问题，在此意义上，文学可以比哲学做得更好。当然纳斯鲍姆重提的“诗与哲学之争”与柏拉图最早在《理想国》中提到的“诗与哲学之争”可能并不在同一层面上。结合我本人阅读《理想国》的感受，在《理想国》的“诗与哲学之争”当中，诗主要处理的是生存性问题，而哲学处理的是政治性问题。

刚才张老师特别提到，纳斯鲍姆的目的是要为激情、情感赢得相对于理性的恰当价值和地位。单就这一点来说，作为接受过启蒙的现代人应该更容易去理解和接受它，而且这可能也更符合个体的体验。另外，我非常赞同刚才张老师提到的一点，我也认为这本书中包含着一种放弃自我中心，特别是放弃自我持守的绝对的伦理准则和伦理追求，而对他者、对弱者、对外在世界的多种可能性保持一种同情和开放。这其中包含着很重要的自我与他者之间的关系问题，乃至于纳斯鲍姆在修订版序言中进一步提到了“世界主义”的概念，我认为这与纳斯鲍姆对自我与他者的处理是有着密切关联的。这样一个问题也可以关联到无论是德里达还是列维纳斯对自我与他者的思考。而且就这一点来讲，我认为纳斯鲍姆可以继续释放它的政治意义，因为，如果将自我与他者的问题从个体的层面放置群体、民族、国家的层面，这个问题就会具有更强的政治意义，后来的纳斯鲍姆果然特别关注女性、能力正义等等问题，我认为这些是《善的脆弱性》里所蕴含问题的进一步开掘和延展。

就纳斯鲍姆的论证特点来说，我也愿意向纳斯鲍姆学习她的谋篇布局和论证的方法。纳斯鲍姆非常善于选择符合自己条件的材料，并按照自己统一的思想来阐释材料，这种阐释可能并非特别恰当，但却能形成纳斯鲍姆自己的一种自洽。本书的章节安排也极富匠心：悲剧—柏拉图—亚里士多德—悲剧。这种结构方式对初学者特别是对博士生写作博士论文来讲非常具有启发意义，值得认真揣摩和学习。

一本好书不一定非要读者去认同它，能激发读者活跃思考可能更是一本好书的标志。就我自己的学习体会来说，我其实还是有一些疑问或者冒昧点说有一些质疑的，但这恰恰是这本书启发给我的。第一点，我认为本书的基本指向是针对柏拉图的，纳斯鲍姆所理解的写作《理想国》的柏拉图是本书的一个主要靶子。纳斯鲍姆主要反对她解读出来的《理想国》当中的理智自足主义，理智的独立性、稳定性以及对情感的一种排斥。但是，这样的问题意识将纳斯鲍姆分析问题的进路限制在与柏拉图相同的话语结构当中，特别是欲望、情感和理智的三分当中，从而限制了她的思考。尽管纳斯鲍姆反对柏拉图的这种强硬分法，但她的整个论述结构却还是在这样一种三分或者身体/灵魂二分的架构当中进行的，她并没有跳脱出这种结构，或者通过细密的文本阅读提出新的术语概念超越这种二元对立的东西。纳斯鲍姆在柏拉图的分析结构当中反对柏拉图，这其实也就落入了柏拉图自己的话语结构当中。纳斯鲍姆后来也意识到了这个问题，她在修订版序言中讲到这种区分不能准确地说明人性和人的内在状态。我自己最感兴趣的一点是，纳斯鲍姆究竟找出一种怎样新的对人性的理解和划分。但是我没能找到，就像刚才我们所讨论的，纳斯鲍姆还是在柏拉图的框架之内，可是我们也看到了她试图做出的修补。这种修补和修正最重要的地方就是更加重视情感的认知性，更加强调理智也有一种意向性、欲望性，以及特别强调人类幸福生活的脆弱性而非稳定性，即理智的非自足性、非稳定性。纳斯鲍姆受限的思路会导致她对古希腊悲剧的理解与文本本身有所偏差。例如，纳斯鲍姆对安提戈涅、克瑞翁、赫卡柏的理解比较极端地突出某一个人代表的某一种情绪和情感以及某一种理智的极端性，这就造成了纳斯鲍姆对人物本身多元性和复杂性的忽视。另外，为了论证善的脆弱性这种理智的非自足性，纳斯鲍姆求助于亚里士多德，她花费了大量篇幅来讲亚里士多德。可亚里士多德毕竟还是认为沉思的生活才是最好的生活，对亚里士多德这样的判断与纳斯鲍姆对亚里士多德的解读有很多的不同。其中让我印象非常深刻的一点是，纳斯鲍姆为了实现自己逻辑上的自洽试图去论证所谓沉思生活的自足性这样的说法或许并不是亚里士多德的真实意图。这一点至少对我来讲是难以接受的。

另一个重要的问题是，纳斯鲍姆对柏拉图理解的偏差。柏拉图的《理想国》是纳斯鲍姆这本书真正的靶子，然而她并没有将这个靶子讲清楚，她总是有意无意地回避这个真正的靶子。在本书谈论到的柏拉图对话录当中，《理想国》是处理地最为潦草的一个文本。纳斯鲍姆可能意识到了《理想国》这个靶子本身是比较复杂的，因此她对《斐德罗篇》《会饮篇》给予了较多文学角度的阐释，却对《理想国》做了尽量简单化的处理以符合自己的论证。那么柏拉图究竟在《理想国》当中讲了什么呢？我自己对《理想国》的阅读感受可能和纳斯鲍姆的阅读感受也不太一样。纳斯鲍姆几乎是比较仓促地把柏拉图的观念等同于用言辞构建理想城邦的那个与众人对话时的苏格拉底，她认为这个时候的苏格拉底的观点就是柏拉图的基本观点。当然，建构理想城邦时的苏格拉底的确特别强调理智的绝对自足性、超越性，通过理想城邦的结构来去控制欲望。但是，如果纳斯鲍姆没有回避对《理想国》文学进路的分析，就应该注意区分《理想国》中不同的苏格拉底：在当天晚上与十个人谈话的苏格拉底；第二天向人们讲述昨天晚上故事的苏格拉底。而且也不能贸然将某一个苏格拉底的思想作为写作《理想国》的柏拉图的思想。

张宝明：这里就体现了经典的多歧性。我们在阅读中西古代经典的时候，都会发现其中有前后摇摆甚至矛盾的情况在，这也说明凡是重大的命题都很难一次说尽。

邱业祥：其实《理想国》里涉及了不同的哲人，既有在理想城邦初建时，没有学习过形而上学的城邦统治者；也有进一步学习形而上学的哲人；有走出洞穴不再回来的哲人；也有走出洞穴又重新回到洞穴的哲人。这里会有很多的不同，所以到底柏拉图是哪一种哲人，这个问题其实纳斯鲍姆处理的是比较简单的。我个人比较认同施特劳斯或者布鲁姆的解读，即柏拉图尽管讲到了对理性的推崇、对真正智慧的寻求、对情感的节制，但柏拉图想表达的是一种不可能性，要么是理想哲人不愿意回到城邦之中，回到现实世界之中，要么就是这种哲人存在但是面临着被杀掉的命运。因此，那样一种生活是不可能实现的。所以我认为纳斯鲍姆对《理想国》的处理其实是草率了一些。就《理想国》文本本身而言，其实纳斯鲍姆可以更到位地、更多元地、更耐心地去处理情感问题，因为《理想国》中的苏格拉底可能比任何人都更敏锐地把握和展现了人类情感和欲望的力量，以及其中的极端复杂性。无论如何这都值得纳斯鲍姆予以更充分的分析。当然纳斯鲍姆在“修订版序言”中专门补充说她在原著中主要重视了情感的“好影响”，而她更应该向柏拉图学习探察情感的负面影响（这种偏颇进一步证明纳斯鲍姆将《理想国》作为靶子的确影响了她展开更为全面而审慎的思考）。不过，当她真的要这么做时，那就不仅仅需要对本著做出大幅度修改，而且意味着她开始重复柏拉图、斯多亚学派等前辈的工作了。

另外一点，纳斯鲍姆强调“善”要放在不同的情境、不同的处境里面，这是“善”的一种相对性。我非常同意刚才中原讲的，纳斯鲍姆是力图将“真”和“善”分开的。她不寻求“真”和“善”的统一，而苏格拉底和康德追求的是“真”和“善”的统一。纳斯鲍姆认为“善”有它的相对性，在每一个处境当中每一种善都有它的价值，每一种善面对着不同的处境也会有调整，它不需要与绝对的“真”发生关联，所以这种“善”也就不再具有绝对性了。再一个就是，既然强调“善”的相对性，就是要把“善”放在不同的情境、处境当中理解它，所以纳斯鲍姆非常强调对这种情景化、处境化、特殊化的考量，这一点其实我是比较认同的，不过她在处理的时候有些分析却并没有达到情境化，或者说是一种伪情境化。纳斯鲍姆认为每一个人最好的状态都是，在任何极端的情况下都能保持冷静、审慎的态度去考量个体所面临的任何处境，这需要实践理性的运作。这也是刚才张老师讲的特别好的一点，纳斯鲍姆还是非常强调理性的，我的感受也是这样子。

张宝明： 邱老师讲得非常好，这一点我也有共鸣，纳斯鲍姆讲情感问题的时候，她想强调除了理性之外，情感的作用不可忽视。但是通读全书之后我也发现，纳斯鲍姆并没有将这个问题处理好，她没有讲清楚情感为什么能占有一席之地，在最后，纳斯鲍姆认为最好的状态是审慎的、冷静的、理性的，纳斯鲍姆讲在这一点上人要拿捏好，但是到底怎么拿捏好？理性情感在多元价值冲突的问题上究竟该怎么处理、拿捏，古希腊文学中有很多这种情境之下的悲剧，虽然看似偶然但又不可避免，俄狄浦斯也好，安提戈涅也好，克瑞翁也好，他们都没有办法回避这种悲剧的必然发生。所以纳斯鲍姆并没有说服读者究竟为什么情感的作用确实很重要。我读完之后的感受是，纳斯鲍姆提出这个命题并想挑战这个命题，但是在这个问题上似乎还有使之更具说服力的空间，这是第一点。第二点我注意到，纳斯鲍姆在讲到脆弱性的时候首先让我们承认人的脆弱性。初读这本书时我有一篇小心得，从我者与他者的角度进入，当代有一个比较前沿的观点叫“人类命运共同体”：我们都很脆弱，尤其是在疫情面前，我们更应构建人类命运共同体以期共同应对这个世界遭遇的各种危机。但是再读之后，理性的脆弱性油然占据上风，我们本来想要通过技艺、通过认识自然从而顺应自然、掌握自然、改造自然，但是要知道，理性是在剃刀的边缘，人类是行走在理性的钢丝上。我们并不能把命运完全寄托在我们所认为的能给人类带来幸福的理性上，这样的理解会把理性简单化。纳斯鲍姆一直在强调面对世界的时候不能将理性简单化，简单化、笼统化将会造成意想不到的悲剧和灾难。当理性走到反面从而使人变得过度自负的时候，现代性的问题就此产生。纳斯鲍姆还提到，人正因为脆弱而显得高贵，偶然性、不确定性确定了人的可贵和伟大。就像中国的文天祥说的，人生自古谁无死，留取丹心照汗青。纳斯鲍姆强调要看到“善的脆弱”虽然不像宝石一样坚硬，但却有宝石一样的璀璨光辉。人性当中有欲望和情感，人越是追求伟大高远的目标，要走的道路就愈发修远且长；人越是雄心勃勃，就越有可能会跌入深谷。即使是这样，风险和危难却彰显了勇气的可贵，而勇气也是一种人类之善。一诺千金、舍身赴死都是脆弱人类的善之品质。脆弱人生，一息尚存便需奋力拼搏，只有在奋斗和拼搏当中才能显示人性的伟大。纳斯鲍姆这本著作的可读性或许还在于，每一个读者都能从中找到不同的激动处和兴奋点。

王中原：张老师的解释对“善的脆弱性”这个命题做了阐发，给了我不少启示。就像尼采所说，纵使人生是一场悲剧，我们也要快乐地将它演完；孟子说，“吾善养吾浩然之气，充塞于天地之间。”这样的人就没有人能伤害他；道家讲，真正能按道所行的人，也没人能伤害他。“乘天地之正，而御六气之辩，以游无穷者，彼且恶乎待哉?”这样的理解就弱化了“善的脆弱性”从而追求一种更高的“善”。张老师刚才所说的情感问题，尼采在《悲剧的诞生》中对悲剧的解释恰恰是在强调通过诉诸酒神精神超脱轮回之苦。当前文学理论界的前沿理论关注中有一种“情感动向”理论，也叫“情动理论”，后现代思潮在对理性进行反思的时候也试图诉诸情感，情感能消解失衡的人之主体性和理性过于强大的法则。李泽厚后来提出的“情本体”也是这个道理，我们儒家讲“仁义礼智信”是理性的法则，但实际上，儿童赤裸之心的情感中就包含着“仁义礼智信”。我们中国讲“礼别异乐合同”，“礼”就是区分，区分等级，遵循秩序；“乐”则试图打破这种秩序，恢复人与人之间的和解，从而使众生、万物一体，这也是张老师刚才所言的包容、多元、主体间性、相互尊重。

邱业祥：刚才张老师和中原的谈话让我想到这本书第四章对《普罗泰戈拉篇》的分析。这篇对话录也的确是对科学和理性的反思，所以我觉得纳斯鲍姆的这本书应该是有着在后现代语境当中对启蒙理性反省的一个大背景的，这一点特别体现在第四章纳斯鲍姆对《普罗泰戈拉篇》的解读中。但纳斯鲍姆也没有走向对启蒙理性一棒子打死的反面，就像张老师刚才所说，纳斯鲍姆其实对理性还是有肯定的，或者说她特别强调实践理性对人行动的指导、对情感的调节。很有意思的一点在于，不知道纳斯鲍姆是否有意识地在暗中与反启蒙思潮进行着一种对话。另外，刚才提到人要面对和处理不同的处境，纳斯鲍姆也特别强调“善”在不同的处境当中有不同的体现，所以才会有一种情境化的思考；但是有一点让我不太能够赞同的是，纳斯鲍姆似乎强调，要求每一个人都能做到这一点，要求哪怕是在极端的处境之下人也要去非常审慎地思考，这的确是非常难的。所以纳斯鲍姆的构建的确是理想主义的，表面上看起来她说的现实主义要以人为中心，在人的现实层面来考量“善”的问题，然而这又把人具体如何行动给理想化了。另外，刚才谈到的高贵问题与古希腊那种完全的高贵，面对不可能性、不确定性的那种尊严可能还不完全一样，但是在这里，纳斯鲍姆要求每一个人都能够靠自己的审慎、理性去冷静、稳妥地处理一切情境。反过来讲，这种要求可能就不太能够照顾到一些无论是由于情感上的过剩还是理性上的欠缺而不能做到这一点的人，或者说处在某种更为特殊的情境当中的人。例如在安提戈涅的必然性里面，她就不可能去考虑到那么多的东西，如果被置于类似的情境当中，可能我们也很难去做出周全的考虑。在实际的分析中，纳斯鲍姆的这种处境化没有贯彻到底，或者说是不可能贯彻到底。

张宝明：我再接着邱老师的话题谈一谈对处境化的思考。刚才中原谈得很好，业祥谈到的实践理性问题，怎样超越沉思回到实践当中，怎样外化个体的行动才能做个好人。法律讲“论行不论心”，但这里却是“论行也论心”，就像王阳明讲“知行合一”，有良知的人要把良知实践出来才能体现出个体的美德。对行动和情感的调节处处体现在纳斯鲍姆的文字当中，她需要并强调这种实践性与理性的指导意义。正如《安提戈涅》中克瑞翁面对城邦政治问题时伦理处境的两难；又如萨特存在主义当中提到的法国征兵过程中士兵在忠孝之间的伦理抉择。究竟该服从哪一种善？与其说纳斯鲍姆试图提出解决问题的办法，不如说她是对经典与阐释之间张力的深刻延续。人文学科不是一加一等于二的数学题，人文学科一定充满了许多悬而未决的问题，在人文学科当中，一加一等于“x”，这个“x”代表我们一直在路上，一直在拷问人的灵魂和智慧。看得出来纳斯鲍姆是纠结的，我之所以读这本书的缘起也是因为，在中西文化不可通约的质的规定性背后，也还有基本的人性遵循。就“善”而言，对中国的孔子来说，就是斯文在兹、就是舍我其谁。匡人围追堵截，道在我身，匡人奈我何？到了蒲地，蒲人围追堵截，如果我斯文在身，蒲人又能把我怎样呢？到了陈蔡之地，弹尽粮绝之际，孔子仍弦歌吟唱不止，子路愠而问，为何君子穷途？孔子说，君子固穷，小人斯滥矣。孔子认为君子大道在身，有正义公平担当，承载着天下人的使命，君子就有责任和义务继续这份艰难且未竟的事业。君子本来就会在现实中遭受掣肘、长途漫漫，而小人惯于见风使舵，故而生活顺遂。这其中包含的命题就是，有道德的人并不能保证顺遂的生活，好人并不一定一帆风顺；恰恰相反，好人反倒可能在生活中由于对道德的坚守而遭受更多的磨难。纳斯鲍姆也在不同程度上论述了这个问题。柏拉图的理想国原本也是想付诸实践的，但他在西西里岛遭遇了政治的失败。纳斯鲍姆引出了亚里士多德，亚里士多德认为除却沉思的生活，好人面对这个沧桑的世界，要在风雨当中实现价值。纳斯鲍姆这本书正是在这一点上吸引了我。孔子十四年治于道，周游列国宣扬政治理想，想要成全自己坚守的“善”，做一个担当道义的人，但恰恰在这十四年间历尽坎坷。孔子的伟大是在十四年的征途上炼成的。所以我们觉得好人与好事之间的关系，道德能不能得到运气的护佑这些问题是缠绕人生的重要问题。

韩辰锴：纳斯鲍姆今年 73 岁了，是在世的最重要的古典学家和哲学家之一。了解她的学术生涯后，我对其渊博的学识、勤奋、高产、思想原创性以及深切的现实关怀（比如对妇女发展、人权、正义、民主、宗教冲突、折磨、老龄化等问题的关注和研究）尤感钦佩。

囿于时间和学识，这次仅细读了其修订版序言和第一章“运气与伦理”，初步领略了其从容游走于古希腊悲剧和柏拉图、亚里士多德哲学文本之中，独具慧眼单拎出运气和人类善（human goods）的关系这一在现代道德哲学中备受冷落的话题，撷取众家之长并建构出较为系统的道德哲学理论的气魄和雄心。根据她对自身思想发展历程的回顾和对同时期英美伦理学界关注焦点的观察，我们了解到，这本书在使运气、人类善的脆弱性、情感对人类好生活的构成性作用以及理性在人类生活中的有限指导作用等问题重回道德哲学家的视野的过程中发挥了重大作用，据我有限的了解，目前这些问题依然是英美伦理学界关注的重点，可以说，纳斯鲍姆是相关议题的重要开启者和参与者。

需要特别指出的是，虽然纳斯鲍姆严厉批评了功利主义和康德主义伦理学，高度重视美德问题，强调情感的重要性和道德判断的情景性，但她没有走向道德相对主义，也没有成为反（道德）理论者的同路人，更没有全面否定理性对人类生活的指导作用。她致力于发展出普遍主义的伦理理论，这种理论从根本上说是亚里士多德式的，但在很多方面（尤其在自由主义和女权主义的方向上）偏离了亚里士多德，康德和罗尔斯也对她产生了实质性的影响（《善的脆弱性》修订版序言，第 9—11 页）。

加拿大著名哲学家 Charles Taylor 对此书评价极高，他认为此书内容详赡，激动人心；罕见地把对文本的解读和严格的论证结合起来，同时富有想象力地把握了道德问题，展示出作者努力解决一些根本性、永恒性问题的勃勃雄心（Taylor，Charles，1988. Critical Notice of *The Fragility of Goodness*：*Luck and Ethics in Greek Tragedy and Philosophy*，*Canadian Journal of Philosophy* 18，p. 805）。虽然我对古希腊哲学和悲剧的了解极为有限，但对纳斯鲍姆这种治学思路和方法很感兴趣，并愿意在以后的学术生活中阅读其更多的作品，学习其治学方法。

以上是我根据有限的阅读所得出的一般性评论和收获。下面具体谈一谈她在本书中对“运气”所下的定义。这个定义很宽泛，捕捉到了刻画“运气”时的某些关键性要素，作为其讨论的出发点，可能在全书中自圆其说（由于我没有细读全书，不敢妄断）。“运气”问题在当代哲学界引发了更多的关注和讨论，虽然目前尚未就运气的本质达成一致意见，但也取得了不少进展，据此可以反思纳斯鲍姆所使用的“运气”概念的完备性。

关于“运气”，她说：

> “运气”并不是指处于讨论中的事件是随机的或无原因的。因“运气”而发生到某人身上的事不是通过其自身的能动性（agency）而发生的，那件事不是此人做的，而只是碰巧发生到他身上的（《善的脆弱性》，第 1 章第 5 页，译文据中译本有改动）

正如她所指出的，这不是一个严格的定义，但她认为这个界定比较符合古希腊人的用法。这里我们可以提出两个问题：第一，如果一件事经由一个人的能动性而发生，那么它就不可能归入“运气”之列？第二，如果一件事的发生跟某人的能动性毫无关系，而仅仅发生到他身上，那么这件事就必须归入“运气”之列？“能动性”的提出跟刻画运气的“（缺乏）控制”要件有关，此外，刻画运气时，人们起码还会考虑到“偶然性”要件，和“意义”要件（某件事对当事人是否有重要意义）。当代关于运气的哲学研究表明，“缺乏控制”对刻画运气而言可能既不充分也不必要，因为很多当事人无法控制的事件不能归入“运气”之列，如日出日落，而某些“偶然出现的自由行动”却可能是运气事件，如某位不懂古董收藏的人突发奇想地决定用全部积蓄购买古董，并因此大发横财。虽然这个决定是他自由做出的（即经由其能动性而发出），但我们和主人公都倾向于认为，他的决定对其而言是一个莫大的运气（详见黄俊维、朱菁：《运气的当代哲学研究》，见《哲学动态》2014年第7期）。

由于纳斯鲍姆已经意识到其“运气”定义的不严格之处，并且该词在古希腊悲剧诗人和哲人那里也可能有多重的含义，所以，该书关于“运气”的讨论反倒可能成为关于“运气”的哲学研究的一个富矿，有待于进一步开采。这是我特别感兴趣的一个问题，因为它和我长期关注的道德责任问题有密切的联系。

在对照英文版阅读中译本的“修订版序言”时，我至少发现了四处有问题的译文，摘录出来供大家讨论。

（1）“当然，他们并不认为在美德和不具有美德之间是有重大差别的……”（《善的脆弱性》，修订版序言第12页脚注2）。这句话原文是“Of course, they did think that there was a huge difference between virtue and the lack of virtue…”应该译为“当然，他们的确认为拥有美德和没有美德之间有霄壤之别……”

（2）“有这样一个事实：有些人类价值只是在采取冒险行为的情况下才对我们人类开放。”（《善的脆弱性》，修订版序言第25页）。这句话原文是“there is the fact that some human values simply open human being to risk.”其中的同位语从句应该译为“某些人类价值的确会把人类置于风险之中”。

（3）“在某些情形下，美德有可能会战胜各种反复无常的不道德力量……”（《善的脆弱性》，修订版序言第37页）。“不道德力量”的原文是“amoral power”，似乎译为“非道德力量”更为确切。

（4）“至少在我们所谈论的这篇文章中，他强调通过伦理努力来进行改进的可能性。”（《善的脆弱性》，修订版序言第37页脚注2）这句话原文是“he does not，at least in the article in question，emphasizes the possibility of improvement through ethical effort.”应该译为“至少在我们所谈论的这篇文章中，他没有强调通过伦理努力来做出改进的可能性。”

闵祥鹏：在读这本书时，我也想寻找作者试图解答的问题。即好人真的不会受到伤害吗？正如张老师所说，该问题确实是一个非常有价值的学术问题，也是牵涉到每一个人的现实命题。我曾做过一个1724人参与的社会调查，有两个问题与该书的命题相关。问题一：你参加募捐的原因是什么？在调查中，36.88%的受访者认为参与募捐是因为相信好人有好报。可见，即便在当代社会仍有很多人相信善的力量。人的命运过于脆弱，充满了诸多偶然性和变数。我们调查问卷中的问题二就涉及个体对突发性、偶然性灾害的基本看法。在调查中，受访者主要认可两个原因：一是随机事件，二是命运。其中60.74%的人认为突发性的灾难降临到自己身上是一种随机事件，但有39.49%的人认为是命运。可见，《善的脆弱性：古希腊悲剧和哲学中的运气与伦理》中的命题是人类长期试图解答的问题。我主要关注了以下问题：第一，如何理解纳斯鲍姆对

“运气”的界定，正如韩老师所说，纳斯鲍姆已经意识到其“运气”定义的不严格之处，并且该词在古希腊悲剧诗人和哲人那里也可能有多重的含义。其实对于命运的未知性，不仅是古希腊先贤讨论的命题，在中国传统文化中也不乏其例。但中国传统文化中的“运”往往赋予宿命论的意义，它往往指命运和气数。这也让我更多将该书中某些思想与中国传统文化中对命运的不同阐释进行比较。如儒家思想中有“知命”观，记述孔子言行的《论语中》有：“死生有命，福贵在天”“不知命，无以为君子”。汉代的班固在《白虎通·灾变》中曰：“尧遭洪水，汤遭大旱，命运时然。”王充在《论衡·命禄》中亦云：“凡人遇偶及遭累害，皆由命也，有死生寿夭之命，亦有贵贱贫富之命。”因此我国自古以来的命运观念根深蒂固。无论是儒家的天命论、佛教的业力说、道教的无为观都与命运有着某些联系，而从这些观念出发，使得人们都往往认为个人的某些经历往往是某种力量早已决定的结果，人类只能坦然接受。我感觉书中对“运气”这个词的解读可能存在一些问题，但其中也暗含命运无常的内涵。第二，如何理解书中提到的“沉思的生活方式”以及善的永恒性、确定性等伦理观念，尤其是理性对情感的节制等。理性本身受到道德和法律的约束，从历史的角度审视善、道德，乃至法律，不同时代、族群、阶层、民族等对其理解各异，也是在不断变化。那么所谓的理性是否也是在不断变化，理性是否也是带有情感的一种理性？第三，如何理解“善”的相对性。韩老师提及文中的善是一种值得人追求的好的东西，这种解读对该概念有了新的认知。但作者谈及的“善”，似乎与我们所说的正义、大道、美德、仁义很难完全区分开来。纳斯鲍姆以《善的脆弱性》为标题，是否会给读者以善恶二元对立的误解？

张宝明：在《善的脆弱性》中，作者围绕“善”的定义，绕了一个大圈子，以至于即使最后她得出自己的结论时，我们仍然觉得意犹未尽。

闵祥鹏：书中对科学的认识以及对现代性的反思确实给我们很大启发，现代社会所面临的问题需要通过伦理和道德加以规范。最后，是否需要回到历史语境中理解该书？历史学研究者一直强调要回到历史的语境中，反思历史、理解历史。但是本书对希腊悲剧的探讨，似乎并未回归到古希腊文本书写的语境与历史场景中，但即使真正回到历史语境中去理解以上问题，是否就能够理解这段历史，解答这些问题？

张宝明：祥鹏刚才提到没有回到历史的语境，想强调的是回到古希腊人们与命运作斗争的状态，以及自然和人的命运的不可抗拒性。但是我认为纳斯鲍姆想强调的不是非要回到古希腊的那个语境当中，她可能想讲的是人性当中普遍性的内容。人性中的普遍性已经在悲剧中呈现了，可能到现在为止，这种人性的普遍性与人的自身命运还保持着同一性的关系。人类文明留下了人类一串串的足迹，但人性自身却少有改观。当然，你刚才说的她因为没有回到具体的语境中而受到诟病，这也是一个原因。但是若是从人类命运意义上去理解这个文本，我们还会发现，作者援引的那些古希腊悲剧个案对现代国家治理尤其是近现代西方法治理念的构建起到了意想不到的效果。这也是作者费尽心机以“文学”补充“哲学”的原因。

陈会亮：这本书我最早看到是在2010年，之所以会读这本书，非常重要的原因是2009年的时候，中国人民大学刘小枫老师为博士生入学考试提供的考题中涉及这本书。题目我到现在还记得很清楚：请谈一谈这本书的思想和结构。值得注意的是，这本书中方法性的内容非常发人深省。纳斯鲍姆是一位伦理学家，但从形式上来讲，这部作品里并没有太突出这一点。刚才邱老师说到的诗与哲学之争，我认为在这本书中是不太突出的。纳斯鲍姆强调：悲剧诗人、哲人其实在古希腊都是非常重要的思想家。她对研究对象的这个定位实际上为她的这个形式、或者说把这些人纳入她的讨论视域提供了一个思想基础。就像刚才韩老师说的，这是一个有强烈现实关切的思想家。我认为纳斯鲍姆的研究思路其实还是启蒙思想的一种延续。她对康德“功利主义”的批判，或者对威廉斯的批判，整体上受亚里士多德的影响非常大。亚里士多德与柏拉图最大的不同在于，亚里士多德讨论问题是从现象入手，抓住现象进行分析的。本书的结构第一章是总论，接着从埃斯库罗斯入手，然后是索福克勒斯的剧本，再后面的两章是两大板块，分别是柏拉图和亚里士多德；最后是欧里庇得斯和附录。这就是它的结构。作者对古希腊的这些剧作家与哲人进行了解读或者思想呈现，关注的实际是当下的问题。实际上她不是在解读古希腊的哲人，也不是在处理这些悲剧诗人。但是本书涉及了柏拉图与亚里士多德之争。虽然亚里士多德是柏拉图的学生，但纳斯鲍姆在很多观点的把握上，是非常接近于亚里士多德的，虽然她在一些具体的地方谈到“我对亚里士多德这一点并不赞同”。纳斯鲍姆在很多问题上都持有非常清晰、明确的观点，但这并不必然导致她的观点是整全的。所以纳斯鲍姆的思想里面也有很多矛盾之处，并没有圆满解决。她的思想之所以存在缺憾很可能就在于，她涉及的是思想史上的重大问题，而这些问题本身就没有一个明确的答案。就比如刚才所说的，她对情感的处理，对理智问题的看法，以及她所牵涉的思想史上的柏拉图与亚里士多德之间的冲突。纳斯鲍姆把这些问题全部纳入她的研究视野，但实际上她未必是真正消化了这些问题。本书第二板块解读柏拉图，作者把《理想国》《普罗泰戈拉篇》《斐德罗》等最有代表性和最复杂的著作单列出来，作者也借以将她的很多思考呈现了出来。她涉及的问题过于复杂，虽然这本书的篇幅已经足够长，但很多问题作者其实是无法解决的。

韩辰锴： 本书的每一章都有很多脚注，指出不少有争议的问题，其中包含很多伦理学议题，给我们留下了很多题眼。

邱业祥： 纳斯鲍姆选择的材料也是对自己有利的，《俄狄浦斯王》这部古希腊悲剧没有被纳入分析中，或许是因为关于这个剧本的解读不太好纳入她现有的系统里面。所以她这个写作方式特别适合做博士论文。

韩辰锴： 对，Charles Taylor 在书评中也指出，纳斯鲍姆对希腊悲剧、柏拉图和亚里士多德的作品的解读不无争议，他自己就表达了某些异议。我想，纳斯鲍姆对作品的选取和解读服务于她整体的理论建构，重在提出问题、分析问题并试图解决问题，这本书不能看作严格的哲学史或思想史作品。我自己读这本书的话，也不会太多关注她解读的全面性和精确性，而是更关注她从希腊悲剧中提炼出来的那个伦理问题以及她的一揽子解决方案。

陈会亮： 刚才邱老师提到，纳斯鲍姆对古希腊经典的解读是否合适，恐怕这不是一个简单的自洽问题。我在两个方面受到启发，如前面所说，本书的选材是服务于她的更大的目的，如此解读是否合适，这在我们阅读的过程中是应该去辨析的。比如这里是解读《安提戈涅》，这里是处理《普罗泰戈拉》中的一些问题，如果针对这些问题去和作者辩论，我们的立足点、关注点就不再单单是纳斯鲍姆的现实问题关切，而是要归回作品本身去理解问题。所以，对这些文本的正确读解是我们精准理解西方（包括历史的和当下的），进而和西方思想家对话的基础。

其二是纳斯鲍姆所说的情感问题和善的问题，作者其实在书里面举了很多例子来证明自己的观点。刚才张老师举到了《论语》里面的例子，不管情感问题也好，还是现实当中纳斯鲍姆所要处理的现实问题，这些背后其实都牵涉到我们对“善”的认知，对情感问题的理解。我们去读纳斯鲍姆的书也好，去看西方任何学者的书，说到底是为了弄清楚作者提出了哪些问题，并获得哪些关于问题解决的真知灼见，我们把这些洞见介绍过来，用以拓展我们思考问题的思路。比如刚才提到的儒家思想，或者说中国人的思维方式，其实这里面有可以和纳斯鲍姆对话的空间。这是我们在文明对话或经典阐释、经典阅读的时候，可以去关注的一个方面。刚才韩老师在讲的时候，我尤其想到这一点。

我去年看到一些关于纳斯鲍姆在欧美学界影响的相关材料，她的影响确实非常大。她的代表性著作有哪些，现在国内有没有专门的学者去研究纳斯鲍姆，可否把她和麦金太尔（Alasdair MacIntyre）、威廉斯（Bernard Williams）作为一个共同的研究对象来关注，或者说有无可能把他们这些可以对话的群体作为研究对象，国内学界应该关注。

韩辰锴：据我了解，研究纳斯鲍姆的论文已有发表，特别是她提出的人类基本能力（capability）清单，这里面蕴含关于人性的规范性理解以及他们与追求美好、完整的生活关系都是很有意思的。中国伦理学界对麦金太尔和威廉斯的关注度更高一些。

张宝明：韩老师你将来可以把有些书拿来翻译一下。

韩辰锴：我几年前翻译的一本伦理学著作，今年七月终于由译林出版社出版了，十五万字，名字叫《源自动机的道德》（*Morals from Motives*），作者是美国哲学家 Michael Slote，他的美德伦理运用了休谟式的情感主义研究范式，在某些问题上，他跟纳斯鲍姆有共鸣。纳斯鲍姆非常高产，她去年刚出版了 *The Cosmopolitan Tradition: A Noble But Flawed Ideal*，我觉得内容挺好。她的文风不像有些欧美哲学家那样晦涩难解。此外，她关于妇女发展、社会正义的研究都非常值得关注。

陈会亮：我最后想再说一点，她的再版序言值得认真阅读，我们看到，纳斯鲍姆的论述最后落在了高尚的事和高贵的人上面。她在该序言中提到，本书其实是要处理灾难问题的。她涉及的几个古希腊悲剧文本所讨论的严肃问题，其实也是在讨论关于高贵的问题。虽然说她的核心关注是现代的具体问题，但是她还是期待着抽象善好事件的发生。就像悲剧里面所说的，善好很脆弱，容易昙花一现，或者说是不容易实现。但我认为，这些问题要真正得到完满的理论解决，纳斯鲍姆的视野、资源还是非常有限。举个很简单的例子，就像我刚才分析的该书的结构，三大悲剧诗人都涉及了，柏拉图和亚里士多德也关注了，却唯独没有谈到荷马。《荷马史诗》其实是研究古希腊文化绕不过去的，如果能将荷马纳入进去，纳斯鲍姆的观点可能会更加整全。这里也牵涉到一个问题，就是纳斯鲍姆为什么没有将荷马纳入讨论中，这其实可以作为一个论文的标题。如果她谈荷马的话，那就必然会涉及政治问题。比如说把这些问题放在政治的背景下怎样去解决。很多问题，比如善好怎么就那么脆弱，怎么就那么难以解决，这是纯粹将它放在伦理的视角里面了。作者若是将问题放在更宽广的政治视野去讨论，她可能会得出更为令人满意的答案。纳斯鲍姆有句话是“我要去回避政治”，但是政治视角的引入对于她问题的解决可能恰恰是最关键的。

邱业祥：“修订版序言”有一节专门谈到了政治问题，作为对原著并未充分重视政治的补充。的确，不但纳斯鲍姆在解读古希腊悲剧人物的抉择时没有充分考虑到各自的政治身份和政治处境（例如克瑞翁），也没有注意到，好的政治规划、教育能够帮助个体在特殊处境中更好地面对、承受以至于部分解决善的脆弱性。

张宝明：你刚才说她对亚里士多德更关注，但是她强调了一点，人是政治的动物。她其实是承认这一点的，虽然作者还未进行更为深入挖掘。

邱业祥：纳斯鲍姆其实将这句话改成了“人是社会的动物”，没有特别强调人是政治的动物。她强调一种人和人的关系性，特别是从亚里士多德那里来的“友爱”，但是这就被简化为了个体和个体之间或者至多群体和群体之间的社会关系或伦理关系，而基本上不涉及人个体和个体之间的政治关系，也不涉及个体与政治之间的关系。在这一方面，她如果能够像汉娜·阿伦特那样突出个体或群体的行动能力及其可能性，那么人或许将以更多的力量和可能性去面对善的脆弱性。

张宝明：她虽然有社会关系在，但作者还是强调人是政治的人。因为政治首先和城邦、国家有关系，人不可能不生活在这个社会群体里面。

韩辰锴：陈老师，你这个感觉是很对的。我想，纳斯鲍姆的主要目的是发展自己的观点。在这本书里她实际上发展的是一个伦理理论，但她此后日益关注政治问题。她在修订版序言中明确指出，她的观点，就其精神实质而言，仍然是亚里士多德式的，但是在很多方面也偏离了亚里士多德，尤其在自由主义和女权主义的方向上。她指出了亚里士多德思想中的三个重大缺陷，分别是：（1）亚里士多德对普遍的人类尊严没有任何认识，更不用说“人的价值和尊严是平等的”这个思想了。（2）亚里士多德也不承认我们与生活在我们城邦外的人们具有道德联系。（3）亚里士多德缺乏现代政治的一个本质要素：对于那些需要保护的自由领域，对于国家一旦干预就被认为做错了事情的那些活动，他缺乏坚定的概念（详见《善的脆弱性》修订版序言，第12—14页）。根据我有限的了解，这三个批评似乎是伦理学界的共识，至于怎么克服那些缺陷，依然有重大分歧。

邱业祥：纳斯鲍姆就是从启蒙的观念来看待古典哲学的。她所有提出来的城邦问题，在亚里士多德看来，如果人离开城邦，要么是神，要么是兽。

韩辰锴：自古至今，包括在中国传统政治思想中，对一个特定共同体的忠诚和服从是非常重要的问题。超出所隶属的那个群体，人该怎么处理和他人的关系？“非我族类，其心必异”，其实人一开始的生活状态大概都是这样的，彼此之间的隔离非常严重，不管是地理原因造成的隔离还是文化差异造成的隔离，源远流长的华夷之辨大概就说明这个问题。社会发展过程中的一个重要现象就是很多小的共同体的不断融合扩大，现在国与国之间的某些界限也在不断被打破，我们国家目前提倡的人类命运共同体理念，很能说明一些问题。但对特定共同体的认同依然是一个重大的伦理、政治问题。比如目前中美之间对人类命运共同体的看法就不一样，这里有两个层面的问题，一个是实然问题，一个是应然问题。

此外，我还想就纳斯鲍姆对当代美德伦理学的态度说几句话。她虽然很重视美德问题，但对美德伦理学也有严厉的批评。我记得她有一篇非常重要的论文，题目是“Virtue Ethics：a Misleading Category”（1999），如果有机会，我愿意把它翻译出来。国内钟情于美德伦理的学者似乎不怎么重视这个论文，大概因为看题目就刺眼，但是我认为她这个题目传达出来的判断很有道理。

张宝明：麦金太尔也说过这个问题吧？

韩辰锴：在重视古希腊伦理思想这一点上，纳斯鲍姆和麦金太尔算同道中人，但她不接受麦金太尔借复兴美德伦理之潮流进而攻击伦理理论的做法。纳斯鲍姆既不反对理论，也不反对理性对生活的指导作用。她重视伦理与政治的关系，深入研究情感在人类生活中的地位和作用，强调价值的多元性及其可能存在的冲突，这些问题在当代伦理学界依然很有吸引力。

张宝明：今天我们第一次举办这个茶座，活动本身很有意义。大家在一起能够提供不同的视角，对彼此还是很有启发的。希望我们以后再有机会聚谈。最后，我还是想对我们这个形式的读书说上几句。无论是哪一个文本，一旦形成就要接受读者的回应。《善的脆弱性》也不例外。作为一个被当下学界视为力作的文本，我们的解读也有可能存在“过度诠释”的问题，但这并不影响我们对这一普遍性和严肃性兼具的命题的思考。此乃经典与阐释间张力的本有之义。

[美]玛莎·纳斯鲍姆：《善的脆弱性：古希腊悲剧和哲学中的运气与伦理》，徐向东、陆萌译，译林出版社2007年版。(Nussbaum, Martha C. 2001. *The Fragility of Goodness*: *Luck and Ethics in Greek Tragedy and Philosoph*, New York: Cambridge University Press, Originally published in 1986.)

短长篇

[英] 鲁惟一（Michael Loewe）著，卢勇、杨琼 译

汉代西北地区的防御和通信

从公元前130年起，汉朝政府经过一段时期的巩固之后，朝廷开始制定新的徭役制度来控制和组织民众劳动，并开始实行扩张主义政策。新实施的耕作方法不仅提高了单位土地产量，还增加了税收。从汉武帝时代始，朝廷为了自身利益而非实业家或商人们的利益开始推行盐铁专营政策，从各地征召劳动力并任命官员来专门控制和经营铁矿、盐矿。部分商人则踏入西北地区开始了漫长而危险的旅程，以期从丝绸贸易和马毡贸易中获取利润。随着汉帝国版图的不断扩大，朝廷陆续将官员派去组建地方机关进行治理以加强控制，比如当今的广东省南部，越南、朝鲜东北部和缅甸西南部地区。

在不担心遇到有组织的敌对攻击的情况下，汉代朝廷可以持续不断地下派官员到新的领土进行管理；但是，在北方和西北地区，朝廷很可能会面临匈奴或其他的有效军事袭击。大概从公元前221年起，秦汉帝国就建立了一套统一的防御体系，从而保护北方疆土免受游牧政权的袭击。此后，这条防御线得以不断加强并向西延伸，形成一条连续的有驻军守卫的路线和要塞。大概从公元前100年开始，这条路线一直延伸到了遥远的西北地区，远达如今的甘肃敦煌。

这条新防线实现了几个目的。首先，它将北方匈奴和青藏高原的羌人这两个潜在的敌人切分开来，避免他们结成联盟，进入汉帝国农村和城镇，实现朝廷所希望的“断匈奴之右臂”之战略；其次，这条防线还可作为防止匈奴从北方入侵的阵地。与此同时，它们形成了一条保护通道，商人的骆驼和车队可以沿着这条路较安全地行进。此外，对于那些拼命想逃离朝廷管控的逃兵或罪犯来说，前线堡垒还可拦截他们出逃。

从帝国不同地区征召而来的士兵，需作为驻军部队履行一年兵役，他们守卫着一条由泥土或砖块构筑的防线。相当多的堡垒沿着这条路线彼此相望，作为指挥所或驿站，为人们和马匹提供休息处。在西北这片无法生产必要物资的土地上，想要维持如此规模的守军本身就是一个问题；但幸运的是，屯田可以解决这一困难。受保护的驿道其主要路线从西向东延伸，但路线当中又新建了另一条从南向北延伸的路线。这条支线沿线有不少的河流甚至是湖泊，足够满足农业生产用水需求。朝廷因此解除了一些应征士兵的军职，将其分配去种植驻军急需的粮食。

在没有书面通信的情况下（其中一些内容必须一式两份），任何军队都无法组织或维持正常运转。朝廷不指望所有的边防士兵都能书写，但军官有这种能力。他们将大部分报告写在狭长的竹木简上，绑在一起后卷起来形成一幅幅卷轴以传递信息。幸运的是，这些官方文书中有许多残简得以保存至今，从而使我们能够了解到汉代上级当局的命令或提交给他们的报告是以何种形式构成的。这些残简记载了汉军的组织方式以及驻军的职责和任务；同时，我们也了解到他们在公元前 100 年至公元 100 年之间不同时期的一些生活与工作情况。

汉代的边防驻军沿着这条防线上的一个个堡垒或烽火台传递信息，也可能是分阶段送到长安或洛阳，这两地分别是西汉和东汉帝国的首都（公元前202年到公元8年以及公元25年到220年）。传递信息的驿卒开始其预定行程后会严格遵守所制定的日程，他们清楚地知道，其离开驻地和到达目的地的时间会被记录在案，若延误而无法解释原因，则会受到惩罚。紧急信息则是通过骑马传递的。为了确保整条路线的直接联系，每个烽火台都将在设定的时间举起旗帜或燃起火把，向其邻近的烽火台发出讯息，情况紧急时会使用一组特殊的信号传递军情。

军队所需要的许多文书都是例行性质的，如新报到的军人名单，或关于他们被发给的衣服的记录以及他们对这些衣服接收的潦草标记；或者是这些人及其家人收到的谷物和盐供给的准确而详细的账目。这类账目差别很大，取决于接收者的性别和年龄。它们来自官方粮仓，那里的官员保存着同样细致的账目，详细记录了他们收到或分发了多少粮食。其他文书涉及财务事项，如付给官员的薪酬，现金数额或纺织品的卷数；偿还债务的金额；或关于官方公务经费如何使用的描述，购买诸如糨糊等办公物品。也有一些少数而零碎的税收报告令人感到无比珍贵。有些文书记录的是士兵或将领履行职责的情况，或他们在射箭等测试中所取得的成绩。督察员报告城防的情况、用于安装弓的墙孔、弓本身以及发送信号所需的杆和绳索等。其中一份登记册记录了士兵们所负责的牛的详细情况；另一份登记册则记录了他们所从事的工作，比如制砖及一天内完成的工作量，或在瞭望塔的墙壁上涂抹灰泥等工作。所有进出关防的行为都需要做定期汇报，并说明允许进出的原因：如购买药品或棺材等。这些报告记录了进出者的年龄、身高、肤色和社会地位等全部细节，并详细记录了他所携带的武器等任何物品。比较罕见的是涉及直接军事活动的文书或关于巡逻队任务的描述。

在这条路线上延伸的堡垒是孤立的并且随时面临危险。然而，各堡垒仍然可以收到从中央朝廷发出的对汉帝国管控地方至关重要的文书。这些文书可能是来年的历书，也可能是各州府需服从的朝廷命令清单。我们今天所能见到的只不过是这些西北前哨与长安、洛阳等京城相隔数千里（1600 公里）的书信碎片，但今天的人们依旧可以从这些资料中了解到，汉帝国的官员们是如何通过专业而有序的方式来管理当时六千万民众事务的。

参考文献：

[1] Ying-shih Yü, *Trade and Expansion in Han China*; *A Study in the Structure of Sino-Barbarian Economic Relations* (Berkeley and Los Angeles: University of California Press, 1967).

[2] Yü Ying-shih, "Han foreign relations", in Denis Twitchett and Michael Loewe (eds.), *The Cambridge History of China Volume I The Ch'in and Han Empires* 221 *B. C.* – *A. D.* 220 (Cambridge: Cambridge University Press, 1986).

[3] Loewe, Michael, *Records of Han Administration*, Vol. 2; s. (Cambridge: Cambridge University Press, 1967; rpt. London: Routledge Curzon, 2002).

[作者鲁惟一（Michael Loewe），著名的英国汉学家。出生于1922 年，先后就学于剑桥珀斯学校（The Perse School）和牛津大学曼达琳学院（Magdalen College）。1951 年凭借其对中国汉代历史的杰出研究获得了伦敦大学亚非研究学院的最高荣誉奖，1963 年获伦敦大学的博士学位。同年他进入剑桥大学执教，直到 1990 年退休。曾任剑桥大学东亚系主任，现为剑桥大学荣休教授。译者单位：南京农业大学中国农业遗产研究室。]

短长篇

周 林

艺术法在中国:机遇与挑战

人人生而艺术

讲到艺术的时候其实非常简单，人人生而艺术，人人皆为艺术家。一个人呱呱落地，他的本能是吸吮奶水。而当他有了自主意识，有能力抓住一只画笔的时候，面对一张白纸，他在那张纸上戳上一下，他会吃惊于最初的那一点一划——那是他第一次艺术实践，那是他第一次向这个世界表达。他一定惊诧于那破天荒的印记，那是他跟这个世界的第一次对话。

实际上，艺术史可以最早追溯到距今 4 万年前的法国拉斯科岩洞以及西班牙的阿尔塔米拉岩洞中的岩画。是不是还有更早的岩画？也许未来的考古会有新的发现。我们从古代岩画图片就能够看到，它们都是人类最早表达自己想法的印记。我们国家也有许多古老的岩画和许多先人留下的痕迹。虽然我们不知道当时他们留痕的目的是什么，但是通过这样一些痕迹，我们可以探寻先人的思想，触摸先人的灵魂，跟先人对话。

生命易逝，唯思想永存

人的寿命有限，一百岁算长的，但也很快就会过去。人死了，什么都带不走，能够留下的只有思想，就是载于各种介质中的信息。人类文明的发展就如同一个一个阶梯。艺术的发展、技术的发展、人类文明的发展，从最开始的留痕，到甲骨文字，以后又有了摄影术、录音机、录像机，以及到了现在，我们每个人都在使用的手机，人不断地去寻找、发现、记录自己。技术的进步过程，其实也是人类创造、传播和利用自己思想的过程。

“艺术是人之为人的最好表达。”这句话不是我想出来的，是我在跟一个年轻法官在微信交流中，我告诉她，我们将要组织一次艺术法国际论坛，是她首先说出来的。她跟我说，她也知道现在在法律圈，在人群中，能够去理解一件艺术作品，明了其中的深刻含义，认识到“艺术是人之为人的最好表达”的，其实并不多。包括我们艺术院校里很多学生，如果要问他们为什么要学艺术？也许并不是每个人都能说得很清楚。

当艺术遭遇版权

我们看这样一个照片，十个青年男女赤身裸体，他们按照自身体重不同，一共叠了四层，构成了一部作品。这个作品的名称叫《为无名山增高一米》，它曾经在一九九九年参加过第四十八届威尼斯国际双年展，在当时引起轰动，成为中国行为艺术的一个经典之作。这个作品曾遭遇版权问题。首先是它的创意。几位年轻艺术家一起吃饭聊天时说，我们做这样一个作品吧，接着，大家七嘴八舌，不断丰富它的内容，一个伟大的创意于是就这样在集体讨论中形成了。如何把创意思想以看得见的方式呈现出来？那时候年轻人收入都比较少，他们十个人每个人凑了两百块钱，租车找到一个地方，请来摄影师，按照事先商定的规则，称量体重，按体重大小自下而上“叠拼”，然后“定格”，由摄影师按动快门。就是这么一个创作过程。当时谁也没想到这件作品会如此轰动。名气带来利益。到了他们意识到版权问题的时候，就开始争了。我们都知道底片掌握在谁手里特别重要。那个摄影师很聪明，也许他早就预见到会发生争夺版权。于是，在作品创作完成的“定格”瞬间，他按下快门连拍了十多张。在分配底片时，当着十个作者，摄影师说一人一张，当场剪了十张分给十人，多余的底片均被销毁。十张底片在分配时抽签，十个人抽到哪张是哪张。所以这个作品有十个原作，我们看到的，只是其中的一个作品。

形有界，思无涯

这十人中间有一位叫左小祖咒的。据说他很不满意这个创作集体在确定版权时所发生的争执。于是，他自己又弄了十头猪摞在一起，恶搞出一件新的作品，名字叫《我也爱当代艺术》。他用这件新作品去调侃包括自己在内，由十个活人创作的那件《让无名山增高一米》。后来，他还以十头猪的造型，开发出了一些衍生产品，在网上售卖。卖多少钱呢？卖两百多块钱，现在还能买到。由十个人集体创作的那件行为艺术作品，以及利用十头猪创作的衍生品，都卖出了高价。买家之所以舍得花钱，是因为那些艺术作品有点意思（思想）。这就是说他们买的不仅是物（艺术品），还买了物之上的那点意思；凝聚在艺术造型之上的那个思想才值钱。

机　遇

回到我的演讲题目：“艺术法在中国——机遇与挑战”。机遇是什么？第一个机遇是思想进一步解放。在《为无名山增高一米》这件作品中，一种标志性的艺术语言——裸体，被大众接受，这是国人思想的一个进步。以前国人对裸体是一个什么态度？比如说袁运生为首都机场创作的《泼水节》那件作品，其中的浴女还是穿着衣服的，就是女性的轮廓线过于明显“突出”而已，但在当时却不被接受，还受到批判。而“无名山”却是赤裸裸的一丝不挂，但是现在人们不仅接受了它，而且把它视为经典。第二个机遇是思想可以作为财产公开叫卖。《为无名山增高一米》照片，以及衍生品《我也爱当代艺术》被公开售卖，它们为什么有价值？还卖那么贵？因为在它们之上承载着艺术家的思想。那张照片可以被烧掉，但是《为无名山增高一米》作为中国当代艺术的一个经典却是烧不掉的，它永远立在那里了。

刚才一位演讲者讲的故事，英国涂鸦艺术家班克斯的画作《女孩与气球》在拍卖会现场被毁坏，是一个经典案例。[①] 在落锤成交之际，画框突然响起警铃，框内画作缓缓下滑，画框内置碎纸机把画作的一半切成细条。班克斯遥控碎画的行为，被视为对艺术市场过度商业化的抗议。但那件作品并没有被毁掉，它反而还增值了。为什么增值了？因为那件作品创作、展示、拍卖、搅碎的过程蕴含着丰富的思想，碎画行为反而赋予画作更加丰富的内涵，作品中的思想愈发显现出它的价值。在很多版权案件审理时，法官们总是追问，“诉讼标的究竟是什么作品”，诉辩双方在作品的定义和概念上花了很多时间也说不清楚。但很少有人去琢磨究竟是什么让作品有价值？作品背后的思想究竟是怎么一回事？事实上，法律保护的不是那件作品（物），而是保护创作者对其（凝结在那件作品之上）“原创”思想的利用。随着改革开放的深入，现在我们越来越看到思想的价值，中国正在出现一个思想的市场——一个国家只有在自由的环境当中才能有好的思想生长。

---

① 关于这个案例，请参阅三联生活周刊网文：百万名画自毁：我们都被“班克斯”了！https：//www. sohu. com/a/258294750_ 282627 2020 年 7 月 21 日浏览。

挑 战

挑战是什么？挑战有很多。例如，如何判断艺术表现的边界就是一种挑战。裸体是一种很生动的艺术语言，但是要用好这种语言，就得有一个标准或者法律边界。由于没有标准，虽然有很多类似的作品被接受，但是也有很多被无端禁止。再如，如何让法律人更多地接触艺术实践也是一种挑战。在具体案件审理时，法律与艺术两分，法律人不懂艺术，而艺术人欠缺法律，这两类人通常各说各话，因此发生一些有争议的裁决。在版权圈子里，在一些学术研讨会上，很多都是在谈“诗和远方”，距离艺术实践和市场需求太远。学者们会花很多时间在类型化作品的研究上。什么叫类型化作品？谁说得清楚？其实版权法根本不关心什么是类型化作品，只关注案件中的这个作品，作者所贡献的思想，有没有被不当地利用。至于它是什么作品，是什么类型的作品，并不重要。

所有的艺术形式，所有的艺术符号，都不过是思想的载体。一件艺术作品之所以伟大，不是因为它运用了何种符号，而是作品（通过特定符号）传达出来的思想。在这个意义上，我们要承认，思想大于符号。形有限，思无涯。艺术法是一门独立的学科。为什么讲它是一门独立学科？因为它不是简单的“法律 + 艺术”，也不是简单的“艺术 + 法律”，不是说你学了法律，加上几个涉及艺术的诉讼案例，就能研究好艺术法的。研究艺术法需要同时具备法学、艺术史和艺术实践经验。如果对具体的一件艺术作品不能理解，也不懂艺术史和艺术创作实践，这个时候，你可能是一位民法学家，你可能是一位高明的版权律师，但很难称得上是一位出色的艺术法专家。因此，对那些想从事艺术法工作的朋友们，我的建议是，不仅要掌握法学知识，还要读几本艺术史的书，交几位艺术家朋友，亲身体验下艺术创作实践，每天都可以问一问自己：今天你艺术了吗？

（本文系作者在“2019’艺术法国际论坛”上的主题演讲。作者为中国社会科学院知识产权中心研究员、中央美术学院兼职教授）

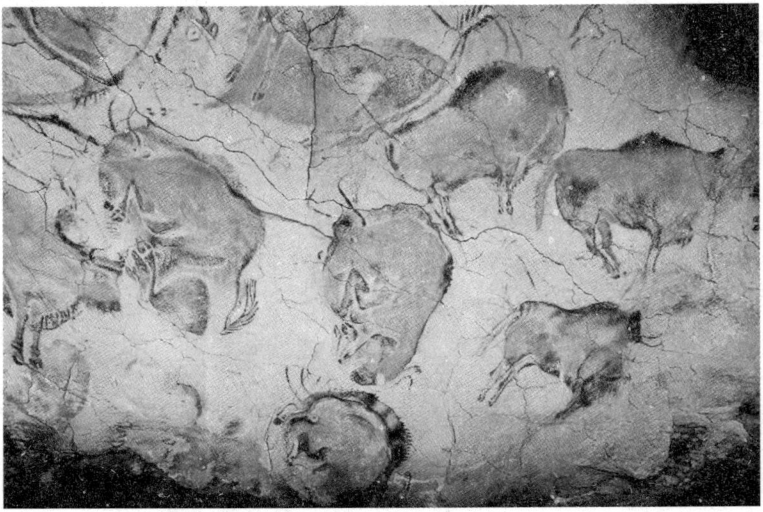

西班牙的阿尔塔米拉岩洞中的岩画，图片来自网络

广西花山岩画，图片来自网络

短长篇

荣新江

《长安未远：唐代京畿的乡村社会》序

区域社会史的研究，一直是中国古代史研究的一个重要领域。不过宋代以前由于地方史料较少，所以一般来说是很难做区域社会史研究的。然而，地域社会史研究是推动史学进步的一个有力视角，唐史研究也不可或缺。早在一九九七年，日本京都大学爱宕元教授就汇集自己有关论文合集为《唐代地域社会史研究》；日本唐代史研究会也意识到这一问题的重要性，一九九九年编辑出版的唐代史研究会报告集第八集，即为《东亚史上的国家与地域》；虽然都是散篇论文，未必都契合主题，但“地域社会”的问题意识十分强烈。当2007年中国唐史学会计划在上海师范大学召开学术研讨会时，我在筹备会上极力倡导以“地域社会”为主题，成果就是严耀中教授主编的《唐代国家与地域社会研究：中国唐史学会第十届年会论文集》一书，因材料原因，论题不集中，推进也有限。

幸运的是，唐朝两京地区保存史料相对多一些，特别是最近二三十年来大量碑志的出土，为这项研究提供了深入的可能。徐畅博士的这本著作，题为“长安未远：唐代京畿的乡村社会”，选择唐代京畿地区作为区域社会史研究的探索领域，汇集传统文献、石刻资料、考古文物材料，乃至敦煌吐鲁番文书中的有关记载，深入检讨京畿地区特定的乡村社会，在京畿地区乡里的复原、当地户口的统计，民户生计的考察等方面，都有超越前人甚至填补空白之处。这项研究有不少方面是前人没有做过的工作，而这也正是历史学工作者责无旁贷的任务。

与此同时，要处理这样一个城乡之间、京畿周边的地域社会历史，史料零碎而不系统，因此需要有自觉的理论思考。这方面，作者也做了充分的努力，其结论可以和宋元明清地域社会史研究相比较。

大概在2006年春季学期，我曾经在中国人民大学给新成立的国学院学生上过一门“西域胡语与西域文明”的课，徐畅是课代表，经常有机会和我交谈。我发现这个本科生学习认真，遇到问题追根到底，有做学问的资质。后来我和国学院的孟宪实教授一起合作整理“新获吐鲁番出土文献”，徐畅写了一篇关于“城主”的文章，孟老师介绍她来和我谈谈，我觉得相当不错，经过改订，推荐到《西域研究》上发表。以后徐畅从隋唐史转向秦汉史的学习，师从王子今教授，对于秦汉社会生活、性别以及出土简牍，都有些心得，在《历史研究》等刊物上发表了几篇文章，崭露头角。

二零一零年，徐畅考入北京大学历史系，跟从我攻读博士学位，又转到隋唐史的领域，先后参加过我所主持的“新获于阗汉文文书的整理与研究”“大唐西市墓志的整理与研究”“新出土及海内外散藏吐鲁番文献的整理与研究”项目，同时也参加社科院历史所黄正建先生主持的“《天圣令》读书班”和北大等单位的学者主持的“走马楼吴简读书班”等，受到了多方面的训练。她读书用功，勤于写作，完成多篇不同课题的论文，先后发表在《文史》《中华文史论丛》《文献》《简帛研究》《敦煌研究》《吴简研究》等刊物上。她还应汪海岚（Helen Wang）和韩森（Valerie Hansen）的要求，为她们所主持的“丝绸之路上作为货币的织物”（textiles as money on the Silk Road）项目，撰写了一篇关于唐朝钱帛并行的文章，翻译发表在《英国皇家亚洲学会会刊》（*Journal of the Royal Asiatic Society*）上，这对于一个博士生来说，是难能可贵的。

现在，徐畅的书稿经过多年的修订、打磨、增补、理论提升，终于纳入“三联·哈佛燕京学术丛书”，行将付梓，征序于我。因略述唐代地域社会史研究之学术脉络，以及与徐畅学术之交往如上，是为序。

二零一八年七月三十一日酷暑中完稿于北大朗润园中所

雷　颐

巴黎的“文化地图”

十九世纪，巴黎是“世界文化之都”，这种殊荣一直延续到二十世纪上半叶。“巴黎”已经成为一种象征、一种符号，文化、文学、思想、艺术、时尚、奢华、高雅、肮脏、流浪、堕落、颓废、前卫、造反、革命……种种不同元素都在此“熔于一炉”。然而，从二十世纪初起，巴黎的“世界文化之都”的地位又开始一点点丧失，现在虽仍灿烂，但已无昔日几乎是“独此一家”的辉煌。巴黎的文化在十九世纪末达到顶点，但其衰败，其实也是从此开始的。以研究十九世纪末法国历史文化著称的法国历史学家克里斯多夫·普罗夏松在《巴黎1900——历史文化散论》中，勾勒出十九世纪末到二十世纪初巴黎的“文化地图”。

宽容与文化场域的形成

很久以来，巴黎以其特殊的方法巧妙地在这片狭小的空间中长时间汇集了大量精英，因此她成为欧洲甚至在某种程度也是世界的“文化之都”，形成一个得天独厚的“文化场”，吸引法国的“外省青年”和世界各地“有志之士”为实现自己的抱负、理想来此奋斗。有的成功，有的失败，无论个人的成功和失败，但却形成了巴黎“见怪不怪”，兼容并包的传统。同样重要的是，巴黎的管理者似乎深谙“水至清则无鱼”的道理，对这种“巴漂”（恕我仿“北漂”的“创造”）越来越宽容，并不动辄清理；而且，管理者从政策、资金方面扶持自己赞同的文化，但对自己并不喜爱的某些文化现象并不压制。这种文化机制和传统，造就了“文化之都”。正如克里斯多夫·普罗夏松所说：“从这个意义上说，巴黎是一个理想的观测场所。只需几个平方公里的空间，这个首都便可集中各种奇异现象，因为它有能力把这些东西组织起来。”

关键在于这种“能力”。普多夏松为我们绘制的“文化地图”，揭出巴黎如何掌握这种“能力”，使其成为文化之都的“秘密”。

在巴黎文化中，由贵族妇女作为女主人的“沙龙”扮演了重要的角色，沙龙自然而然地把“这些东西”组织起来。沙龙就是清谈，但清谈也渐渐各具特色，各种各样、形形色色。有的偏重文学，有的偏重艺术，有的偏重音乐，有的以哲学、思想为主，有的偏重政治，还有的则以“综合性”闻名。沙龙一个重要的功能是加强各种社会关系，只要是社会名流，就可进入。沙龙一方面激活彼此的竞争，但又巩固彼此的联系，能否将某人吸引到自己的沙龙，是沙龙成功与否、名气大小的标准；而某人能否进入某个沙龙并被认可，甚至又是某人是否成功、获得社会认可、社会声望的关键。当时有四个沙龙最为出名，以至曾有法兰西学院每一位候选院士都必须经过其中一家沙龙“培训”才能入选的说法。沙龙充满虚荣，但彼此竞争的沙龙女主人为了满足自己的虚荣心，竞相邀请各方名流进入自家沙龙，一时间伏尔泰、狄德罗等许多启蒙思想家，都是沙龙的宠儿，他们的思想，通过沙龙得到传播。如果某人成为著名沙龙重要成员，也会有一种强烈的优越感，为人倾慕。反正在虚荣之外，各种信息、思想在这个重要平台传递、交流、碰撞，激发出各种各样的灵感和新思想。在沙龙中，各种真真假假的信息流通传递，当然八卦必不可少，但许多严肃、有创造性的思想、观点、主张，也在此传播传递。

大革命后，贵族不复存在，但沙龙仍由一些精英承继下来，而且由沙龙还发展出一种人员、时间相对固定的“晚餐会”。“晚餐会”这种由沙龙演变而来的一种新的社交形式在十九世纪末开始大量出现，它的成员比沙龙更加精英，主要是成就卓然的演员、作家、政界人物，还有科技界和经济界的头面人物，成员非常固定，议题也更加专门，因此也更加封闭，更难进入，据说进入这样一个圈子比进入法兰西学院还要困难。法兰西大剧院董事儒尔·克拉尔迪当属文艺精英，对上流社会了如指掌，在一八七一年就努力进入并感到自己可能会被“晚餐会”接纳，但直到一八八一年，经过十年后才跨入“晚餐会”门槛。比较著名的有“大仲马的晚餐会”“文人晚餐会”“评论界晚餐会”“憾事万千晚餐会”等。其中“毕克西奥晚餐会”成员极少，属于“精英中的精英”，主要议题是科学与艺术，不同议题由不同人主持。一八九八年，佐拉的《我控诉》使德雷福斯案成为社会热点，也标志着现代知识分子的诞生。以往人们注意不够，佐拉在的好几个“沙龙”“晚宴”圈的成员非常“庞杂”，不仅有作家、记者、医生、律师等“知识分子”，还有政府官员，尤其是军方高级军官。佐拉等人不断从圈子中的军方高官得到有关德案的重要信息。这些圈子是支撑德案持续进行的关键动力，知识界不少有关判断、观点和决定也是在此做出。

到了十九世纪末开始，沙龙的作用开始淡化，此时的巴黎是一个“杂志的时代取代了昔日的沙龙天下”。大量创刊的各种同仁杂志虽然生生灭灭、“长寿”者不多，但总的趋势却越办越多，有的低俗有的高雅，不同类别应有尽有，正是这些越办越多的杂志成为十九世纪末巴黎的文化基础。一些杂志创刊时名声不大，要利用各种公众场所开讨论会、办讲座，扩大影响，一些著名的画廊、名人家庭、学校、咖啡馆等因杂志而成为固定的文化场所。杂志形成的文化网络比沙龙、晚餐会广大、复杂得多，更多的“文化人”通过杂志加入到自己的文化圈中，这又反过来加强了文化网络。杂志比沙龙更公开，所以各种杂志的生存更需要一个宽松的文化环境，而许多杂志的存在又使文化环境一点点宽松，这种良性循环更增强了巴黎的文化吸引力和辐射力，越办越多的杂志成为19世纪末巴黎的文化基础。在一定意义上说，杂志的多少及其生存环境的宽严，是文化是否繁荣的标志。从十九世纪末开始，对“文化”形成的另一个重要机制是各种报告会、讨论会和讲座，甚至形成“狂热”。报告会、讨论会和讲座已远不限于教育界、学术界，学术报告会与通俗报告会的界限也不再严格。报告会受到大众的热烈欢迎，不少报告会竟在最著名的大剧院举行，许多剧院每月固定举行数场报告会，有些小剧场甚至靠此营利。一些著名学者也从大学的阶梯教室来到剧场进行讲座，某些名家的报告会要提前报名才能参加，报告会、讨论会和讲座一时数不胜数。杂志和报告会、讨论会和讲座打破了沙龙、晚餐会的封闭性，具有鲜明的公共性。新知识新思想通过这种公共空间迅速走向公众，形成了文化的繁荣，使巴黎的文化场域更加强大、文化资本更加强大。

文化资本强大，在葬礼与雕塑上也表现出来。法国是欧洲大国，历史上不断开疆拓土，战争不断，作为首都的巴黎，当然要纪念这些历史上的英雄豪杰。但从葬礼与雕塑来看，从19世纪下半叶起，“政治”渐渐让位于“文化”，这种风气的变化，就是巴黎的精神的变化。在第二帝国时期，国葬只是对政府官员，其他人几乎没有。但到了共和时代，这种隆重仪式便扩大到了作家、音乐家和学者。一八八五年五月为作家雨果举行了盛大的国葬，参加者达一两百万人之多，许多人专程从外省赶来。一八九五年十月五日政府明令要为微生物学家巴斯德举行隆重的国葬，人数众多的国家军队在一位将军的指挥下护送灵车。在十九世纪末有人做过统计，在一八七〇年以前，巴黎的纪念性雕像绝大多数是纪念战争中的英雄或某几位雄才大略的君王，但此后纪念文化、艺术、和科学界的塑像就占了多数。在十九世纪末巴黎的纪念性雕塑中，有六十七座是纪念文化人、六十五座纪念进步人士、四十五座纪念艺术家，纪念政治家的只有五十六座。一个城市的雕塑，确实反映了一个城市的精神。

巴黎成为文化之都，证实了哈贝马斯在《公共领域的结构转型》中提出的“公共领域”的概念。他认为：历史地看，公共领域经历了三种形态，即：古代古希腊城邦公共领域、中世纪欧洲封建社会公共领域、现代资产阶级公共领域。在他的理论框架中，无论是古希腊城邦公共领域还是中世纪欧洲封建社会代表型公共领域，本质上都不是作为一个质疑、讨论、批判的空间存在，因此名不副实。随着早期资本主义商品经济的发展，随着市民阶级的兴起，开始出现越来越多的商会、俱乐部、咖啡馆，人们在其中交换信息和意见，讨论公共事务；印刷业的发达使报纸、杂志、书籍也越来越多，信息传递、意见交换更快更广。商人、市民、作家、艺术家、哲学家、思想家、医生、律师、记者、编辑渐渐成为热议社会问题、公共事务的主体。在此风影响下，甚至贵族的沙龙也成为讨论公共事务的场所。这就是他所说的第三种形态、也是全新的公共领域，承载了质疑、批判的空间。正是这林林总总、形形色色的公共空间中进行的有意无意的公开的自由讨论、互相辩驳中，逐步瓦解了中世纪封建贵族统治的合法性基础。这种公共空间，是一种政治性公共空间，也是思想、文化得以枝繁叶茂的基础。

正是巴黎这种自发形成的沙龙和随现代化而生的杂志、报告会形成的“非正式制度”形成了特殊空间，造就了巴黎“文化之都”的地位。在法国，“外省”如想获得文化成功，非得经过“巴黎”的认可；在世界各地，获得文化成功当然不必要巴黎的认可，然而一旦获得巴黎认可，几乎就是获得了世界性“文化认可”的签证。连睥睨一切的狂人尼采都承认，只有巴黎才能够承担艺术家之乡的重任。这就是文化的力量、文化之都的作用。而只有在宽松的环境中，才能形成这种文化力量，这就是巴黎具有超凡“能力”的秘密所在。所以，要想打造“文化之都”，经济、资金固然重要，但创造适宜文化生存发展繁荣的土壤，更为重要。

“致命的孤芳自赏”

“巴黎，它不仅属于法兰西，它还属于全世界；大家可以不去伦敦，不去维也纳、柏林，不去圣彼得堡，甚至也可以不去罗马，但是无论是谁，不管他是什么出身，也不管他是什么国籍，他却不能不去巴黎。”“巴黎是世界的神经中枢，正如雅典原先是希腊的思想灵魂一样”。“在巴黎，法兰西的心脏在跳动，她的神经在激荡，她的天才在发光。巴黎永远是首创精神，是向前发展的尊严之故乡，是才智的中心和发源地，是想像力的火山。”这是普罗夏松对当年巴黎文化人心态的概括。

然而，从十九世纪末巴黎作为“世界文化之都”，其地位就开始受到欧洲其他城市的挑战，昔日辉煌开始一点点褪色。起初人们感觉不到，到二十世纪下半叶，就明显感到此点。其中政治、经济、社会、国际等方方面面的原因多多，但从文化方面说，一个重要原因却是它的故步自封。用普罗夏松的话说，就是“致命的孤芳自赏”，所以他以此作为《巴黎 1900——历史文化散论》开篇第一章的标题，显然意在警醒“巴黎”。

科学技术的进步，交通、通信手段的飞速发展，加速了文化交流的国际化，至少在欧洲，各国文化精英间的交流越来越密切。这种交流，必然促进了其他地方文化的发展。在这种文化挑战中，德国柏林迅速崛起，力图与巴黎一争高下，最具象征性的，是巴黎的

“瓦格纳之争”。从十九世纪八十年代开始，德国音乐家瓦格纳的作品在巴黎突然走红，巴黎的某些文化人和音乐家对瓦格纳推崇备至，许多歌剧院纷纷上演他的歌剧，甚至还创办了一份专门评介、推崇瓦格纳的刊物《瓦格纳评论》。但瓦格纳是德国人，法国在十年前的普法战争中大败于普鲁士，因此“瓦格纳热”又引起强烈争论、反对，甚至与“爱国”“卖国”联系起来。在上演瓦格纳的歌剧时，曾经发生过两三次意外事件。音乐评论家、瓦格纳的爱好者路易·德·富尔科基曾经参加过一八七〇年普法战争，结果他当场受到攻击，被指控不爱国，提醒他作为当年的老战士要注意自己的立场。瓦格纳进入巴黎，被许多人愤怒地认为是德国人的“胜利”。

关于瓦格纳的争论，其实是关于德国文化对法国影响的争论。一九〇二年，著名的《法兰西信使》杂志发起了一个关于德国影响的调查，共分哲学和文学、社会学和政治经济学、自然科学、军事技术、美术、音乐、德国对其他国家的影响七个方面。仅就音乐方面的结果来看，被调查者共同的看法是德国音乐曾经辉煌了一个时期，并产生了很大的影响，但现在已成强弩之末，德国音乐的衰退足以使法国的音乐家自由自信地用音乐表达自己的情感。但是，被认为“没有文化素养的人”喜欢瓦格纳的却越来越多，有批评家反而这样写道：“瓦格纳的作品是时髦的，也就是说，他现在已不受欢迎了，也不再得到人们的理解了，时髦者的赞扬是一个作品没落的最明确的信号。”

德国文化对法国影响的争论，进一步说其实是公众对外国文化对法国文化影响的争论。巴黎人最引以骄傲的文学，也难逃这种争论。与高雅的歌剧、交响乐、戏剧相比，欣赏、热爱文学的普罗大众要多得多，法国，尤其是巴黎，众多小说家确有傲视群伦的资格。本雅明曾这样概括十九世纪的巴黎：“没有任何一个城市像巴黎那样，同书本联系得那么紧密……这座城市没有一座纪念性建筑同文学杰作没有关系”，“这座城市已不可磨灭地写进文学作品之中，因为它被一种精神所激发，这种精神同书本有血缘关系”。这种文学的“血肉联系”使俄国文学在十九世纪下半叶异军突起，被大量引进、翻译成法文时，引起了文学界、文化界关于文学、文化如何保持“民族特性”的争论。

保持“民族性”的理论，可指向方方面面，一位著名的剧作家公开说对法国演出莎士比亚的作品不感兴趣；几位享誉欧洲的其他国家演员来巴黎演出，巴黎演艺界一直保持高高在上的审查者的姿态。一位评论家如此写道：“巴黎是一个各种比赛的聚集地，也就是说，所有各种天才的产品，都要到这里来展现，并在这里争取得到认可。”巴黎人相信：“巴黎的观众永远都是最伟大的裁判员。”但普罗夏松的研究表明，正在此时“我们发现居高临下的巴黎意识和它的自信心正在某些方面摇摆不定”。不仅戏剧演出方面如此，其他方面也是如此。在这种国际文化输入、竞争、容纳面前，“这座首都，如果不想在众人的斥声中自渐衰落，那么就应该接受其他城市的挑战”。

文化是一种软实力，只有文化繁荣才具有影响力。文化繁荣当然不能没有一定的经济、金钱基础，但是仅有经济发展、资金支持远远不够。文化的更需要宽容的氛围对本土文化内生创造、创新的宽容，对外来文化的包容。在严格的管制、管理下，视本土文化的创造、创新为异端，视外来文化为对本土文化的污染和破坏，投入金钱再多，文化也无法繁荣；而且，长期的文化之都一旦居高临下、故步自封，文化就会渐渐褪色。这就是巴黎的“文化启示”。

宋　强

《鲁迅全集》的"国有化"

鲁迅是中国现代文学史上的重要作家，也是被毛泽东大加赞扬的作家。毛泽东称鲁迅是新文化运动的主将，是伟大的文学家、伟大的思想家和伟大的革命家。在一九四九年后，鲁迅一直是国家意识形态肯定的对象，鲁迅作品的出版和诠释成为国家意识形态建构的重要组成部分。

不管在鲁迅生前还是去世之后，鲁迅的作品在中国都是畅销书。鲁迅生前曾多次因稿酬问题与出版商产生矛盾，即使他去世之后，许多出版社仍未结清版税。鲁迅去世之后，在许广平努力下，在诸多朋友帮助下，二十卷的《鲁迅全集》于一九三八年问世。许广平在一九四零年一月三日写给郁达夫的信中说："《鲁迅全集》虽出了，但头两版因要普及，殉朋友之情，每部（二十册）只受版税一二元，其中便宜了托总经售的书店，他们费国币十一二元买下（名为读者预约），再在香港南洋卖外币若干元，转手之间，便大发其财。"到了一九四零年，为了生计，许广平开始以"鲁迅全集出版社"的名义，正式出版发行鲁迅的著作，以减少出版商从中的"盘剥"。[①]

---

① 周海婴：《鲁迅与我七十年》，南海出版公司 2001 年版，第 179—184 页。

与此同时，鲁迅日益受到中国共产党的重视。此时的中国出版界非常混乱，未经授权而出版鲁迅作品的出版社不在少数，其中也包括共产党根据地的出版社。一九四九年二月，许广平携周海婴来到东北，他们惊讶地发现这里竟然有许多鲁迅的作品，包括《呐喊》《彷徨》《野草》等单行本，也包括整套的《鲁迅全集》《鲁迅三十年集》等，出版者为“光华书店”和“东北书店”。① 光华书店是“党领导下的一个书店”②，总部设在延安；东北书店成立于一九四五年，随着东北的解放，业务逐渐做大，隶属于中共中央东北局。③

由于长期处于战争环境下，出版业的运作无法规范，有时为了斗争的需要，将书改头换面出版或未经授权出版的现象很多。光华书店和东北书店出版鲁迅著作并未得到授权。许广平在东北无意中的发现，让东北局宣传系统有些紧张，他们专程向许广平道歉，称“东北地区需要供应鲁迅先生的书籍，以满足许多读者的渴望。许大姐远在国统区，我们无法征求意见，版权的手续也不可能办理，此地等不及只好先开印了，并奉上稿费二九四万元及《鲁迅小说选》样书一本”④。许广平当即提出：“贵店为国家书店，所出各书，纯为人民服务，我们愿追随学习。凡有关鲁迅著作，由贵店印出，均愿放弃版税，以符私志。”⑤ 几经波折之后，这笔钱最终捐赠给了当地的鲁迅文艺学院。

---

① 周海婴：《鲁迅与我七十年》，南海出版公司2001年版，第234页。

② 《陆定一就华北局宣传部关于出版工作问题的决定致周扬的信》（1949年1月27日），《中华人民共和国出版史料》（1），中国书籍出版社1995年版，第8页。

③ 《东北书店简史》，见《中华人民共和国出版史料》（1），中国书籍出版社1995年版，第123页。

④ 周海婴：《鲁迅与我七十年》，南海出版公司2001年版，第235页。

⑤ 周海婴：《鲁迅与我七十年》，南海出版公司2001年版，第236页。

根据当时的《国民政府著作权法》规定："著作权归著作人终身有之。并得于著作人亡故后，由继承人继续享有三十年。"[①] 光华书店和东北书店未经授权出版鲁迅著作，在当时确实存在问题。而此时的许广平，已经逐步向共产党靠拢，她未接受稿酬也在情理之中，尤其是在当时环境中，不被人们理解，"人家北上是赤胆忠心投身革命，而我们却是来向党伸手讨账要钱的"。[②] 毕竟，在提倡集体主义、共产主义的思想面前，个人的私有权利会被认为是有资产阶级嫌疑的，即使此时的环境还承认著作权的存在，即使在新中国成立之后，也承认著作权的存在。此时的许广平，面临着在鲁迅成为"中华民族的旗帜"、成为共产党极力推崇的英雄之后如何处理私有财产和共产主义的矛盾。

新中国成立之后，许广平担任政务院副秘书长职务，而且出版业逐步走向国营化，这时的鲁迅全集出版社无法办下去。这时，出版鲁迅著作的各种出版社有很多，盗版蜂起，一片混乱。于是，许广平于一九五零年十月向国家出版总署写信，提出希望鲁迅著作权统一由出版总署管理。出版总署为鲁迅著作版权的事情专门召开会议，许广平、冯雪峰、胡风、胡愈之等九人参加会议，同意由出版总署处理鲁迅作品的编选、翻译、印行事项，"鲁迅出版社原有纸型及附属品移交人民出版社保管"，"出版总署建立鲁迅著作编刊社，聘请冯雪峰同志为总编辑，在上海办理编刊注释校订工作，其费用由总署支出。编成之书交人民出版社出版"。[③] 许广平、周海婴为此写了授权信："关于鲁迅先生的著作，为使其普及读者与妥

① 宋原放主编，陈江辑注：《中国出版史料》（现代部分）第一卷下册，山东教育出版社 2001 年版，第 565 页。

② 周海婴：《鲁迅与我七十年》，南海出版公司 2001 年版，第 237 页。

③ 《关于鲁迅先生著作出版事座谈记录》，见《中华人民共和国出版史料》（2），中国书籍出版社 1996 年版，第 629 页。

慎出版得以兼顾周到起见，以后鲁迅著作无论在国内外的编选、翻译及印行等事项，我们都愿意完全授权出版署处理。”[①]

冯雪峰此时在上海担任诸多职务。为了让他专心鲁迅编辑的社会工作，中宣部特意致信给中共华东局和上海市委宣传部，希望能解除冯雪峰的其他任务。为协助他“专任其事”，专门调集王士菁、林辰、杨霁云、孙用等人。同时，出版总署在《人民日报》与《解放日报》发布通告：“自一九五零年十月十九日起，无论在国内或国外，凡欲编选、翻译或印行鲁迅先生著作而以公开出售为目的者，应于事前获得中央人民政府出版总署的同意。过去编印鲁迅先生著作而未售罄者，应于见报后一个月内详细陈报本署并提出意见以便处理。”[②] 一九五零年十二月七日，出版总署还专门向各地新闻出版局进行通报，再次强调通告事宜。[③]

出版总署原定鲁迅著作由筹划中的人民出版社出版。然而，由于同时在筹划人民文学出版社，并最终确定由冯雪峰担任社长兼总编辑，后鲁迅编刊社迁到北京，成为人民文学出版社的鲁迅著作编辑室，出版鲁迅著作的任务顺理成章地落在人民文学出版社身上。鲁迅作品单行本，尤其是《鲁迅全集》开始由人民文学出版社出版。

对于如何编辑出版鲁迅著作，冯雪峰在一九五一年就列出了出版计划，提出未来要出三个版本，一是全集本，要把与鲁迅文学活动相关的内容全部收入，同时收录鲁迅的日记、书简、编选的画集和翻译作品。全集本的目的是为了保存和供研究者使用，便于查

---

① 《许广平、周海婴为授权出版总署处理鲁迅著作致胡愈之信》，见《中华人民共和国出版史料》（2），中国书籍出版社 1996 年版，第 632 页。

② 《出版总署为鲁迅先生著作编选、翻译、印行事的通告》，见《中华人民共和国出版史料》（2），中国书籍出版社 1996 年版，第 634 页。

③ 《出版总署为鲁迅先生著作编选、翻译、印行事的通告》，见《中华人民共和国出版史料》（2），中国书籍出版社 1996 年版，第 745 页。

考。全集本是否加注释，冯雪峰显然没有想好。第二是带注释的单行本，挑出鲁迅的主要著作加以注释出版。第三是注释选集本，挑选鲁迅小说、散文和杂文中最重要和最具代表性的作品编成选集，加以注释后出版。[①]

注释的问题并不是简单的小事，它不仅仅是对鲁迅作品中出现的专业名词和人物作出介绍，更重要的是代表了注释者的立场和观点。对于鲁迅著作注释的重要性，冯雪峰有着清醒的认识，“注释的目的固然在于使读者能够更容易地读鲁迅作品，但还必须能起一种对于鲁迅思想的阐明作用，使鲁迅思想的进步的、革命的、新民主主义的本质更昭明于世”[②]。鲁迅作品的注释权，实际上就是对阐释鲁迅形象和作品的话语权。鲁迅作品统一由代表国家文学出版正统的人民文学出版社出版，这正是鲁迅作品“国有化”的体现，这是国家意识形态建构的重要组成部分。正如冯雪峰所说，对于鲁迅作品，“注释的方法和观点，必须是马列主义毛泽东思想的科学历史的方法和观点。立场和标准，是中国人民革命的利益和前进方向”。这种方法和观点，无疑也是国家意识形态建构所需要的。对于注释工作的流程，冯雪峰也进行了设计，注释初稿、二稿和三稿，除了送给文化界的专家和鲁迅好友审阅外，还要送到中宣部、出版总署“审阅修正和补充”，经过六七次的修改后初步形成定稿，最终由中宣部和出版总署审查批准出版。[③] 在做鲁迅著作注释工作时，冯雪峰也确实感觉到工作的艰难，除了在专业知识方面需要下

---

① 冯雪峰：《鲁迅著作编校和注释的工作方针和计划草案》，见《冯雪峰全集》（六），人民文学出版社 2016 年版，第 412 页。

② 冯雪峰：《鲁迅著作编校和注释的工作方针和计划草案》，见《冯雪峰全集》（六），人民文学出版社 2016 年版，第 413 页。

③ 冯雪峰：《鲁迅著作编校和注释的工作方针和计划草案》，见《冯雪峰全集》（六），人民文学出版社 2016 年版，第 414 页。

功夫外，“我们不得不一边学习一边工作，就是必须分出很多时间来看马列的书，尤其是要精读毛主席的著作，学习马列主义及其科学方法”①。对政治历史的评价、对各种人物的政治立场进行条分缕析，都是需要格外慎重的，它需要完整体现国家意识形态的要求，而不能出现任何偏差。因此，我们完全可以说，注释形成的过程，也是国家意识形态建构的过程。

在政治运动以一种非常态、非理性的方式开展时，现实中参与者的历史问题往往被挖掘出来，被加以各种谴责和批判。在鲁迅作品里，由于大量文章涉及二十世纪二三十年代上海左翼文学家和后来的左联，鲁迅又被奉为绝对正确的革命家、思想家，所以鲁迅对文坛人士的评价和态度就成为当时政治运动中评价人物的标准。这在对鲁迅作品注释问题上显得格外突出。在一九五八年《鲁迅全集》出版时，鲁迅《答徐懋庸并关于抗日统一战线问题》题注的注释就充满政治意味、火药味，众所周知鲁迅在这篇文章中把周扬等人称之为“四条汉子”，涉及“两个口号”论争的诸多人物。在一九五八年的环境中，对这篇文章的题注明显带有重新解释的意味，在这篇文章的注释中写道：“徐懋庸给鲁迅写那封信，完全是他个人的错误行动，当时处于地下状态的中国共产党在上海文化界的组织事前并不知道。鲁迅当时在病中，他的答复是冯雪峰执笔拟稿的。他在这篇文章中对于当时领导‘左联’工作的一些党员作家采取了宗派主义的态度，做了一些不符合事实的指责。由于当时环境关系，鲁迅在定稿时不可能对那些事实进行调查和对证。”此时的冯雪峰已被打为“右派”，注释中批判的矛头明显指向徐懋庸、

---

① 冯雪峰：《关于鲁迅著作的编校注释和出版》，原载《人民日报》1951年10月20日，见《冯雪峰全集》（六），人民文学出版社2016年版，第424页。

冯雪峰，徐懋庸给鲁迅写信是个人行为，与组织无关；文章由冯雪峰代笔，冯雪峰有宗派主义，言下之意是他欺骗了鲁迅。与此同时，对周扬等人则开脱责任，他们成了受害者、无辜的被谴责者。[①]据冯雪峰回忆，这条题注是邵荃麟让冯雪峰拟写，但林默涵重新拟写了一条。在林默涵拟写的基础上，冯雪峰将“代写”改成了后来的“拟稿”，这两个词无疑具有根本性的不同，它们指向的文章内容是否最终代表了鲁迅本人的真实想法。冯雪峰又增加了“当时在病中，他”六字，说明了鲁迅之所以让他拟稿的原因[②]。为了避免这条题注与鲁迅日记进行对照，维护注释的权威，也导致《鲁迅日记》没有纳入一九五八年的《鲁迅全集》。鲁迅在这篇文章中，还提到了胡风，而且是正面肯定的，称胡风是“我的朋友”“鲠直”“易于招怨，是可接近的”；而对周扬则语带贬义，称“周起应之类，轻易诬人的青年”。而在一九五八年，胡风已被打为“胡风反革命集团”，在鲁迅文章中再肯定他无疑是不行的，所以在出版时，对胡风做了注释，称他“隐瞒着他的反革命历史，混入中国左翼作家联盟，在内部进行挑拨离间；解放后又组织小集团，进行反革命活动”。通过这条注释，解释了鲁迅为何对胡风加以肯定，更重要的是维护了对胡风作为“反革命集团”政治认定的权威，同时对周扬也就进行了开脱。从这个方面来看，对鲁迅著作的注释问题，根本上说就是政治问题，它的注释可能会影响现实中人的政治命运和前途，所以充满了意识形态斗争的意味。

同样是出于政治原因，一九五八年版《鲁迅全集》出版时删除了鲁迅的大量书信，所有涉及“两个口号”论争的信件都没有编

① 可参考程振兴《被“注释”的鲁迅——以〈答徐懋庸并关于抗日统一战线问题〉题注为中心》，《海南师范大学学报》（社会科学版）2014年第2期。

② 冯雪峰：《关于邵荃麟要我起草有关〈答徐懋庸〉一文的一条注释的经过》，见《冯雪峰全集》（九），人民文学出版社2016年版，第306页。

人。此外，鲁迅日记也没有编入，其目的之一就是避免与相关文章进行互证。而且，更值得注意的是，一九五八年版《鲁迅全集》还在个别地方对鲁迅作品进行了修改，如在《竖琴·前记》中，原有“当时指挥文学界的瓦浪斯基，是很给他们支持的。讬罗茨基也是支持者之一，称之为‘同路人’。”而到了一九五八年版中，则删去了“讬罗茨基也是支持者之一”。同时，在对鲁迅作品里托洛茨基出现时做了注释：“在一九二七年因为反对苏维埃政权被联共（布）清除出党。”因为在二十世纪五十年代环境中，托洛茨基是苏联认为的反面人物，所以鲁迅对他的肯定不能再出现，所以才进行了删除，并以注释的形式对托洛茨基进行否定。但这样的删改，使得上下文的意思发生变化，将瓦浪斯基变成了“同路人”。[①]

鲁迅著作的“国有化”过程，意味着鲁迅作品要为当下政治需要服务，要为国家意识形态的建构服务。鲁迅著作的编辑、注释与阐释工作，成为国家意识形态建构的重要过程。而且，在这个过程中，出现为服务政治需要而扭曲鲁迅原作的现象也就不足为怪。此时，再对照冯雪峰最初对《鲁迅全集》是否收录注释时犹豫未决的态度，也可想见他也许早已预见到问题的存在。

（作者单位：人民文学出版社）

① 参见刘运峰《1958年版〈鲁迅全集〉的编辑和出版》，《中国出版史研究》2017年第3期。

汪高鑫　程源源

“成一家之言”:传统史学的创新思维*

“成一家之言”语出《太史公自序》与《报任安书》，为司马迁撰述《史记》的旨趣。“成一家之言”的提出，不但展现了司马迁历史研究立志成家的学术抱负，而且蕴含了史学的创新思维。司马迁“成一家之言”的史学创新思维，对传统史学产生了深刻的影响。千百年来，古代史家在史学理论与实践过程中重视“成一家之言”的创新思维，由此推进了传统史学的不断创新与发展。学术界关于司马迁的“成一家之言”思想多有研究①，但是对“成一家之言”所蕴含的司马迁史学和传统史学的创新思维则少有论及。本文旨在前人研究的基础上对此作出系统论述，以求教于方家。

一

在中国传统史学发展史上，最早明确提出“成一家之言”的是

* 本文为教育部重点研究基地重大项目“中国古代历史教育与文化传承”（项目编号 16JJD770007）

① 关于司马迁“成一家之言”的讨论，主要论著有：白寿彝：《说“成一家之言”》，载《中国史学史论集》，中华书局 1999 年版；张大可、俞樟华：《司马迁一家言》，陕西人民教育出版社 1995 年版；罗文博：《论史记的成一家之言》，《阜阳师范学院学报》1983 年第 4 期；吴忠匡：《司马迁“成一家之言”说》，《人文杂志》1984 年第 4 期；高振铎：《司马迁的“成一家之言”新解》，《贵州社会科学》1985 年第 5 期；汪高鑫：《司马迁“成一家之言”新论》，《安徽大学学报》2000 年第 3 期，等。

司马迁。[①] 白寿彝先生认为，司马迁“成一家之言”，这“是在史学领域里第一次提出了‘家’的概念”。又说：“在史学领域里提出‘家’的概念，并在实践上实现了‘成一家之言’，这在司马迁个人，是超越前人的成就，在史学的发展上，标志着我国史学已经规模具备地成长起来了。”[②] 这一论断是符合司马迁“成一家之言”之“家”的本义的，司马迁所要自成的一家，无疑就是史家，是先秦尚未产生的一个学术家派。作为史家的司马迁，通过撰述《史记》，发表自己的“一家言”，其具体内涵文献记载有两处：一是《报任安书》所言“究天人之际，通古今之变，成一家之言”；一是《太史公自序》叙述本纪、世家、列传、书、表五种体例撰述旨趣之后，所言“以拾遗补艺，成一家之言，厥协六经异传，整齐百家杂语”。白寿彝先生认为，前者“是就《史记》的指导思想来说的”，后者则“是指《史记》的体裁和取材说的”。[③] 其实在《报任安书》引文之前还有一句话，叫“网罗天下放失旧闻，考之行事，稽其成败兴坏之理”，《太史公自序》论本纪撰述旨趣中也有一句类似的话，叫“网罗天下放失旧闻，王迹所兴，原始察终，见盛观衰，论考之行事”。如果我们综合两处的说法，司马迁的“成一家之言”的本义应该包含历史撰述旨趣、历史撰述境界、历史编纂体裁和会通学术思想四个方面。而这四个方面，即是司马迁史学创新思维的系统体现。

首先，历史撰述旨趣的创新。史家撰述历史都有其撰述旨趣，

---

① 关于司马迁“成一家之言”之“家”的含义，学术界一直都有争论，有私家说、一子说、史家中之一家说、史家说等等，参照汪高鑫《司马迁“成一家之言”新论》（《安徽大学学报》2000年第3期）。近年来，史家说得到广泛的接受，本文认可史家说。

② 白寿彝:《中国史学史论集》，中华书局1999年版，第99、107页。

③ 白寿彝:《中国史学史论集》，中华书局1999年版，第105、106页。

或称“史义”。在司马迁之前问世的史书当中，像《尚书》所汇集的文诰，蕴含了丰富的以史为鉴的思想；孔子作《春秋》，则是为了“制义法”“达王事”[①]。同样，司马迁作《史记》也有其撰述旨趣，即是“究天人之际，通古今之变”。吴怀祺先生说：“史学成为大宗，在于有独到的思维形态。《史记》形成中国民族三大思维，这就是司马迁在《报任少卿书》中所说的，‘亦欲以究天人之际，通古今之变，成一家之言’。”[②] 这里所言“独到的思维形态”“中国民族三大思维”，显然主要是就《史记》旨趣的创新而言的，也是司马迁对历史学的重大贡献。司马迁用天人一系的整体思维和贯通古今的盛衰思维作为《史记》撰述旨趣，无疑是前无古人的做法，是历史撰述旨趣的重大创新。这样的历史撰述旨趣，从时空关系而论，“究天人之际”指的是历史撰述的空间范围，“通古今之变”指的是历史撰述的时间跨度。合而言之，它们便是历史记载的全部对象。从理论思维而论，“究天人之际”体现的是一种哲学观，而“通古今之变”则体现的是一种历史观。因此，“究天人之际，通古今之变”既是一种历史方法论，也是一种历史认识论。

具体而言，司马迁的“究天人之际”，最突出的特点是重人事，强调人为对社会历史发展的重要作用。如司马迁论夏、商、周、秦相继更替的历史大势，就充分肯定了夏、商、周、秦之王天下，都是修仁行义、积德用力的结果，是人为而非天意[③]。司马迁对那些奋发有为者，总是不惜笔墨，大加颂扬。如《陈涉世家》将布衣陈涉发迹与汤武革命、孔子作《春秋》相提并论，充分肯定了陈涉在推翻暴秦统治过程中的首创之功；《越王勾践世家》称赞“苗裔勾

① 《史记》卷一百三十《太史公自序》，中华书局1959年版。

② 吴怀祺：《中国史学思想通论·总论卷/历史思维卷》，福建人民出版社2011年版，第169页。

③ 《史记》卷十六《秦楚之际月表序》，中华书局1959年版。

践，苦身焦思，终灭强吴，北观兵中国，以尊周室，号称霸王。勾践可不谓贤哉！盖有禹之遗烈焉。”《孔子世家》称赞“孔子布衣，传十余世，学者宗之。自天子王侯，中国言‘六艺’者折中于夫子，可谓至圣矣！”当然，司马迁同时又是一个天命论者。《史记》宣扬了“圣人感生”的天命史观，如“三代本纪”《秦本纪》的“吞卵履迹”说，《高祖本纪》中的“赤帝子传说”等；《史记》也记述了不少迷信的说法，如《五帝本纪》中的颛顼帝“依鬼神以制义”等。对此，我们应该理解为时代的局限性。

司马迁的“通古今之变”，旨在探究历史的变化及其规律。《平准书》说：“物盛则衰，时极而转。一质一文，终始之变也。”《太史公自序》说：“原始察终，见盛观衰”“承敝易变”。在司马迁看来，盛衰之变、质文互变和承敝易变，即是历史发展变化的基本规律，“通古今之变”必须以此作为关节点。司马迁重视以盛衰之变来把握历史发展变化，如《秦本纪》与《秦始皇本纪》记述了秦如何从一个边地诸侯国到一统天下，再由盛极而迅速衰亡的变化过程；《十二诸侯年表》记述了周王室的衰败和各诸侯国的崛起，以及各诸侯国势力的此消彼长，等等。司马迁认为历史发展呈现出质文互变规律，《高祖本纪》说：“夏之政忠。忠之敝，小人以野，故殷人承之以敬。敬之敝，小人以鬼，故周人承之以文。文之敝，小人以僿，故救僿莫若以忠。三王之道若循环，终而复始。”肯定三代历史的发展是质文互变、终而复始的变化过程。司马迁强调承敝易变的重要性，《高祖本纪》说：“周秦之间，可谓文敝矣。秦政不改，反酷刑法，岂不缪乎？故汉兴，承敝易变，使人不倦，得天统矣。”揭示了秦亡汉兴的根因在于是否懂得承敝易变的道理。

其次，历史撰述境界的创新。如何进行历史撰述，这是古往今来的一个重要史学理论问题。史学家们由于各自的史学素养和史学认识存在着多寡和深浅的不同，因而对于历史撰述境界的感悟也不会相同。司马迁出于对论载历史的深刻领悟，而提出了历史撰述三层境界说。第一层境界是“网罗天下放失旧闻”。这是从历史撰述之史料收集而言的。白寿彝先生认为，司马迁的“成一家之言”也包含了取材，“其中有史事的材料，有思想的材料，《史记》对各家的材料，加以取舍、提高，这是‘成一家之言’的又一个重要方面。”① 取材的前提是充分地占有材料。司马迁写作《史记》，非常重视历史资料的收集工作。班彪、班固父子虽然从学术思想上批评《史记》“先黄老而后‘六经’”，却一致肯定《史记》取材广博。班彪说《史记》“务欲以多闻广载为功”②；班固也说《史记》“其涉猎者广博，贯穿经传，驰骋古今上下，数千载间，斯以勤矣。”③ 从司马迁作《史记》所收集的各种历史资料来看，其中既有“六经”异传、百家杂语和汉初百年间“莫不毕集于太史公”的天下遗文故事等文字资料，更有司马迁巡游各地所见所闻的各种实物、口碑、诗歌、俚谚、图像等资料，如《史记·淮阴侯列传》便是主要依靠口碑资料而写成的名篇佳作。

第二层境界是“考之行事”。网罗的“旧闻”并不都能当作可信的资料加以使用，还必须要“考之行事”。也就是说，史家必须要对已占有的历史资料进行考实，以期去揭示一个个个体的历史真相。而只有对一个个个体的历史真相加以揭示，才能最终达到对整体历史或历史全程真相的揭示，从而求得对整体历史过程的真实认识。当然，材料考实的过程，也是材料选取的过程。因此，“考之行事”是比“网罗天下放失旧闻”更高一层的境界。《史记》的编撰是非常重视考证史事的。司马迁考史的基本原则是“考信于六艺”④ “折中于

① 白寿彝：《中国史学史论集》，中华书局1999年版，第106页。

② 《后汉书》卷四十上《班彪列传》，中华书局1965年版。

③ 《汉书》卷六十二《司马迁传》，中华书局1962年版。

④ 《史记》卷六十一《伯夷列传》，中华书局1959年版。

夫子”[1]，而对真假难辨的史事则“疑者传疑”[2]“疑者缺焉”[3]。如《史记》记载传说的五帝之事，便是以孔子的著作和有关文献记载以及自己巡游各地的见闻相验证的。《五帝本纪》云：“学者多称五帝，尚矣。然《尚书》独载尧以来，而百家言黄帝，其文不雅驯，荐绅先生难言之。孔子所传宰予问《五帝德》及《帝系姓》，儒者或不传。余尝西至空桐，北过涿鹿，东渐于海，南浮江淮矣，至长老皆各往往称黄帝、尧、舜之处，风教固殊焉，总之不离古文者近是。”《史记·老子韩非列传》对老子和老莱子究竟是两人还是同一人分辨不清，固其记载则持“疑者传疑”的态度，而并书二人。对于无法确信的史事，《史记》则采取“疑者缺焉”的态度，《仲尼弟子列传》说：“余以弟子名姓文字悉取《论语》弟子问，并次为篇，疑者缺焉。”

上述历史编撰之二层境界，其中心旨意即是求真。司马迁非常重视历史的求真，从而使撰成的《史记》一书得以有实录之称。对于《史记》的实录精神，后人都是给予充分肯定的。西汉思想家扬雄称颂“太史迁，曰实录”。[4]东汉史家班固则说：“然自刘向、扬雄博极群书，皆称迁有良史之材，服其善序事理，辨而不华，质而不俚，其文直，其事核，不虚美，不隐恶，故谓之实录。”[5]司马迁以求真为历史研究之境界，是值得肯定的。

第三层境界是“稽其成败兴坏之理”。司马迁认为，历史研究的终极目的是去求得其中的“成败兴坏之理”，这是历史撰述的最高境界。白寿彝先生说，司马迁“不把历史看成一堆杂乱无

① 《史记》卷四十七《孔子世家》，中华书局1959年版。
② 《史记》卷十三《三代世表》，中华书局1959年版。
③ 《史记》卷六十七《仲尼弟子列传》，中华书局1959年版。
④ 《法言》卷第十《重黎》，汪荣宝《义疏》本，中华书局1987年版。
⑤ 《汉书》卷六十二《司马迁传》，中华书局1962年版。

章的东西，认为其中有成败兴坏的道理，并打算去探求历史发展的规律。”[①] 司马迁从探究历史兴坏之理出发，而得出历史发展规律性的认识主要有三点：一是主张理民以静。这是司马迁对历史成败兴坏所表达的一种政治观。理民以静的根本点，是统治者无为而治、顺民而治。《平准书》对汉初推行与民休息政策而取得的显赫成绩给予充分肯定，对汉武帝执行的一系列多事扰民举动提出批评。《史记》将是否理民以静作为评判官吏好坏的标准，肯定“奉职循理”的循吏，否定威严治民的酷吏。司马迁理民以静的政治观，既是对历代治乱兴衰的总结，更是对汉初几十年历史进行深刻反思的结果。二是肯定“富者，人之情性”。司马迁认为，追逐财富是人的一种自然本性，“富者，人之情性，所不学而俱欲者也”。[②] 肯定财富对于个人立世、社会道德乃至政治成败的重要作用。从个人立世而言，“凡编户人民，富相什则卑下之，伯则畏惮之，千则役，万则仆，物之理也”。[③] 从社会道德而言，所谓“仓廪实而知礼节，衣食足而知荣辱”“礼生于有而废于无”。[④] 从政治成败而言，社会财富对国家强盛所起的决定性作用。如《平准书》肯定齐“成霸名”、魏“为强君”，在于发展生产，积聚财富；《货殖列传》认为越王勾践能报仇雪耻，称霸中原，是因为采用范蠡、计然富国之策；《河渠书》将秦国强大的原因主要归结为两条，一是商鞅变法，奖励耕战；二为开凿郑国渠，“于是关中为沃野，无凶年”；三是“存亡在所任”。司马迁认为，人才直接关系到国家的兴衰存亡，所谓“安危在出令，存亡在所任”[⑤]。认为三代盛世

---

① 白寿彝：《〈史记〉新论》，求实出版社 1981 年版，第 47 页。
② 《史记》卷一百二十九《货殖列传》，中华书局 1959 年版。
③ 《史记》卷一百二十九《货殖列传》，中华书局 1959 年版。
④ 《史记》卷一百二十九《货殖列传》，中华书局 1959 年版。
⑤ 《史记》卷五十《楚元王世家》，中华书局 1959 年版。

的造就，依靠的就是人才，“尧虽贤，兴事业不成，得禹而九州宁”。[①] 春秋诸侯霸业的建立，也是依靠人才的结果，齐桓公首霸诸侯，乃“管仲之谋也。”[②] 范蠡“与勾践深谋二十余年，竟灭吴。”[③] 秦一统天下，与重用人才分不开的，像政治家商鞅、李斯等，外交家张仪、范睢等，军事家白起、王翦、蒙恬等，都是一时不可多得的人才。《高祖本纪》记述刘邦得天下是能重用张良、萧何、韩信“三杰”。司马迁强调重用人才、集思广益是政治治理所必需的。

再次，纪传体通史体裁的创立。学术界普遍认为，司马迁作《史记》，创立了纪传体通史体裁。很显然，纪传体通史体裁的创立，是司马迁历史编纂体裁上的“成一家之言”，是一种体裁创新。司马迁创立的纪传体通史体裁，具有两个显著特点：其一，通史撰述。《史记》的记述内容上起黄帝，下迄汉武帝，前后三千年历史。司马迁之所以要写作通史，显然是与其“通古今之变”的史学思想密不可分的。为了探究历史的治乱兴衰，就必须要以“原始察终，见盛观衰”的思维来认识历史、撰述历史，这便是司马迁进行通史写作的原因所在。而《史记》通史撰述的意义却是深远的，一则构建了中国历史王朝统绪。《史记》通过《五帝本纪》“三王本纪”《秦本纪》《秦始皇本纪》《高祖本纪》等，由此确定了中国历史的五帝——三王——秦汉历史王朝统绪，奠定了中国历史治统认同的基础。二则构建了中国统一多民族国家。《史记》既是第一部中国通史，也是第一部中国全史，它记述了涵盖汉朝时期中国境内各民族的历史，因而是中国史学史上第一次构建起了中国多民族国家的

① 《史记》卷一百《匈奴列传》，中华书局 1959 年版。

② 《史记》卷六十二《管晏列传》，中华书局 1959 年版。

③ 《史记》卷四十一《越王勾践世家》，中华书局 1959 年版。

历史。毫无疑问，《史记》的通史撰述是一个伟大的创举。在《史记》之前，虽然先秦时期就已经有了通史撰述，如《竹书纪年》《世本》，只是前者长期埋没，后者久佚，且都属于创制起始阶段，内容不完备，影响很有限。至于其他史书，则皆非通史性质。诚如梁启超所言："从前的史，或属于一件事的关系文书——如《尚书》；或属于各地方的记载——如《国语》《战国策》；或属于一时代的记载——如《春秋》及《左传》。《史记》则举其时所及知之人类全体自有文化以来数千年之总活动冶为一炉。自此始认识历史为整个浑一的，为永久相续的。非至秦汉统一后，且文化发展至相当程度，则此观念不能发生。而太史公实应运而生，《史记》实为中国通史之创始者。"① 此论甚是。

其二，五体配合。《史记》被称作纪传体史书，人物传记无疑是全书的主要部分。然而，作为纪传体的《史记》，实际包含了本纪、世家、列传、书、表五种体例。这五种体例合而言之，它们是融为一体的；分而言之，却又能自成体系，故而白寿彝先生认为"纪传体的本身，就是一种综合体。"② 从历史编纂学史来看，先秦有些史书就已经具有了综合体的特点。比如《尚书》，白寿彝先生认为"《尚书》就已经是一部多体裁的书。书中，如《金縢》《顾命》，都是纪事本末体，《禹贡》是地志，《尧典》则近于本纪"。又说"《国语》的情形也是这样，既记言，又记事，还记一事的始末及历史发展的趋势"。③ 只是二书乃后人所编，尚非原作者有意

---

① 梁启超：《饮冰室合集 · 专集》之七十二《要籍解题及其读法 · 史记》，中华书局 1989 年版。

② 白寿彝主编：《中国通史》第一卷，上海人民出版社 1989 年版，第 302 页。

③ 白寿彝主编：《中国通史》第一卷，上海人民出版社 1989 年版，第 302 页。

为之。在先秦史著中，战国末年问世的《世本》则是一部颇具综合体特点的史书。该书包含了“帝系”“本纪”“世家”“传”“谱”“氏姓”“居”“作”等多种体例，表明先秦史书的历史编撰体例已由单一逐渐向综合发展。作为纪传体史书的《史记》，之所以说具有综合体的特点，是因为它所包含的五种体例，各自具有不同的史体特点。其中的本纪记载帝王事迹，为编年体；列传写历史人物，世家记诸侯、贵族的历史，大致属于人物传记；书记典章制度，为典制体；表为明晰复杂史事，属于史表体。正是通过这样一种编纂结构，“《史记》把多种体裁综合起来，形成一个相互配合的整体，能从多方面反映社会生活，构成一个时代的全史，并且容量很大，有很大的伸缩性。”[1] 如果追根溯源，《史记》五体大多都非司马迁始创；换言之，《史记》的五种体例多有所本。如本纪，刘知幾认为“昔汲冢竹书是曰《纪年》，《吕氏春秋》肇立纪号”。[2] 所谓“肇立纪号”，是指该书有“十二纪”。赵翼说：“古有《禹本纪》《尚书》《世纪》等书，迁用其体以叙述帝王。”[3] 范文澜也说：“本纪十二，实效法《春秋》十二公而作。”[4] 如世家，赵翼认为“古来本有世家一体，迁用之以记王侯诸国”。[5] 日人泷川资言也说：“孟子所谓世家，犹言世禄之家。以称侯王将相及圣贤名世者，与

---

① 白寿彝主编：《中国通史》第一卷，上海人民出版社1989年版，第303页。

② 《史通》卷二《本纪》，浦起龙通释本，上海古籍出版社2009年版。

③ 赵翼：《廿二史札记》卷一《各史列目异同》，王树民校正本，中华书局1984年版。

④ 《正史考略·史记》，载《范文澜全集》第二卷，河北教育出版社2002年版。

⑤ 赵翼：《廿二史札记》卷一《各史例目异同》，王树民校正本，中华书局1984年版。

本纪列传对言，盖自史公创。”[①] 如列传，范文澜认为“晋太康中，汲冢得《穆天子传》一卷，是战国史官固有专为一人作传之例矣。《伯夷列传》有其传曰，是古有伯夷叔齐传”。[②] 不过对此也有不同看法，刘知幾就说：“夫纪传之兴，肇于《史》、《汉》。”[③] 赵翼也说：“古书凡记事立论及解经者，皆谓之传，非专记一人事迹也。其专记一人为一传者，则自迁始。”[④] 都肯定了《史记》对传记体有开创之功。如书，范文澜认为“八书”之名本于《尚书》，主要是取自《尧典》和《禹贡》。[⑤] 不过赵翼却认为“八书乃史迁所创，以记朝章国典”。[⑥] 如表，赵翼认为司马迁“十表”仿于“周之谱谍”。[⑦] 范文澜赞同赵翼“表”之义例当起于周代的观点。[⑧] 上述关于《史记》五种体例的来源，虽然看法有一些分歧，但大多认为是皆有所本的，这应该是一个事实。

《史记》五体虽然多皆有所本，却并不能否定其在历史编纂体裁上的创新之功。一则，《史记》编纂体裁的创新是以综合各种史书编纂体裁为基础的。史书体裁的创新并不是、也不可能凭空而

---

① 泷川资言：《史记会注考证·吴太伯世家》，新世界出版社 2009 年版。

② 范文澜：《正史考略·史记》，载《范文澜全集》第二卷，河北教育出版社 2002 年版。

③ 《史通》卷二《列传》，浦起龙通释本，上海古籍出版社 2009 年版。

④ 《廿二史札记》卷一《各史例目异同》，王树民校正本，中华书局 1984 年版。

⑤ 《正史考略·史记》，载《范文澜全集》第二卷，河北教育出版社 2002 年版。

⑥ 《廿二史札记》卷一《各史例目异同》，王树民校正本，中华书局 1984 年版。

⑦ 《廿二史札记》卷一《各史例目异同》，王树民校正本，中华书局 1984 年版。

⑧ 范文澜：《正史考略·史记》，载《范文澜全集》第二卷，河北教育出版社 2002 年版。

来，而是、也只能是对已有历史编纂进行总结、借鉴、发展而来。《史记》记述上起黄帝、下迄汉武帝上下三千年历史，时间跨度大，空间范围广。既综罗百代，又脉络清晰，自然不是一件易事。司马迁在充分汲取了先秦史书历史编纂所取得的成果的基础上，别出心裁，匠心独具，打破旧有史书的体例格局，其通史纪传的编纂方法无疑是一个创举。二则，做到五体相互配合是《史记》体裁创新的具体体现。白寿彝先生说：“这五种体裁都是过去曾经有过的。但有意识地使它们互相配合并在一部书里形成一个完整的体系，这是《史记》的创举。”[①] 白先生所谓创举，自然包含了创新的意蕴。对于司马迁以五种体例相互配合而创立的纪传体史书体裁，历代学者都给予了高度评价。刘知幾说：“纪以包举大端，传以委曲细事，表以谱列年爵，志以总括遗漏，逮于天文、地理、国典、朝章，显隐必该，洪纤靡失，此其所以为长也。”[②] 充分肯定了纪传体史书包容量大的特点。王鸣盛说：“司马迁创立本纪、表、书、世家、列传体例，后之作史者递相祖述，莫能出其范围。”[③] 赵翼则说：“司马迁参酌古今，发凡起例，创为全史。本纪以序帝王，世家以纪侯国，十表以系时事，八书以详制度，列传以志人物，然后一代君臣政事，贤否得失，总汇于一编之中。自此例一定，历代作史者遂不能出其范围，信史家之极则也。”[④] 王、赵二氏都给予了司马迁创立纪传体极高的评价。当然，任何一种史书体裁都不可能是尽善尽美的，司马迁创立的纪传体史书体裁也是如此。刘知幾在肯定

---

① 白寿彝:《中国史学史论集》，中华书局 1999 年版，第 63 页。

② 《史通》卷二《二体》，浦起龙通释本，上海古籍出版社 2009 年版。

③ 王鸣盛:《十七史商榷》卷一《史记创立体例》，黄曙辉点校本，上海古籍出版社 2013 年版。

④ 《廿二史札记》卷一《各史例目异同》，王树民校正本，中华书局 1984 年版。

纪传体的同时，也指出其所存在的不足，一是“若乃同为一事，分在数篇，断续相离，前后屡出”；二是“编次同类，不求年月，后生而擢居首帙，先辈而抑归末章”。①

最后，会通“六经”与诸子学说思想。即是综合“六经”与诸子学说，贯通“六经”与诸子思想。《太史公自序》说：“拾遗补艺，成一家之言，厥协六经异传，整齐百家杂语，藏之名山，副在京师，俟后世圣人君子。”这里所谓“厥协六经异传，整齐百家杂语”，即是司马迁“成一家之言”创新思维在学术总结上的体现。《史记》通过“厥协六经异传，整齐百家杂语”，从而会通“六经”与诸子学说。

“厥协六经异传”，即是调和“六经”及其诸传，会通经传的说法。在《史记》一书中，司马迁多处谈到了对“六经”的理解，如《太史公自序》说：

> 《易》著天地阴阳四时五行，故长于变；《礼》经纪人伦，故长于行；《书》记先王之事，故长于政；《诗》记山川溪谷禽兽草木牝牡雌雄，故长于风；《乐》乐所以立，故长于和；《春秋》辨是非，故长于治人。

在司马迁看来，“六经”总体旨趣在于治道，是上古三代历史的重要载体，因此是后人论载历史的重要史料。同时，司马迁非常敬仰孔子，既然“六经”是经过孔子整理过的，自然又是最值得信任的史料。《孔子世家》论赞提出“折中于夫子”，《伯夷列传》则提出“考信于六艺”，它们所表述的意思是一致的，那就是论载历史必须以“六经”（汉人所言“六经”包含经、传）作为取材标准

---

① 《史通》卷二《二体》，浦起龙通释本，上海古籍出版社2009年版。

和是非标准。《史记》论载历史是很重视"考信于六艺"的。如《五帝本纪》多取材于《尚书》《礼记》,三代《本纪》多取材于《尚书》和《诗经》,春秋战国历史多取材于《春秋》经传和《礼记》。一般地说,《史记》对三代及其以前的历史记载,主要是取材于"六经"经传;而关于春秋战国至秦汉的历史记载,则是经书与史书、诸子书并重。

既然论载历史"考信于六艺",司马迁为何还要"厥协六经异传"?主要原因是经传在流传的过程当中出现了歧义,甚至出现相互牴牾的现象。正如顾颉刚所说:"所谓《六艺》,是包括经和传而言的,然而这些文字来路非一,时代又非一,经和传已常相牴牾,经和经又自相牴牾。"[①] 既然出现分歧甚至牴牾,那就必须要加以"厥协",统一说法,这是统一学术思想的需要。《史记》一书又是如何"厥协六经异传"的呢?司马迁奉行的基本原则是:其一,"六经异传"对历史事实的评述虽有多家论述,但观点一致,则综合加以采纳。如对商、周始祖契和后稷事迹的评述,只有《诗传》和公羊家有论载,《史记》自然信从之。又如关于"汤武革命"问题,《周易·革卦》,《尚书》的《汤誓》《泰誓》和《牧誓》诸篇,《诗经》的《商颂》和《大雅》诸篇,《春秋繁露》的《尧舜不擅移、汤武不专杀》篇等都对此作了肯定。《史记·太史公自序》因此而写道:"桀、纣失其道而汤、武作。"其二,"六经"经传对历史事实评述不一,则取一家之说。由于学术家传、师承不一,对历史事实的评述自然也不一致。司马迁师承今文学家董仲舒,故《史记》采纳今文家的观点较多。但是,司马迁又是一位大史学家,他重视历史事实。故往往又能根据自己的理解而选取别

---

① 顾颉刚:《古史辨》第七册(上编),《战国秦汉间人的造伪与辨伪》,中华书局 2002 年版。

家说法。如关于“赵盾弑君”之事，《春秋繁露·玉杯》认为“臣不讨贼，故加之弑君”，“所以示天下废臣子之节”。《左传·宣公二年》记载此事时，借用孔子的话说道：“赵宣子，古之良大夫也，为法受恶。惜也，越境乃免。”《史记·晋世家》记载此事时，司马迁没有采用其师董仲舒的说法，而是仿照《左传》的做法，借用了孔子之语来作评述。

“整齐百家杂语”，即是对“百家杂语”加以斧正和整齐，以会通诸子说法。前已述及，《史记》关于春秋战国以后历史的论载，除采纳经传的说法外，尚有史书与诸子书。与经传相比，诸子百家关于历史的评述更是异说纷呈。顾颉刚说：“经传的材料不够用，他毕竟要登用诸子百家之言，又要采取传说，这里边矛盾冲突之处不知有多少。”[①] 正因此，司马迁才要“整齐百家杂语”。那么，“整齐百家杂语”的原则又是什么呢？我们知道，司马迁的父亲司马谈是汉初黄老道家代表人物，而黄老道家的学术宗旨是主张兼收并蓄的。司马迁从小受到家学的熏陶，故而他“整齐百家杂语”不是搞一言堂，而是兼收并蓄各家思想，然后进行理论锻造，这个原则集中体现于《论六家要指》一文中。《论六家要指》为司马谈所作，但体现了司马谈、司马迁父子的共同思想，东汉史家班彪、班固父子就是直接将此文当作司马迁之言来对其思想加以评论的。《论六家要指》连续使用了“不可失”“不可易”“不可废”“不可改”和“不可不察”五个关键词语，来表达司马谈父子对阴阳、儒、墨、法和名家的一个基本态度。《史记》一书不但以《论六家要指》为指导，创立了一系列学术史传记，而且也是据此对各家学术进行评述的。

---

① 顾颉刚：《古史辨》第七册（上编），《战国秦汉间人的造伪与辨伪》，中华书局 2002 年版。

二

司马迁以后的中国传统史学，都普遍重视“成一家之言”的史学创新思维。具体而言，主要表现在史学认识的创新与史书体裁的创新两个方面，史家们纷纷在这两个方面提出了自己的“一家之言”。

首先，史学认识的创新思维。史学认识的创新思维，主要表现在史家是否具有创新意识，以及史学目的论和史家修养论等一些史学理论问题的创新思维上。

第一，史家的史学创新意识。史家能否做到“成一家之言”，首先必须具有史学创新的意识。在传统史学的发展过程中，史家重视学术的独创性，强调自得之学，普遍具有创新意识，其中郑樵、李贽、黄宗羲和章学诚最具有代表性。郑樵史学创新意识，一则表现在“会通”思想上。传统史学重视通变，郑樵的会通不但强调贯通史事以“极古今之变”，而且重视汇聚文献以“同天下之文”，[①]在撰述思想上具有独创性。二则强调“独断之学”。“会天下之书”而进行历史撰述，不等于因袭陈说，恰恰相反，历史撰述必须要有独断之学。郑樵批评班固史学“无独断之学，惟依缘他人以成门户”。[②] 认为班固《汉书》关于武帝之前材料取自《史记》，自昭帝至平帝的历史记载“资于贾逵、刘歆”，而最终的完成则得力于班昭。[③] 《汉书》最出彩的篇章《艺文志》，也是出自刘歆的《七略》。[④] 郑樵对班氏的批评并不符合客观实际，但其中却体现了“独断之学”的意识。三则重视实践。郑樵注意到了传统学问由书斋出的局限与弊端，非常重视从实践中求真知。所作《通志·昆虫草木

---

① 郑樵:《通志·总序》，中华书局 1987 年版。

② 郑樵:《通志·校雠略·编书不明分类论》，中华书局 1987 年版。

③ 郑樵:《通志·总序》，中华书局 1987 年版。

④ 郑樵:《通志·校雠略·编书不明分类论》，中华书局 1987 年版。

略》，即是书斋学问与田野知识“参合”的结果；为了撰写《天文略》，常常手持《步天歌》观察星象，“长诵一句，凝目一星”①。诚如《通志·昆虫草木略序》说：“结茅夹漈山中，与田夫野老往来，与夜鹤晓猿杂处，不问飞潜动植，皆欲穷究性情。”像郑樵这样重视实践，从实践中求得真知的治学精神，在中国古代学术发展史和史学史上可谓是凤毛麟角。

李贽的历史评论重视“一切断于己意”，强调评价历史要通过理智的判断来避免盲目信从。所作《藏书》对于历史人物的划分与评价，表现出了与正统观念不同的思想。一则，分类定品，寓人物评价于人物分类之中。《藏书·世纪列传总目后论》对于影响历史发展的人物作了具体划分，除去圣贤之外，尚有大臣、名臣、儒臣、武臣、贼臣、亲臣、近臣和外臣8类，每类又分若干门。通过各类专名的设置，其实已经表达了作者对于每类人物的评判。二则，断以己意，是前人所未能是，非前人所未能非。这是李贽历史人物评价又一个鲜明的特点。李贽说：“夫是非之争也，如岁时然，昼夜更迭，不相一也。昨日是而近日非矣，今日非而后日又是矣。”② 在此，李贽提出了历史人物之是非“无定质”，因而对于历史人物的评判也“无定论”的观点。如称赞秦始皇为“千古一帝”、陈胜为“匹夫首创”，肯定理财富国的历史人物，甚至突破“忠臣不事二主”的道德框框，等等。梅国桢在《藏书·序言》中对李贽的创新意识作如是说：该书“取汉以来至金元君臣名士，撮其行事，分类定品，一切断以己意，不必合于儒者相沿之是非，知其与世不相入，而曰吾姑书之而姑藏之，以俟夫千百世之下有知我者而已”。

---

① 郑樵：《通志·天文略序》，中华书局1987年版。

② 李贽：《藏书·世纪列传总目前论》，中华书局1959年版。

黄宗羲提倡自得之学。《明儒学案·凡例》说:“学问之道,以各人自用得着为真。凡倚门傍户,依样葫芦者,非流俗之士,则经生之业也。此编所列,有一偏之见,有相反之论。学者于其不同处,正宜着眼理会,所谓一本而万殊也。”并说《明儒学案》的编纂,“皆从全集纂要钩玄,未尝袭前人之旧本也”。黄宗羲所言,表述了两层意思,其一是说做学问不应该“倚门傍户,依样葫芦”,而应该有自得之学、独断之学,哪怕是“一偏之见”,或是“相反之论”,只要是自己的心得,便是真学术、真学问。其二是告示人们,他的《明儒学案》,便是从提倡自得之学的思想出发,进行史料收集、去取与史书的编纂的,因此,凡是“倚门傍户,依样葫芦”之学,则一概不取;凡是自得之学,即使是“一偏之见”,或是“相反之论”,也都加以论述。

章学诚也倡导学术要“独断一心”。章学诚说:“史之大原,本乎《春秋》。《春秋》之义,昭乎笔削。笔削之义,不仅事之始末,文成规矩已也。以夫子‘义则窃取’之旨观之,固将纲纪天人,推明大道。所以通古今之变,而成一家之言者,必有详人之所略,异人之所同,重人之所轻,而忽人之所谨,绳墨之所不可得而拘,类例之所不可得而泥,而后微茫杪忽之际,有以独断于一心。”[①] 在章学诚看来,《春秋》笔削之义不只是“事之始末,文成规矩”,更有“独断于一心”而“成一家之言”。他批评唐以后官修正史“不知《春秋》之家学”,缺乏独断之学,使得“史文等于科举之程式,胥吏之文移,而不可稍有变通矣”。[②] 他推崇郑樵史学的别识心裁,称其“独取三千年来,遗文故册,运以别识心裁,

---

① 章学诚:《文史通义》卷五《答客问上》,叶瑛校注本,中华书局1994年版。

② 章学诚:《文史通义》卷五《答客问上》,叶瑛校注本,中华书局1994年版。

盖承通史家风，而自为经纬，成一家之言也”。对后人误解乃至攻击郑樵独断之学提出批评：“学者少见多怪，不究其发凡起例，绝识旷论，所以斟酌群言，为史学要删；而徒摘其援据之疎略，裁剪之未定者，纷纷攻击，势若不共戴天。”①

第二，史学目的论的创新思维。史家撰述历史，自然都有自己的目的。在史家的历史撰述目的论中，蕴含了史家的创新意识，班固、杜佑和司马光堪为代表。班固著《汉书》，明确提出以“宣汉”为其撰述目的，突出了史学为皇朝政治服务的创新意识。《汉书·叙传》明确阐明了班固作史的目的：“固以为唐虞三代，《诗》《书》所及，世有典谟，故虽尧舜之盛，必有典谟之篇，然后扬名于后世，冠德于百王，故曰‘巍巍乎其有成功，焕乎其有文章也！’”在班固看来，“尧舜之盛，必有典谟之篇”，盛世功业要想“扬名于后世，冠德于百王”，必须借助于历史撰述。班固认为汉皇朝即是一个超迈任何前代的盛世皇朝，自然应该有历史撰述记述下汉皇朝的丰功伟绩，以此确立起汉皇朝的重要历史地位。然而，以往的历史撰述却未能肩负起“宣汉”的历史重任，所以他要“探纂前记，缀辑所闻，以述《汉书》”，以史家特有的历史自觉去肩负起“宣汉”的历史重任。

杜佑与司马光都是政治家兼史学家，他们各自撰述的《通典》与《资治通鉴》，都表现出了浓厚的以史资政的撰述旨趣。应该说以史资政是中国史学源远流长的优良传统，孔子为挞伐乱世、整饬纲常作《春秋》，就已经体现了资政意识。然而，作为一种自觉意识，由史家自己作为撰述旨趣而提出，杜佑和司马光是较早具有代表性的史家。杜佑在《通典》开篇序文中标明该书的撰述旨趣：

---

① 章学诚：《文史通义》卷五《申郑》，叶瑛校注本，中华书局1994年版。

"佑少常读书，而性且蒙固，不达术数之艺，不好章句之学。所纂《通典》，实采群言，征诸人事，将施有政。"① 这就明确向人们宣誓，他"不达术数之艺，不好章句之学"，之所以要撰述《通典》，就是要通过"征诸人事"，以期"将施有政"。可以说，在以往的史家中，像杜佑这样由史家本人明确表示要将历史撰述与政治统治相结合，还是不曾有过的。司马光《资治通鉴》的以史资政撰述旨趣，集中体现在选材上。司马光在《进资治通鉴表》中说："每患迁、固以来，文字繁多，自布衣之士读之不遍，况于人主日有万机，何暇周览？臣常不自揆，欲删削冗长，举撮机要，专取关国家兴衰，系生民休戚，善可为法，恶可为戒者，为编年一书。"②《资治通鉴》的撰写，即是突出"国家兴衰"和"生民休戚"这两大主题，详细叙述历史发展的治乱兴衰，重视记载国计民生大事。

第三，史家修养论的创新思维。在传统史学的发展，在很大程度上取决于史家的修养。传统史学关于史家修养论的形成与发展过程，即是不断创新的过程。其中刘知幾、胡应麟和章学诚的史家修养论各自成一家，堪为代表。在刘知幾之前，南朝史评家刘勰即在《文心雕龙·史传》中，就提出了关于史家修养的"素心"说，即要求史家在著史时，本着一种客观、公正、无私的态度。刘知幾则提出了著名的"三长"说。《旧唐书·刘子玄传》记载了礼部尚书郑惟忠曾经问刘知幾"自古以来，文士多而史才少，何也？"刘知幾答以"史才须有三长，世无其人，故史才少也"。接着刘知幾对才、学、识之史家"三长"及其相互关系作了阐述。刘知幾所谓史才，是指驾御文献资料以及史书编纂与文字表述等的能力；史学，是指各种文献知识与编纂知识等；史识，是指史家的胆识、器识，

① 杜佑：《通典》卷一《序文》，中华书局 1988 年版。

② 司马光：《进书表》，载《资治通鉴》，中华书局 1956 年版。

既是“好是正直，善恶必书”，认为这是史识的“善无可加，所向无敌者”的最高境界。“史才三长”说是中国古代史学最早提出的史家全面修养论。

明代史评家胡应麟著《史学占毕》，提出了关于史家修养的公心、直笔之“二善”说，强调了史家品质修养的重要性。胡应麟认为，刘知幾的才、学、识“三长”论并不足以概括史家的全部修养，史家除去具备“三长”外，还应具有公心、直笔之“二善”。“二善”说成为清代章学诚“史德”说的前导。章学诚的《文史通义》专立《史德》一篇，对这一史家修养理论作了系统阐发。章学诚认为，作为良史，除去具备才、学、识“三长”外，还应该具有“史德”。所谓史德，即“著书者之心术”。如何摆正心术？章学诚提出的标准是“当慎辨于天人之际，尽其天而不益以人”，即是强调治史要忠于客观事实，而不掺杂着自己的主观偏见。章学诚“史德”论的提出，进一步完善了中国古代史学史家修养论。

其次，史书编纂的创新思维。史书编纂的创新思维，即表现在关于史书编纂理论上，也表现在史书编纂实践上。

第一，史书编纂理论的创新思维。主要体现在刘知幾和章学诚的史学理论中。刘知幾《史通》通过对中国古代历史编纂发展的考察，提出了著名的“六家二体”说。刘知幾说：“古往今来，质文递变，诸史之作，不恒厥体。榷而为论，其流有六：一曰《尚书》家，二曰《春秋》家，三曰《左传》家，四曰《国语》家，五曰《史记》家，六曰《汉书》家。”[①] 又说：“班、荀二体，角力相争，欲废其一，固亦难矣。后来作者，不出二途。”[②]《六家》《二体》

① 刘知幾：《史通》卷一《六家》，浦起龙通释本，上海古籍出版社2009年版。

② 刘知幾：《史通》卷二《二体》，浦起龙通释本，上海古籍出版社2009年版。

是刘知幾冠盖《史通》全篇二文，集中体现了其关于史书体裁的理论。在刘知幾看来，古往今来的历史撰述，不出《尚书》《春秋》《左传》《国语》《史记》《汉书》六家，以及纪传、编年二体，前者是综合史籍源流、类别、体裁而言，后者则主要是就体裁而言，这是刘知幾关于传统历史编纂的“一家之言”。刘知幾的“六家二体”论，基本上反映了唐代之前中国史学的主要流派与史书体裁。当然，刘知幾也意识到近古以来史学的流变，从而在《杂述》篇中又提出了“十流”说，以偏记、小录、逸事、琐言、郡书、家史、别传、杂记、地理书、都邑薄“十流”为“杂史”，对应纪传、编年之“正史”。值得注意的是，刘知幾的“六家”说还蕴含了经史同源的思想。在刘知幾所论“六家”中，就包含了作为经书的《尚书》和《春秋》，认为后来的《史记》《汉书》即是由此“错综成篇，区分类聚”而来的，《编次》篇说：“昔《尚书》记言，《春秋》记事，以日月为远近，年世为前后，用使阅之者燕行鱼贯，皎然可寻。至马迁始错综成篇，区分类聚，班固踵武，仍加祖述。”这样一种经史观对后世影响很大。对于刘知幾的史书体裁理论，后世学者给予了充分的肯定，浦起龙说：“《史通》开章提出四个字立柱棒，曰‘六家’，曰‘二体’。此四字刘氏创发之，千古史局不能越。”①

章学诚关于史书体裁理论的创新思维，一是寓独断之学于通史撰述之中。章学诚提倡通史撰述，《释通》篇以“六便”“二长”对通史撰述作了肯定，这六便是：“一曰免重复，二曰均类例，三曰便诠配，四曰平是非，五曰去抵牾，六曰详邻事。”而二长则是：“一曰具剪裁，二曰立家法。”然而，通史撰述必须要有别识心裁。在章学诚的心目中，过往的通史撰述值得称道的有四家：“总古今

① 浦起龙：《史通通释举要》，载刘知幾《史通》，浦起龙通释本，上海古籍出版社 2009 年版。

之学术，而纪传一规乎史迁，郑樵《通志》作焉。统前史之书志，而撰述取法乎官《礼》，杜佑《通典》作焉。合纪传之互文，而编次总括乎荀（悦）、袁（宏），司马光《资治通鉴》作焉。汇公私之述作，而铨录略仿乎孔（逌）、萧（统），裴潾《太和通选》作焉。"① 章学诚认为，只有这种寓独断之学于其中的通史撰述，才能真正的"成一家之言"。二是提出了自己关于新史体的构想。章学诚的新史体构想主要包含三个部分："本纪""传""图表"。"本纪"是按照年代编写大事纪要。章学诚做"本纪"，是仿效司马迁《史记》以"本纪为经，而诸体为纬"的做法。② "传"以"因事命篇"，即是说要按照纪事本末体的做法做"传"。在章学诚看来，只有因事命篇、不为常例所拘，才能够记事无遗无滥。至于因事命篇的具体做法，则可以是"或考典章制作，或叙人事终始，或究一人之行，或合同类之事，或录一时之言，或著一代之文"。③ "图表"是章学诚新史体中的重要组成部分。章学诚认为，"图象为无言之史，谱牒为无文之书，相辅而行，虽阙一而不可者也"。④ 章学诚对于自己构画的这一新史体是颇为自信的，他自我评价说：此体"较之左氏翼经，可无局于年月后先之累；较之迁史之分列，可无歧出互见之烦。文省而事益加明，例简而义益加精"。⑤ 章氏自

① 章学诚：《文史通义》卷四《释通》，叶瑛校注本，中华书局1994年版。

② 章学诚：《文史通义》卷七《永清县志舆地图序例》，叶瑛校注本，中华书局1994年版。

③ 章学诚：《文史通义》内篇卷一《书教下》，叶瑛校注本，中华书局1994年版。

④ 章学诚：《文史通义》卷六《和州志舆地图序例》，叶瑛校注本，中华书局1994年版。

⑤ 章学诚：《文史通义》卷一《书教下》，叶瑛校注本，中华书局1994年版。

我评价是否准确、客观姑且不论，具有创新意识则是事实。

第二，史学编纂实践体现的创新思维。在传统史学的编纂实践过程中，新的史书体裁的不断涌现，已有史书体裁的不断完善，既体现了史家的创新思维，也是史家创新思维的结晶。

一是新史体的涌现，以杜佑《通典》、朱熹《资治通鉴纲目》、袁枢《通鉴纪事本末》和黄宗羲《明儒学案》为主要代表。杜佑《通典》在史书体裁上的创新，体现在典制体通史的创立上。关于《通典》的典制体体裁创新，《旧唐书·杜佑传》认为是取法于盛唐学者刘秩《政典》而来。然而，《政典》仅有35卷，《通典》则多达200卷；《政典》“撰分门书”，然而分门书写典制是历代纪传体书志的一贯做法；《政典》“取《周礼》六官所职”，以职官为中心，《通典》虽然也“取法官礼”，却是以制度为中心。由此来看，《通典》受《政典》影响是实，却不可过分夸大这一影响。应该说，《通典》的典制通史撰述，主要还是受到历代纪传体史书书志的影响更大。前述章学诚所言“统前史之书志”，即是肯定了纪传体书志对于《通典》编纂的影响。不过，纪传体的“志”只是作为纪传体体裁的一种体例，一个组成部分，而《通典》则是典制体专书；纪传体的“志”有通史撰述，更多的则是断代撰述，而《通典》则是通史撰述。由此来看，二者规模不能同日而语，编纂体例也颇为不同，所以梁启超称其“卓然成一创作”①，肯定其编纂体裁的创新。

朱熹由理学兼及史学，出于明理的需要，改编司马光《资治通鉴》而成《资治通鉴纲目》，却创立了纲目体新史书体裁。按照《通鉴纲目序》所说，该书的体例是“表岁以首年，因年以著统，大书以提要，分注以备言”，“纲”为史事提纲，“目”为“纲”的具体

① 梁启超:《中国历史研究法》，东方出版社1996年版，第25页。

叙述。黄宗羲称赞该史体的特点和好处是“纲举而不繁，目张而不紊，国家之理乱，君臣之得失，如指诸掌”。[①] 显然，这是一种叙事简洁而明晰的史体。近代史家梁启超也对纲目体予以很高的评价，他说：“此法很容易，很自由，提纲处写断案，低一格作注解。在文章上不必多下功夫，实为简单省事的方法。做得好，可以把自己研究的成果，畅所欲言，比前法（指《通鉴》编年纪事）方便多了。虽文章之美，不如前法，而伸缩自如，改动较易，又为前法所不及。”[②] 梁启超对于纲目体的评价是作文容易、叙事自由，又能畅所欲言。

袁枢改编司马光《资治通鉴》而成《通鉴纪事本末》，创立了纪事本末体新体裁。纪事本末新史体的主要特点，一是选事设目自由，灵活度大；二是叙事明晰，具有故事化；三是叙事首尾详备，突出了事件的完整性。当然，也存在着保存史料不够和事件孤立叙述的缺陷。对于袁枢创立纪事本末体及其在编纂上的成就，《四库全书总目提要》给予了很高的评价：“自汉以来，不过纪传、编年两法，乘除互用。然纪传之法，或一事而复见数篇，宾主莫辨；编年之法，或一事而隔越数卷，首尾难稽。枢乃自出新意，因司马光《资治通鉴》区别门目，以类排纂，每事各详起讫，自为标题。每篇各编年月，自为首尾……数千年事迹，经纬明晰，节目详具。前后始末，一览了然。遂使纪传、编年通贯为一，实前之所未见也。”[③] 指出了传统纪传体与编年体在叙事上的不足，认为《通鉴纪事本末》“使纪传编年通为一贯”，详明事之首尾始末，这是历史叙事前所未有的突破。清代史评家章学诚也说，袁枢创立的纪事本末

---

① 黄宗羲：《宋元学案·晦翁学案附录》，中华书局1986年版。

② 梁启超：《中国历史研究法补编·史家的四长》，载《中国历史研究法》，东方出版社1996年版。

③ 纪昀：《四库全书总目提要》卷四十九《史部·纪事本末类·通鉴纪事本末》，河北人民出版社2000年版。

体，“文省于纪传，事豁于编年”[1]，是兼有二体之长，又克服了二体之短。梁启超则称赞该史体“于吾侪之理想的新史最为相近，抑亦旧史界进化之极轨也”。[2]

黄宗羲《明儒学案》所创立的学案体，开创了学术史研究新格局。学案体滥觞于朱熹的《伊洛渊源录》，该书以北宋二程（颢、颐）为中心，具体叙述了二程“洛学”及其师承和学派学术发展情况。然而，该书只是反映了北宋理学学派当中的洛学发展情况，并非对北宋一代学术的整体反映，只能是发端了学案体。真正开创学案体史书编纂体裁的，当属黄宗羲的《明儒学案》，该书对有明一代学术史作了系统反映，是传统史学第一部体例完备的学案体史书。《明儒学案》的编纂体例，由序、传记和资料选辑三部分组成，其中的“序”，其叙述的内容包括学派的学术变迁、师承关系、学术地位及学派影响等，旨在理清学派的渊源与脉络；“传记”部分，重在叙述学派各案主的学术及其宗旨，旨在明了各案主的学术思想与治学方法；资料选辑部分，包括学派各案主的论著和语录等，主要是围绕着案主的学术宗旨去纂要钩玄其史料，从而更加明了案主的学术精神。

二是完善已有史书体裁，以班固《汉书》、司马光《资治通鉴》和郑樵《通志》为代表。班固作《汉书》，完善了司马迁创立的纪传体。《汉书》对于纪传体的完善，主要体现在两个方面：一则，包举一代。司马迁《史记》是通史撰述，班固《汉书》则是断汉为史，包举一代，这是对司马迁发明纪传体体例的一个重大变化。班固之所以要断汉为史，是充分认识到汉皇朝的历史地位，出

---

① 章学诚：《文史通义》卷一《书教下》，叶瑛校注本，中华书局 1994 年版。

② 梁启超：《中国历史研究法》，东方出版社 1996 年版，第 24 页。

于“宣汉”的需要，却因此而创立了纪传体断代史历史编纂新形式。《汉书》的包举一代的历史编纂，对后世纪传体史书编纂产生了重要影响，诚如刘知幾所说：“如《汉书》者，究西都之首末，穷刘氏之废兴，包举一代，撰成一书，自尔迄今，无改斯道。”[①]二则，整齐体例。司马迁发明纪传体所包含的体例有“本纪”“世家”“列传”“书”“表”五种，班固《汉书》则对纪传体体例进行了整齐划一。具体做法是：改“书”为“志”，并“世家”入“列传”，将纪传体整齐划一为“纪”“传”“志”和“表”四种体例；针对《史记》“纪”“传”和“书”之间界限不够明晰的缺陷，而严明相互间的界限，以“传”载具体史事，以“纪”撮史事之大要，以“志”专记典章制度。此外，还有对标目和篇章排列上的整齐划一。而上述体例的整齐划一，就使得《汉书》对有汉一代史事的记载显得更为明晰化、条理化，从而更便于服务宣汉这一撰史宗旨。

司马光作《资治通鉴》，完善了编年体。自荀悦《汉纪》和袁宏《后汉纪》问世以后，编年叙述长期沉寂。司马光《资治通鉴》问世以后，才彻底改变了这种局面。《资治通鉴》完善传统编年体的具体做法是：以正史“本纪”为经，以“传”为纬，将“志”的内容编入相当之年，又充分运用追叙、补叙、并叙、带叙等方法，如追叙法是先叙述事之由来，次叙及事件本身；补叙法是以时叙事，补充交代事件后果；并叙法是叙及一事，兼叙与所叙之事相关之事；带叙法是记人物首先必须交代人物的籍贯、世系，记王公大臣的官爵与封谥要附记于其薨卒之时，记重要人物要于拜官、到任或免卒之时叙述其生平事迹，带叙的目的是为了增强人物生平事

① 刘知幾：《史通》卷一《六家》，浦起龙通释本，上海古籍出版社2009年版。

件的完整性。《资治通鉴》的这些具体做法，较好地做到了将传统纪传体、编年体的优点尽量荟萃为一炉。司马光所作的《资治通鉴》的姊妹篇《通鉴目录》，可以被看作是正史“表”的一种演化。该《目录》的做法是分列三格，上格纪年，中标事目，下注卷数，就好比是《资治通鉴》的索引。毫无疑问，《资治通鉴》如此编年纪事，说明司马光已经充分注意到了对于事件始末的记载或交代，它在很大程度上改进了传统编年叙史的弊端，是古代编年体史书体裁的重大发展与突破。《资治通鉴》在编年叙事上所取得的重大成就，使得传统的久已沉寂的编年体史书体裁焕发出了新的青春的活力。

郑樵《通志》不能说是对具体史书体裁的完善，却有其历史编纂的“一家言”，对传统历史编纂学的发展做出了贡献。《通志》共有200卷，实际撰述时间不算很长，但从收集资料开始算，前后也历时30年。从史书体裁而言，它是一部纪传体通史。但是，由于其“二十略”的突出成就，后人又将此书与前人杜佑的《通典》和后人马端临的《文献通考》并称为典制体“三通”。从纪传体编纂而言，《通志》是一部“纪”“传”“表（谱）”“志”俱全的大通史，起止时间各体例不一，其中“本纪”自三皇到隋，“后妃传”自汉到隋，“列传”自周到隋，“二十略”自传说时代到唐及北宋。因此，体例完整、贯通古今，详备典制，是《通志》历史编纂的主要特点。从“二十略”而言，后人之所以将《通志》作为典制体“三通”，显然是与“二十略”所取得的成就分不开。“二十略”的主要成就，一是重视考镜源流，贯通古今典制沿革与变化，体现了“通”意识；二是扩大典制记述，“二十略”记述的内容涉及天文、地理、动物、植物、文字、音韵等等学术领域，其中的“氏族略”“都邑略”“昆虫草木略”等，都是郑樵新创典制门类，大大拓展了典章制度史的记述范围和历史研究领域。统观之，

《通志》实际上就是综合了古代各种书籍而修成的一部包罗万象的历史著作，在历史编纂上颇有新意。

综上所述，从司马迁提出“成一家之言”，到历代史家继承和发扬“成一家之言”思想，“成一家之言”无疑成为中国传统史学的重要理念，蕴含了丰富的创新思维。传统史学“成一家之言”的创新思维，主要表现在史学认识和史书编纂两个方面。司马迁关于史学认识的“一家言”，体现在其历史撰述旨趣、撰述境界与会通学术思想等方面；而关于史书编纂的“一家言”，则是纪传体通史的创立。传统史家关于史学认识的“一家言”，主要体现在史家创新意识以及对于史学目的论和史家修养论的提出上；而关于史书编纂的“一家言”，则主要表现在历史编纂理论的发展、史书撰述体裁的发展与创新上。

（汪高鑫：北京师范大学历史学院教授、博士生导师；程源源：国家博物馆、中国社会科学院博士后）

陈炜祺

汉代的“下狱死”现象与司法实践中的矛盾和困境

内容提要： 两汉时期的史料中，存在着大量关于各级官吏乃至皇亲贵戚“下狱死”的记载。“下狱死”的文字表述结构应为“下狱，死”：“下狱”表示该事件被立案治理，“死”则表示事件主角的结局。史书中的“下狱死”既不是刑名，也不是罪名，只是在客观地陈述一种史实——已被下狱立案治理的系囚在并未被刑杀的情况下于狱中死亡的史实。以此衡量，汉代文献中的“死狱中”“下狱瘐死”和系囚主动“自杀”等情形，也属于广义的“下狱死”现象。“下狱诛”和“赐死”明确带有官方主动杀之的意思，与死因不彰之“下狱死”情形不同。汉代虽然也存在法外擅权现象，但“缘法而治”才是汉代政治制度的主流。然而，在司法实践层面，两汉时期由于允许刑讯逼供，加之朝廷用人策略的导向性，使得“酷吏”群体日益膨胀，刑讯逼供愈来愈残酷而无底线，导致“下狱死”现象屡屡发生。一边是兴利开拓、治理豪滑的现实需要，一边是仁政教化、大同治世的理想追求，构成了两汉时期司法实践中最核心的矛盾与困境。而正是在这两种治国理念的不断交锋、碰撞、融合之中，中国两汉时期的古典司法制度才得以不断完善，司法实践也在这种博弈当中逐渐变得更加文明、更加进步。

关键词： 汉代；“下狱死”；司法实践

两汉时期的史料中，存在着大量关于各级官吏乃至皇亲贵戚“下狱死”的记载，但往往言辞简略，具体情形不详。这一现象引起了笔者的关注。翻检以往研究，专门讨论这一问题的似乎只有王雪静的《两汉时期“下狱死”考》。该文对“下狱死”的死亡形式进行了分类考察，并对“下狱死”的性质作了判断，认为“‘下狱死’是一种死刑”，“‘下狱死’应该属于‘隐刑’范畴”[①]。该研究的观点值得商榷：其一，对“下狱死”的范围界定不够准确，将赐死等情形混入“下狱死”中；其二，武断地将“下狱死”定性为一种“死刑”，并将其纳入该文所设定的汉代“隐刑”的范畴。

另外，还有一些研究也涉及了汉代“下狱死”问题，其中用力较深的当属宋杰先生的《汉代的秘密处决与政治暗杀——“隐诛”》[②]。该文已经注意到了赐死、“下狱诛”等情形与“下狱死”的区别，但遗憾的是，该研究仅凭汉武帝时大行王恢一案之孤例就认为“史籍中的‘下狱诛’、‘死狱中’和‘下狱死’在某种情况下是能够互用的，都具有在狱内执行死刑的含义”，就过于武断了。而且，该文将“考竟”致死的案例都归入“下狱诛”一类，认为“在狱内处决犯人概称为‘考竟’”，也值得商榷。最终，该研究还是将本属于“下狱死”的情形强行归入“下狱诛”中，并纳入到其设定的汉代“隐诛”的范畴内。所以，前述两项研究归结到底是同一思路，即要将汉代所有因司法活动引起的或造成的死亡现象都纳入到国家制度层面的“显戮”和“隐诛”“明刑”和“隐刑”或者“公行”和“密行”这样的宏大叙事框架之中。这种一刀切的历史叙事框架，对于呈现历史的复杂性和特殊性是有局限的。

---

① 王雪静：《两汉时期“下狱死”考》，《首都师范大学学报》（社会科学版）2006 年增刊。

② 宋杰：《汉代的秘密处决与政治暗杀——“隐诛”》，《史学月刊》2013 年第 7 期。

而随着大量秦汉时期法律类简牍文献的陆续出土，学界对于“狱”字在秦汉时期的涵义的认识越来越清晰，对于汉代司法实践过程的认识也越来越深入，从而使我们重新审视汉代的“下狱死”现象成为可能。因此，本文的任务便是在此前学界既有研究的基础上，重新审视与两汉时期“下狱死”情形有关的史料，通过具体案例具体分析，以期尽量复原汉代“下狱死”情形的真实面相，并努力探究和揭示汉代司法实践中所面临的矛盾与困境。

一　两汉时期“狱”的涵义与“下狱死”的文字表述结构

要分析汉代的“下狱死”现象，首先要准确解读两汉时期传世及出土文献中“狱”的涵义尤其是其法律内涵，然后通过分析“下狱死”这种文字表述的结构，来界定《汉书》与《后汉书》中“下狱死”情形的概念边界。

“狱”字，《说文·㹜部》曰：“狱，确也。从㹜从言。二犬，所以守也。”[①] 又“㹜”字，《说文·㹜部》曰：“㹜，两犬相啮也。从二犬。”[②] 而“啮”字，《说文·齿部》曰：“啮，噬也。”[③] 那么，“㹜”意即两犬相咬，而“狱”字“从㹜从言”，或有两犬相吠之义。又《周礼·秋官·大司寇》载：“以两剂禁民狱。”郑玄注曰：“狱，谓相告以罪名者。”[④] 因此，“狱”字最初当为争讼、诉讼义。而后，随着词性的演变，至迟在战国至秦时期逐渐引申出了讼案、罪案的义项。例如，睡虎地秦简《封诊式·讯狱》：“凡讯狱，必先尽听其言而书之，各展其辞，虽治（知）其訑，勿庸辄

① 臧克和、王平校订：《说文解字新订》，中华书局2002年版，第660页。

② 臧克和、王平校订：《说文解字新订》，中华书局2002年版，第660页。

③ 臧克和、王平校订：《说文解字新订》，中华书局2002年版，第121页。

④ （汉）郑玄注，（唐）贾公彦疏：《周礼注疏》，北京大学出版社1999年版，第906页。

诘。其辞已尽书而毋（无）解，乃以诘者诘之。”[①] 又《岳麓书院藏秦简（陆）》：“179/0106：诸当以赏免除罪人者，狱已断，盈六月而弗以免除人者，止，毋行其赏。”[②] 这些出土的秦代法律文献中的“狱”，显然都是案件的意思。而汉律承袭自秦律，所以汉律中的“狱”也具有案件的意思。例如，张家山汉简《二年律令·具律》：“治狱者，各以其告劾治之。敢放讯杜雅，求其他罪，及人毋告劾而擅覆治之，皆以鞫狱故不直论。”[③] 同时，随着司法实践的发展，在秦至西汉时期，“狱”又具有了治狱机构、牢舍等义项。例如，《史记·李斯列传》：“二世二年七月，具斯五刑，论腰斩咸阳市。斯出狱，与其中子俱执，顾谓其中子曰：‘吾欲与若复牵黄犬俱出上蔡东门逐狡兔，岂可得乎？’遂父子相哭，而夷三族。”[④] 这里的“狱”字显然已经具有了治狱机构或牢舍的义项。这说明至迟在西汉前期司马迁的时代，“狱”字的这一义项已经产生。在东汉班固所著《汉书》及南朝宋范晔所著《后汉书》中“狱”的这一义项已得以普及，并与其他义项并行。

随着大量秦汉时期法律类简牍文献的陆续出土，通过整理和研究发现，“狱”字除了其基本义项之外，还可以与其他字相互搭配，形成具有特定含义的法律术语。例如，《岳麓书院藏秦简（壹—叁）释文修订本》中《为狱等状四种》的“学为伪书案”载有“212 即狱治求请（情）”，整理小组注曰：“狱治，立案治理、刑事

① 夏利亚：《睡虎地秦简文字集释》，上海交通大学出版社 2019 年版，第 297 页。

② 陈松长主编：《岳麓书院藏秦简（陆）》，上海辞书出版社 2020 年版，第 143 页。

③ 张家山二四七号汉墓竹简整理小组：《张家山汉墓竹简【二四七号墓】》（释文修订本），文物出版社 2006 年版，第 24 页。

④ （汉）司马迁：《史记》卷 87《李斯列传》，中华书局 2014 年点校修订本，第 3107 页。

审讯。”“治”在秦汉时期文献中本就有处理案件、审理案件之义，“狱治”应为特指一种先入狱立案再处理案件的审理形式。整理小组引传世文献《汉书·孙宝传》“司隶宝奏故尚书仆射崇冤，请狱治尚书令昌”为证，认为：“‘狱治’为状动结构，与‘狱讯’相同。张家山汉简《二年律令》简508：‘诸乘私马出，马当复入而死亡，自言在县官，县官诊及狱讯审死亡，皆【告】津关。’”[①] 其实，在《汉书》中“狱治”还有数例，如卷48“是时，丞相绛侯周勃免就国，人有告勃谋反，逮系长安狱治”[②]；卷70“商闻此语，白汤惑众，下狱治，按验诸所犯”[③]；卷75“中垒校尉刘向奏忠可假鬼神罔上惑众，下狱治服，未断病死”[④]；卷93“有司致法将军请狱治”[⑤]；卷99“莽遣使者即捕焉，狱治皆死”[⑥]。这几处“狱治”与岳麓秦简“即狱治求请（情）”中的“狱治”在用法和涵义上基本相同，应都是表示立案治理之义。值得注意的是，这些文献中已出现了“下狱治”的表述。

而“狱治”作为一种特定的司法形式更明显的例证出现在《岳麓秦简（肆）》中，其第1402号简释文曰：“诸亡县官器者，必狱治，臧（赃）不盈百廿钱，其官自治，勿狱。”[⑦] 即以案值一百二十钱为界限，超过此值的“必狱治”，不及此值的“其官自

---

① 陈松长主编：《岳麓书院藏秦简（壹—叁）释文修订本》，上海辞书出版社2018年版，第165页。

② （汉）班固：《汉书》卷48《贾谊传》，中华书局1962年点校本，第2260页。

③ 《汉书》卷70《傅常郑甘陈段传》，第3025页。

④ 《汉书》卷75《眭两夏侯京翼李传》，第3192页。

⑤ 《汉书》卷93《佞幸传》，第3736页。

⑥ 《汉书》卷99《王莽传》，第4167页。

⑦ 陈松长主编：《岳麓书院藏秦简（肆）》，上海辞书出版社2015年版，第106页。

治，勿狱”，可见“狱治”是与“其官自治”不同的审理案件的形式。简文中的“勿狱”显然是与“必狱治”相对而言的，即为“勿狱治”的意思，说明“狱治”可以简化表述为“狱”。那么，“下狱死”中的“下狱”，便可以理解为“下狱治”。而前引“商闻此语，白汤惑众，下狱治，按验诸所犯”中的“下狱治”亦可以简化为“下狱”。

其实，“下狱”便意味着“立案治理”在传世文献中亦有例证。《史记·孝武本纪》曰：“上乡儒术，招贤良，赵绾、王臧等以文学为公卿，欲议古立明堂城南，以朝诸侯。草巡狩封禅改历服色事未就。会窦太后治黄老言，不好儒术，使人微得赵绾等奸利事，召案绾、臧，绾、臧自杀，诸所兴为者皆废。”[①] 班固在《汉书·武帝纪》中载此事曰：“（建元）二年冬十月，御史大夫赵绾坐请毋奏事太皇太后，及郎中令王臧皆下狱，自杀。”[②] 这里的“下狱”正对应着《史记》中的“召案绾、臧”。《岳麓秦简（肆）》整理小组认为“狱治”即“以掌治狱的官署治其罪”[③]，这一表述与《岳麓书院藏秦简（壹—叁）释文修订本》中“立案治理、刑事审讯”的表述略有不同，但其所指向的司法形式却是一致的，即以掌治狱的官吏或机构立案治理。

至于“下狱死”中的“死”，有学者认为应与“狱”连读为“狱死”。这应该是受到了汉末刘熙所著《释名》的干扰和误导。《释名·释丧制》：“狱死曰考竟。考得其情，竟其命于狱也。”[④]

---

① 《史记》卷12《孝武本纪》，第576页。

② 《汉书》卷6《武帝纪》，第157页。

③ 陈松长主编：《岳麓书院藏秦简（肆）》，上海辞书出版社2015年版，第163页。

④ （汉）刘熙著，（清）王先谦撰集：《释名疏证补》，上海古籍出版社1984年版，第409页。

“考竟”的确可以杀人，而且在两汉时期系囚死于“考竟”的案例很多，这也正是两汉时期有那么多“下狱死”案例的主要原因。但是，“考竟”的本义并不是杀人，至少不是为了杀人。“考竟”的本义“乃考实以竟其事，非谓竟其命于狱中也”[①]。也就是说，“考竟”的目的是为了“穷竟”案情，然由于狱吏“考”的手段往往比较酷烈，经常导致系囚毙命狱中，但是，最后毙命的系囚未必就考出了实情，而考竟出实情即最终“辞服”的也未必就毙命了。两汉时期史料中这种案例比比皆是，《释名》的解释很明显是偏颇的。例如，《史记·佞幸列传》：“人有告邓通盗出徼外铸钱，下吏验问，颇有之，遂竟案，尽没入邓通家，尚负责数巨万。长公主赐邓通，吏辄随没入之，一簪不得著身。”[②] 邓通并未因“竟案”而死。《汉书·李寻传》载汉哀帝下诏曰“贺良等反道惑众，奸态当穷竟”[③]，其意也只是要求考实罪状。又《后汉书·顺帝纪》：“（阳嘉）三年春二月己丑，诏以久旱，京师诸狱无轻重皆且勿考竟，须得澍雨。”[④]“轻”指轻罪，必不为死刑，汉代向以“久旱”为上天对朝廷有冤狱的示警，“皆且勿考竟”只能是指不要穷竟案验，以防屈打成招造成冤案。还有《后汉书·质帝纪》：“其令中都官系囚罪非殊死考未竟者，一切任出，以须立秋。”[⑤]“考未竟者”肯定是指案情尚未考实者，而不可能指尚未考死者。因此只能说，“考竟”易致人毙命，“考竟”而死是系囚在狱中死亡的诸种情形之

① 程树德：《九朝律考》卷一《汉律考五》“考竟”条，中华书局 2003 年版，第 137 页。

② 《史记》卷 125《佞幸列传》，第 3880 页。

③ 《汉书》卷 75《眭两夏侯京翼李传》，第 3193 页。

④ （南朝宋）范晔：《后汉书》卷 6《孝顺孝冲孝质帝纪》，中华书局 1965 年点校本，第 263 页。

⑤ 《后汉书》卷 6《孝顺孝冲孝质帝纪》，中华书局 1965 年点校本，第 278 页。

一。而且，“考竟”虽然可以被认定为一个固定搭配的词汇，但“狱死”并不是。在两汉司法史料中，“狱死”两字往往是与“下”字连用，写作“下狱死”；又或者颠倒一下次序，写作“死狱中”。

而且，揆诸两汉史料，“下狱”也可以表述为“下吏”“下廷尉”“下有司”“下……廷尉”“诣廷尉”“下……狱”等等，皆表示系其于狱并立案治理之义。例如，《史记·郦生陆贾列传》：“辟阳侯幸吕太后，人或毁辟阳侯于孝惠帝，孝惠帝大怒，下吏，欲诛之……辟阳侯急，因使人欲见平原君。平原君辞曰：‘狱急，不敢见君。’”① 辟阳侯“下吏”，平原君称其“狱急”，显然“下吏”即意味着下狱治。又《史记·梁孝王世家》：“元朔中，睢阳人类犴反……知国阴事，乃上变事，具告知王与大母争樽状……其书闻天子。天子下吏验问，有之……乃削梁八城，枭任王后首于市。”② 从“下吏验问”及最终判决、行刑等情形来看，“下吏”即为下狱。又李广之弟“李蔡以丞相坐侵孝景园壖地，当下吏治，蔡亦自杀，不对狱”③，这里的“下吏治”即为下狱治之义。《史记·绛侯周勃世家》：“书既闻上，上下吏。吏簿责条侯，条侯不对……召诣廷尉。”④ “下吏”与“诣廷尉”皆为下狱，然所下之狱不同，“下吏”一般是指下地方官府之狱，而“诣廷尉”则是指下中央直辖的廷尉诏狱。又如《后汉书·李膺传》载：“帝愈怒，遂下膺等于黄门北寺狱。”⑤ 即因系李膺于黄门北寺狱立案治理。余不赘述。

所以，笔者认为，“下狱”才是两汉时期文献中相对固定的词语搭配，“下狱死”的文字表述结构应为“下狱，死”。“下狱”表

---

① 《史记》卷97《郦生陆贾列传》，第3274页。

② 《史记》卷58《梁孝王世家》，第2538—2539页。

③ 《史记》卷109《李将军列传》，第3476页。

④ 《史记》卷57《绛侯周勃世家》，第2524页。

⑤ 《后汉书》卷67《党锢列传》，第2195页。

示该事件被立案治理，“死”则表示事件主角的结局。

二 “下狱死”情形的概念界定：非判决死亡现象

王雪静的《两汉时期“下狱死”考》和宋杰先生的《汉代的秘密处决与政治暗杀——“隐诛”》都认为“下狱死”就是一种死刑，笔者推测可能是受到了《释名》中“狱死曰考竟”释条的影响。揆诸传世文献及出土资料，汉代的死刑无外乎三种：枭首、腰斩、弃市（景帝中二年以前为磔[①]）。例如，《汉书·武帝纪》：“四年冬，魏其侯窦婴有罪，弃市。”“乙巳，皇后陈氏废。捕为巫蛊者，皆枭首。”“乐通侯栾大坐诬罔要斩。”“六月，丞相屈氂下狱要斩，妻枭首。”[②]《汉书·宣帝纪》：“冬，京兆尹赵广汉有罪，要斩。”“十一月，河南太守严延年有罪，弃市。”[③] 余不一一。

况秦汉律令在传世文献中虽不多见，然“汉世律学最盛，何休注《公羊》，郑司农注《周礼》，皆以汉律解经”[④]。自20世纪70年代睡虎地秦简《秦律十八种》《秦律杂抄》《法律答问》等出土以来，近年来又随着张家山汉简《二年律令》《奏谳书》和岳麓秦简《秦律杂抄》《秦令杂抄》的相继面世，秦汉时期的法律类文献已蔚为大观。目前，“秦统一前后的律篇名称，目前所知比较确定的共28种”，“西汉前期的律名，目前所知比较确定的共41种”[⑤]。而且，秦汉时期对于已立案的案件有着严格的文书管理制度。例

① 景帝中二年“改磔曰弃市，勿复磔”。《汉书》卷5《景帝纪》，第145页。

② 《汉书》卷6《武帝纪》，第164、164、187、210页。

③ 《汉书》卷8《宣帝纪》，第256、264页。

④ 程树德：《九朝律考》卷一《汉律考序》，中华书局2003年版，第1页。

⑤ 陈伟：《论岳麓秦简法律文献的史料价值》，《武汉大学学报》（哲学社会科学版）2019年第2期。

如，《岳麓书院藏秦简（陆）》："238/1781：一牒，署初狱及断日，辄上属所执灋，执灋辄上丞相，以邮行……""067/1614：·狱有制书者，以它笥异盛制书，谨封臧（藏）之。勿令与其狱同笥。"[①]这充分说明，秦汉时期已经具有体系比较完备的成文法令和比较成熟的司法制度，什么罪行对应什么样的刑罚，都有十分具体且很严格的规定，不是随便什么就可以拿来作刑名的。

而且揆诸两汉史料，如果罪案已断，刑罚已判，史书会直书其最终所判决的刑罚。如果只是治狱者议定为死罪，但系囚所当受的刑罚尚未最终判定，那么史书会先曰"当死"，随后再载其最终刑罚。例如，《史记·李将军列传》："而右将军独下吏，当死，赎为庶人。"[②]《汉书·陈汤传》："后汤上书言康居王侍子非王子也。按验，实王子也。汤下狱当死……天子出汤，夺爵为士伍。"[③] 罪虽"当死"，但不代表就一定会死。首先，汉代有着详细的赎刑的规定。例如，《二年律令·具律》："赎死，金二斤八两。赎城旦舂、鬼薪白粲，金一斤八两。赎斩、府（腐），金一斤四两。赎劓、黥，金一斤。赎耐，金十二两。赎䙴（迁），金八两。有罪当府（腐）者，移内官，内官府（腐）之。"[④] 其次，还有最高统治者的法外开恩以及大赦，例如上文的"天子出汤，夺爵为士伍"。这说明，"下狱死"也不代表被狱治者已经被议定为死罪。

既然"下狱死"既不是刑名，也不是罪名，那么只剩下一种可能——"下狱死"就是在客观地陈述一种史实——已被下狱立案治

① 陈松长主编：《岳麓书院藏秦简（陆）》，上海辞书出版社2020年版，第175、69页。

② 《史记》卷109《李将军列传》，第3476页。

③ 《汉书》卷70《傅常郑甘陈段传》，第3020—3021页。

④ 《张家山汉墓竹简【二四七号墓】》（释文修订本），文物出版社2006年版，第25页。

理的系囚在并未被刑杀的情况下于狱中死亡的史实。史书当中的“下狱死”情形虽然都记载得十分简略，但透过一些蛛丝马迹还是能窥探一下其端倪。例如：

《史记·绛侯周勃世家》载条侯周亚夫之死曰：“居无何，条侯子为父买工官尚方甲楯五百被可以葬者。取庸苦之，不予钱。庸知其盗买县官器，怒而上变告子，事连污条侯。书既闻上，上下吏。吏簿责条侯，条侯不对。景帝骂之曰：‘吾不用也。’召诣廷尉。廷尉责曰：‘君侯欲反邪？’亚夫曰：‘臣所买器，乃葬器也，何谓反邪？’吏曰：‘君侯纵不反地上，即欲反地下耳。’吏侵之益急。初，吏捕条侯，条侯欲自杀，夫人止之，以故不得死，遂入廷尉。因不食五日，呕血而死。”[①]《汉书·周勃传》所载周亚夫之死与《史记》相同，亦曰：“上下吏。吏簿责亚夫……召诣廷尉……吏侵之益急……因不食五日，欧血而死。”[②] 这说明《史记》《汉书》均认可周亚夫是在狱中“不食五日”，然后“呕血而死”的。无论亚夫最后是因“不食五日”而饿死，还是因“吏侵之益急”导致突然发病“呕血”而死，总之可以肯定，他不是死于刑杀，甚至到死其谋反的罪名也并未被坐实。故而，《汉书·景帝纪》载：“后元年……条侯周亚夫下狱死。”[③] 又《汉书·五行志》亦曰：“景帝中六年……明年，条侯周亚夫下狱死。”[④] 由此可知，在《汉书》的书写意识中，这种罪名未立、刑罚未定而死于狱中的情形正是“下狱死”之情形。

另如，《后汉书·阴识传》载：“（阴）躬弟子纲女为和帝皇后，封纲吴房侯，位特进，三子轶、辅、敞，皆黄门侍郎。后坐巫

① 《史记》卷57《绛侯周勃世家》，第2524—2525页。

② 《汉书》卷40《张陈王周传》，第2062页。

③ 《汉书》卷5《景帝纪》，第150页。

④ 《汉书》卷27《五行志》，第1424页。

蛊事废，纲自杀，辅下狱死，轶、敞徙日南。"[①] 这里将涉案人员的结局列为"废""自杀""下狱死""徙"四类分述，说明"下狱死"是一种特殊的类型，与此处的"自杀"不同。《后汉书·皇后纪》中载此事较详，可为参证。和帝永元十四年夏，"有言后（和帝阴皇后）与朱共挟巫蛊道，事发觉，帝遂使中常侍张慎与尚书陈褒于掖庭狱杂考案之。朱及二子奉、毅与后弟轶、辅、敞辞语相连及，以为祠祭祝诅，大逆无道。奉、毅、辅考死狱中。帝使司徒鲁恭持节赐后策，上玺绶，迁于桐宫，以忧死。立七年，葬临平亭部。父特进纲自杀，轶、敞及朱家属徙日南比景县，宗亲外内昆弟皆免官还田里"[②]。在该案中，阴皇后实为主角，但碍于其皇后的身份，先要"赐后策，上玺绶"，即废后；继而"迁于桐宫，以忧死"，这才是两汉时期典型的"隐诛"。后父阴纲"自杀"显然是受皇后罪责牵连被赐死，与《阴识传》一致。值得注意的是，在《阴识传》中阴辅为"下狱死"，而在《皇后纪》中阴辅则为"考死狱中"。既然同出自范晔之手，这说明在范晔的书写意识中，"考死狱中"便属于"下狱死"之情形。这也正可解释，同为阴皇后之弟，为何"轶、敞徙日南"，唯独"辅下狱死"，看来很有可能是在狱中受到考掠，经受不住而死。

而这种因考掠而死于狱中的情形在两汉时期的司法实践中非常普遍。例如，《后汉书·冯绲传》："（冯绲）复为廷尉。时山阳太守单迁以罪系狱，绲考致其死。迁，故车骑将军单超之弟，中官相党，遂共诽章诬绲，坐与司隶校尉李膺、大司农刘祐俱输左校。应奉上疏理绲等，得免。"[③] 单迁乃二千石之长吏，竟在狱中被冯绲

① 《后汉书》卷32《樊宏阴识列传》，第1130页。

② 《后汉书》卷10《皇后纪》，第417页。

③ 《后汉书》卷38《张法滕冯度杨列传》，第1284页。

“考致其死”，而且事后冯绲也并未因此受到严厉惩处。

又如，《后汉书·党锢列传》中总述部分先载：“灵帝诏刊章捕俭等。大长秋曹节因此讽有司奏捕前党故司空虞放、太仆杜密、长乐少府李膺……太尉掾范滂等百余人，皆死狱中。”[①] 其后李膺个人传记部分又曰：“后张俭事起，收捕钩党……（李膺）乃诣诏狱。考死，妻子徙边，门生、故吏及其父兄，并被禁锢。”[②] 明确说明，李膺之“死狱中”是因为“考死”。《后汉书·孝灵帝纪》亦载，建宁二年“冬十月丁亥，中常侍侯览讽有司奏前司空虞放、太仆杜密、长乐少府李膺……山阳太守翟超皆为钩党，下狱，死者百余人，妻子徙边，诸附从者锢及五属”[③]。

这些记载皆透漏了《后汉书》对于“下狱死”情形的一种认知：治狱者在考实案情的过程中，因考掠而致人死亡的，即属于“下狱死”之情形。

其实，在汉代治狱过程中狱吏惯行考掠，此风不独盛于东汉，西汉时期亦然。如《史记·张耳陈余列传》载：“汉九年，贯高怨家知其谋，乃上变告之。于是上皆并逮捕赵王、贯高等……贯高至，对狱，曰：‘独吾属为之，王实不知。’吏治榜笞数千，刺剟，身无可击者，终不复言。”[④] 狱吏为使贯高指认赵王张敖，对其“榜笞数千，刺剟”，以致“身无可击者”。又如《史记·酷吏列传》载，王温舒为中尉，“奸猾穷治，大抵尽靡烂狱中，行论无出者”[⑤]，意即奸猾皆被穷治死于狱中，无得生出者。

又如同卷所载，时杜周为廷尉，“诏狱亦益多矣。二千石系者

---

① 《后汉书》卷 67《党锢列传》，第 2188 页。

② 《后汉书》卷 67《党锢列传》，第 2197 页。

③ 《后汉书》卷 8《孝灵帝纪》，第 330 页。

④ 《史记》卷 89《张耳陈余列传》，第 3135 页。

⑤ 《史记》卷 122《酷吏列传》，第 3822 页。

新故相因，不减百余人。郡吏大府举之廷尉，一岁至千余章。章大者连逮证案数百，小者数十人；远者数千，近者数百里。会狱，吏因责如章告劾，不服，以笞掠定之。于是闻有逮皆亡匿。狱久者至更数赦十有余岁而相告言，大抵尽诋以不道以上。廷尉及中都官诏狱逮至六七万人，吏所增加十万余人”[①]。被下狱者如果“不服”，皆“以笞掠定之”，这种严刑拷打、刑讯逼供，在两汉时期的司法实践中，当属常态。

另撰诸史书，汉代文献中的“死狱中”和“下狱瘐死”等情形，也符合汉代司法实践中的“下狱死”情形。

《后汉书·光武帝纪》载：“（建武十五年）冬十一月甲戌，大司徒欧阳歙下狱死。”[②]《后汉书·儒林列传》载：“歙在郡，教授数百人，视事九岁，征为大司徒。坐在汝南臧罪千余万发觉下狱。诸生守阙为歙求哀者千余人，至有自髡剔者。平原礼震，年十七，闻狱当断，驰之京师，行到河内获嘉县，自系，上书求代歙死……书奏，而歙已死狱中。歙掾陈元上书追讼之，言甚切至，帝乃赐棺木，赠印绶，赙缣三千匹。”[③] 又《后汉书·天文志》载：“是时大司徒欧阳歙以事系狱，踰岁死。”[④] 首先可知，大司徒欧阳歙之“死狱中”即为“下狱死”；其次，“歙以事系狱，踰岁死”说明欧阳歙下狱之后案件迟迟未断，系狱较久；再次，从“闻狱当断……上书求代歙死……书奏，而歙已死狱中”可知，歙案至死未断，从“赐棺木，赠印绶，赙缣三千匹”来看，最终是以司徒之礼厚葬之。假如“下狱死”是罪名或刑名，则免官是必不可少的，官方当不会再以大臣之礼厚待之。

---

① 《史记》卷 122《酷吏列传》，第 3826—3827 页。

② 《后汉书》卷 1《光武帝纪》，第 66 页。

③ 《后汉书》卷 79《儒林列传》，第 2556 页。

④ 《后汉书》卷 100《天文志第十》，第 3222 页。

“死狱中”在文献中还可以表述为“考死狱中”“掠死狱中”或“病死狱中”。“考死狱中”已见前引《后汉书·皇后纪》和帝阴皇后巫蛊案之“奉、毅、辅考死狱中”。“掠死狱中”之例可见《后汉书·宦者列传》：“诏使廷尉、侍御史考为张角道者，御史承让等旨，遂诬奏钧学黄巾道，收掠死狱中。”① “病死狱中”之例可见《后汉书·冯绲传》：“冯绲……父焕，安帝时为幽州刺史，疾忌奸恶，数致其罪。时玄菟太守姚光亦失人和。建光元年，怨者乃诈作玺书谴责焕、光，赐以欧刀。又下辽东都尉庞奋使速行刑，奋即斩光收焕。焕欲自杀，绲疑诏文有异，止焕曰：‘大人在州，志欲去恶，实无它故，必是凶人妄诈，规肆奸毒。愿以事自上，甘罪无晚。’焕从其言，上书自讼，果诈者所为，征奋抵罪。会焕病死狱中，帝愍之，赐焕、光钱各十万，以子为郎中。”②

“下狱瘐死”之例可见《汉书·外戚恩泽侯表》：新甫侯王嘉“元寿元年，罔上，下狱瘐死”③。而《汉书·百官公卿表》载：哀帝元寿元年“三月丙午，丞相嘉下狱死”④。又《汉书·王嘉传》载：“嘉系狱二十余日，不食欧血而死。”⑤《汉书·宣帝纪》载地节四年九月诏曰：“今系者或以掠辜若饥寒瘐死狱中，何用心逆人道也！朕甚痛之。其令郡国岁上系囚以掠笞若瘐死者所坐名、县、爵、里，丞相御史课殿最以闻。”注引苏林曰：“瘐，病也。囚徒病，律名为瘐。”⑥ 汉宣帝的这道诏书就充分说明，在当时因“掠笞”或“饥寒”而瘐死狱中的情形不在少数，这些情形都属于

① 《后汉书》卷78《宦者列传》，第2535页。
② 《后汉书》卷38《张法滕冯度杨列传》，第1280—1281页。
③ 《汉书》卷18《外戚恩泽侯表》，第712页。
④ 《汉书》卷19《百官公卿表》，第848—849页。
⑤ 《汉书》卷86《何武王嘉师丹传》，第3502页。
⑥ 《汉书》卷8《宣帝纪》，第252—253页。

“下狱死”的范畴。

还有《后汉书·赵熹传》：“（赵熹）子代嗣，官至越骑校尉。永元中，副行征西将军刘尚征羌，坐事下狱，疾病物故。和帝怜之，赐秘器钱布，赠越骑校尉、节乡侯印绶。”① 汉时称死为“物故”，所以“下狱，疾病物故”意即下狱病死，亦为“下狱死”之情形。

另外，史书当中亦有将大臣“自杀”理解为“下狱死”的案例，例如丞相严青翟一案。《史记·酷吏列传》载：“丞相青翟自杀。”②《汉书·武帝纪》载：“元鼎……二年冬十一月，御史大夫张汤有罪，自杀。十二月，丞相青翟下狱死。”③《汉书·五行志》曰：“元鼎二年……是岁御史大夫张汤有罪自杀，丞相严青翟坐与三长史谋陷汤，青翟自杀，三长史皆弃市。”④ 在这里，《汉书·武帝纪》将丞相严青翟之自杀表述为“下狱死”，可能缘于此案尚未最终判决，而严青翟已然自裁，死不以罪，故称其“下狱死”。这可能正体现了史书以非判决死亡现象为“下狱死”情形的原则。

又《后汉书·郅寿传》载：“（大将军窦宪）陷寿以买公田诽谤，下吏当诛。侍御史何敞上疏理之曰：‘……臣伏见尚书仆射郅寿坐于台上，与诸尚书论击匈奴，言议过差，及上书请买公田，遂系狱考劾大不敬。臣愚以为寿机密近臣，匡救为职……’书奏，寿得减死，论徙合浦。未行，自杀，家属得归乡里。”⑤ 在这里，“下吏”即“系狱”，考劾罪名为“大不敬”，刑罚“当诛”。然经过侍御史何敞上书求情，郅寿最终的判罚为“徙合浦”。汉时官员徙边，

---

① 《后汉书》卷26《伏侯宋蔡冯赵牟韦列传》，第915页。

② 《史记》卷122《酷吏列传》，第3817页。

③ 《汉书》卷6《武帝纪》，第182页。

④ 《汉书》卷27《五行志》，第1424页。

⑤ 《后汉书》卷29《申屠刚鲍永郅恽列传》，第1033—1034页。

家属亦要随行，只有遇赦或徙边官员死亡，家属才可迁回原籍。故郅寿“自杀”，当为“家属得归乡里”，应属于主动自杀。这种因主动自杀而死于狱中的，符合“下狱死”情形。

汉章帝建初五年三月甲寅，诏曰：“今吏多不良，擅行喜怒，或案不以罪，迫胁无辜，致令自杀者，一岁且多于断狱，甚非为人父母之意也。有司其议纠举之。”[①] 这里讲的“自杀”情形“一岁且多于断狱”，说明这些“自杀”是在未断狱的情况下发生的；“甚非为人父母之意也”，说明这些“自杀”并不代表官方的处理意见和态度。那么，这种“自杀”显然不是被官方赐死的，而是缘于其他蹊跷的原因。从“吏多不良，擅行喜怒，或案不以罪，迫胁无辜”的表述来看，系囚在未“断狱”的情况下因狱吏的考掠迫胁而主动“自杀”的可能性较大。如果属实，则这种“自杀”亦符合史书中所载的“下狱死”情形。

所以，总而言之，汉代的“下狱死”现象就是指，人已入狱被立案治理成为系囚，但却在未被判决刑杀的情况下死于狱中，往往死因不明（或因“掠笞”或因“饥寒”或因“疾病”或因“自杀”，但肯定不是死于汉法中明确规定的死刑），而且罪名也往往阙载（甚至可能至死罪名都未成立）。以此衡量，凡是符合这种情形的，就属于广义的“下狱死”现象。

三　赐死、“下狱诛”等情形与“下狱死”的区别

王雪静在《两汉时期“下狱死”考》中将“政府强迫罪犯自杀”列入“下狱死”范畴，并称“汉朝时‘下狱死’是一种赐死”[②]。这一

---

① 《后汉书》卷3《肃宗孝章帝纪》，第140页。

② 王雪静：《两汉时期“下狱死”考》，《首都师范大学学报》（社会科学版）2006年增刊。

点很值得商榷。揆诸史书，在同一案件中，有罪被赐“自杀”与“下狱死”这两种情形都会被分开表述，显然二者是有区别的。而且，赐死这种情形，往往是在被定罪之后被逼“自杀”，更接近于带有官方主观意志的“诛”，与“下狱死”之情形不同。

据史书所载，汉代赐有罪大臣自杀始于文帝。《汉书·贾谊传》曰：“是时，丞相绛侯周勃免就国，人有告勃谋反，逮系长安狱治，卒亡事，复爵邑，故贾谊以此讥上。上深纳其言，养臣下有节。是后大臣有罪，皆自杀，不受刑。至武帝时，稍复入狱，自宁成始。”①绛侯周勃一事详见《史记·绛侯周勃世家》与《汉书·周勃传》，周勃虽被“狱治”，但却“卒亡事”，贾谊之所以“以此讥上”，是因为周勃身为有拥立之功的元勋大臣却在狱中被狱吏“侵辱”，文帝为体现“养臣下有节”，故而有此措置。

“是后大臣有罪，皆自杀，不受刑。至武帝时，稍复入狱”，说明自文帝开始至武帝前期，包括武帝之后的大多数情况下，大臣不需“入狱”，当然也肯定不会是指接到告劾不审理调查就直接令大臣自杀，那样的话就不是“养臣下有节”而是暴虐臣下了，但是仅凭不下狱立案这一点就已经与“下狱死”有本质区别了。而且“有罪……不受刑”，显然是指经过调查审理作出了有罪断定之后，才下达了“皆自杀”的执行命令，用来替代与其罪名相对应的死刑刑罚，从而彰显朝廷对士大夫的礼遇和优待，这种貌似“恩赐”的“自杀”往往带有强迫性质，事实上与带有官方杀伐意志的“诛”更接近。所以，赐死显然不属于“下狱死”的范畴，而且也与“隐诛”无关。

“至武帝时，稍复入狱，自宁成始”，意味着武帝时期酷吏用事，优待大臣的礼遇政策有所贬损，大臣遇劾又开始下狱立案治理

① 《汉书》卷48《贾谊传》，第2260页。

了。但《汉书·贾谊传》所述终究只是言其大略，大臣“自杀”到底是属于赐死还是“下狱死”仍然需要具体问题具体分析，不能一概而论。

如前述《史记·孝武本纪》曰：“上乡儒术，招贤良，赵绾、王臧等以文学为公卿……会窦太后治黄老言，不好儒术，使人微得赵绾等奸利事，召案绾、臧，绾、臧自杀，诸所兴为者皆废。”①《汉书·武帝纪》载：“（建元）二年冬十月，御史大夫赵绾坐请无奏事太皇太后，及郎中令王臧皆下狱，自杀。”应劭注曰：“王臧儒者，欲立明堂辟雍。太后素好黄老术，非薄五经。因欲绝奏事太后，太后怒，故杀之。”② 武帝初年太后辅政，既然太后怒而“故杀之”，应该是最终越过了司法机构的判罚，否则仅凭“微得赵绾等奸利事”，未必就是死罪，这里的“自杀”应该属于被逼自尽，不属于“下狱死”情形。

而西汉李广“自杀”一事就与上述“绾、臧自杀”不同。其实，早在元光六年李广就有过一次兵败被俘后还归下狱的经历，《史记·李将军列传》载：“广以卫尉为将军，出雁门击匈奴。匈奴兵多，破败广军，生得广……以故得脱。于是至汉，汉下广吏。吏当广所失亡多，为虏所生得，当斩，赎为庶人。”③ 这说明李广有过面对狱吏的经历，也知道可以赎罪免死。然而这一次，“广谓其麾下曰：‘广结发与匈奴大小七十余战，今幸从大将军出接单于兵，而大将军又徙广部行回远，而又迷失道，岂非天哉！且广年六十余矣，终不能复对刀笔之吏。’遂引刀自刭……而右将军独下吏，当死，赎为庶人”④。既然与李广一同“迷失道”的右将军可以

① 《史记》卷12《孝武本纪》，第576页。

② 《汉书》卷6《武帝纪》，第157页。

③ 《史记》卷109《李将军列传》，第3470—3471页。

④ 《史记》卷109《李将军列传》，第3476页。

"下吏，当死，赎为庶人"，那么李广当然也可以，但他却主动"引刀自刭"而死，此种情形便不属于赐死。然因李广此时尚未被正式下狱立案治理，所以，也不属于"下狱死"。

东汉安帝延光四年夏四月辛卯，"大将军耿宝、中常侍樊丰、侍中谢恽、周广、乳母野王君王圣，坐相阿党，丰、恽、广下狱死，宝自杀，圣徙雁门"[①]。大将军耿宝属于有罪赐死，这里明确将"丰、恽、广下狱死"和"宝自杀"分列，充分说明"下狱死"和赐死"自杀"属于两种不同的情形。

又桓帝建和元年，"清河刘文反，杀国相射暠，欲立清河王蒜为天子，事觉伏诛。蒜坐贬为尉氏侯，徙桂阳，自杀。前太尉李固、杜乔皆下狱死"[②]。

在这里，刘文"反，杀国相"又欲另立天子，显然为主犯、首恶，所以必须"伏诛"；清河王蒜虽是被拥立，但已失为臣之道，明为贬侯徙封，实乃赐其自尽，所以其"自杀"实为赐死；李固、杜乔可能事有连及被牵涉其中，皆"下狱死"。这里将"诛""自杀""下狱死"三者分别列出，而且按涉案情节轻重排列，充分反映了这三者的不同意义。

另，《后汉书·章帝八王传》载："悝后因中常侍王甫求复国，许谢钱五千万。帝临崩，遗诏复为勃海王。悝知非甫功，不肯还谢钱。甫怒，阴求其过。初，迎立灵帝，道路流言悝恨不得立，欲抄征书，而中常侍郑飒、中黄门董腾并任侠通剽轻，数与悝交通……熹平元年，遂收飒送北寺狱。使尚书令廉忠诬奏飒等谋迎立悝，大逆不道。遂招冀州刺史收悝考实，又遣大鸿胪持节与宗正、廷尉之勃海，迫责悝。悝自杀。妃妾十一人，子女七十

---

① 《后汉书》卷5《孝安帝纪》，第242页。

② 《后汉书》卷7《孝桓帝纪》，第291页。

人，伎女二十四人，皆死狱中。傅、相以下，以辅导王不忠，悉伏诛。”① 在此案中，勃海王悝被收系“考实”有不臣之心，故赐其“自杀”；其“傅、相以下，以辅导王不忠，悉伏诛”，这些都属于“下狱诛”的情形。而其妃妾、子女、伎女等连坐者“死狱中”之情形，似与和帝阴皇后一案中“奉、毅、辅考死狱中”相类，当属于“下狱死”情形。在这里，“伏诛”与“死狱中”亦是分开叙述的。

“诛”，《说文·言部》曰“讨也。从言朱声”②，本义为声讨、谴责，后引申出征讨不道、杀戮罪犯之义。“诛”显然带有明确的官方主动杀之的意思，与原因不明之“死”显然不可相提并论。

例如，《史记·田叔列传》载：“上迁拜为司直。数岁，坐太子事。时左丞相自将兵，令司直田仁主闭守城门，坐纵太子，下吏诛死。”③ “下吏”意即下狱，所谓“下吏诛死”即为“下狱诛”之义。《汉书·武帝纪》曰：“（征和二年）御史大夫暴胜之、司直田仁坐失纵，胜之自杀，仁要斩。”④ 这说明，司直田仁所受之“诛”乃汉法正式的死刑刑名之一——“要斩”。由此可知，史书言“诛”，必是罪囚之罪名（此处为“坐失纵”）、刑名（此处为“要斩”）皆已确定，而省略之罢了。这也可以证明，“诛”是史书对于官方明正典刑杀伐罪囚态度的一种表达，与“死”之义断然不同。故而，笔者认为，“下狱诛”明确带有官方在立案治理之后主动杀之的意思，与死因不彰之“下狱死”显然不可相提并论。

宋杰先生在《汉代的秘密处决与政治暗杀——“隐诛”》一文

---

① 《后汉书》卷55《章帝八王传》，第1798页。

② 臧克和、王平校订：《说文解字新订》，中华书局2002年版，第158页。

③ 《史记》卷104《田叔列传》，第3362页。

④ 《汉书》卷6《武帝纪》，第209页。

中通过分析武帝时期大行王恢一案认为，“史籍中的‘下狱诛’、‘死狱中’和‘下狱死’在某种情况下是能够互用的，都具有在狱内执行死刑的含义”①。笔者认为，此说颇值得商榷。试析如下。

大行王恢一案起自元光二年（前133年）夏，是时武帝亲政不久，亟欲施展其抱负，王恢遂上马邑之谋。《史记·韩长孺列传》载“汉伏兵车骑材官二十余万，匿马邑旁谷中”，“王恢、李息、李广别从代主击其辎重”，然单于入长城武州塞后识破汉谋“乃引兵还”，“汉兵追至塞，度弗及，即罢。王恢等兵三万，闻单于不与汉合，度往击辎重，必与单于精兵战，汉兵势必败，则以便宜罢兵，皆无功。天子怒王恢不出击单于辎重，擅引兵罢也。恢曰：‘始约虏入马邑城，兵与单于接，而臣击其辎重，可得利。今单于闻，不至而还，臣以三万人觽不敌，禔取辱耳。臣固知还而斩，然得完陛下士三万人。’于是下恢廷尉。廷尉当恢逗桡，当斩。恢私行千金丞相蚡。蚡不敢言上，而言于太后曰：‘王恢首造马邑事，今不成而诛恢，是为匈奴报仇也。’上朝太后，太后以丞相言告上”。“下恢廷尉”即将王恢下廷尉诏狱立案治理，“当恢逗桡，当斩”即判定的罪名与刑名。请注意，彼时汉军将领因失道、失期或作战不利“当斩，赎为庶人”的先例比比皆是，从王恢的主观过错和造成的客观损失分析，也并不严重。所以，他“私行千金丞相蚡”以求此事得以化解。但是，他们都估错了武帝的心思——武帝亲政伊始，正欲大展宏图，马邑之谋兴师动众数十万，彼时汉之精兵良将几乎倾巢而出，如此大动干戈对于一位亟待证明自己的年轻皇帝来说，不能大胜便是失败，更何况“皆无功”呢？所以，武帝的话讲得十分明白也很坦诚：“首为马邑事者，恢也，故发天下兵

① 宋杰：《汉代的秘密处决与政治暗杀——“隐诛”》，《史学月刊》2013年第7期。

数十万，从其言，为此。且纵单于不可得，恢所部击其辎重，犹颇可得，以慰士大夫心。今不诛恢，无以谢天下。”① 正因为“首为马邑事者，恢也”，所以虽然众将领“皆无功”，但独恢下狱；正因为“恢所部击其辎重，犹颇可得”，所以“今不诛恢，无以谢天下”。很显然，武帝为了“谢天下”，必然会明正典刑诛王恢，然结果却是“于是恢闻之，乃自杀”，这对于武帝来说，其实是一个意外。

《史记·汉兴以来将相名臣年表》“元光二年”条载：“……大行王恢为将屯将军……篡单于马邑，不合，诛恢。”② 受年表体例所限，该条记载十分简略，“诛恢”有可能是一种笼统之辞。且司马迁所作的《汉兴以来将相名臣年表》在西汉后期已佚失，现传世者为后人补作，言辞不一定与迁作一致。而《韩长孺列传》不仅为迁所亲作，且述马邑之事既完备又详尽，必有所本，因此更为可信。

至于《史记·匈奴列传》所载“汉以恢本造兵谋而不进，斩恢”③，可能是受《韩长孺列传》“廷尉当恢逗桡，当斩”记载的干扰而误。而且，《汉书·窦田灌韩传》记载此事便基本沿袭了《史记·韩长孺列传》的说法，亦曰：“廷尉当恢逗桡，当斩……于是恢闻，乃自杀。”④

值得注意的是，《汉书·武帝纪》对此事的记载：“（元光二年）夏六月，御史大夫韩安国为护军将军，卫尉李广为骁骑将军，太仆公孙贺为轻车将军，大行王恢为将屯将军，太中大夫李息为材官将军，将三十万众屯马邑谷中，诱致单于，欲袭击之。单于入

① 《史记》卷108《韩长孺列传》，第3461—3463页。

② 《史记》卷22《汉兴以来将相名臣年表》，第1345页。

③ 《史记》卷110《匈奴列传》，第3511页。

④ 《汉书》卷52《窦田灌韩传》，第2404—2405页。

塞，觉之，走出。六月，军罢。将军王恢坐首谋不进，下狱死。”①班固在《汉书·窦田灌韩传》中称“于是恢闻，乃自杀”，在这里却称王恢乃“坐首谋不进，下狱死”。这说明，在《汉书》中这种系因主动“自杀”而死（非赐死）的情形是符合“下狱死”之情形的。这种“自杀”由于并非赐死，对于官方来说是一种意外，因此不同于明正典刑之“下狱诛”。

又例如《史记·平津侯主父列传》：“及齐王自杀，上闻大怒，以为主父劫其王令自杀，乃征下吏治。主父服受诸侯金，实不劫王令自杀。上欲勿诛，是时公孙弘为御史大夫，乃言曰：‘齐王自杀无后，国除为郡，入汉，主父偃本首恶，陛下不诛主父偃，无以谢天下。’乃遂族主父偃。”② “下吏治”即为下狱治。齐王自杀，武帝疑其为主父偃所迫，乃下其狱。公孙弘所言“不诛主父偃，无以谢天下”，正说明“下狱诛”在当时应为一种罪、刑明确之处罚，因此不可能与“下狱死”同属一类。“下狱诛”与“下狱死”之本质不同，明矣。

四　汉代“下狱死”频发的原因与司法实践中的矛盾和困境

综上所述，笔者认为，汉代的各种“下狱死”情形可以统称之为非判决死亡现象。而这种现象的多发，反映了两汉时期司法实践中的矛盾与困境。

秦汉时期处于封建时代早期，汉代又是沿袭秦代君主集权制而建立的政权，有学者曾研究过秦代统治者的法外擅权现象，认为“在春秋时期成文法颁布以前，各诸侯国国君罪行擅断的现象是比较普遍的。成文法的颁布则极大地限制了君主‘罪行擅断’的权

① 《汉书》卷6《武帝纪》，第162—163页。

② 《史记》卷112《平津侯主父列传》，第3586页。

力”，但是，“‘事皆决于法’只是在统一前的秦国得到了坚决的贯彻执行。统一全国后，秦始皇虽然也处处竭力标榜法治，实际上却并未严格遵守秦人‘缘法而治’的传统……无论在立法上还是司法上，他的随意性均越来越大，经常表现出严重的‘法外擅权’行为”①。那么，汉代在面对“缘法而治”和“法外擅权”的矛盾时又是如何处理的呢？西汉文帝时期，文帝与廷尉张释之就此问题亦有过争论。

《史记·张释之冯唐列传》载：“上行出中渭桥，有一人从桥下走出，乘舆马惊。于是使骑捕，属之廷尉。释之治问。曰：‘县人来，闻跸，匿桥下。久之，以为行已过，即出，见乘舆车骑，即走耳。’廷尉奏当，一人犯跸，当罚金。文帝怒曰：‘此人亲惊吾马，吾马赖柔和，令他马，固不败伤我乎？而廷尉乃当之罚金！’释之曰：‘法者天子所与天下公共也。今法如此而更重之，是法不信于民也。且方其时，上使立诛之则已。今既下廷尉，廷尉，天下之平也，一倾而天下用法皆为轻重，民安所措其手足？唯陛下察之。’良久，上曰：‘廷尉当是也。’”② 行人犯跸险些“败伤”文帝，帝受惊吓自然大怒“使骑捕”，然此时文帝并没有被愤怒冲昏头脑倚仗皇权“立诛之”，而是“属之廷尉”，即交给司法机构来处置，显示了其对朝廷司法制度的尊重。虽然后来在量刑方面文帝与廷尉张释之意见不一致，然经过张释之的恳切谏言，文帝最终还是肯定了廷尉的判罚。

值得注意的是，张释之在此事中的一番言论，对于认识汉代政权对待法律的态度，十分重要。释之曰：“法者天子所与天下公共

① 谭前学：《试论秦始皇的法外擅权》，载王子今等主编《纪念林剑鸣教授史学论文集》，中国社会科学出版社2002年版。

② 《史记》卷102《张释之冯唐列传》，第3333页。

也。今法如此而更重之，是法不信于民也。且方其时，上使立诛之则已。今既下廷尉，廷尉，天下之平也，一倾而天下用法皆为轻重，民安所措其手足?”从这段话中我们可以读出两层涵义：“方其时，上使立诛之则已”，说明汉时君主亦有法外擅权之权力，揆诸汉史，也的确能发现不少法外擅权之事例；然而，“既下廷尉，廷尉，天下之平也，一倾而天下用法皆为轻重”，说明不下狱则已，既已下狱立案治理，就要尊重法律之公平，维护律法之尊严，即所谓“法者天子所与天下公共也”，否则“民安所措其手足”。两汉时期的统治阶层在整体上大多能秉持这一观念，将权力关入律法这只笼子里，而这正是两汉国祚能延绵四百余年之久的根本保证。

“缘法而治”是汉代政治制度的主流，从出土的汉代法律文献中亦可得知，汉代对下狱立案治理有着一整套严格的管理规范。首先，是对治狱者的身份有着严格的规定。例如，张家山汉简《二年律令·具律》：“县道官守丞毋得断狱及谳。相国、御史及二千石官所置守、假吏，若丞缺，令一尉为守丞，皆得断狱、谳狱，皆令监临庳（卑）官，而勿令坐官。”① 又《二年律令·置吏律》：“都官自尉、内史以下毋治狱，狱无轻重关于正；郡关其守。”“官各有辨，非其官事勿敢为，非所听勿敢听。”② 治狱者中有专门的“狱史”，负责治狱的具体事务。例如，《二年律令·收律》：“当收者，令狱史与官啬夫、吏杂封之，上其物数县廷，以临计。”③ 其次，对于审讯、上诉、覆案都有着一系列严格的操作规程。例如，《二

① 《张家山汉墓竹简【二四七号墓】》（释文修订本），文物出版社 2006 年版，第 23 页。

② 《张家山汉墓竹简【二四七号墓】》（释文修订本），文物出版社 2006 年版，第 37 页。

③ 《张家山汉墓竹简【二四七号墓】》（释文修订本），文物出版社 2006 年版，第 32 页。

年律令·具律》：“罪人狱已决，自以罪不当，欲乞鞫者，许之。乞鞫不审，驾（加）罪一等；其欲复乞鞫，当刑者，刑乃听之。死罪不得自乞鞫，其父、母、兄、姊、弟、夫、妻、子欲为乞鞫，许之。其不审，黥为城旦舂。年未盈十岁为乞鞫，勿听。狱已决盈一岁，不得乞鞫。乞鞫者各辞在所县道，县道官令、长、丞谨听，书其乞鞫，上狱属所二千石官，二千石官令都吏覆之。都吏所覆治，廷及郡各移旁近郡，御史、丞相所覆治移廷。”① 最后，对于审案不实有着严厉的惩罚制裁措施。例如，《二年律令·具律》：“劾人不审，为失；其轻罪也而故以重罪劾之，为不直。”“鞫狱故纵、不直，及诊、报、辟故弗穷审者，死罪，斩左止（趾）为城旦，它各以其罪论之。”② 既然“下狱”就意味着立案治理，而汉代律法对立案治理的规范又是如此细致、严格，那么，两汉时期为何还会有如此多的非判决非刑杀的“下狱死”现象呢？这恐怕就要从两汉时期的司法实践中去寻找原因了。

两汉时期下狱治不仅意味着立案治理，同时还意味着刑事审讯。立案治理是汉代司法实践的规范，而刑事审讯就是其司法实践的手段。在汉代文献当中，“治”本就具有“笞”的涵义。例如，惠帝时，曹参为相国，其子曹窋为中大夫。惠帝怪相国不治事，谓窋曰“若归，试私从容问而父”。窋既谏参，“参怒，而笞窋二百”。至朝时，惠帝让参曰：“与窋胡治乎？乃者我使谏君也。”③ 在这里，惠帝就将“笞窋”直接称之为“治”。又睡虎地秦简《封诊式·治狱》：“治狱，能以书從（蹤）迹其言，毋治（笞）谅

---

① 《张家山汉墓竹简【二四七号墓】》（释文修订本），文物出版社 2006 年版，第 24—25 页。

② 《张家山汉墓竹简【二四七号墓】》（释文修订本），文物出版社 2006 年版，第 24、22 页。

③ 《史记》卷 54《曹相国世家》，第 2465 页。

（掠）而得人情为上；治（笞）谅（掠）为下；有恐为败”[①]，说明“笞掠”虽是治狱之下策，但的确是可以采用的。

又，汉代审讯过程中常见的“考”，除了“验问”之义外，还具有拷掠之义。同样说明，在两汉时期的司法实践过程中，刑讯逼供是合法的。因为汉代司法立案制度严格，要想断狱定罪，狱囚必须“辞服”，否则最终只能无罪释放。如果遇到宽缓之吏，可能会“考”“治”有度，主要依靠证据使其辞穷而“服”；但若遇到酷急之吏，就难免会造成要么屈打成招要么考掠致死的结果。例如，《后汉书 · 独行列传》载：“是时楚王英谋反……续与主簿梁宏、功曹史驷勋及掾史五百余人诣洛阳诏狱就考，诸吏不堪痛楚，死者大半，唯续、宏、勋掠考五毒，肌肉消烂，终无异辞。”[②] 又《后汉书 · 马援列传》载章帝即位，马严上封事曰：“臣伏见方今刺史太守专州典郡，不务奉事尽心为国，而司察偏阿，取与自己，同则举为尤异，异则中以刑法，不即垂头塞耳，采求财赂。今益州刺史朱酺、杨州刺史倪说、凉州刺史尹业等，每行考事，辄有物故。”[③]“每行考事，辄有物故”，这也正是为何本义为“考实以竟其事”的“考竟”，竟然会导致众多狱囚毙命以至于被人理解为“狱死”的原因了。

当然，遇到特殊人物，也不一定需要考掠，“侵辱”逼迫之就足以致命了，例如周亚夫之“不食五日，呕血而死”和李广的“终不能复对刀笔之吏”。总之，在汉代的司法实践中，治狱之吏至为关键。难怪像周勃这样的元勋大臣，狱吏竟然也敢“侵辱”，而且敢收其“千金”。周勃之最终被赦出，狱吏在其中起到了重要作

---

① 夏利亚：《睡虎地秦简文字集释》，上海交通大学出版社 2019 年版，第 296 页。

② 《后汉书》卷 81《独行列传》，第 2682 页。

③ 《后汉书》卷 24《马援列传》，第 860 页。

用，除了为其出谋，上呈给文帝的“狱辞”也甚为关键。所以，绛侯叹曰：“吾尝将百万军，然安知狱吏之贵乎！”[①] 这句话几乎一语成谶，道出了两汉时期治狱官吏之重要。

然而不巧的是，恰恰是在两汉时期的司法实践之中，形成了一股以治狱酷急为“据法守正”的风尚，通过摧折豪强还能获得“不避贵戚”之名声，并往往被最高统治者“以为能”，而予以迁拔，从而导致上行下效，形成了一个“酷吏”群体。《后汉书·酷吏列传》曰：“汉承战国余烈，多豪猾之民。其并兼者则陵横邦邑，桀健者则雄张闾里。且宰守旷远，户口殷大。故临民之职，专事威断，族灭奸轨，先行后闻。肆情刚烈，成其不桡之威。违众用己，表其难测之智。”[②] 这段话为西汉酷吏群体的形成作出了注解。

西汉酷吏知名者甚多，仅举其尤著者。例如：郅都，“为中尉……是时民朴，畏罪自重，而都独先严酷，致行法不避贵戚，列侯宗室见都侧目而视，号曰‘苍鹰’”[③]；宁成，“为中尉。其治效郅都，其廉弗如，然宗室豪桀皆人人惴恐”[④]；赵禹，“以刀笔吏积劳，稍迁为御史。上以为能，至太中大夫……禹酷急，至晚节，事益多，吏务为严峻，而禹治加缓，而名为平。王温舒等后起，治酷于禹”[⑤]；张汤，“补御史，使案事。治陈皇后蛊狱，深竟党与。于是上以为能，稍迁至太中大夫。与赵禹共定诸律令，务在深文，拘守职之吏……张汤为廷尉……而刻深吏多为爪牙用者，依于文学之士。丞相弘数称其美。及治淮南、衡山、江都反狱，皆穷

---

① 《史记》卷57《绛侯周勃世家》，第2517—2518页。

② 《后汉书》卷77《酷吏列传》，第2487页。

③ 《史记》卷122《酷吏列传》，第3805页。

④ 《史记》卷122《酷吏列传》，第3806页。

⑤ 《史记》卷122《酷吏列传》，第3809、3817页。

根本。……其治狱所排大臣自为功，多此类。于是汤益尊任，迁为御史大夫”[1]；义纵，“治敢行，少蕴藉，县无逋事，举为第一。迁为长陵及长安令，直法行治，不避贵戚。以捕案太后外孙修成君子仲，上以为能，迁为河内都尉。至则族灭其豪穰氏之属，河内道不拾遗”[2]；王温舒，“以治狱至廷史。事张汤，迁为御史。督盗贼，杀伤甚多，稍迁至广平都尉。择郡中豪敢任吏十余人，以为爪牙，皆把其阴重罪，而纵使督盗贼，快其意所欲得……以其故齐赵之郊盗贼不敢近广平，广平声为道不拾遗。上闻，迁为河内太守……其好杀伐行威不爱人如此。天子闻之，以为能，迁为中尉”[3]；尹齐，“以刀笔稍迁至御史。事张汤，张汤数称以为廉武，使督盗贼，所斩伐不避贵戚。迁为关内都尉，声甚于宁成。上以为能，迁为中尉，吏民益凋敝”[4]；杜周，“其治与（减）宣相放，然重迟，外宽，内深次骨……至周为廷尉，诏狱亦益多矣。二千石系者新故相因，不减百余人……会狱，吏因责如章告劾，不服，以笞掠定之……廷尉及中都官诏狱逮至六七万人，吏所增加十万余人”[5]；严延年，“其治务在摧折豪强，扶助贫弱。贫弱虽陷法，曲文以出之；其豪杰侵小民者，以文内之。众人所谓当死者，一朝出之；所谓当生者，诡杀之。吏民莫能测其意深浅，战栗不敢犯禁。按其狱，皆文致不可得反”[6]。

太史公曾称，这些酷吏“皆以酷烈为声”，然能“据法守正”，“虽惨酷，斯称其位矣”。又说：“至若蜀守冯当暴挫，广汉李贞擅

---

① 《史记》卷 122《酷吏列传》，第 3810—3812 页。

② 《史记》卷 122《酷吏列传》，第 3817 页。

③ 《史记》卷 122《酷吏列传》，第 3820—3821 页。

④ 《史记》卷 122《酷吏列传》，第 3821 页。

⑤ 《史记》卷 122《酷吏列传》，第 3826—3827 页。

⑥ 《汉书》卷 90《酷吏传》，第 3669 页。

磔人，东郡弥仆锯项，天水骆璧推咸，河东褚广妄杀，京兆无忌、冯翊殷周蝮鸷，水衡阎奉朴击卖请，何足数哉！何足数哉！”① 足见当时酷吏之众。

到了东汉时期，“酷吏”之风稍减，“自中兴以后，科网稍密，吏人之严害者，方于前世省矣”②。然而，“酷吏”群体仍不乏其人，“酷吏”风气也不乏后继者。例如：董宣，在任北海相时，“以大姓公孙丹为五官掾”，后“丹乃令其子杀道行人”，“宣知，即收丹父子杀之。丹宗族亲党三十余人，操兵诣府，称冤叫号。宣以丹前附王莽、虑交通海贼，乃悉收系剧狱，使门下书佐水丘岑尽杀之”③；樊晔，“为天水太守。政严猛，好申韩法，善恶立断。人有犯其禁者，率不生出狱，吏人及羌胡畏之。道不拾遗”④；周紆，“为人刻削少恩，好韩非之术”，“收考奸臧，无出狱者。以威名迁齐相，亦颇严酷，专任刑法，而善为辞案条教，为州内所则”⑤。

当然，酷吏之中并不全是剽悍之辈，亦有对汉代律令有研究有贡献者，比如赵禹和张汤。“张汤、赵禹之属，条定法令，作见知故纵、监临部主之法，缓深故之罪，急纵出之诛。”⑥“（赵禹）与张汤论定诸律令，作见知，吏传得相监司”，然而，“用法益刻，盖自此始”⑦。也就是说，在有些时候，官吏在狱中殴毙人命，可能恰恰是因为汉代的治狱条例过于烦琐、严苛，反倒让当时司法体系中的投机之徒觉得不如让系囚在考问过程中“意外”死亡来得简单、有效。

① 《史记》卷122《酷吏列传》，第3827页。

② 《后汉书》卷77《酷吏列传》，第2488页。

③ 《后汉书》卷77《酷吏列传》，第2489页。

④ 《后汉书》卷77《酷吏列传》，第2491页。

⑤ 《后汉书》卷77《酷吏列传》，第2493页。

⑥ 《汉书》卷23《刑法志》，第1101页。

⑦ 《史记》卷122《酷吏列传》，第3809页。

比如，《史记·淮南衡山列传》载："元光六年，衡山王入朝，其谒者卫庆有方术，欲上书事天子，王怒，故劾庆死罪，强榜服之。衡山内史以为非是，却其狱。王使人上书告内史，内史治，言王不直。"[①] 衡山王欲治卫庆死罪，本已"强榜服之"，然衡山内史却"以为非是，却其狱"；王又告内史，却又被内史"言王不直"。所以，桓帝延熹九年，襄楷诣阙上疏曰："永平旧典，诸当重论皆须冬狱，先请后刑，所以重人命也。顷数十岁以来，州郡玩习，又欲避请谳之烦，辄托疾病，多死牢狱。长吏杀生自己，死者多非其罪，魂神冤结，无所归诉，淫厉疾疫，自此而起。"[②] "欲避请谳之烦，辄托疾病，多死牢狱"一句，遂道出了两汉时期"下狱死"现象如此之多的隐秘原因，也道出了汉代在具体的司法实践中所面临的矛盾与困境。

而且，随着"酷吏"群体的不断扩大，在"据法守正""辅法而行"的同时，亦有人开始夹带"私货"——个人的贪欲、好恶以及恩怨开始侵蚀汉朝的司法。例如，周阳由，"景帝时，由为郡守。武帝即位，吏治尚循谨甚，然由居二千石中，最为暴酷骄恣。所爱者，挠法活之；所憎者，曲法诛灭之"，因此"自宁成、周阳由之后，事益多，民巧法，大抵吏之治类多成、由等矣"[③]；又如王温舒，"其爪牙吏虎而冠……数岁，其吏多以权贵富"，且"自温舒等以恶为治，而郡守、都尉、诸侯二千石欲为治者，其治大抵尽放温舒，而吏民益轻犯法，盗贼滋起"[④]。这种司法行政给国家和社会带来的危害是十分严重的。《汉书·鲍宣传》载，鲍宣曾上书谏曰："凡民有七亡……又有七死：酷吏殴杀，一死也；治狱深

① 《史记》卷118《淮南衡山列传》，第3760页。
② 《后汉书》卷30下《郎顗襄楷列传》，第1078页。
③ 《史记》卷122《酷吏列传》，第3808页。
④ 《史记》卷122《酷吏列传》，第3822、3824页。

刻，二死也；冤陷亡辜，三死也……民有七死而无一生，欲望刑措，诚难。此非公卿守相贪残成化之所致邪？”[①] 这说明有识之士已经认识到了这种司法局面的危害，并谏言朝廷予以匡救。

宣帝即位，路温舒上书言宜尚德缓刑，其辞曰：“夫狱者，天下之大命也，死者不可复生，绝者不可复属……今治狱吏则不然，上下相驱，以刻为明；深者获公名，平者多后患。故治狱之吏皆欲人死，非憎人也，自安之道在人之死……夫人情安则乐生，痛则思死。棰楚之下，何求而不得？故囚人不胜痛，则饰辞以视之；吏治者利其然，则指道以明之；上奏畏却，则锻练而周内之……是以狱吏专为深刻，残贼而亡极，偷为一切，不顾国患，此世之大贼也。”[②] 宣帝自在闾阎而知其若此，“于是选于定国为廷尉，求明察宽恕黄霸等以为廷平，季秋后请谳。时上常幸宣室，斋居而决事，狱刑号为平矣”[③]。

于定国，“其父于公为县狱史，郡决曹，决狱平，罗文法者于公所决皆不恨”，于定国少学法于父，“其决疑平法，务在哀鳏寡，罪疑从轻，加审慎之心。朝廷称之曰：‘张释之为廷尉，天下无冤民；于定国为廷尉，民自以不冤’”[④]。

黄霸，时大将军霍光秉政，“遵武帝法度，以刑罚痛绳群下，由是俗吏上严酷以为能，而霸独用宽和为名。会宣帝即位，在民间时知百姓苦吏急也，闻霸持法平，召以为廷尉正，数决疑狱，庭中称平”[⑤]。

地节四年九月，宣帝诏曰：“今系者或以掠辜若饥寒瘐死狱中，何用心逆人道也！朕甚痛之。其令郡国岁上系囚以掠笞若瘐死者所

---

① 《汉书》卷 72《王贡两龚鲍传》，第 3088 页。

② 《汉书》卷 51《贾邹枚路传》，第 2369—2370 页。

③ 《汉书》卷 23《刑法志》，第 1102 页。

④ 《汉书》卷 71《隽疏于薛平彭传》，第 3041、3043 页。

⑤ 《汉书》卷 89《循吏传》，第 3628—3629 页。

坐名、县、爵、里，丞相御史课殿最以闻。”[①] 这是希望通过将系囚在狱中非判决死亡的数据列为治狱者考核的标准，来督促治狱者减少“下狱死”现象的发生。

东汉元和元年秋七月丁未，章帝亦下诏曰：“《律》云‘掠者唯得榜、笞、立’。又《令丙》，箠长短有数。自往者大狱已来，掠考多酷，钻鑽之属，惨苦无极。念其痛毒，怵然动心……宜及秋冬理狱，明为其禁。”[②] 这份诏书对治狱者残酷无底线的刑讯逼供行为进行了禁止，重申了考掠的方式只能选择“榜、笞、立”三种，而且考掠工具“箠”的长短规格亦要符合规定。

在治狱者的选拔上，东汉朝廷也会时常简拔一些有宽缓之名的官吏，以匡救司法中的流弊。明帝永平十四年，袁安拜楚郡太守，复考楚王英谋逆案，“是时英辞所连及系者数千人，显宗怒甚，吏案之急，迫痛自诬，死者甚众。安到郡，不入府，先往案狱，理其无明验者，条上出之。府丞掾史皆叩头争，以为阿附反虏，法与同罪，不可。安曰：‘如有不合，太守自当坐之，不以相及也。’遂分别具奏。帝感悟，即报许，得出者四百余家。”[③] 袁安将无明验者“条上出之”，而府丞掾史“皆叩头争，以为阿附反虏”，说明在当时的司法风气下，治狱者为了自身的清白，是不肯轻易释放“无明验”之系囚的。

然而，即便世风如此，也还是有一批坚持自己的司法理念、政尚宽平的治狱者，薪火相传。比如，郭弘，“习《小杜律》。太守寇恂以弘为决曹掾，断狱至三十年，用法平。诸为弘所决者，退无怨情，郡内比之东海于公”；郭躬，“元和三年，拜为廷尉。躬家世掌法，务在宽平，及典理官，决狱断刑，多依矜恕”；陈宠，时为

① 《汉书》卷 8《宣帝纪》，第 252—253 页。

② 《后汉书》卷 3《肃宗孝章帝纪》，第 146 页。

③ 《后汉书》卷 45《袁张韩周列传》，第 1518 页。

司徒府辞曹，“掌天下狱讼。其所平决，无不厌服众心”①。

由此可见，两汉时期虽然成文律法已基本完备，且科条繁多，然而在司法实践层面，仍然存在着很多混乱乃至矛盾的因素，尤其是在立案治理时的刑事审讯方面，由于汉代允许刑讯逼供，法令中虽有刑讯规则，但在现实司法实践中却很难把控其轻重程度，且治狱者队伍良莠不齐，性情酷暴之吏充斥其间，加之朝廷用人策略的导向作用，使得两汉时期“酷吏”群体日益膨胀，刑讯逼供愈来愈残酷而无底线，于是，“下狱死”现象便屡屡发生了。

然而，浸淫着“酷吏”风尚的汉代司法也一直保持着对于“仁政”的追求。在下，治狱宽缓之吏条申冤狱、存活百姓；在上，执法宽平之官诣阙上书、指点流弊。于是，朝廷也屡屡下旨切责残酷之风。可是，一边是兴利开拓、治理豪滑的现实需要，一边是仁政教化、大同治世的理想追求，对于两汉统治者来说，哪一边都不能偏废，哪一方也都无法割舍。这正是两汉时期所面临的最为核心的司法矛盾与困境。所以，纵观整个两汉时期的司法实践，就是在此二者的博弈当中不断前行的。

结　语

两汉时期的史料中，存在着大量关于各级官吏乃至皇亲贵戚“下狱死”的记载，但往往言辞简略，具体情形不详。笔者分析认为，“下狱死”中的“下狱”，即为“下狱治”，意思是立案治理、刑事审讯，是两汉时期文献中相对固定的词语搭配。“下狱死”的文字表述结构应为“下狱，死”：“下狱”表示该事件被立案治理，“死”则表示事件主角的结局。

史书中的“下狱死”既不是刑名，也不是罪名，只是在客观地

① 《后汉书》卷46《郭陈列传》，第1543、1544、1548页。

陈述一种史实——已被下狱立案治理的系囚在并未被刑杀的情况下于狱中死亡的史实。所以，汉代的“下狱死”现象就是指，人已入狱被立案治理成为系囚，但却在未被判决刑杀的情况下死于狱中，往往死因不明（或因“掠笞”或因“饥寒”或因“疾病”或因“自杀”，但肯定不是死于汉法中明确规定的死刑），而且罪名也往往阙载（甚至可能至死罪名都未成立）。以此衡量，汉代文献中的“死狱中”“下狱瘐死”和系囚主动“自杀”等情形，也属于广义的“下狱死”现象。

然而，“诛”是史书对于官方明正典刑杀伐罪囚态度的一种表达，“下狱诛”明确带有官方在立案治理之后主动杀之的意思，与死因不彰之“下狱死”显然不可相提并论。“赐死”乃定罪后被迫“自杀”，更接近于带有官方主观意志的“诛”，亦与“下狱死”之情形不同。

汉代虽然也存在法外擅权现象，但“缘法而治”才是汉代政治制度的主流。然而，在司法实践层面，两汉时期由于允许刑讯逼供，且在现实司法实践中很难把控其轻重程度，加之朝廷用人策略的导向作用，使得两汉时期“酷吏”群体日益膨胀，刑讯逼供愈来愈残酷而无底线，于是，“下狱死”现象便屡屡发生了。

但是，汉代司法从未放弃过对于“仁政”的追求。朝廷屡屡下旨切责残酷之风，简拔宽平官吏守牧一方。然而，一边是兴利开拓、治理豪滑的现实需要，一边是仁政教化、大同治世的理想追求，构成了两汉时期司法实践中最为核心的矛盾与困境。而正是在这两种治国理念的不断交锋、碰撞、融合之中，中国两汉时期的古典司法制度才得以不断完善，司法实践也在这种博弈当中逐渐变得更加文明、更加进步。

（作者系上海社会科学院软实力研究中心研究员）

梅东伟

“物至而人化物”：论《金瓶梅》人物塑造的“物化”倾向

人物研究一直是“金学”领域中的重要问题，在明清小说评点中，人物形象与塑造艺术的剖析便是十分重要的内容，现代以降，郑振铎、赵景深等对此均有所关注；近年来，《金瓶梅》人物研究依然“热度”不减，相关论著也不断涌现，① 并形成了广泛的学术讨论，② 研究涉及人物原型考证、思想内涵、艺术特性和审美价值等多方面。然而在此“繁华”背后，也透露着《金瓶梅》人物研究的“窘境”，即大多数研究仍着重于人物性情、命运的考察，而

① 专著如曾庆雨《云霞满纸情与性——读〈金瓶〉说女人》（东方出版中心 2019 年版）、黄霖《黄霖讲〈金瓶梅〉》（东方出版中心 2017 年版）、谢红霞《恶与善：〈金瓶梅〉中的主要人物形象分析》（四川大学出版社 2011 年版）和石钟扬《人性的倒影：金瓶梅人物与晚明中国》（陕西人民出版社 2008 年版）等；论文如孙超《拟于画、剧：解析〈金瓶梅〉写人的“似真”效果》（《明清小说研究》2018 年第 3 期）、许建平《〈金瓶梅〉人物的伦理形态与生命价值观新变》（第十四届《金瓶梅》国际学术研讨会会议论文，开封，2018 年）、［加］胡令毅《“六黄太尉”是“黄太尉”——兼答“集体”“陋儒”说》（《吉林大学社会科学学报》2016 年第 1 期）张拧《清河县里的西门庆：论西门庆之乐》（《小说评论》2014 年第 3 期）和徐永斌《〈金瓶梅词话〉中的文士治生》［《南开学报》（哲学社会科学版）2013 年第 5 期］等。

② 张进德：《新时期“金学 ”的盛大巡礼》，《中国文学研究》（辑刊）2016 年第 1 期。

缺乏对人物所蕴含的时代文化精神的发掘，这在根本上限制了人物研究的深度。

早在世纪之初，就有学者提出《金瓶梅》的研究“要将重心转移到文化精神尤其是文化哲学意义的研究上来”[①]，但在人物研究方面，相关成果凤毛麟角。[②]“恋物”“玩物”是晚明之生活时尚，对士人的文化人格产生深刻影响；“物”与“物欲”及其背后的日常生活问题是晚明思想界的核心话题；[③]在明清之际的文化反思中，“玩物丧志”又构成了士大夫言论中的重要话题，从中可知，围绕“物”的实践与思考是晚明文化精神的重要方面。晚明士人恋物成痴、成癖，从儒家文化角度而言，是伦理主体人格的“物化”；而《金瓶梅》正是晚明士人“恋物”文化精神的“市井化”表现形态，小说人物“痴执”的人格特质则折射着他们文化人格上的痴、癖。

儒家文化是从伦理主体对外物的沉溺这一角度来理解“物化”的。《礼记 · 乐记》云：“夫物之感人无穷，而人之好恶无节，则是物至而人化物也。”[④]在《乐记》看来，对外物无节制的好、恶，会导致“人化物”；至宋儒程颐将人的这种发展倾向凝练为“物化”这一概念：“人之秉彝，本乎天性；知诱物化，遂亡其正。”[⑤]

---

① 梅新林、葛永海：《〈金瓶梅〉研究百年回顾》，《文学评论》2003 年第 1 期。

② 相关成果如格非《雪隐鹭鸶——〈金瓶梅〉的声色与虚无》（译林出版社 2014 年版）中《西门庆的“经济型”人格》《参禅与念佛》《真妄》、《“诚”与“真”》和《恶人之死》等篇目对有关人物的论析。

③ 赵强：《“物”的崛起——前现代晚期中国审美风尚的变迁》，商务印书馆 2016 年版，第 19 页。

④ 杨天宇：《礼记译注》，上海古籍出版社 2004 年版，第 471—472 页。

⑤ 程灏、程颐：《二程集》第二册，王孝鱼点校，中华书局 1981 年版，第 589 页。

程子的“物化”论得到朱熹、张栻、吕柟和王阳明、吕坤等宋明儒家的积极回应，形成了儒学的“物化”论传统。[①] 儒家的“物化”意味着作为伦理主体的人沉溺“物欲”，丧失礼仪道德，不复明辨是非善恶；也意味着主体自省能力的丧失，“知诱于外，不能反躬”[②]。

《金瓶梅》中，西门庆等人物执着财色欲望，抛卸伦常，至死方休，带有明显的“物化”倾向，已有学者关注到这一现象，如有学者从城市书写的角度提出《金瓶梅》表现了个体在城市中的物化，而西门庆是不折不扣的“拜物教的信徒”[③]；也有学者认为《金瓶梅》妾妇形象的塑造表现了中国妇女从“封建伦理型”向“金钱物化型”的嬗变，是奴性深化的表征。这些研究颇有启发，但却并未发掘出人物“物化”背后的人格特质及其与晚明思想文化精神的内在联系，而这正是本文所关注的。

一　“物欲”市井：《金瓶梅》人物塑造的物化空间

《金瓶梅》中的人物活跃于市井之间，这里充斥着令人目眩的美色、美食、服饰和器玩，它是诱人欲望的“物”之世界，并以“物”为纽带构建起了“财色”化的社会关系；它也是“物质性在人的日常生存、情感、审美和精神生活领域的全面凸显”[④] 的“物化”空间。

---

① 赵强：《“物”的崛起——前现代晚期中国审美风尚的变迁》，商务印书馆 2016 年版，第 67—70 页。

② 杨天宇：《礼记译注》，上海古籍出版社 2004 年版，第 471 页。

③ 葛永海：《以城市书写为视角的明代奇书解读》，《清华大学学报》（哲学社会科学版）2012 年第 1 期。

④ 赵强：《“物”的崛起——前现代晚期中国审美风尚的变迁》，商务印书馆 2016 年版，第 93 页。

《金瓶梅》的市井世界首先是情色化的。《金瓶梅》常被人视为“淫书”，原因就在于其中大量的“色情”描写，杜贵晨认为《金瓶梅》以“色情”描写为中心，是“伟大的色情小说”[①]。对小说人物而言，《金瓶梅》的“色情”不只是“性交”，还在于它所营造的无所不在的充斥着美色“诱惑”的欲望氛围，几乎笼罩了主人公西门庆的生活。在外，是由妓女、姘妇组成的市井美色；在内，是妻妾与众多丫鬟、仆妇聚集的庭院美色，它们共同构成了主人公西门庆“色诱”空间。清河县城是个繁华的小城镇，与它近在咫尺的临清码头有“三十二条花柳巷，七十二座管弦楼”[②]。县城也妓院众多，文中提及名姓的就有李、郑和吴等十二家，而鲁家妓院所在的蝴蝶巷更有十数家妓院，仅此合计，这里的妓院也在二十家以上，此外还有不少“私窠子”。众多妓院营造了清河市井社会情色诱惑的空间，所以西门庆自幼便得以在“三街两巷游串，也曾养得好大龟”（118）。小说家多次叙及西门庆留恋妓院的场景，如五十九回写他访嫖郑月儿的情景，“但见瑶床绣幕，锦褥华裀，异香袭人，极其清雅，真所谓神仙洞府，人迹不可到者也”（1164），谈话间郑月儿言语伶俐，善解人意，西门庆视其体态则见“肌肤纤细，牝净无毛，犹如白面蒸饼一般，柔嫩可爱。抱了把腰肢，未盈一掬，诚为软玉温香，千金难买”，而性事之中，“愈觉销魂”，“不胜欢娱”。（1166）虽然嫖客与妓女是赤裸的商业往来，嫖者奉上白银，妓女献出身体并托出一片虚情假意；但妓院中“销魂”的美妙感受仍使嫖者流连忘返，是以在梳笼李桂姐之后，西门庆竟流

---

① 杜贵晨：《再论“伟大的色情小说〈金瓶梅〉”——中国十六世纪性与“婚姻的镜子”》，《明清小说研究》2017年第2期。

② 李辉、吴敢：《会评会校金瓶梅》，（香港）天地图书有限公司2014年版，第1923页。本文《金瓶梅》引文皆出自该版本，下文仅在文中引文后注明页码，不再一一作注。

连月余。与妓院相照应，西门大院中亦女色辐辏，如金莲之美貌妖娆：“论风流，如水晶盘内走明珠；论语态，似红杏枝头笼晓月”，不仅西门庆一见“酥了半边”（103），吴月娘也叹赏金莲之美：“怪不得俺那强人爱她。”（221）如孟玉楼之天然俏丽：“貌若梨花，腰如杨柳，长挑身材，瓜子脸儿，稀稀几点微麻。”（222）西门庆一见，便满心欢喜；其他妻妾也各有姿色，如吴月娘“面如银盘，眼如杏子”，李娇儿“肌肤艳肥”，孙雪娥“五短身材，体态轻盈”。（222）稍后嫁入的李瓶儿“生的甚是白净，五短身材，瓜子儿面，细湾湾两道眉儿，且是白净”，西门庆初见之下“魂飞天外”（294）。妻妾外，丫鬟与家人媳妇中亦不乏美女，如春梅和宋惠莲，尤其惠莲“生的白净身子儿，不肥不瘦，模样不短不长，比金莲脚还小些儿。”（476）大院中的西门庆犹若皇帝，所有丫鬟、仆妇，凡入法眼者，皆愿投怀送抱。从以情色吸引或诱惑西门庆的角度，西门大院与妓院的女人们实际上并无二致，虽然前者看重情感满足，后者图财。

《金瓶梅》的市井世界也是“品物”繁盛和时尚诱人的。《金瓶梅》是物的世界，举凡饮食、服饰、器物等，无不给人以繁富之感，如饮食之物。小说对饮食的描述是多层次的，借助于礼仪性的宴席，展现了饮食之丰富与华美，如四十三回西门庆招待新亲乔五太太，仅开筵前的茶点便“每桌四十碟，都是各样茶果、细巧油酥之类”（865），宴席之丰美自不待言。在这类宴席描写中往往会点出一些“压轴”大菜，如四十一回乔大户家宴席上的“水晶鹅”、“炖烂烤蹄儿”和“献烧鹅”，又如六十五回六黄太尉宴席上的“献烧鹿”“花猪”“百宝攒汤”和“大饭烧卖”等。但小说真正写出美味之诱人却是借助于家常肴馔，如“糟鲥鱼”“腌螃蟹”“烧猪头”和“银丝鲊汤”等。对于这些美食，小说家往往不嫌烦琐地写其形态、做法和口感等，如六十一回对腌螃蟹的描述：“四十个大螃蟹，都是剔剥净了的，里边釀着肉，外用椒料姜蒜米儿团粉裹就，香油煠酱油醋造过，香喷喷，酥脆好吃。”（1213）这类日常美味还有些是小零食，如酥油泡螺儿和衣梅，西门庆称衣梅“都是各样药料用蜜炼制过，滚在杨梅上，外用薄荷橘叶包裹，才有这般美味。每日清晨噙一枚在口内，生津补肺，去恶味，煞痰火，解酒尅食，比梅酥丸更妙”。（1354）西门庆在介绍衣梅时特地说是“小介杭州船上捎来的”（1354），这里的“杭州”不仅点名物品之产地，实际上也是对时尚的表达。晚明时期，由于经济文化的发达，苏杭等地成为“时尚”象征，所谓时尚“无非就是以服饰、器用等‘物’为标识的生活品味和生活方式”①。《金瓶梅》中的时尚之“物”往往可见，在饮食上，除衣梅外，还有鲥鱼、鲜乌菱、鲜荸荠和枇杷果，以及南酒、金华酒等。在服饰上，“一窝丝杭州攒”是非常流行的发式，李桂儿、郑月儿和潘金莲等女性常如此梳妆；产自苏杭、扬州的绸绢衣服在小说中经常出现，并被作为贵重之物，如给蔡太师祝寿之礼中有杭州置办的“锦绣蟒衣”和杭州织造的“大红五彩罗缎纻丝蟒衣”，代表着南方时尚的书童穿“苏州绢直裰”，西门庆为众妻妾裁制的衣服“贴里一色都是杭州娟儿”，郑月儿以“鹅黄杭绢点翠缕金裙”装扮自己，西门庆在京城给何太监家送的礼中有“两匹南京五彩狮补员领”，等等。此外，擅于南曲的书童、春鸿、海盐子弟和妓女李桂儿等在小说中备受西门庆和其他仕宦的喜爱。

以“物”为纽带，《金瓶梅》构建了“物化”的社会关系。对《金瓶梅》中的人际关系，张竹坡有十分精彩的论述，其间的关键词是“真”“假”和“冷热”，他说：

---

① 赵强：《“物”的崛起——前现代晚期中国审美风尚的变迁》，商务印书馆2016年版，第22—23页。

天下最真者莫若伦常；最假者莫若财色。然而伦常之中如君臣、朋友、夫妇，可合而成，若夫父子兄弟，如水同源，如木同本，流分枝引，莫不天成，乃竟有假父假子假兄假弟之辈。噫，此而可假，孰不可假？将富贵而假者可真，贫贱而真者亦假。富贵，热也，热则无不真；贫贱，冷也，冷则无不假。不谓冷热二字，颠倒真假一至于此也！（2101）

张竹坡是从儒家伦理的角度谈论真、假人伦关系的，所谓“真”，即基于血缘的父子与兄弟关系；所谓“假”实际上便是因财色而结成的亲属关系，如干父子、干兄弟等。《金瓶梅》中满眼所见者尽是假父子与假兄弟，如蔡京因收取了西门庆大量的财货而收他为“干儿子”，王三官因母亲与西门庆通奸而拜他为“干爹”，妓女李桂儿和吴银儿为了借助西门庆的财势而分别拜认吴月娘、李瓶儿为“干妈”，应伯爵等人因为趋附西门庆而与他结为兄弟，等等，这种人伦关系的纽带是财色而非血亲。另一方面，韩道国的兄弟韩二与嫂子王六儿通奸；花氏兄弟因财产分割不均而对簿公堂，花子虚因此而亡，真正的血亲兄弟却因为“财色”而没有伦常之义；韩道国与王六儿、武大与潘金莲、花子虚与李瓶儿等虽有夫妻之名，却因财、色的追求而使夫妻关系扭曲，失却夫妻之义，沦为“假夫妻”。作为小说叙述中心的西门庆大家庭，实际上也主要因财色而纽结起来，潘金莲因色美，李瓶儿因财富，孟玉楼财色兼有，才得以成为西门庆的妾室。显然，《金瓶梅》中的伦常关系乃因财色媒介才得以建立，它随着西门庆财势的扩张而“热”，也因西门庆的死亡而不复存在。清代学者文龙在评点西门庆及其家庭成员的社会交往时说：“及观其往来者，无非戏子、姑子、婊子、小优儿、媒婆子、糊涂亲戚、混账朋友、王八伙计。即或有显者来，大抵借地迎宾，摆酒请客，与主人无干涉。俨然一个大酒店，阔饭铺，体面窑子，众兴会馆。”（1528）言外之意，《金瓶梅》中围绕西门庆大院展开的社会交往与人际关系是商家与顾客间的财色交易。人际关系以财色纽带意味着儒家伦常中“亲亲”之义的沦丧，关系的缔结不再以人伦道德为据，趋于“物化”——也即财色化，而在这种“物欲”弥漫的氛围中，小说人物的物化也就自然而然。

二　痴执：《金瓶梅》人物形象的物化特质

绣像本《金瓶梅》第二十回回目为《傻帮闲趋奉闹华筵 痴子弟争锋毁花院》，与词话本该回目《孟玉楼义劝吴月娘 西门庆大闹丽春院》相较，一个重要的变化在于对人物个性的突出：“傻帮闲”与“痴子弟”，结合文本内容可知，帮闲未必“傻”，但子弟之痴却是带有几分天真呆傻之气，其中自然也有对妓女李桂儿的迷恋之情。无独有偶，张竹坡也以“痴人”来概括小说人物，他在《金瓶梅》第一回回评中针对全书人物与立意说道：“上文一律、一绝、三成语，末复煞四句成语，见得痴人不悟，作孽于酒色财气中，而天自处高听卑，报应不爽也。是作者深明天意以立言欤。”（49）宇文所安认为，金瓶梅是“充满痴迷的”①，这里的“痴”自然是人物之“痴”。“痴”应是《金瓶梅》人物的主要特质。所谓“执”可以引申为主体沉溺私欲的生存状态，钱锺书云：“‘天地’无意志，不起我相，故不‘自’生；人有意志，即陷我执，故成‘其’私。”② 西门庆等人物乃痴人“痴”性，“痴执”是他们沉溺物欲的人生情态。

需要注意的是，在明清的《金瓶梅》评点中，用以人物批评的

---

① 转引自田晓菲《秋水堂论金瓶梅》序，天津人民出版社2014年版，第1页。

② 钱锺书：《管锥篇（二）》，生活·读书·新知三联书店2001年版，第36页。

术语中，出现较多的不是“痴”，而是“愚”“昏”和“迷”等，但名异而实同，它们都是从具体人物和情节对“痴人”之“痴”性的解读。“痴”作为一个表达人格特质或人类病症的文化范畴，在先秦即已出现，如《太平御览》所引《周书》逸文云：“太公望忽然曰：不痴不狂，其名不彰，不狂不痴，大事不成。”[①]《山海经·北山经》云：“（人鱼）四足，其音如婴儿，食之无痴疾。”[②] 两汉时期，文献记述中的“痴”字已有较多运用，许慎《说文解字》云：“痴，不慧也。从疒，疑声。”段玉裁注：“痴者，迟钝之意。故与慧正相反。此非疾病也，而亦疾病之类也。”[③] 可见在人们的理解中，“痴”介于病与不病之间，是一种智力或精神上的不足或缺陷。由此可见，“痴”内在地包含着精神气质或者智力上的愚、昏、迷等状态，如小说家借吴神仙卦辞判语中说李瓶儿“根上昏沉”（608），绣像本评者说李瓶儿“性实愚”（1001），实际上都是对李瓶儿性情“不慧”“迟钝”这一“痴”性的表达。其实，《金瓶梅》中的许多人物都或多或少的带有这种性情上的“痴”，如西门庆，绣像本评者称之为“痴子弟”便带有这样的意味，迎新纳旧乃娼门中之常态，西门庆竟以为只要出钱包养着李桂儿便可获相应的情分，李桂儿也能对自己保持一份必要的“忠诚”，但对妓女而言这种想法实在是有几分天真和傻气。文龙评论西门庆的这种行为是“愚人之愚”（447）。当代学者格非也说西门庆在与应伯爵和李桂儿等人打交道中显得“肤浅和愚痴”，在日常生活中也有“很多孩子气的任性，洋洋自喜乃至天真”[④]。又如武大，他对妻子潘金莲与西门庆

---

① 李昉等：《太平御览》，中华书局 1960 年版，第 2244 页。

② 袁珂：《山海经校注（增补修订本）》，巴蜀书社 1993 年版，第 103 页。

③ 段玉裁：《说文解字注》，上海古籍出版社 1988 年版，第 353 页。

④ 格非：《雪隐鹭鸶——〈金瓶梅〉的声色与虚无》，译林出版社 2014 年版，第 37—38 页。

偷情展开了“奋不顾身”的抗争，却因此为王婆等人合谋毒死，令人费解的是，此前潘金莲亦时时与张大户通奸，武大只是视若不见而已，何以此时反而如此固执于金莲的偷情呢？或在于此时有武松在，可以为之撑腰！又如秋菊，对于金莲与琴童、陈经济的偷情的揭发，也是不畏“强暴”，执著“首告”，一段痴性也令人费解。其他人物如来旺、孙雪娥和陈经济等人，他们的不少行为中也都带有几分痴性。

实际上，“痴”也是晚明士人欣赏的人格特征之一，在时人的心目中，“痴”往往与深情相联系，如冯梦龙《情史》中“情痴类”，张潮在《幽梦影》云：“情必近于痴而始真，才必兼乎趣而始化”[①]，潘之恒《情痴》云：“故能痴者而后能情，能情者而后能写其情。”[②] 显然，痴也是带有精神专注或性情上的偏执之意。然而，《金瓶梅》对人物“痴”性的表现主要不是从精神气质，更非表现人物之情真与情深，而是着重从“物欲”方面展现人物的“痴执”。如李瓶儿的“痴”性一方面是“根上昏沉”，以至于她在与潘金莲、孟玉楼等人的家庭较量中先丧其子、后丧其身；但她的人格里还有另一层面的“昏”，是色欲之昏、淫欲之昏，李瓶儿对西门庆说：“你就是医奴的药一般，一经你手，教奴没日没夜只是想你。”（424）显然，李瓶儿因贪恋情欲而痴迷西门庆，乃至于暗输财货，致死丈夫。实际上，在明清《金瓶梅》评点的人物评点中，诸如“淫昏”“色昏”“利令智昏，色迷心窍”和“贪财好色，神昏意迷”之类用语很多，它们的内涵正是人物性情的“痴”性，而“痴”性的现实表现则是他们沉迷、固执于欲望的人

---

① 张潮：《幽梦影》，孙宝瑞注译，中州古籍出版社 2008 年版，第 38 页。

② 潘之恒：《潘之恒曲话》，汪效倚辑注，中国戏剧出版社 1988 年版，第 72—73 页。

生情态。

《金瓶梅》人物的痴执集中表现于对情色的沉溺与偏执，其中最突出的是西门庆和潘金莲、庞春梅等人。西门庆对美色的索求可谓无所底止，他的性活动几乎无日无之，第五十五回写西门庆到东京为蔡京庆寿，晚夕于翟谦的书房独宿，小说家直言：“独宿，西门庆一生不惯，那一晚好难挨过。”（1084）西门庆对于美色索求是“多多益善”的，媒婆冯妈妈嘲谑他是“坐家的女儿偷皮匠，缝着的就上”。（759）在小说的前三十回中，西门庆于紫石街意外遭逢潘金莲，在王婆的“说合”下西门庆遂其淫欲，此事未已，便迎娶孟玉楼，接着娶进潘金莲，收用庞春梅，然转眼间，又梳笼李桂儿，仅月余便与李瓶儿通奸，玉楼、瓶儿的使女兰香、迎春、绣春也为其揽入怀中。在加官生子后，西门庆性欲的放纵更为恣肆，先后淫媾宋惠莲、王六儿、如意儿、郑月儿、林太太、贲四嫂、惠元，其间还有男色——书童和王经，并垂涎黄氏、蓝氏。西门庆对性欲的追求是不恤身体健康的，小说第七十八至七十九回正值节间，连续的酒色过度已使他感到“腰腿疼”“懒待动弹”（1651—1652），乃至于不时在酒宴上便齁齁大睡。即便如此他依旧奸淫惠元，并借助梵僧药与王六儿疯狂交媾，尤其从王六儿处回家至潘金莲房中，“丢倒头在炕上，齁睡如雷，再摇也摇他不醒”（1648），身体困惫已极，却仍不拒潘金莲的性欲要求：“怪小淫妇，只顾问怎的？你又教达达摆布你。你达今日懒待动弹，药在我袖中金穿心盒儿内，你拿来吃了。有本事品弄的他起来，是你造化。”（1684）西门庆因此精尽而亡。与西门庆相似，庞春梅同样以淫死，她与周义淫通，生出“骨蒸痨病症”，“减了饮食，消了精神，体瘦如柴，而贪淫不止。”（2067）某夕淫媾之后，死于周义身上。潘金莲的性欲追求亦令人感叹，无论身份之富贵贫贱，相貌之俊美丑陋，身体之雄壮猥琐，年龄之老迈与幼弱，皆可与淫，如西门庆、张大户、陈经济、王潮儿、武大郎和琴童等。金莲的这种毫无拣择的淫行着实令人费解，尤其第五十二回中，潘金莲与服过梵僧药的西门庆一夕疯狂后，性欲得到极大满足，不料隔日便与经济偷情，清代学者文龙对此表达了困惑："最难解者，金莲已试其药矣，谅亦可以餍足。乃仍不肯安分片时，岂淫妇除此一事，再无别事乎？"（1047）其实文龙的另一评点实可解此困惑："盖淫人之淫初不因乎情，渐不因乎色，但遇淫人，即动淫兴；其始犹知选色，其继遂一味贪淫。"（1571）即潘金莲等人之淫与情爱无关，仅为淫而已。当代学者甚至认为潘金莲和西门庆等人是"性瘾"患者，性冲动若得不到满足，便会产生难以控制的焦虑与狂躁。[1] 潘金莲等无视伦常、不择对象的性行为是为性而性、为淫而淫的偏执，也是人为物役和人性的"物化"。

当然，《金瓶梅》也表现了小说人物其他方面的痴执，如吴月娘的佞佛信神，她时时请王姑子、薛姑子等尼僧至家中宣卷、念经和做法事，也请刘婆子等至家中跳大神，为官哥、孝哥儿治病，而刘婆子的炙醮正是官哥儿之死的重要原因；尤其是西门庆死后，她不顾家中幼子、寡妇，毅然决然赴泰山烧香的行为。绣像本评者批评月娘："托家缘幼子于一班异心之人，而远出烧香，月娘亦愚而多事。"（1776—1777）实际上，西门庆死后，李娇儿急于出门，孟玉楼亦颇有再嫁之心，尤其潘金莲，在吴月娘心中，她正是害死官哥的元凶，然而即使在此情形下，月娘仍远赴百里之外烧香还愿。在传统社会中，月娘以新寡之身份，抛舍家中之幼子、偌大之家业，而远出烧香，是甚为无礼的举动，无怪乎竹坡愤愤不平："……岳庙烧香！噫！月娘之罪，至此极矣！""此书中月娘为

---

① 孙学达、高兆旺：《从〈金瓶梅〉说"性瘾"患者》，《中医健康养生》2019 年 6 月刊。

第一恶人、罪人，予生生世世不愿见此等人男女也。”（1775—1776）又如韩道国夫妇的财货之痴，为了获取钱财，韩道国“纵妇争风”，让妻子王六儿与西门庆通奸，主动为之提供便利，并叮嘱：“他若来时，你只推我不知道，休要怠慢了他，凡事奉承他些儿。如今好容易撰钱，怎么赶得这个道路！”（778）西门庆死后，韩道国又让王六儿和女儿韩爱姐为私娼赚钱，最后与王六儿一起追随了湖州嫖客何官人。

儒家文化视野下的“物化”指个体为追求耳目口腹之欲而泯灭道德伦常、丧失天性，[①] 它在内涵上近于马克思所言人的“异化”，即追求直接的、片面的物质体验和享受，而不是“作为一个总体的人占有自己的全面的本质”[②]，但更强调主体道德意识的磨灭和由此带来的道德混乱，如《礼记》所云：“人化物也者，灭天理而穷人欲者也。于是有悖逆诈伪之心，有淫泆作乱之事。”[③] 在《金瓶梅》中，无论是精神气质之痴傻，还是财色之沉溺，小说家都借助人物对财货、情色等外在之物的追逐表达出来，在这种追逐中，所谓的道德、人伦乃至生命都已在所不惜，他们中的许多人也正是在这种欲望的沉溺中丧失生命。有学者在评论应伯爵等帮闲人物时说道：“应伯爵和谢希大等人，他们好像有一个无法填饱的肚子，似乎总是处于饥饿状态，节间的他们紧随主顾，对各类饮食来者不拒。”[④] 欲壑难填，而又痴执于难以填满的“欲壑”，人成了欲望的奴隶，这是人性的物化。

---

① 赵强：《“物”的崛起——前现代晚期中国审美风尚的变迁》，商务印书馆 2016 年版，第 70 页。

② 马克思：《1844 年经济学哲学手稿》，人民出版社 2008 年版，第 85 页。

③ 杨天宇：《礼记译注》，上海古籍出版社 2004 年版，第 472 页。

④ 梅东伟：《〈金瓶梅〉中的节日叙写及其小说史意义》，《河南大学学报》（社会科学版）2017 年第 5 期。

三　无“心”之痴:《金瓶梅》人物形象的物化之思

实际上,“痴”一直是中国传统文化中重要的人格范畴,尤其魏晋之际,作为一种文化理想或审美人格的“痴”被广泛欣赏和接受,它一方面指个体对热爱之事“得意”“忘形”,表现出一种不同于世俗的人格特征,或为特异的思维、思想和言行举止,或为现实生活中的不通人情世故,显得呆傻、幼稚;另一方面也用来指称所谓的“痴”气人生,也即包蕴着朴拙、厚重、深沉、稳健和大智若愚的人生修养与境界。[①] 魏晋士人的“痴”对后世文人品格和叙事文学人物形象的塑造产生了深刻影响,如《红楼梦》作者的“痴人”说梦与贾宝玉的“痴病”。金瓶人物的“痴”性内涵显然不同,如果说魏晋文化人格中的“痴”所透露出的是执著的精神追求、“浑忘形骸”的审美境界,那么《金瓶梅》中西门庆等人的“痴”则是对财色欲望的沉溺以及由此造成的精神昏聩,表达的是一种人为物役的世俗情态和“物化”人格特质。这显然赋予了“痴”这一范畴新的和更为丰富的意涵。笔者曾提出:“魏晋名士尚玄谈,喜庄老,放浪形骸,以肉身为精神放达之牢笼;而《金瓶梅》所折射的却是与魏晋时尚完全相反的一种社会景象与思想倾向,人们放纵身体之欲望,而不注重身心之修养,‘心’似乎成为肉身自由之羁绊。”[②] 在阳明心学的视野中,“心”是至善本体,从此而言,《金瓶梅》小说人物的痴乃是无“心”之痴。

《金瓶梅》小说人物的痴性是溺于物欲无所反省。不少研究者

---

① 刘志伟:《论“痴”的审美与文化价值——“文化语义学与魏晋文化研究”之一》,《河南师范大学学报》(哲学社会科学版)2010 年第 6 期。

② 梅东伟:《儒家修身观念的坍塌:论〈金瓶梅〉的身体书写》,《东岳论丛》2019 年第 8 期。

都注意到，《金瓶梅》极少叙及人物内心情感的变动，如浦安迪说：“每一位《金瓶梅》读者都了解，小说的叙述重心偏重于肉体——酒、色、财、气的要求，而非心灵的体验。在不少地方，故事的中心人物西门庆、潘金莲甚至李瓶儿，他们的心灵在一定意义上说似乎是全空的，那就是说，内心仿佛空无一物，除了偶尔兴起的食欲或最多一时感情波动之外，根本没有自我意识可言。”① 他们似乎是无“心”的，如被各种欲望牵引的木偶。实际上，他们并非无“心”，只是“心”为“物”蔽，从自我利欲出发行事，失去了善恶是非的判断能力；或者说根本不做善恶是非的判断，只是唯利是图，随“欲”而安。“心”是阳明哲学的核心范畴，王阳明说：“故我说个心即理，要使知心理是一个，便来心上做工夫，不去袭义于外，便是王道之真。此我立言宗旨。”② 在阳明心学中，心是至善本体，也是判断是非的“主宰”，“夫学贵得知于心，求之于心而非也，虽其言之出于孔子，不敢以为是也，而况其未及孔子者乎？求之于心而是也，虽其言之出于庸常，不敢以为非也，而况其出于孔子者乎？”③ 在《金瓶梅》中，即便被张竹坡称作“不是人”的潘金莲也并非没有值得称道的善行，如小说第一回中，武大因在紫石街“住不牢”，于是便与金莲商议别处赁房居住，金莲说道：“贼馄饨，不晓事的，你赁人家房住，浅房浅物，可知有小人罗唣。不如凑几两银子，看相应的典上两间住，却也气概些，免受人欺辱。”当武大说没钱时，金莲道：“呸，浊才料！你是个男子汉，倒摆布不开，常交老娘受气。没有银子，把我的钗梳凑办了去，有何难处！过后了有银子再治不迟。”（81）于此，评点者纷纷称道：

---

① 浦安迪：《明代小说四大奇书》，沈亨寿译，生活·读书·新知三联书店 2006 年版，第 134 页。

② 王阳明：《王阳明全集》，上海古籍出版社 2012 年版，第 106 页。

③ 王阳明：《王阳明全集》，上海古籍出版社 2012 年版，第 66 页。

“此处亦复能贤”，“本来犹可为善”（81）；当代学者田晓菲说此时的金莲“实在是贤惠有志气的妇人”[1]。如李瓶儿，她再嫁西门庆后，深爱西门庆，谦和忍让，与姊妹和睦相处，善待丫鬟小厮，亦不可谓不善。即便西门庆也时时接济贫贱朋友，如常时节。然而，他们并不以为所行之善事为善，如五十六回西门庆接济常时节，应伯爵称赞他轻财好施，他却说：“兀那东西是好动不喜静的，怎肯埋没在一处？也是天生应人用的，一个人堆积，就有一个人缺少了。因此积下财宝，极有罪的。”（1101）西门庆并非从“善行”的角度来理解他的周济行为，而是认为“积财”有罪，钱财应始终处于流通中，这显然是商人的眼光，绣像本评者说“西门庆始终用财，不出此意”（1101），也即无论行贿送礼、包养妓女抑或雇用打手，均是如此。同样，三十四回中，李瓶儿因书童拜托，向西门庆讨人情，要免打并释放车淡等人，却不问事之皂白，而是说：“我的哥哥，你做这刑名官，早晚公门中与人行方便儿，也是你个阴骘。别的不打紧，只积你这点孩儿罢。”（704）这不禁令人疑惑：难道西门庆的纵恶亦能为官哥儿积阴骘？显然，所谓的善恶是非的判断在这里并不存在，似乎也不重要。从阳明心学的角度，《金瓶梅》中的许多人物没有善恶是非，或者不能做善恶是非的判断，这实际上是良知的泯灭，“心体”的蔽塞，王阳明说：“恶念者，习气也；善念者，本性也；本性为习所胜、气所汩者，志不立也。痛惩其志，使习气消而本性复，学问之功也。”[2]然而，正如上述，《金瓶梅》所构筑的是一个物色眩惑、物欲纵横的市井世界，小说人物时时浸润其间，宗教徒不“习学经典”，读书人不事修德尚礼，为官者只知贪贿结党，从商者更是唯利是图，“贪欢不管生

---

① 田晓菲：《秋水堂论金瓶梅》，天津人民出版社2014年版，第7页。

② 王阳明：《王阳明全集》，上海古籍出版社2012年版，第812页。

和死，溺爱谁将身体修”（168），所谓以“学问之功”“痛惩其志”，在《金瓶梅》中是找不到的，所谓的“善念”与其中的多数人物也是了不相关的。是非善恶的明确判断是人反躬自省的前提，然“知诱于外，不能反躬”，痴执于欲望追求的金瓶人物没有自我的反省，他们也没有这样的反省能力。

是非淆乱，没有反省的人生是无所畏惧的，《金瓶梅》所叙西门庆之人生旅程并非没有“挫折”，甚至会面临灭顶之灾，如第十七回中，因为杨戬被弹劾，陈经济至家中避难，西门庆惊骇万分，“魂魄不知往哪里去了”，他清醒的知道“街坊邻舍，恼咱的极多……倘小人指搠，拔树寻根，你我身家不保。”（374—375）又如，官哥、瓶儿的夭死，尤其李瓶儿的死使他伤心欲绝。即便如此，西门庆对财色的痴执依然如故。在小说第五十七回中，西门庆施舍千金助永福寺重修寺院，一向信佛的吴月娘趁机劝他以后要多发善念、积阴功，少做贪财好色之事，不料西门庆笑应：“你的醋话儿又来了。却不道天地尚有阴阳，男女自然配合。今生偷情的、苟合的，都是前生分定，姻缘簿上注明，今生了还，难道是生剌剌胡诌乱扯歪厮缠做的？咱闻那佛祖西天，也止不过要黄金铺地；阴司十殿，也要些楮镪营求。咱只消尽这家私，广为善事，就使强奸了姮娥，和奸了织女，拐了许飞琼，盗了西王母的女儿，也不减我泼天的富贵。”（1122）小说人物的无所畏忌，对神灵的公然亵渎，对自我贪财好色之恶行如此义正辞严，在中国文学史上恐怕是绝无仅有了。

然而，小说人物痴执物欲、无所畏惧，并不意味着小说家无所反省，如张竹坡在结局中评曰：“一部繁华富贵，以灯影描之，以梦境结之，大是儆人痴念。”（2084）田晓菲也认为，《金瓶梅》所强调的“是尘世万物之痛苦与空虚，并在这种富有佛教精神的思想背景下，唤醒读者对生命——生与死本身的反省，从而对自己、对自己的同类，产生同情与慈悲。”[①] 在小说结构上，绣像本《金瓶梅》也试图以首尾照应的“空色”观念点醒痴执物欲的芸芸众生，如小说结尾中的孝哥的“幻化”，实际上，小说家也以“空色”作为了世道人心的拯救之道。

四 “物化”与“度化”：《金瓶梅》人物“物化”的拯救之道

“空色”是《金瓶梅》的题旨所在，也是对晚明士人沉溺物欲之“癖”的警醒。晚明之际，“恋物”为一时风尚，士人因“恋物”而形成种种癖好，以“癖”为美演变为晚明士人阶层普遍追求的生活品貌及价值观，[②] 甚至成为他们人格的一部分，《金瓶梅》人物塑造的“物化”倾向正是这种时代风尚与文化人格的市井化表现。而在这种“市井化”的精神图景中，也透露着小说家的批判与思考，即小说家以凝重之笔叙写了人物沉溺物欲所导致的道德沦丧与家国覆亡，并借助佛教的“空色”观念寻求世道人心的拯救之途。

晚明是一个“恋物”和“物欲”横溢的时代，它形成了此际士人群体特有的“癖”的文化性格，所谓“癖”也即人们对所恋之物的沉溺，如书癖、诗癖、茶癖、酒癖、花鸟癖、园林癖、烟霞癖、游癖和色癖等。从对感性欲望沉溺的角度，金瓶人物对情色欲望的痴执与此“癖”性在内涵上有相近之处，晚明士人也常常“痴”“癖”并说，如吴从先《小窗自纪》云：“生平卖不尽是痴，生平医不尽是癖。汤太史云：‘人不可无癖。’袁石公云：‘人不可无痴。’则痴正不必卖，癖亦不必医也。”[③] 晚明士人欣赏“癖”，

---

① 田晓菲：《秋水堂论金瓶梅》，天津人民出版社2014年版，第6页。

② 曾婷婷：《“以癖为美”：晚明生活美学样态的畸变》，《河南师范大学学报》（哲学社会科学版）2013年第4期。

③ 吴从先：《小窗自纪》，京华出版社2004年版，第302页。

在他们的生活中，“癖”不惟关乎审美判断，“更时时作用于其生活和社会实践，左右其动静行止。”[①] 在盛行的观念中，无“癖”之人无情趣，“余观世上语言无味面目可憎之人，皆无癖之人耳。若真有所癖，将沈湎酣溺，性命死生以之……”[②] 无“癖”之人不可交，如“人无癖不可与交，以其无深情也”[③]。“癖”表达着晚明士人追求世俗化、感官化和日常生活化的审美特性与价值取向，但也透露着人格上的病态与偏执，如时人谢肇淛所言：“乃知嗜好之偏而酷者，皆疾也。”[④] “癖”可以表达一种审美主体“忘我的精神境界”[⑤] ——寄情于物，物我交融；也可以指涉伦理主体对感官欲望的沉溺，从儒学角度便是陷入了“知诱物化”的境地，这种情形在晚明士人中并不鲜见，如卫泳《色隐》宣扬“色隐”，称道“色癖”：“古未闻以色隐者，然宜隐孰有如色哉？一遇冶容，令人名利心俱淡，视世之奔蜗角蝇头者，殆胸中无癖，怅怅靡托者也。”[⑥] 卫氏视“色癖”为隐者之“桃源”，亦为别出心裁，但究其实，恐怕是自我沉溺情色的辩解与托辞，远不如屠隆的“坦诚”来的爽快：“及罢官放逸，稍游乎酒人。然每至酒阑客散，愧悔欲死，一夕火坑，比明旦天青日朗，宾友来集，意念暂宽，兴趣复发。至夜

① 赵强：《论晚明士人群体的物化审美风尚》，《中国美学研究》2014 年第 1 期。

② 袁宏道：《袁宏道集笺校》，钱伯城笺校，上海古籍出版社 2018 年版，第 893 页。

③ 张岱：《陶庵梦忆　西湖梦寻》，马兴荣点校，中华书局 2007 年版，第 55 页。

④ 谢肇淛：《五杂俎》，《明代笔记小说大观》，上海古籍出版社 2005 年版，第 1634 页。

⑤ 曾婷婷：《“以癖为美”：晚明生活美学样态的畸变》，《河南师范大学学报》（哲学社会科学版）2013 年第 4 期。

⑥ 卫泳：《枕中秘 · 悦容编》，四库全书存目丛书本（第 152 册），第 729 页。

愧悔如初。”[①] 这种淫而复悔，悔而复淫的生活情态表明了他对美色的难以舍弃，而最终他也因此病亡。袁宏道的“真乐”也明确宣告对声色欲望的留恋：“然真乐有五，不可不知。目极世间之色，耳极世间之声，身极世间之鲜，口极世间之谈，一快活也。堂前列鼎，堂后度曲，宾客满席，男女交舄，烛气薰天，珠翠委地，金钱不足，继以田土，二快活也……”[②] 晚明文人的“癖”与《金瓶梅》中西门庆和潘金莲等人对情色欲望的痴执何其相似！如果我们将金瓶人物的痴执也作为一种人格之“癖”，那么它正是晚明士人之“癖”的市井化图景。

“癖”在《金瓶梅》中呈现为市井人物对财色的痴执，它是沉溺财色、至死不渝的欲望追求，它所导致的是道德沦丧与家国覆亡，《金瓶梅》以佛教“空色”观念警醒世人，也以此作为“欲望”的拯济之道。在小说家看来，金瓶人物沉溺物欲、道德沦丧，儒家的伦理教化已经难以奏效；拯救之途在于以“空色”点醒世人，度化“欲望种子”，重建伦常世界。在绣像本《金瓶梅》的视野下，物欲纵横的世界中，儒家所倡导的伦理道德既难以存身，又难以振济人心。与词话本相比，绣像本的一个重要变化是第一回的调整，并由此构筑起小说“悌起”“孝结”的结构，但颇具讽刺意义的是，该结构却深刻地表达了孝悌的沦丧，而孝、悌正是儒家伦常世界的核心和基点所在。小说开篇《西门庆热结十兄弟 武二郎冷遇亲哥嫂》中，武氏兄弟相认，但兄弟之爱很快为情色间隔，之后，武大又被金莲毒杀，兄弟悌爱彻底失其依托。小说结局中，韩二与嫂子王六儿结合，与开篇照应，是情色对兄弟悌义间隔的再次

---

① 屠隆：《与虞长孺道兄》，《鸿苞48卷》卷40，明万历三十八年茅元仪刻本。

② 袁宏道：《袁宏道集笺校》，钱伯城笺校，上海古籍出版社2018年版，第221—222页。

叙述；而孝哥幻化，则是对孝的抽离。张竹坡在第一百回回评中说：“第一回兄弟哥嫂，以弟字起；一百回幻化孝哥，以孝字结。始悟此书是一部奸淫情事，具是孝子悌弟穷途之泪。”（2070）换而言之，在《金瓶梅》的物欲世界中，孝子、悌弟是没有存身之处的。小说也写到儒家的仁义教化，如王杏庵对陈经济的多次资助和谆谆教导，却是毫无效用。在小说家看来，对沉溺物欲的金瓶人物而言，拯救之途惟有佛教的“空色”观念，这也正是《金瓶梅》的题旨所在。从佛教观念出发，绣像本《金瓶梅》视人生种种之锦绣繁华为梦幻泡影，小说开篇便点出了这一题旨：

> 这财色二字，从来只没有看得破的。若有那看得破的，便见得堆金积玉，是棺材内带不去的瓦砾泥沙；贯朽粟红，是皮囊内装不尽的臭污粪土；高堂广厦，玉宇琼楼，是坟山上起不得的享堂；锦衣绣袄，狐服貂裘，是骷髅上裹不了的败絮。即如那妖姬艳女，献媚工妍，看得破的，却如交锋阵上将军叱咤献威风；朱唇皓齿，掩袖回眸，懂得来时便是阎罗殿前鬼判夜叉增恶态。罗袜一湾，金莲三寸，是砌坟时破土的锹锄；枕上绸缪，被中恩爱，是五殿下油锅中生活。只有《金刚经》上两句说得好，他说道：如梦幻泡影，如电复如露。见得人生在世，一件也少不得，到了那结果时，一件也用不着。(58)

在小说结尾中，周秀、西门庆、陈经济、潘金莲、武大、李瓶儿、宋惠莲、庞春梅、张胜、孙雪娥、西门大姐和周义等一众“人物”次第登场，他们的形貌或如周秀“全身贯甲，胸前关着一矢箭”，或如西门庆“素体荣身”，或如陈经济“提着头，浑身皆血”，或如潘金莲“提着头，浑身皆血”，或如李瓶儿“面皮黄瘦，血水淋漓”，等等。正与小说开头“空色”的诫谕形成鲜明对照。然而，值得注意的是孝哥幻化这一情节，它的出现颇令人费解。因为经过普净禅师荐拔，小说人物的冤衍已经获得了解释，空色的主题也已凸显出来。虽然该情节照应了八十四回月娘对普净的许诺——让孝哥在十五年以后随其出家，但又造成了内容上新的抵牾，即前文已经交代西门庆转世为东京的沈越，而此处又说孝哥是西门庆的转世后身。若以为这种情节上明显的抵牾之处是小说家的疏略所致，是让人难以置信的。在我看来，孝哥幻化实际上包含着小说家对于欲望深刻的警惕和建立道德、秩序世界的愿望。文中，小说家借普净之口对吴月娘说："你这儿子，有分有缘遇着我，都是你平日一点善根所种。不然，定然难免骨肉分离。当初你去世丈夫西门庆造恶非善，此子转身托化你家，本要荡散其财本，倾覆其产业，临死还当身首异处。"（2087）这里其实着重强调了两点：一是孝哥幻化乃是月娘"善根"所致；二是孝哥的"本来"面目是荡散家财和倾覆产业者，通俗而言即孝哥原本应该是个"败家子儿"，如何败家？自然是吃喝嫖赌，疯狂的放纵欲望。如此，所谓的孝哥实际上是一颗"欲望的种子"，是欲望放纵的象征，而对于这颗"种子"，"幻化"是"清除"他的唯一办法，也只有彻底幻化欲望的种子，这个世界才能回归道德的和有秩序的世界。或许这才是小说家不惜制造故事内容上的龃龉，也要设置"孝哥幻化"这一情节上的原因。孝哥出家的法名为"明悟"，也意味着明心见性，是对欲望的抛卸与克制，如张竹坡所云："酒色财气，不净不能明，不明又安能悟？既然明悟，又安能不孝悌？"（2088）然而小说家的情节构建并没有止于孝哥幻化，而是"西门庆家族"的重建，玳安改名做西门安，承受西门庆的家业；新的"西门庆家族"没有了西门庆的血统——欲望的血统，它也象征着人伦道德的重建。

五　结语

人物研究是"金学"领域的重点、热点问题，形成了广泛的学术讨论；但由于理论创新维度的缺失，也使当前金瓶人物的研究陷入某种困境，而从文化哲学角度重新审视金瓶人物是推进这一研究的重要视野。恋物、玩物是晚明的社会时尚，形成了士人群体的恋物之“癖”和“物化”的审美风尚，士人们由此展开的趣味建构与文化思考是其时文化精神的重要方面；从儒学角度，“物化”意味着伦理主体沉溺物欲，从而导致自省能力的丧失，《金瓶梅》正是在此文化氛围与思想视野下展开的人物塑造。在“物化”的市井空间，《金瓶梅》塑造了小说人物的“痴”性特质，表现了小说人物“痴执”的人生情态；金瓶人物的“痴”是溺于物欲、无所反省和无所畏惧的无“心”之痴。《金瓶梅》的“空色”是对沉溺物欲者的警醒，也表达着对晚明物化审美风尚的批判与思考。实际上，人性的“物化”是任何经济文化繁荣发展时期都可能出现的问题，“物化”所造成的不仅是人对物欲的沉溺，还有道德的沦丧和人性的迷失与片面发展，如何让社会主体在享受物质所带来的舒适中不失其本性，并获得精神的丰富与完善，是我们需要思考的问题。尤其在社会日趋智能化的时代，人们日渐沉浸于智能工具，甚至造成人与人之间的疏离与人体自身机能的弱化，在此情景下，我们更应该面向人的精神世界展开探询，在这一点上，《金瓶梅》的人物塑造无疑有着独特的价值与意义。

（作者单位：河南大学黄河文明与可持续发展研究中心）

郑　诚

《懲毖录》的稿本与印本

内容提要：柳成龙的名著《懲毖录》是有关十六世纪末壬辰战争最为重要、最具影响的历史文献之一。十七世纪至十九世纪，该书在朝鲜及日本出现了至少五种印刷版本。稿本虽有残缺，亦幸存于世。本文探讨《懲毖录》的版本源流，特别是稿本与刻本的差异。最后介绍新编点校本的整理体例。

关键词：壬辰战争；朝鲜史；历史书写；版本源流

一五九二年至一五九八年间，丰臣秀吉发动战争，两度大规模派遣日本军队渡海侵略朝鲜。明朝出兵援助朝鲜王国，超过十万将士赴朝抗敌，最终取得胜利。这场惨烈的国际战争，传统上朝鲜半岛谓之壬辰倭乱，日本称文禄庆长之役，明代称东征或朝鲜之役。近年中国史学界多称之为壬辰战争或万历朝鲜战争。壬辰战争对东亚历史影响深远，也塑造了多样的历史记忆。柳成龙的名著《懲毖录》则是十七世纪以降书写壬辰战争的核心史料之一。

一　柳成龙与《懲毖录》

柳成龙（1542—1607），字而见，号西厓，朝鲜庆尚道丰山（今安东市丰川面）人，封号丰原府院君，谥文忠。壬辰战争时期（1592—1598），柳成龙历官左议政、忠清全罗庆尚三道都体察使、领议政、京畿黄海平安咸镜四道都体察使等要职。战前拔擢李舜臣，战时扈从宣祖西迁，负责与明军将领交涉，创设训练都监，擘画军政事宜，为朝方中枢人物。传世著作有《懲毖录》《西厓先生文集》《西厓先生别集》等书。①

《懲毖录》是有关壬辰战争的一手文献。全书由战争纪事与战时文书两部分组成。纪事部分多据亲身见闻，文笔生动，可作壬辰战争简史观。柳成龙自序略云："诗曰：予其懲而毖后患。此《懲毖录》所以作也……乃于闲中，粗述其耳目所达者，自壬辰至于戊戌，总若干言，因以状启疏札文移及杂录附其后。"柳成龙长期身处政治旋涡中心，战争末期获罪罢职，退隐乡居。晚年编纂《懲毖录》，既是追忆战乱始末，为后世镜鉴，也有表曝内情，为自身辩白之意。十七世纪至十九世纪，《懲毖录》至少出现五种印刷版本，广为后世历史著作、文学作品取材，深刻影响了历史叙事。《懲毖录》的主要古本（非全部），包括稿本、朝鲜刻十六卷重刊本、和刻四卷本，在20世纪多次影印或排印出版。韩文译本多种，以及日文、英文译本久已刊行。②

有关《懲毖录》版本问题的学术研究始于稻葉岩吉。一九二〇

---

① 参考魏志江《论柳成龙〈懲毖录〉的史料价值——兼论柳成龙关于明朝江南人沈惟敬的评价》，《社会科学战线》2013年第4期。

② 最早的铅印本为《朝鲜群书大系·続々》第一辑所收《懲毖录》十六卷（朝鲜古书刊行会，1913）。韩文译本甚多（选译或全译），不完全统计，包括李载浩（1960—1961，2001，全译本）、李民树（1966）、南晚星（1970）、金钟权（1973，1987）、李东欢（1975）、金钟权（1987）、申太永等（2016）诸多译本。日译本亦有数种，目前通行本为朴钟鸣訳：《懲毖录》，东京：平凡社，1979年。英译本一种：Yu Songnyong, *The Book of Corrections: Reflections on the National Crisis during the Japanese Invasion of Korea*, 1592 - 1598, translated by Choi Byonghyon, Berkeley, CA: Institute of East Asian Studies, 2002. 朴钟鸣日译本收录《懲毖录》前二卷及录后杂记。英译本仅包含前二卷。

年代，稻葉岩吉任朝鲜史编修会修史官，一九二一年秋访问安东郡丰川面河回里柳成龙故宅，于柳氏后人处得见《惩毖录》稿本等珍贵文献。[①] 一九二七年，稻葉岩吉发表《草本懲毖録に就て》，最早探讨稿本与刊本异同，初步分析多种刻本的源流关系。[②] 一九三六年，《朝鲜史料丛刊》影印《草本惩毖录》，稻葉岩吉与中村栄孝合撰长篇解说。中村栄孝后单独撰文，又加增订。[③] 末松保和进一步讨论《惩毖录》的编纂与版本问题，揭示了罕见的古活字本。[④] 近年一瀬千惠子对日本、韩国现存《惩毖录》各类古本开展系统调查，对勘文字异同。[⑤] 申永太细致比较了重刊十六卷本初印本与后印本的差异。[⑥]

本文综合前人研究，并附己见，讨论《惩毖录》版本源流。利用朝鲜古册板目录，对《惩毖录》古本先后顺序，提出一点新看法。考察奎章阁藏本，证明稻葉岩吉列举之十八卷本，实属子虚。调查国内所藏《惩毖录》古刊本，发现中央民族大学图书馆见存《惩毖录》二卷本，为稻葉岩吉旧藏。版本研究是古籍整理

---

① 中村栄孝：《柳成竜家の壬辰・丁酉倭乱史料》，《日鮮関係史の研究・中》，（東京）吉川弘文館 1969 年版，第 539—540 页。

② 稻葉岩吉：《草本懲毖録に就て》，《史学》1927 年第 6 卷第 1 期。

③ 中村栄孝：《柳成竜家の壬辰・丁酉倭乱史料》《日鮮関係史の研究・中》，（東京）吉川弘文館 1969 年版，第 536—546 页。按，据该文末追记，可知《草本惩毖录》1936 年影印本所附解说（未署名）为中村与稻葉二人合撰。

④ 末松保和：《歴史家としての西厓・柳成龍》，《高麗朝史と朝鮮朝史・末松保和朝鮮史著作集 5》，（東京）吉川弘文館 1996 年版。

⑤ 一瀬千惠子：《文禄・慶長の役の伝承に関する日朝比較研究　日本と韓国における『懲毖録』版本調査報告》（非賣品），（東京）富士ゼロックス小林節太郎記念基金編集・發行，2007 年。

⑥ 신태영（申太永）：《『징비록』의 정본 작업과 번역》，《2019 年度韓國古典研究심포지엄: 懲毖録의 종합적 검토》，首爾大學奎章閣，2019 年 5 月 31 日，第 45—79 页。

的前提与基础工作。本文最后介绍笔者新编《惩毖录》点校本的体例。[①]

二 《惩毖录》版本源流

《惩毖录》古印本五种，繁简、分卷颇有异同。通行足本为十六卷刊本。第一、第二卷，体例略仿《资治通鉴纲目》，编年纪事，总约三万三千字，相当于壬辰战争回忆录。[②] 纪事始于万历十四年（1586）日本使者访朝，终于万历二十六年（1598）露梁海战日军败退。

篇章详于壬辰癸巳（1592—1593）战乱第一阶段，略于明日和谈（1593—1597），以及丁酉戊戌（1597—1598）战事第二阶段。第三卷至第十六卷收录战争期间柳氏所撰各类公函文书，包括《芹曝集》（札、启辞）三卷（卷三至卷五）、《辰巳录》（驰启、复命）九卷（卷六至卷十四）、《军门誊录》（启草、文移）二卷（卷十五至卷十六）。书末附《录后杂记》一卷，约五千字。全书总约十七万三千字。

（一）稿本

《惩毖录》稿本不分卷，柳成龙亲笔草书一册（图 1）。成书时

---

① 柳成龙等著，郑诚整理：《惩毖录（外一种）》，上海交通大学出版社 2019 年版。与《惩毖录》整理本合刊之“外一种”为《唐将书帖》。原书为手札册叶，汇集明方援朝将领王必迪、骆尚志等人致柳成龙书启 43 通，可与《惩毖录》相表里。整理本据 1934 年《朝鲜史料丛刊》第四影印本整理录文，后附《唐将诗画帖》（李如松赠柳成龙诗扇）书影，以及正祖李祘、领中枢府事蔡济恭题辞。两书皆为国内首次整理出版。

② 《惩毖录》著作体例问题，参见末松保和《歴史家としての西厓・柳成龍》，《高麗朝史と朝鮮朝史・末松保和朝鮮史著作集 5》，（東京）吉川弘文館 1996 年版，第 349 页。

间约在万历三十二年（1604）。[①] 稿本书册颇有残损，现存九十叶。书高 25 厘米，宽 27.5 厘米。行字不一，无行格栏线。稿本纸幅正面为纪事部分及杂录。纪事部分诸叶尚有不少纸背文字，内容驳杂，既有对纸面章节的补充，也包括作者其他诗文草稿，以及后人漫笔。

《惩毖录》稿本被韩国政府定为国宝第 132 号，今存庆尚北道安东市韩国国学振兴院。一九三六年，题作《草本惩毖录》，首次影印出版（灰度影印）[②]。原作草书不易辨识，一九九一年出版的《西厓全书》首次将稿本整理排印出版（未断句标点）。[③]《惩毖录》稿本全书彩色影像，目前可在韩国文化财厅网站在线浏览。[④]

现存稿本，不计纸背文字，总约三万字。自序纸残，阙后半。残稿纪事部分自壬辰（1592）“四月十三日，倭兵犯境，陷釜山

① 按《惩毖录》纸背有题为《种松》的诗稿。《西厓先生文集》卷二见收《种松》诗，前有小序，略谓“二十九日……种松凌波台西……今余年六十三”云云。按柳成龙生年（1542），可推断《惩毖录》稿本当作于 1604 年。柳成龙批注之万历三十二年大统历，正月二十九日条注有“种松凌波臺西”，亦为有力旁证。参见《草本惩毖录·草本惩毖录解说》，6a。

② 柳成龙：《草本惩毖录》，《朝鲜史料丛刊》第十一影印，朝鲜总督府，1936 年。台湾华文电子文库（taiwanebook. ncl. edu. tw/zh-tw）可浏览台湾大学图书馆藏 1936 年影印本全书图像。

③ 《西厓全书》（全四册）汇编已刊未刊诸稿以及柳氏家藏相关文献，卷一刊本篇，卷二续集篇、别著篇，卷三别著篇、附录篇，卷四追录篇、史料篇。卷一影印《文集》《别集》《年谱》《惩毖录》刊本（俱系 1834 年刊十行本）。卷二、卷三整理排印了大量家藏稿钞本，包括《草本惩毖录》《军门誊录》《乱后杂录》《云岩杂录》《唐将书帖》等等。《西厓全书》整理之《草本惩毖录》同时保存了纸背文字的主要内容；原稿涂抹削删之处，择要注明。参见西厓全书编辑委员会编辑《西厓全书》，（首尔）西厓先生纪念事业会 1991 年泰合广场。

④ 全书彩图，未收入纸背文字部分。参见韩国文化财厅网站，http：//www. heritage. go. kr。

浦”开篇，阙少刻本（十六卷本）第一章至第七章有关战前六年间日朝互遣使者、朝方备战等内容。稿本又阙刻本第三十七章京畿监司沈岱战死、第四十三章擒获贼谍金顺良，以及第六十八章李舜臣洞察敌情相应内容。稿本后附“杂录”，较刻本《录后杂记》阙少第十章、第十一两章有关沈惟敬的内容。稿本纸背文字，与壬辰战事直接相关的段落十一条，其中论元均之罪、记方时新自杀、记靖陵事、记壬辰前宗庙灾变四条未收入刻本《惩毖录》。

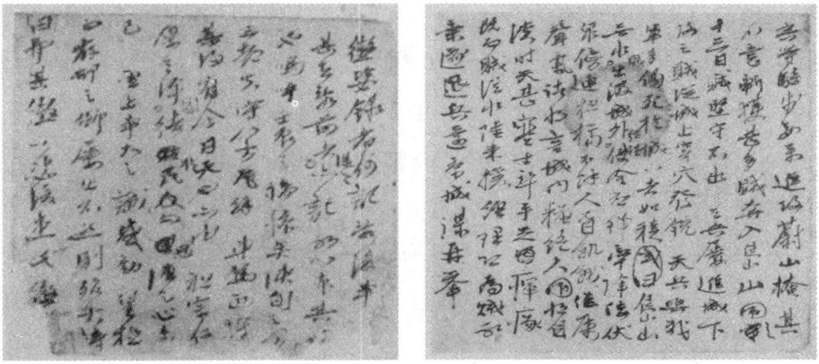

图 1　《草本惩毖录》

稿本多数章节较刻本简略，篇章次序、文字措辞更与刻本存在不少差异。稿本自身亦多墨笔涂改。

首先涉及朝鲜王室，稿本直言无忌之处，间为刻本抹杀。宣祖李昖乃是《惩毖录》中的主要人物，出场次数最多。第十五章记宣祖弃京城，仓皇西逃，“至临津，雨不止。上御舟中，召首相及臣入对”。稿本原记君臣对话，“上于舟中，召首相及臣入船。上痛哭曰：予不至荒淫而至此！又曰用卿二人而犹至于此”云云约百字，皆为刻本所无。

第五十六章记李舜臣下狱，稿本原有一段，解释李舜臣为何违抗王国进兵之命，“盖贼从对马岛得顺风，半日到釜山。而我军在闲山岛，冒逆风行船，非数日不达，所经加德天城及岸上，处处贼营，□□□船无止泊处。贼累不利于舟师，以计误我而人不悟。”原稿逐字右侧加墨点。刻本全删之。下文述李舜臣至狱，稿本原书“上欲诛之”四字，又用墨笔涂去。刻本即无此语。

第十四章建立储君、第五十三章接待明使司宪，刻本皆仅存一行，各十余字而已。按，稿本详记万历二十年（1592）群臣议建储，拥立光海君（1575—1641）之事，约五百字。然《惩毖录》初刊（约1647）于仁祖李倧在位之时（1623—1649）。李倧乃是通过政变废黜光海君（1608—1623年在位）继承王位。万历二十一年（1593），明朝使者司宪到访，朝鲜君臣一度以为明廷欲宣布废黜宣祖。国王惊惧失措，反复试探。稿本中相关内容皆书于纸背，起稿两次，各存数百字，其一纸残不全。幸而《西厓先生文集》十六杂著保存“记癸巳冬司天使事”近三千字，详记事件始末。此外，稿本独有一段纸背文字，痛斥元均陷害李舜臣，取而代之，导致闲山覆没，全罗溃败。又谓元均夤缘宦官，乃为宣祖宠信，毁谤舜臣得逞。刻本未刊此节。元均与李舜臣、权慄三人同为战后宣祖追授之一等宣武功臣。

涉及朝鲜党争。稿本有云“两司、弘文馆交章劾李某，罪重责轻，窜平海郡”，刻本第二十章相应段落后无此句。按“李某”指李山海。第十三章、十八章、六十三章，稿本原有“李山海”之名，刻本均删去。李山海（1539—1609）两度出任领议政（1590—1592，1600—1602），也是柳成龙的政敌。

关于李舜臣。第三十二章李舜臣巨济洋之捷。柳成龙称颂此战为扭转全局之关键，稿本初写作“皆舜臣之功”，又将“舜臣”二字涂去，改为“皆此一战之功”，刻本从之。

关于日军降兵。第六十四章记岛山之战，刻本谓杨镐“令金应瑞率勇士伏城外泉傍，连夜擒百余人”（图4）。“勇士”一词，稿本原作“降倭”（图1右）。稿本中的记载可与朝鲜及明军大量使用日本降兵相印证。不少日本士兵善用火绳枪（倭铳），战斗力出众。

《录后杂记》第三章倭之巧拙，稿本“杂录”圈去一段评论日军战略失误的文字：“诚使其以数万兵坚守都城，行长、清正之徒从汉江南下席卷，三道为其已有，此后合兵西向，则虽有天兵，亦难以一举扫荡。”此句刻本削删无存。

以上仅略举数例。这些差异往往关系史实、史笔，值得细致对勘。《惩毖录》第一次刊刻（1647）已在柳成龙去世四十年之后。刻本并非由柳成龙本人定稿。部分增删当出于柳氏后人之手，盖不能无忌讳也。

柳成龙另有《乱后杂录》稿本（今藏韩国国学振兴院），书于《镇管官兵编伍册》纸背，现存二册。按《乱后杂录》自序，“乱后杂录者何？记壬辰以后事也。呜呼，壬辰之祸极矣。国之得有今日，天也。诗曰：予其惩以毖后患”云云。措辞略见《惩毖录》自序雏形。正文内容类似杂抄，部分段落与《惩毖录》稿本，以及《西厓先生文集》《别集》二书“杂著”条目类似，可视作《惩毖录》创始阶段的笔记。[①]

柳氏家传誊清稿本《芹曝集》《辰巳录》《军门誊录》皆存世（今藏韩国国学振兴院），与同名刻本卷次、篇目差异较大。《惩毖录》十六卷本收入部分文书（未收者标注存目），其余文书多刊于《西厓先生文集》，不过文书次序、措辞，刻本较之誊清稿本已多有改易。稿本《军门誊录》汇集柳成龙任职四道都体察使期间公文。其中凡涉及女真部落之文，刻本《惩毖录》与《西厓先生文集》均未收录。[②]

① 柳成龙：《乱后杂录》，《朝鲜史料丛刊》第九影印，朝鲜总督府，1936 年。

② 参見中村栄孝《柳成竜家の壬辰・丁酉倭亂史料》《日鮮関係史の研究・中》，（東京）吉川弘文館 1969 年版，第 511—546 页。

（二）早期印本

《惩毖录》传世古印本五种，计朝鲜刻本三种，朝鲜古活字本一种，日本刻本一种。

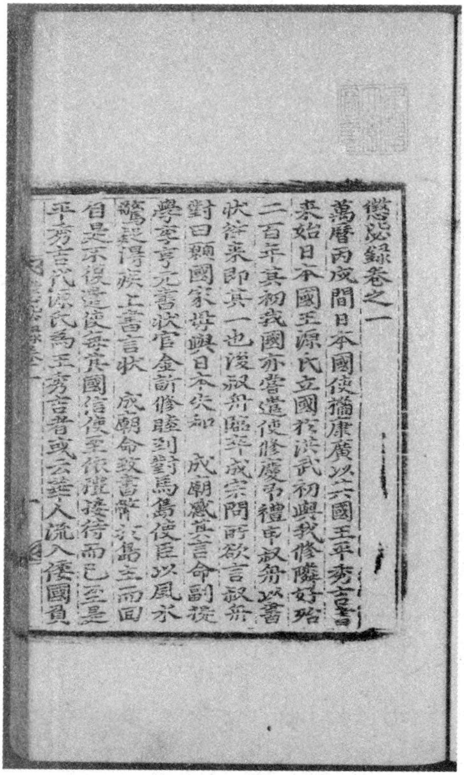
懲毖錄卷之一
萬曆丙戌間日本國使橘康廣以其國王平秀吉書
來始日本國王源氏立國於洪武初與我修隣好殆
二百年其初我國亦嘗遣使修慶弔禮申叔舟以書
狀從來即其一也後叔舟臨卒成宗問所欲言叔舟
對曰願國家毋與日本失和 成廟感其言命副提
學李亨元書狀官金訢修睦到對馬島使臣以風水
驚悸得疾上書言狀 成廟命致書幣於島主而回
自是不復遣使每其國信使至依禮接待而已至是
平秀吉代源氏為王秀吉者或云華人流入倭國負

图 2 《惩毖录》十六卷古刊本①

朝鲜刻十六卷本。凡两种，皆由柳氏自序、正文十六卷、录后

① 早稻田大学图书馆藏本，五册，索书号り06 04069。早稻田大学图书馆网站（wul. waseda. ac. jp）可下载全书。

杂记三部分组成。两种十六卷本字体差异明显，版式行款相同。半叶十行，行二十字，白口，双花鱼尾相对，四周双边。兹据一濑千惠子，分称古刊本（图 2）与重刊本（图 3）。古刊本字体相对宽扁。重刊本字体相对细瘦，风格与甲午（1834）玉渊精舍刊重刊十行本《西厓先生文集》一致。两种版本仅有个别文字出入，内容并无实质差异。如古刊本作“京圻”（同稿本、二卷本、活字本）之处，重刊本皆作“京畿”。

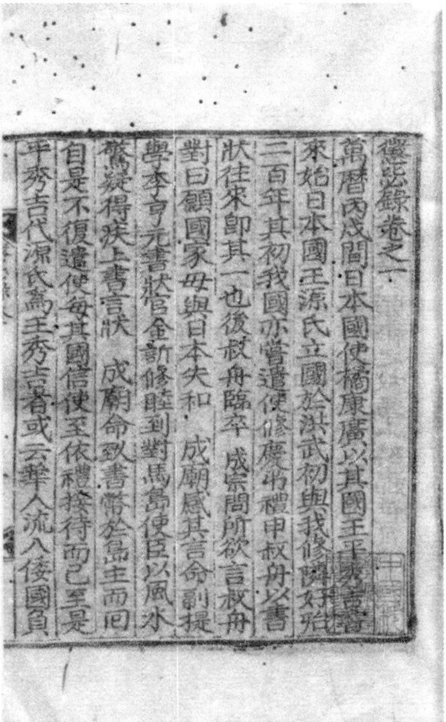
懲毖錄卷之一
萬曆丙戌間日本國使橘康廣以其國王平秀吉書
來始日本國王源氏立國於洪武初與我修好殆
二百年其初我國亦嘗遣使修慶弔禮申叔舟以書
狀往來卽其一也後叔舟臨卒 成宗問所欲言叔舟
對曰願國家毋與日本失和 成廟感其言命副提
學李亨元書狀官金訢修睦到對馬島使臣以風水
驚悸得疾上書言狀 成廟命致書幣於島主而回
自是不復遣使每其國信使至依禮接待而已至是
平秀吉代源氏爲王秀吉者或云華人流入倭國負

图 3　《惩毖录》十六卷重刊后印本[1]

① 中国科学院图书馆藏本，六册，索书号 2928701 - 6。

根据申太永的研究，重刊本又有两种。[①] 对比书影，似即初印本与修版后印本之别，文字略见挖改。例如柳成龙自序，古刊本（早稻田大学图书馆藏本）作“乱离”“仍以状启疏札”之处，重刊初印本（首尔大学奎章阁藏本，古4250—32）[②] 作“乱离”“仍以状□启疏札”，修版后印本（韩国学中央研究院藏书阁藏本）[③] 则易作“流离”“因以状□启疏札”。按重刊后印本“流离”“因以”两处异文，皆与朝鲜刻二卷本相同，似据后者挖改。惜《惩毖录》稿本相应段落已阙失，难以判断何种异文更为接近原稿。

朝鲜刻十六卷古刊本见存韩国国会图书馆、韩国国立中央图书馆（残）、首尔大学奎章阁（残）、东洋文库、京都大学图书馆、早稻田大学图书馆、关西大学图书馆（残）等地。十六卷重刊本存世者至少数十部。初印本目前仅知首尔大学奎章阁藏一部（古4250—32），其余多数为修版后印本。《惩毖录》十六卷本重刊本（十行本）板片原藏庆尚道安东河回里柳氏忠孝堂，目前保存在安东市内的韩国国学振兴院。[④] 中国国家图书馆、中国科学院图书馆、北京大学图书馆所藏十六卷本均为重刊本[⑤]。中山大学图书馆、辽宁省图书馆、“国家图书馆”（台北）见存十六卷本，究系古刊、

---

① 신태영（申太永）：《『징비록』의 정본 작업과 번역》，第50页。该文将其作为两个独立版本讨论。

② 柳成龙：《西厓文集》附《惩毖录》，（首尔）成均馆大学校大东文化研究院影印1958年版。

③ 韩国学中央研究院藏书阁网站（yoksa. aks. ac. kr/main. jsp）可在线浏览。该书影印收入域外汉籍珍本文库编纂出版委员会编《域外汉籍珍本文库》第三辑史部·捌，西南师范大学出版社、人民出版社2012年版。

④ 参见韩国书籍板片网站，mokpan. ugyo. net/en/cpw/enCpwList. do。

⑤ 中国国家图书馆藏本，六册。普通古籍，索书号5992。卷前墨书“奉呈/横田国臣阁下/大正二年七月/朝鲜庆尚北道安东/土居侃夫”。

重刊，尚待目验。

按稻葉岩吉（1927）之说，朝鲜总督府藏《惩毖录》十八卷朝鲜刊本两部，一为八册本（存七册，4784 号），一为六册本（3277 · 3613 号），从字体判断，前者当为《惩毖录》的最古刊本。[①] 按，首尔大学奎章阁继承原总督府藏书，今检同号《惩毖录》，皆为十六卷本，八册者（第一册配抄本）系古刊本（新书号：奎 4784）、六册者为重刊初印本（新书号：古 4250—32）。盖稻叶氏误记卷数，并不存在所谓十八卷本。

朝鲜刻二卷本。包括自序，正文上下卷（相当于十六卷本之首二卷），附有录后杂记。半叶十一行，行二十一字，白口，双花鱼尾相对，四周双边。版式行款与《西厓先生文集》十一行本相同。卷首作“惩毖录卷之一/二”，板心则作“惩毖录上/下”。录后杂记随下卷连续记叶，板心仍作“惩毖录下”。自序前标题“惩毖录序”四字，为十六卷本所无。

十六卷本首二卷与二卷本分章形式小异。十六卷本第一卷凡四十三章、第二卷凡二十五章，总六十八章。二卷本第一卷四十五章、第二卷二十五章，总七十章。内容方面仅个别措辞略有差异，并无实质出入。

例如第九章授官遣将。十六卷本（古刊本、重刊本相同）作“砬曰：镒以孤军在前而无后继。体察使虽下去，非战将，何不使猛将星驰先下，为镒策应耶？”本卷本作：“砬曰：体察使虽下去，非战将。镒以孤军在前而无后继。何不使猛将星驰先下，为镒策应耶？”[②] 仅调换语序。

---

① 稻葉岩吉：《草本懲毖録に就て》，《史学》1927 年第 6 卷第 1 期。

② 一瀬千惠子：《文禄 · 慶長の役の伝承に関する日朝比較研究　日本と韓国における『懲毖録』版本調查報告》（東京）富士ゼロックス小林節太郎記念基金編集 · 發行，2007 年，第 47 頁。

韩国国立中央图书馆、首尔大学奎章阁、延世大学，日本尊经阁文库、御茶之水图书馆成篑堂文库库、学习院大学等地见藏朝鲜刻二卷本。国内藏本较少，仅知中央民族大学图书、中国科学院图书馆各存一部[①]。此外，加州大学伯克利分校斯塔东亚图书馆浅见文库亦藏有《惩毖录》二卷本一部。[②]

中央民族大学图书馆藏《惩毖录》二卷本一册，索书号916.4923/0.944。版面稍漫漶，当系后印本（图4左）。序文首叶钤“君山修/史在韩”白文方印、“君山/遗品”朱文方印。书末墨笔题记：“昭和元除夕前一购置/君山学人”。知为稻葉岩吉（1876—1940，号君山）旧藏。卷首、书末天头墨笔题“花屿家藏”。卷内各段天头墨笔标汉字序号。壬辰乱始（卷上9a—11b）、杨镐麻贵攻岛山不克（卷下28b—29a）两章有朱笔批注，系据《惩毖录》稿本抄补之异文。如“令金应瑞率勇士伏城外泉傍”一句（卷下29a），“勇士”两字加朱圈，右侧朱笔注“降倭”；刻本与稿本相同之字仅右侧加朱点（图4右）。昭和二年（1927）稻葉岩吉发表《草本懲毖録に就て》提及之自藏二卷后印本，当即本册。[③]

朝鲜古活字本。半叶十二行，行二十四字，白口，双花鱼尾相对，四周双边。传本皆无序文。首尔诚庵文库（诚庵古书博物馆）藏活字本残帙，存卷一、卷二。延世大学图书馆藏活字本，存卷

---

① 中国科学院图书馆藏《惩毖录》朝鲜刻二卷本，二册，索书号：史220/183。

② 浅见文库藏有《惩毖录》二卷本及十六卷重刊本，解题参见房兆楹《浅见文库书录》：Fang Chaoying，*The Asami library*：*a descriptive catalogue*，Berkeley：University of California Press，1969，pp. 59－60. 二卷本全书书影参见 https：//openlibrary. org/books/OL24364736M/Chingbirok。

③ 稻葉岩吉：《草本懲毖録に就て》，《史学》1927年第6卷第1期。

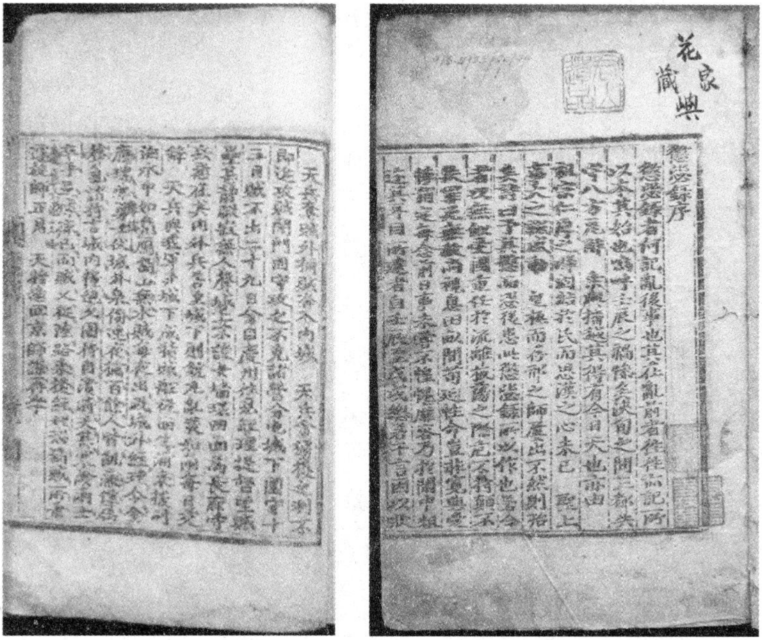

图 4　《懲毖录》二卷本，稻葉岩吉旧藏

一、卷三、卷四。[①] 活字字体，延世大学馆方著录作“秋香堂字”。该本第一卷内容相当于十六卷本首二卷全文，卷二为《芹曝集》全文，卷三、卷四为《辰巳录》。韩国国文化财厅网站展示十二行残本二册，存卷二《芹曝集》（图 5），卷五、卷六《辰巳录》[②]。高丽大学图书馆藏残本两部，皆存第一卷；御茶之水图书馆成簣堂文

① 延世大学藏活字本《懲毖录》二册，索书号고서（I）951.63。第一册上鱼尾下记“懲毖录”，下鱼尾上记叶次，无卷次，首尾均残，存第二叶至五十二叶，存康广来求通信至元均闲山败死事。第三卷《辰巳录》全（凡三十五叶），相当于十行本之第六、第七卷。第四卷《辰巳录》尾残（存至三十一叶），相当于十行本之第八、第九卷。

② 该本属光山金氏礼安派宗家典籍。全书书影参见韩国文化财厅网站（http：//www. heritage. go. kr/）。

库藏残本卷二至卷四。[①] 与十行本分卷不同，末松保和推测活字本全书当有八卷。[②]

传世者未见《军门誊录》部分。对比异文，活字本与十六卷古刊本最为接近。一濑千惠子认为朝鲜活字本印行时间最早，其次为十六卷古刊本、二卷本。[③]

延世大学图书馆另藏有活字本《西厓先生别集》五卷一册，半叶十二行，行二十二字，白口，双花鱼尾相对，四周双边。[④] 该本首尾残阙，存卷一第六叶至卷五第五叶。篇目与常见之《别集》四卷刻本（十行本、十一行本）略有差异，卷二多《倭情奏文》《呈王游击文》，卷三多《答华人书》等。活字本《别集》第四、第五卷，内容相当于刻本《别集》第四卷。韩国国立中央图书馆亦藏同版《西厓先生别集》活字本，手书批注某篇"当删""恐不必删"字样。韩国学者推测活字本《别集》或是供校订草稿之用，年代较早。[⑤] 对比活字本《惩毖录》，可知二书同为一套活字摆印。

---

① 一瀬千惠子:《文禄·慶長の役の伝承に関する日朝比較研究　日本と韓国における『懲毖録』版本調査報告》（東京）富士ゼロックス小林節太郎記念基金編集·發行，2007 年，第 47 頁。

② 末松保和:《歴史家としての西厓·柳成龍》,《高麗朝史と朝鮮朝史·末松保和朝鮮史著作集 5》,（東京）吉川弘文館 1996 年版，第 514—515 页。

③ 一瀬千惠子:《文禄·慶長の役の伝承に関する日朝比較研究　日本と韓国における『懲毖録』版本調査報告》（東京）富士ゼロックス小林節太郎記念基金編集·發行，2007 年，第 3—4、7 頁。

④ 延世大学图书馆藏活字本《别集》，索书号고서（I）811.98。该本首尾残阙，存卷一第六叶至卷五第五叶，印行年代不明。篇目与常见之《别集》四卷刻本（十行本、十一行本）略有差异，卷二多《倭情奏文》《呈王游击文》，卷三多《答华人书》等。活字本《别集》第四、第五卷相当于刻本《别集》第四卷。

⑤ 参见《韩国文集丛刊解题·西厓集》(db. itkc. or. kr)。

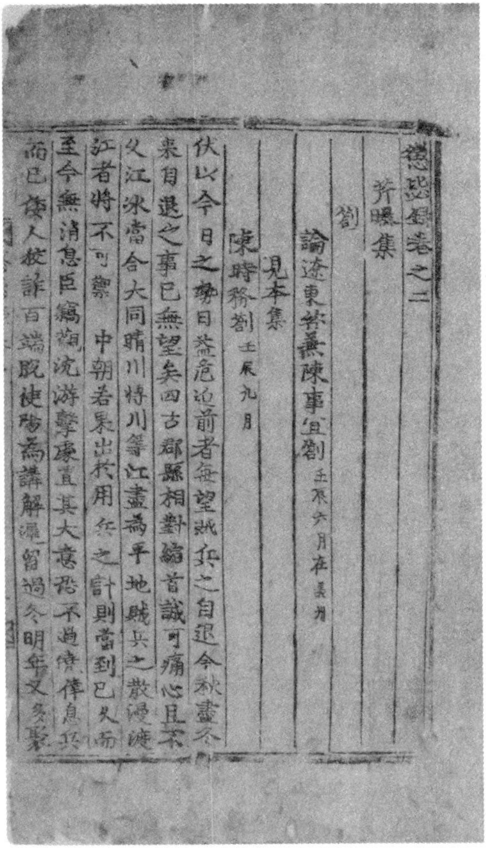

懲毖録卷之二
芹曝集
劄
論遼東咨兼陳事宜劄 壬辰六月在義州
見本集
陳時務劄 壬辰九月
伏以今日之勢日益危迫前者每望賊兵之自退今秋盡冬
來自退之事已無望矣四古郡縣相對縮首識者痛心且本
久江氷當合大同晴川特川等江盡為平地賊兵之散漫縱
江者將不可禦　中朝若不出於用兵之計則當到已久而
至今無消息臣竊觀沈游擊處置其大意恐不過停俸息兵
而已使人被詐百端脫使陽為講解遲留過冬明年又多聚

图 5　《惩毖录》朝鲜古活字本

日本元禄八年（1695）刻四卷本（图 6），系京都书坊刻本。半叶十行，行二十字，白口，单鱼尾，四周双边，无行线，附刻训点。书前冠以贝原笃信序并增朝鲜地图。正文内容仅有柳成龙序、十六卷本前二卷纪事部分及录后杂记。

根据异文判断，和刻本应是根据朝鲜刻二卷本翻刻而成。和刻本存世颇多，超过一百部。一濑千惠子将其分为“天理本型”（初刻本）与“狩野本型”（补板后印本）两种类型，后印本多数叶面系补板重刻。①

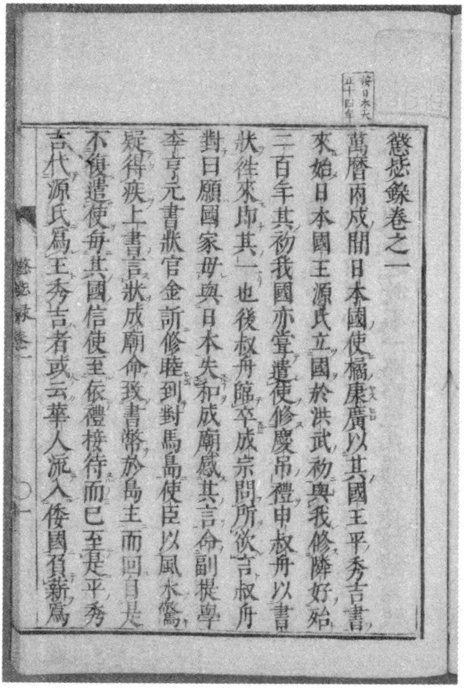

懲毖錄卷之一

萬曆丙戌間日本國使橘康廣以其國王平秀吉書
來始日本國王源氏立國於洪武初與我修隣好殆
二百年其初我國亦嘗遣使修慶吊禮申叔舟以書
狀往來即其一也後叔舟臨卒成宗問所欲言叔舟
對曰願國家毋與日本失和成廟感其言命副提學
李亨元書狀官金訢修睦到對馬島使臣以風水驚
疑得疾上書言狀成廟命致書幣於島主而回自是
不復遣使每其國信使至依禮接待而已至是平秀
吉代源氏爲王秀吉者或云華人流入倭國負薪爲

图 6 《惩毖录》元禄八年刻本②

① 参见一瀬千惠子《文禄・慶長の役の伝承に関する日朝比較研究　日本と韓国における『懲毖録』版本調査報告》（東京）富士ゼロックス小林節太郎記念基金編集・發行，2007 年，第 22 頁。按，早稻田大学图书馆藏和刻本，阙贝原笃信序，附刻训点符号，天头略刊注释，书末刊“元禄八乙亥正月日/京二条通/大和屋伊兵卫写板”，第四卷 1b 作“权慓”，属“天理本型”。国内影印出版之和刻本，天头无小注（或是影印时除去），卷首地图不及早稻田藏本精细，第四卷 1b 作“权慄”，属“狩野本型”。参见吴丰培主编《壬辰之役史料汇辑》，北京大学朝鲜文化研究所、中国社会科学院边疆史地研究中心 1990 年版；姜亚沙等编辑《朝鲜史料汇编》，全国图书馆文献缩微复制中心 2004 年版。

② 早稻田大学图书馆藏本。

以上各种朝鲜本未载刻书序跋，唯有根据零星记载，推测各本刊印年代。

柳成龙玄孙柳后章（1650—1706）撰有《高祖考文忠公府君辩诬疏》，略云："严鼎耈……任义城县令时，以禄俸余资刊出臣祖所撰写《惩毖录》，版本尚存。"即仁祖二十年前后（1642），严鼎耈（1605—1670）任义城县令时，出资刊刻《惩毖录》。[①] 庆尚道义城县为柳成龙出生地。柳后章为柳氏族裔，其说较为可信。既云"版本尚存"，玩味语气，似刻书板片藏于柳氏所居河回里（后详）。

李宜显（1669—1745）《云阳漫录》有云："柳西厓成龙记壬辰事，名曰《惩毖录》，又杂记兵乱时事，今在集中。其文集及《惩毖录》久未锓梓。仁祖朝，其外孙赵寿益按岭南，西厓姓孙在安东托其刊行"。按其说，仁祖二十六年至二十八年间（1647—1649），柳成龙外孙赵寿益（1596—1674）任庆尚道观察使之时，受柳成龙姓孙（或即柳元之）之请，刊行《西厓先生文集》与《惩毖录》。中村栄孝推测十六卷古刊本或即赵寿益所刻，二卷本则系后出单行。[②]

《西厓先生文集》张显光跋（1633）略云："公之季胤袗，其志业实能继述者也。方宰陕县，治绩最出于人。人皆曰西厓公有子矣。今乃收拾先稿于乱离散失之余，公务之暇，留念刊藏。工将垂讫，以显光亦尝见知于公，请有词组置诸卷空。"1633年，柳成龙之子柳袗（1582—1635）已在庆尚道陕川郡刻成乃父文集。李宜显所谓"其文集及《惩毖录》久未锓梓"，与此矛盾。《西厓先生文

① 《西厓全书·刊行后记》，第34页。

② 中村栄孝：《柳成竜家の壬辰·丁酉倭乱史料》《日鮮関係史の研究·中》，（東京）吉川弘文館1969年版，第539—540页。

集》李敏求序（1633）、李埈跋（1632）、张显光跋均未提及《懲毖录》，似柳袗仅刻文集，未及其他。赵寿益或仅刊《懲毖录》，未尝重刻《西厓集》。

朝鲜时代的册板（木刻书板）目录也可提供一些线索。《庆尚道册板书目》（约英祖六年［1730］成书）安东条下，列有“西崖集十八卷十六张二折”“懲毖录二卷六张二折”[①]。《诸道册板录》（约英祖二十五年［1749］）“安东”条下有“西厓集十九束”“征瑟录（按，即懲毖录）二束六丈”，龙宫条下有“懲毖录十二束”。[②] 可知18世纪前期，《懲毖录》已有十六卷本与二卷本两个系统。

徐有榘（1764—1845）编《镂版考》（1796）著录《懲毖录》：“其本有二，在安东者二卷，在龙宫者十六卷，附以状启文移。安东屏山书院藏，印纸六牒二张。龙宫县藏刓，印纸十一牒十五张。”[③] 又载《西厓文集》二十一卷《别集》四卷《年谱》三卷，安东屏山书院藏板，印纸凡十八牒十八张。[④] 屏山书院位于河回里相邻之屏山里，供奉柳成龙牌位。该地在英祖六年（1730）之前已同时藏有《懲毖录》二卷本与《西厓先生文集》板片。

传世《西厓先生文集》二十卷《别集》四卷，亦有十一行本、十行本两种刻本。《文集》有仁祖十一年（1633）张显光跋，当即

---

① 张伯伟编：《朝鲜时代书目丛刊》第三册影印抄本，中华书局2004年版，第1504—1505页。

② 张伯伟编：《朝鲜时代书目丛刊》第三册影印抄本，中华书局2004年版，第1574页。

③ 末松保和：《歴史家としての西厓・柳成龍》，《高麗朝史と朝鮮朝史・末松保和朝鮮史著作集5》，（東京）吉川弘文館1996年版，第350—351页；徐有榘：《镂版考》卷三，张伯伟编《朝鲜时代书目丛刊》第四册影印抄本，第1806页。

④ 徐有榘：《镂版考》卷六，第2092页。

十一行本《文集》刊刻时间。十行本《文集》书末刻“甲午季秋玉渊重刊”，据考应为纯祖三十四年甲午（1834）翻刻。[①]玉渊即玉渊精舍，系柳成龙书斋别业，与河回里一水之隔。

《惩毖录》刊行时间，或与相应相同版式字体之《西厓先生文集》相去不远。传世《惩毖录》二卷本当即安东屏山书院藏版之二卷本，似即仁祖二十年义城县令严鼎耇出资刻成。十六卷古刊本或系仁祖二十六年顷庆尚道观察使赵寿益所刻，后版藏于龙宫县。两书刻板仅隔六年。如十六卷本先刻，似无必要亟谋刊行二卷本。以上究属推测，孰先孰后，尚未能定。

十六卷重刊本《惩毖录》与玉渊精舍甲午重刊本《西厓先生文集》[②]字体风格一致，当是1834年同时付梓。十二行活字本排印时间，尚未发现明确线索。

以上各种印本，篇幅有多寡之别，相应卷次的内容基本相同，文字微有出入，并无特别删节。兹将各本《惩毖录》比照柳成龙文集，推测刊印时代条列如下（表1）。

---

① 按，与重刊本《西厓先生文集》《别集》配套之重刊增订本《西厓先生年谱》卷前冠《西厓先生世系之图》，内载柳氏子孙姓名，最晚为纯祖二十四年（1824）之前生人者。由此推测《文集》刊记之“甲午季秋”当即纯祖三十四年甲午（1834）。参见《西厓全书·刊行后记》，第34页。又按，重刊本《西厓先生年谱》卷二末云“纯宗壬辰四月遣前承旨庆州府尹郑礼容致祭于家庙”。藤本幸夫据之推测《文集》刊记之甲午系高宗三十一年（1894），参见氏著《日本现存朝鲜本研究　集部》，京都大学学术出版会2006年版，第647页。按，李玜（1790—1834）去世当年，上庙号曰纯宗（1934），哲宗八年（1857）改庙号为纯祖。重刊本《年谱》当成于1834—1857年之间。

② 《韩国文集丛刊》第52册影印高丽大学校中央图书馆藏本。韩国古典综合数据库可浏览全文整理本（db. itkc. or. kr）。

表1　《惩毖录》《西厓集》古版本

惩毖录	西厓先生文集、西厓先生别集	推测刊印年代
—	文集二十卷、别集四卷（十一行本）①	仁祖十一年（1633）柳袗
二卷本（十一行本）	—	？仁祖二十年（1642）严鼎耇
十六卷古刊本（十行本）	—	？仁祖二十五年（1647）赵寿益
日本刻四卷本	—	元禄八年（1695）
十六卷重刊本（十行本）	文集二十卷、别集四卷（十行本）	纯祖三十四年（1834）玉渊精舍
活字本（十二行本）	活字本别集五卷（十二行本）	年代不明（17世纪初？）

三　新编《惩毖录》整理本

本次整理《惩毖录》，作为《壬辰战争史料丛刊》第一种，与《唐将书帖》合刊，繁体横排。[②] 书前冠图版四幅、前言、整理说明、新编目录。正文选取首二卷纪事部分及录后杂记，刻本与稿本残卷逐段对照录文，稿本自身涂抹删改之处并加标识，尽量呈现多层次的本文信息。采用这种体例旨在方便读者通读、对比，也可避免校记过于烦琐。刻本底本选用《域外汉籍珍本文库》影印韩国学中央研究院藏书阁藏十六卷重刊后印本[③]。参校十六卷古刊本、二

---

① 按，藤本幸夫推测《别集》十一行本为肃宗年间（1675—1720）追刊，较《文集》十一行本（1633）刊刻时间迟晚。参见氏著《日本现存朝鲜本研究　集部》，第644页。

② 柳成龙等著，郑诚整理：《惩毖录（外一种）》，上海交通大学出版社2019年版。

③ 域外汉籍珍本文库编纂出版委员会编：《域外汉籍珍本文库》第三辑史部·捌，西南师范大学出版社，人民出版社2012年版。

卷本。整理本分章遵从底本。各章原无标题，酌情拟题，加粗括号【】。各章内重分段落，加新式标点。

稿本据《朝鲜史料丛刊》影印《草本惩毖录》移录，分段标点，附于刻本相应章节之下，冠以【稿本】字样。录文参考《西厓全书》第二卷《草本惩毖录》整理本（含纸背文字，无标点）①。《朝鲜史料丛刊》影印本将纸背文字较重要者十二段，编为60章至71章，分别拟题，辑于书末。整理本收录其中九章，随文注明。省略未录三章，皆非《惩毖录》刻本内容。其中方游击篇（62章）刻入《西厓先生别集》卷四杂著，文字微有出入，另载整理本附录一。记靖陵事（68章）稿本纸残阙文较多，完整版本另载《云岩杂录》，可供参考。恭书答太学诸生疏御札后草（71章）与壬辰战争关系较远，姑且置之。稿本纸背与正文无关之诗稿、漫笔，整理本皆不录。

整理本尽量保存《稿本》原始面貌，反映原稿修订过程。墨笔涂去之字加外框，行间补字加六角括号〔〕，纸残阙字处加阙字符号□。涂抹过甚，未能辨认者作问号，并加外框。草书未识之字用问号替代，外加方括号。

书后附录二种，并编制全书人名索引。附录一杂著选，凡三十二条。“记壬辰以后请兵事”至“记闻”二十条，辑自早稻田大学图书馆藏《西厓先生文集》（十一行本）卷十六杂著；“姜沆”至“记戊戌事”十二条，辑自同馆藏《西厓先生别集》（十一行本）卷四杂著。② 入选诸篇既有与《惩毖录》部分重合或接续者，如记壬辰以后请兵事、记癸巳冬司天使事、记丁酉事、记戊戌事等，也

① 按，韩国文化财厅网站（www. heritage. go. kr）展示稿本《惩毖录》整理文本（不含纸背文字，有断句无标点），或即录自《西厓全书》本。

② 早稻田大学图书馆网站可下载全书书影（wine. wul. waseda. ac. jp/search）。

有类似《录后杂记》的条目，如记鸟铳制造事、火箭等篇，不乏重要资料，可资补充参考。

附录二选辑《惩毖录》相关序跋、书录，包括贝原笃信序、伊藤东涯后叙，并摘录李宜显《云阳漫录》、洪奭周《洪氏读书录》、杨守敬《日本访书志》、罗振玉《大云书库藏书题识》条目。壬辰战争以降三百年间，东亚三国文人于《惩毖录》观感各异，各取所需，颇可玩味。①

作者简介：郑诚，中国科学院自然科学史研究所副研究员致谢本研究得到中国科学院青年创新促进会“战争、技术与社会”课题资助，项目编号Y52201101C。承蒙郑巍巍女士、丁晨楠女士提供重要参考资料，金成根先生、金大铉先生，林宗台先生热心支持，统此致谢。

（作者单位：中国科学院自然科学史研究所）

① 朝鲜士人李宜显（1728）讥柳成龙将“当时事功明有其主人者，率多揽为己事”；称刻书之时，已将原稿“世人闻见，尤不可诬”之处删去若干；又引朴东亮《辛卯史草》记倭书初到柳成龙以为决不可奏，证《惩毖录》所载柳成龙力主上奏明廷之说虚伪，厚诬后人。洪奭周（1810）以为《惩毖录》“叙事颇疏略，议者又讥其爽误，如丁酉稷山之捷，实安危存亡之所系，而全没其实，尤不可晓”。伊藤东涯（1687）、贝原笃信（1695）则着意批判丰臣秀吉穷兵黩武，好战必亡；朝鲜忘战则危，土崩瓦解；赞赏《惩毖录》信实，足为后世镜鉴。杨守敬、罗振玉所读皆为元禄八年刻四卷本，系光绪年间访日所得。杨守敬先引《两朝平壤录》《武备志》柳成龙为误国佞臣之说，读《惩毖录》于柳成龙又生同情，乃调和其说。罗振玉谓此书“记万历间平秀吉征韩事。成龙为当时执政，故纪述至详，多可补《明史》之缺”。

肖伊绯

盐谷温《中国文学概论》版本初考

兹以此文纪念“五四运动”一百年

内容提要： 日本著名学者盐谷温所著《支那文学概论讲话》自一九一九年在日本东京初版以来，迭经初版、上下篇分辑新版、合辑限定版、订正再版等多种版本衍变，而中译本的传播虽曾风靡一时，但却并未随着日文版本的更迭而更新，至今尚无“足本”。本文着力梳理与辨析此书撰述体例与日文版本之变迁，并以此为基础，考述盐谷温的中国游学历程，以及其与叶德辉的师生交谊等。

关键词： 盐谷温；支那文学概论讲话；中国文学概论；叶德辉；文学革命

日本著名学者盐谷温（1878—1962），在中国学术界最为知名的著作，莫过于《支那文学概论讲话》（以下简称《讲话》）一书。此书乃是盐谷温在一九一七年夏的讲稿基础上，又增订了中国戏曲小说研究的内容之后，于一九一八年年底完稿，一九一九年五月二十日（大正八年五月二十日）在日本东京正式出版的，至今已整整一百年了。

此书初版之际，正值日本汉学勃兴之时，在日本学术界影响颇巨，对中国文学及历史感兴趣的日本读者与研究者纷纷购置研读，一时“洛阳纸贵”，迅即售罄。初版十日后，即一九一九年五月三十日，即再版；至一九二六年四月二十日时，此书已印行至第十版。另一方面，此书初版之际，又恰值中国“五四运动”爆发，新文学、新文化、新思潮运动此起彼伏、如火如荼，此书虽在日本东京初版，却因其学术视野的新颖与学术方法的创新，迅即在日本的中国留学生群体中传播开来，并很快传入中国国内，引起中国社会各界的广泛关注。

《讲话》一书，初经中国学者陈彬龢摘译，于一九二六年三月由北平朴社初版，更名为《中国文学概论》。一九二九年六月，经盐谷温正式授权，交付时在东京留学的孙俍工重译，复由开明书店初版，书名又改为《中国文学概论讲话》。由于孙译本图文增辑量较大，且印制精美，初版至今九十年来，业已成为《讲话》一书的中译通行本。

九十年来，中国读者评价《讲话》一书，往往将此书末章“小说”部分的内容，视作最具代表性的篇章。此章之所以引人瞩目，一方面固然有其首次将“俗文学”纳入研究视野，具备开创性的学术价值，另一方面则与牵涉其中的所谓鲁迅“剽窃案”有关。关于鲁迅所著《中国小说史略》涉嫌“剽窃”《讲话》的那场纷争，因陈源、徐志摩、顾颉刚、胡适等多位知名学者参与其中，一度聚讼蜂起、众说纷纭。这一桩“剽窃案”，曾是二十世纪二三十年代间中国学术界乃至公共文化界的著名公案。

“公案”之外谈“师承”

其实，抛开这桩公案来看盐谷温的中国文学史研究，其核心部分并非小说而是戏曲。可以说，盐谷温的研究是以中国古典戏曲研究为基础，进而拓延至包括小说话本与乐府歌谣等整个中国俗文学领域的。这一观点，只要稍微翻阅一下《讲话》，就可明了。

事实上，一九一九年五月，日本东京的大日本雄辩会（讲谈社前身）出版了盐谷温的《讲话》，这是日本最早的以戏曲和小说为主要研究对象的中国文学研究专著。该书分为上下两篇，与当时普遍以时代划分章节的断代文学史不同，上篇由“音韵”“文体”“诗式”和“乐府及填诗”四章组成，下篇则包括“戏曲”和“小说”两章。从章节数目来看似乎上篇多于下篇，但实则上篇只是为下篇所做的知识铺垫，下篇才是真正论述的主体内容。全书的整体结构，诗文部分只占三分之一，而其余三分之二的篇幅均是对戏曲小说的研究与评述，这种结构比例在当时是打破传统、首开先河的。

为什么会出现这样一部不以诗文为研究主体，而以戏曲小说为研究核心的“反传统”的中国文学史研究著述，这就还得从盐谷温的中国学术渊源及其中国师承说起。

盐谷温曾于一九〇九年秋到北京学习汉语，一年之后，即于一九一〇年冬赴湖南长沙，经水野梅晓（1877—1949）介绍，拜叶德辉（1864—1927）为师，直到一九一二年夏留学期满而归国。

水野梅晓是日本僧人，也是将日本佛教向中国推介的先锋人物之一。他初赴中国就读于上海东亚同文书院第一期，研习道教经典和阿拉伯文，于一九〇四年毕业；之后到浙江天台山参拜如静禅师墓地，结识八指头陀敬安，经敬安介绍，旋至湖南长沙开福寺开创僧学堂，讲授曹洞宗教义，同时传授日语，利用这个机会结识当地名流王闿运、王先谦、叶德辉和岳麓山道尚和尚、庐山的太虚大师。不久又与王一亭、张大千、康有为结交，成为在长沙的日本名僧，其宗教活动几乎遍布中国大陆。一九〇九年，他又成为主持《支那时事》杂志，其影响力日益扩大。

盐谷温恰于此时留学中国，经其介绍，得以师从叶德辉，可以说是得天时地利与人和，机缘十分难得。《讲话》一书所展现出来的研究构想及其学术策略，可以从盐谷温对叶德辉的“师承”中去体味。

在中国"日夜钻研戏曲"的日本留学生

事实上，盐谷温追随叶德辉修习中国文学的时间并不长，"亲炙"的时间可能至多不过半年时间。因为一九一一年春，叶德辉还是又从书斋走了出来，行东游之举。先是前往上海，再回苏州省亲扫墓。当年十月，辛亥革命爆发，在这一场前所未有的"国变"来临之际，叶德辉深感惊恐，又避难于南岳衡山。直至一九一二年年初，局势稍见稳定之后，方才回到长沙。这段书斋之外的游走历程，盐谷温应当无法追随相伴了。

那么，在至多不过半年时间里，盐谷温究竟怎样修习，叶德辉究竟传授了哪些的中国文学修养与心得呢？盐谷温曾这样忆述当年远赴湖南长沙拜师，以及在叶氏门下的修习情形：

> 己酉之秋，余在陕西旅行将归，得梅师资助，径住麗廔晋谒。先师一见如故，开口论学，议论风发。余至为倾倒，决意受业，一度返回北京，岁末再度南行，下榻梅师云鹤轩，日夜钻研戏曲，得暇即赴麗廔，请教质疑。先师执笔作答，解字析句，举典辨事，源泉滚滚，一泻千里，毫无凝窒。由朝至午，由午至晚，循循善诱。至会心处，鼓舌三叹，笔下生风，正书蝇头细楷，直下一二十行，乐而不知时移。戏曲原本难解，尤因异国学生不通风俗习惯，不明声音乐律，更兼不解俗词俚语，实属至难，亦有两三度难以为继，几乎前功尽弃。余不止煞费苦心，并且充分预习，只限请教难解字句，更兼候闲暇，察颜色，遇有宾客，即时告辞，务期免扰先师，不避风雨寒暑，数度为守门人所拒，终未辞劳；先师感余之诚，亦认可余之学力，许为可教，夏日酷暑，罔顾汗滴纸上，冬日严寒，罔顾指僵难以握管，开秘籍、倾底蕴以授余。辛亥革命之际，先

师下乡避一时之难，旋即归省城，居家无聊，每与余论诗文，评书画为乐。余以不才，得通南北戏曲，实先师教导之赐。壬子之夏，余留学期满，及辞帷下，先师且悲且喜曰："吾道东矣"，设宴送别，赐律诗二如卷首所刊。

盐谷温的这段忆述，摘自其《先师叶郎园先生追悼记》（原载日本《斯文》杂志1927年8月号）。这篇文章，是叶德辉于一九二七年四月十一日被当地农会处决，消息传至日本之后，盐谷温饱含追悼之情所写下的。当时，盐谷温父亲逝世未久，之前又有大正天皇逝世，按照他在该文开篇的说法是"半年间连丧君亲师，哀恸天地，不胜哀痛惶恐之至"。可见，在盐谷温心目中，叶德辉这位中国师者确有"天地君亲师"的至高序列。对师从叶氏门下的点滴忆述，也应当是亲切可信的罢。另一方面，诚如盐谷温追悼记中所提到的，其"日夜钻研戏曲"，"余以不才，得通南北戏曲，实先师教导之赐"，不难发现，《讲话》一书的学术架构重心之所以向戏曲部分倾斜，正与其师从叶德辉这段经历密切相关。

修订再版念"师恩"

此外，值得注意的是，盐谷温的忆述文章，还提到了临别时叶德辉曾"赐律诗二如卷首所刊"。实际上，这两首律诗不但刊载于与该文同期的《斯文》杂志之上，还于一九四六年至一九四七年刊载于盐谷温最终修订完稿并出版的《支那文学概论》（以下简称《概论》）之中；及至一九五二年，《概论》的"订正再版"本中，仍辑有叶氏所作的这两首律诗。

原来，《讲话》于一九一九年初版之后，盐谷温对此书体例及内容一直不懈的修改与订正，持续了三十余年。一九四六年六月，先是将修订之后的《讲话（上篇）》付印，书名去掉了"讲话"二字，径称《概论（上篇）》。显然，此举有将昔年讲稿体例正式裁定为著述体例之意。一九四七年八月，《概论（下篇）》付印出版。同年十月，又将《概论》上下篇合辑为一册，称“限定版”。一九五二年二月，又印行“订正再版”。

上述《概论》各版，均由日本东京弘道馆出版。一九四六年初版的《概论（上篇）》与一九四七年初版的《概论》“限定版”，以及一九五二年初版的《概论》“订正再版”中，均在书前插页中印有叶德辉的这两首律诗手迹，诗云：

三年聚首日论文，两世交情纪与群。 经苑儒林承旧德，词山曲海拓新闻。
载书且喜归装富，问字时将秘笈分。 欲向晚香窥典册，蓬莱相望隔重云。
客邸重逢话劫灰，旧游如梦首同回。 清谈屡诣王珣宅，乘兴还登郭璞台。
乱后知交半星散，闲来酩酊各山颓。 南中四月无烽火，手奉家书笑口开。

俚句奉赠。节山仁兄同学道契，郎园叶德辉，时壬子夏五。

可以说，叶德辉的两首赠别诗，是对盐谷温的才学与品行的认可与赞赏，有引为同道、亦师亦友般的情谊溢诸笔端。而盐谷温也相当珍视这一幅赠别诗手迹所象征的师生之谊，将其印入他最终修订完稿的、可视作其“盖棺之作”的《概论》一书之中。

在印有叶德辉手迹的插页之上，还印有盐谷温的介绍辞，称“叶德辉先生，字焕彬，号郎园，湖南长沙人。博学多识且藏书丰富，编著有六十八种，五百余卷。最擅考证，小学修养深厚，兼通晓词曲。余留学时，从游一年有半，专以元明曲学受教。这幅题诗，是余归国之际，叶氏惠赐的。”

《概论》“订正再版”与《中国小说的研究》

1952年，《概论》的“订正再版”本中，原为全书最后一章的“小说”部分，突然消失了。“戏曲”部分，变成了全书最后一章。那么，原为此书最后一章的“小说”部分，究竟为何被删除了呢？

原来，“小说”部分被单独抽出成书，冠以《中国小说的研究》之名，另行付印出版了。在《概论》的“订正再版”本封底护封边缘，就印有相关说明，称：“《支那文学概论》的小说篇，已别册出版。内容包括，中国的神话传说、两汉六朝小说、唐代小说、敦煌发见的俗文学、通俗小说的各章（西游记、金瓶梅、红楼梦）等评论，附含最近的文学革命等等”。

这一现象说明，在不断修订原著的历程中，盐谷温从最初在《讲话》中偏重戏曲小说部分，及至在《概论》中继续增强戏曲小说的比重，终至“小说”部分必得剥离原著，独立成书了。这样一来，既突显了盐谷温在中国文学研究中对“小说”部分的持续关注，也因之将“戏曲”部分作为了《概论》的“压轴”篇；两相比较，仍不难发现“师承”因素在其学术架构中的重要影响。

值得一提的是，《中国小说的研究》一书中所附录的“最近的文学革命”部分，实为一九四七年八月初版的《概论（下篇）》中即有的篇目。同年十月，《概论》上下篇合辑为一册的“限定版”中，亦有此篇。只不过，《概论》中此篇的题名为“文学革命”。

盐谷温论“文学革命”

这一附录篇章，是盐谷温于一九四七年后方才发表的内容，自然不可能在《讲话》的两种中译本中见到。因此，中国读者对这一篇章还知之甚少。也正因为如此，盐谷温对清代小说之后的研究结论及基本观点，尚不为中国读者所了解。为此，笔者不揣陋简，试译其大略如下：

文学革命

本书完稿之际，晚近老衰的支那文学界，正因“文学革命”而注入了新的生命力。这一运动如何发源，其运动的意义与目的及经过如何，略述如下。

“文学革命”大约于民国六年以来，以胡适为急先锋的新进文学家群体提倡所谓“白话文学”而兴起。但白话即用口语作文章，决非今日始行。本书前述关于通俗小说种种，皆是以其时代的白话来书写的。不独小说，诗文也以当时的俗语夹杂，自唐代以来即如此。例如敦煌遗书、禅僧语录、宋儒经解，都运用了当时的俗语。唯从前的古文被视作“死文学”，而白话文学则被视作“真文学”与“活文学”，被极力主张，即是此次运动的重要意义。要知道，白话文学是应新时代的要求才诞生的。当然，这是辛亥革命之后所兴起的“民国新文学”，另一方面，也是受我国明治维新之后文学界所提倡的“言文一致”的影响所致。

曩辛亥革命使清朝灭亡，新的中华民国建立，政治革命也随之兴起。革命之初，因北方军阀的妥协，暂时妨碍了新中国的建设。思想界乃至文学界的革新，也出现了暂时停顿的形势。清末至民国初年，进步的思想家如梁启超辈，宣扬平易畅达的散文，小说的革新，新文体的提倡。《官场现形记》《老残游记》等革新小说随之诞生，也颇受欢迎。百年来文学界的正宗，桐城派的古文学，日益凋落。加之林纾等古文家也从事西洋小说翻译，日本与西欧的文化也逐渐移植，支那文化在与多种外来思想的接触之下，颇受刺激。加之中国在世界大势的冲击之下，封建社会与资本主义社会的转换开启，古代经济基础的动摇与思想的革命，也接踵而至。在思想的革命领域，文学上的革新运动即所谓“文学革命”。民国八年的“五四运动”，同民国十四年的“五卅事变”，是为“文学革命”的启动信号。这些接连发生的事件，在动机本质上乃是新中国建设的启蒙运动，受到袭击的旧道德势力也与之反抗，新的文化的欲求、自由、解放、觉醒之呼声高涨，特别是青年阶层急激的新文化动动，已呈燎原之势。“文学革命”即是“新文化运动”的主流。

今观其经过，这一运动的先驱乃胡适。民国六年一月，当时在美国留学的二十六岁的青年文士胡适，寄给上海《新青年》杂志的投稿《文学改良刍议》一文，将对旧文学改良的意见公诸于众。《新青年》由当时的北京大学教授陈独秀主编，是民国四年以来即开始鼓吹新思想的杂志。它反对孔教，反对帝制，对袁世凯一派的复古思潮极力反抗。胡适的意见，从其自身出发，加以总结，世称“八不主义”，即：

一、须言之有物；二、不摹仿古人；三、须讲求文法；四、不作无病之呻吟；五、务去烂调套语；六、不用典；七、不讲对仗（自注：文当废骈，诗当废律）；八、不避俗字俗语（自注：不妨以白话作诗词）

以诗词创作、文法的改变为其必要主张，其内容主要针对模拟古人、作无病呻吟的中国文学通病，提倡如实、真实的反映自己的思想感情，以白话文学为中国文学正宗。

胡适的这一主张，陈独秀与之产生了强烈共鸣，他又奋笔直抒，写下了《文学革命论》一文，发出了更为激越与积极的文学革命之主张。文曰：

文学革命之气运，酝酿已非一日，其首举义旗之急先锋，则为吾友胡适。余甘冒全国学究之敌，高张“文化革命军”大旗，以为吾友之声援。旗上大书特书吾革命军三大主义：曰，推倒雕琢的阿谀的贵族文学，建设平易的抒情的国民文学；曰，推倒陈腐的铺张的古典文学，建设新鲜的立诚的写实文学；曰，推倒迂晦的艰涩的山林文学，建设明了的通俗的社会文学。

陈的主张，在当时的北京大学，多有赞成者。钱玄同即其中一人。他对胡适的意见加以补充，指斥当时桐城派骈文作家所作为“高等八股”或“变形八股”。刘复亦发表《我之文学改良观》，谈到散文改良观点有三：

一、打破崇拜旧时文体之迷信
二、文言白话可暂时处于相对的地位
三、不用不通之字

韵文的改良观点也有三：

一、破除旧韵，重造新韵
二、增多诗体
三、提高戏曲对于文学上之位置

上述各点，更波及诗与小说的精神革新之主张。不久，胡适又发表《历史的文学观念论》，述及文学的时代精神之表现，一时代有一时代的精神，其表现应反映在文学上。文学的时代一旦改变，这一时代的文学生命价值即告消失，所以应有“活文学”的主张。同时，他还创作白话诗《尝试集》，将自己的主张具体化。谨举其诗作一例：

蝴 蝶

两个黄蝴蝶，双双飞上天。
不知为什么，一个忽飞还。
剩下那一个，孤单怪可怜。
也无心上天，天上太孤单。

诚然，陈、胡二人乃白话运动的骁将，而《新青年》杂志为此运动的中心。两者的主张又有所不同，胡是渐进的，陈是急进的。胡曾语“此事之是非，非一朝一夕所能定，亦非一二人所能定，甚愿中国人士能平心静气与吾辈同力研究此问题，讨论既熟，是非自明。吾辈已张革命之旗，虽不容退缩，然亦决不敢以吾辈所主张必是，而不容他人之匡正也。”（胡适之寄陈独秀的信）陈则答曰“自由议论，固为学术发达之原则；独至改良中国文学，当以白话为文学正宗之说，其是非甚明，必不容反对者有讨论之余地，必以吾辈所主张者为绝对之是，而不容他人之匡正也。”（《新青年》三卷三号）

可是，古文学正宗的学者对此不以为然，对此大加讥嘲，如同清初提出“地动说”的历学家仍被非难的情形相似。胡适归国后，北京的白话运动声势浩大，既有破坏的效力，亦有建设的效果。前述《尝试集》的出版，续之以发表《建设的文学革命论》，又提出“国语的文学，文学的国语”之主张，以及短篇小说论、戏剧改良论、翻译诗等众多成果面世。北京大学教授周作人的《日本近三十年小说之发达》《人的文学》等著述，主张外国文学的介绍，其随笔也颇可提振人心。沈尹默、沈兼士、俞平伯等诸人续作新诗发表，陈独秀又创办新杂志《每周评论》，北京大学学生又创办《新潮》杂志，北京大学宛然白话运动的大本营。于是，大学就当然成为社会舆论界关注的重点了。持拥护古文立场的别的大学非难之声喧嚣，军阀的干涉也随之而来，或追责陈、胡二人，或问责校长蔡元培。这其中，古文家林纾实为“反对党”领袖。他痛斥将土语用于文学，称如此这般，那么京津各地的稗贩也可以做教授了。同时，上海《新申报》上刊发了一篇名为《荆生》的文章，将陈独秀、钱玄同、胡适三人痛骂一通。严复也将陈、胡诸人诋为“春鸟秋虫，听其自鸣自止可耳”（严几道书札六十四），章炳麟、章士钊等人也对白话文学有过非难之辞。

而蔡元培曾致信林纾，对其非难土语用于文学的观点予以反驳，称（一）北京大学是否已尽废古文而专用白话？（二）白话果是否能达古书之义？（三）大学少数教员所提倡之白话的文字，是否与引车卖浆者所操之语相等？且大学的思想自由乃是他一直强调的，这就暗示他是拥护陈、胡、钱诸教授的。林、蔡二人的论辩，实为新旧派两大家代表的论战。这样一来，反而促进了全国学术界对这一运动的关注，社会舆论也为之哗然，间接的为这一运动助力不少。反对派的阵容日益不利，“五四运动”的发生也就在此林、蔡论辩一个月之后。爱国的动机推动了一种新文化运动的发展，社会各界开始并注专用白话的论说著述，提倡新文学的专著与杂志如雨后春笋般涌现，北京、上海为大本营，西至成都，南至广州，皆成为白话风靡之地。白话运动遂得到了政治上的保障，教育界的支持，其基础愈发牢固。

凡革新的运动，总是破坏与建设相伴。“五四运动”以前，为此运动的破坏时代，之后则进入建设的时代。胡适在建设的方面用力最深，其主张新文艺的实现与树立，一直为之努力。

周作人之兄周树人，即如今的鲁迅先生，当时在中断日本留学后归国，在友人劝说下将小说《狂人日记》投至《新青年》杂志发表。这时，乃“五四运动”前一年。随后，鲁迅的创作，在黑暗的中如太阳爆发，令人惊异。他接续发表了《孔乙己》《明天》《故乡》《阿Q正传》等名作，此外，其随笔、翻译，及之后的《中国小说史略》等学术著述，也成绩斐然。“五四”经新文艺的兴起之后，原来文坛的大师辈人物逐渐淡出，而后进则在不断扩大影响。那时，《语丝》杂志也非常活跃，“语丝派”统领文坛的呼声渐起。“五四运动”翌年，即民国九年，周作人、郑振铎、沈雁冰（即茅盾）等人联络各路作家，以外国文学介绍、中国文学整理为目的，创办了一个文学研究会的组织。之后，富于人道主义色彩的文学团体《小说月报》杂志，也一时活跃于文坛。后来，创造社的出现，又成后起之秀。创造社创始于民国九年，当时的日本留学生郁达夫、张资平、成仿吾、郭沫若等发起创建，后有郑伯奇、田汉等加入。

创造社与文学研究会，在立场与观点上多有对立之处。后者实为以人生为中心的艺术派，前者则以艺术为目的而为艺术，即艺术至上主义为主张。前者以纯粹的创作者为统一的集团，而后者则是以学者兼为文学者的割据团体。文学研究会以中产阶级的立场行事，创造社则左翼倾向鲜明。至“五卅运动”前后，无产阶级的抬头，使中国思想转换期出现，中产阶级的文学研究会当然没落，创造社的艺术至上主义也转向社会运动一翼。革命文学的提倡，理论与实践都开始转移，无产文艺的尖锐运动开始发展。此刻，归国的蒋光慈创办的“太阳社”，与创造社开始了斗争。

本来中产阶级自由主义代表作家，以鲁迅为首的语丝派，绅士阶级的辩护者、脱离创造社的郁达夫，本是相互提携的关系。但为所谓“正义观”而发生文学斗争，两派论争了一年多时间，结果以创造社的胜利而告终。可创造社仍然遭到了中国支配阶级的弹压，而不得不解散。民国十七年二月，南京政府宣布其解散的命令，这一社团的活动转入地下。

当时，蒋介石必须直面内外困局，觉得有必要树立独裁政权。他要组建中国式的“蓝衣社”，随着其势力的扩大，铁血团、侦察队等横行于世的组织相继建立。与之相对，中国左翼联盟也于民国十九年三月正式成立。这是因为国民党对左翼作家不信任，加重弹压，为了抗争，才成立了这一组织。作家的创作，也一度好几年用于论争与争取自由的层面。抗争的结局，是全面发动，新的创造。战线的统一，过去的清算，一致的协力，与压迫者对抗。联盟成员，创造社与太阳社且勿论，即使曾经的相互反对者鲁迅与郁达夫等也加入进来。参会者有四十余名，机关杂志办有《世界文化》《萌芽》《拓荒者》《现代小说》《大众文艺》等，通过一系列的理论斗争，这一战线得以实实在在的扩大。这样的行动，当然要受到支配阶级的弹压，文艺史上罕见的极度的弹压随之出现，以上各种杂志被停刊，作家也被强行逮捕，但联盟并未因之崩溃，而是转入地下运动。之后，国民党文艺动动的使命有重大转变，新的民族主义文学出现，文艺的最高使命为其所属的民族精神之发挥，这一观点为大多数作家所接受，政府也拥护，文艺活动也开始活跃。

中国的思想界与政治的革命相伴相生，且急速转变，文学匆促追逐其间，文学形式的急激与飞跃，时时可见。中国事变爆发后，世界大战的旋涡席卷而来，文学的混乱状态更是加剧。胡适的《文学改良刍议》所引发的文学革命运动的烽火，前后二十余年间，曾在不少阵营中被传播过。通过各方努力，中国文学形式方面的革命，即白话文学终获成功。仅以此文学革命的大致轮廓之描述，为本书的结尾罢。

《概论》中译尚待“足本”与“定本”

上述四千余字的译文，即盐谷温《概论》的附录《文学革命》之内容大略。此文大致写于一九三七年“七七事变”前后，距《讲话》初版已近二十年。

据盐谷温弟子内田泉之助（号白水，汉学家，著有《支那文学史纲要》等，约一九八一年逝世）为《概论》所撰“校正版跋”，可知，昭和二十年五月二十五日，即一九四五年五月二十五日，日本遭遇英美盟军空袭，盐谷温的宅邸、弘道馆以及内田园本人的住宅，俱被炸毁。当时已经完成的《概论》修订稿，也随之化为灰烬；内田为之感慨，“万事休矣”，“数年来苦心化为泡影”。万幸的是，当时出版社的部分纸型保存了下来，还有由斯文会文库保存的未修订的原稿尚在，经过重新修订，《概论》上下篇依次于一九四六年与一九四七年终得以出版，上下篇合辑的“限定版”也随之出版。内田的跋文之后，附印有盐谷温的《读白水学士跋书感》，诗云：

> 润色重修费讨论，战中编述苦心存。
> 出蓝有弟能成业，报得古稀夫子恩。

值得注意的是，《概论》上篇及“限定版”出版时，均在书中明确标示，称“本书收有多种插图，因印刷所罹灾，制版焚毁，只能省略部分，留待他日再版之际补足”。即便如此，书中的插图，还是比较丰富的。从商代甲骨至清代小说版画，皆选取有代表性的图片，仍可谓图文并茂。只是与《讲话》及两种中译本的插图均有所不同，不再有折叠拉页，图片印制水准也稍逊，图书用纸也不佳，这一切当与战时物资紧张有关。

事实上，《概论》于一九五二年“订正再版”时，并没有增辑“补足”插图，基本沿用了《概论》上篇及“限定版”的原有插图，只不过将集中印于书前的插图位置，挪至了书中各章相应的位置。令人费解的是，“限定版”首页插图——印有盐谷温老年肖像及题诗的页面，没有再次被选用，遂使此图成为唯有在《概论》“限定版”中才能看到的“孤本”。在此，谨将盐谷温题诗转录如下：

禹域文华冠古今，诗书经传本源深。
远流东海扬漪澜，涵养扶桑才子心。
四大奇书天地通，唐诗元曲妙无穷。
茫茫情海波澜迹，收在红楼一梦中。

题中国文学概论（二绝）
丁亥中秋节，古稀节山

落款时间“丁亥中秋节”，时为一九四七年九月二十九日。时年恰为七十岁，正值古稀之年的盐谷温，为自己付出毕生心力完成的《概论》一诗，写下了上述两首题诗。两天之后，一九四七年十月一日，《概论》“限定版”印毕，正式出版。可以想见，这一题诗，应当是应出版社之邀，临时发意附印入书的。所以，在“订正再版”时，或出于《概论》下篇中的“小说”部分已抽出单独成书，盐谷温题诗已不太适合全书架构考虑；或出于别的什么原因，决定将之撤出不再附印。

综上所述，可见从《讲话》初版，至《概论》上下篇分别成书，再合辑为“限定版”，终至“订正再版”时“小说”部分抽出单独成书，一九一九年至一九五二年，这三十三年间，无论时局世事如何变迁，盐谷温对中国文学史的研究始终未曾止步。自一九二六年《讲话》中文摘译本问世以来，近百年来，中国学者关于这一著述的研讨，也始终未有停歇，足见其人其学之影响力。在此，也特别希望，在不久的将来，能有以《概论》“限定版”为底本，以“订正再版”及《中国小说的研究》为参校本的中译本问世，使一著述的中译本终有“足本”与“定本”。

对话

[奥] 齐　马　张　聪　赵　冰

批判理论、比较文学及理论对话

内容提要： 作为德语世界批判理论、社会学美学和比较文学中最雄辩的声音之一，彼得·齐马在本次采访中分享了他对这些领域的看法。他解释了自己如何试图通过给批评理论和世界文学一个社会符号学的基础来重建它们。更有趣的是，他将阿多诺和布迪厄并置于文学市场的共同语境中，展示了他在不同理论间进行对话的尝试。

关键词： 批判理论；比较文学；阿多诺；布迪厄；对话

张聪（以下简称“张”）： 齐马教授，您好！非常感谢您能接受我们的访谈。我们想就您的比较文学研究及您今天的讲座[①]请教一些问题。

皮特·V. 齐马（以下简称“齐马”）： 非常荣幸。

赵冰（以下简称“赵”）： 本次国际文学与文化理论研修班的主题是“边缘的回归：媒介·性别·文化”，说到文化理论，批判

① 2019 年 7 月 18 日，齐马教授作为主讲专家，应邀为陕西师范大学文学院“2019 年国际文学与文化理论暑期高级研修班”作题为“文学市场：阿多诺和布迪厄”（Literature in the Marketplace：Adorno and Bourdieu）“文学研究的美学基础”（The Aesthetic Foundations of Literary Studies）专题讲座。讲座之后，齐马教授接受了我们的访问。

理论显然是一个不容忽视的传统。实际上，这也是你所借鉴的理论来源之一。可以这样说吗？

齐马：是的，另外一个来源是形式主义。我希望对批判理论做出某些改变，并通过与社会学和符号学结合使它更加具体，尤其是后者。阿多诺曾多次谈到语言的问题，但都是从哲学的视角，而不是符号学。我想发展一个基于符号学的批判理论。和符号学结合使它更加具体，尤其是后者。阿多诺曾多次谈到语言的问题，但都是从哲学的视角，而不是符号学。我想发展一个基于符号学的批判理论。

赵：您打算怎么做呢？

齐马：通过引入语义层次、语义模糊性和叙述性话语。所有的社会学研究在本质上都是一种叙述。我希望通过对话和比较来测试不同的叙述，从而发现每种理论的优缺点。话语分两种：意识形态话语和理论话语。两者都建立在社会价值的基础上，其根本差异在于意识形态话语是二元的，因此是一种与现实一致的独白。阿多诺曾提出“同一性思想”。意识形态只是一种可能的视角和建构，理论却考虑到了现实的模糊性和多义性。理论话语有多种建构方式，而且没有哪一种话语是完全与现实一致的。不过我们必须承认，由于意识形态总会对理论产生影响，因此二者是很难区分的。例如，批判理论就无法脱离价值判断而存在。它所强调的是个体的自主性，是怎样战胜资本主义，以及怎样使主体和人的思想与自然和谐相处。

赵：是的。您刚才提到阿多诺，我们都深受他及法兰克福学派其他理论家的影响。在您看来，阿多诺重视文学吗？

齐马：当然。但是阿多诺并不在意文学的高雅或低俗。他偏好的是艰深的、严苛的和严肃的文学，而不是琐碎的或者娱乐性很强的。在我看来，文学的娱乐性和实验性是可以兼顾的，而且即使不够通俗易懂也不影响其受欢迎程度。我就认识一名融合了有趣和探索精神的法国作家。他的小说提供了三个开放式结局，取决于读者自己的解读。文学本身是没有价值的，是不同的读者赋予了它们价值。

张：您刚刚提及阿多诺对大众文化的态度让我想起了批判理论和英国文化研究之间的复杂关系。斯图尔特·霍尔把英国文化研究的起源称为“从法兰克福学派的突破”。对此，您怎么看？

齐马：我觉得霍尔的观点很有道理。我们可以来举一个生物学家的例子。生物学家必须研究杂草以及树木和花朵。同样的，社会学研究也应该面向所有的社会现象。英国文化研究也是如此。它的研究对象既包含工人阶级文学，也包含通俗文学。关键在于研究的方式，以及这些文学的不同功能。诚然，批判理论和英国文化研究是不同的，但我认为它们在某种意义上也是互补的。批判理论的支持者认为要分析各种文学形式，去发现它们的不同功能。但我对文化研究中的一点持怀疑态度，那就是人们试图重新评估通俗文化的作用。阿多诺也会对此表示反对。我想确认的是通俗文化的重要程度，因为并非所有通俗文化都缺乏内涵。我的一位同事就推崇叛逆的亚文化。这种文化与官方文化相对立，但也充满了陈词滥调，因此不足以带来对社会的改变。因此通俗文化的重要性仍然是一个未知数。

赵：那么阿多诺的批判理论是否改变了社会呢？

齐马：我认为没有，因为阿多诺的文学太过复杂和高端，以至于很少有人会去读他们。即使有，也只是大学里的一小部分人。这就是它不会改变社会的原因。然而这只是诸多问题之一。另外一个是阿多诺提出了批判理论的平行结构，它与等级结构相反，但我认为这没什么作用。所以我上面提到希望建立一个对话理论，它将兼具对话性和阿多诺推崇的批判性。这种对话性的概念来自巴赫金，我希望把它应用于理论建设中。也许人们更关注理论对社会的改变，但我相信理论首先可以通过对话来检验。对理论的检验会带来显著的进步，尤其是当这种检验是通过批判性地将社会科学中的各项理论相结合的方式进行时。我的目标不像阿多诺那样激进，只是希望促进社会科学的各分支之间的对话。

赵：您说得非常对！一个理论领域与另一个理论领域发生碰撞，从而开启不同理论之间的对话，这既是必要的，也是重要的。当然，这不是一件容易的工作。但是你关于美学社会学和社会学美学的观点似乎是一个恰当的例子。

齐马：它们是一种对话关系。问题是这两者是如何联系在一起的，哪种理论包含了另外一种。我曾发起过一场女权主义者与批判理论之间的对话。批判理论并没有具体阐述人类支配自然的起源和形式。否定辩证法提出了奥德赛，但女权主义者的问题更具体：男性对女性的统治是什么时候开始的？与阿多诺关于男性支配自然的观点相比，他们关于男性支配女性的观点更加具体。尽管批判理论提出理性变得工具化并开始支配自然，但它并未阐明它是如何产生的。它虽然提出了技术官僚这一运作方式，但这种方式产生的过程同样未被说明。

赵：确实如此。另外你还比较过阿多诺和布迪厄，这让那些熟悉这两位思想家的人非常惊讶。您是如何把他们放在同一语境下进行对比的呢？

齐马：我认为阿多诺和布迪厄有一个很重要的共同点，那就是交流的问题，具体来说是市场或资本主义社会中的艺术和审美交流。他们都认为艺术（艺术交流）在当代社会是高度商业化的，艺术作品本身并不存在，因为它们被视为一种商品，一种以盈利或亏损的方式进行交换的东西。不过，作为德国的哲学家和法国的社会学家，两人之间也存在显著差别。阿多诺采用美学视角，试图展示批判性艺术作品是如何以及在多大程度上对商业化进行抵制的（即市场的他律性）。与他不同，皮埃尔 · 布迪厄不关注文学文本的批判价值或审美价值，而只对它们在“艺术知识领域”内的审美交流体系中发挥作用的方式感兴趣。

赵：所以您认为布迪厄的艺术社会学的美学基础是他律主义美学。对此您能更详细地说明吗？

齐马：简单地说，他律美学意味着艺术被作为了发展艺术事业的手段。与阿多诺不同，布迪厄似乎并不认为艺术作品在呈现真理和社会批判方面存在差异。他放弃一切美学价值判断，因为对他来说，这种判断本身就是艺术社会学的一个研究对象。在这方面，他与埃斯卡比和西尔伯曼提出的文学经验社会学是一致的。布迪厄认为，艺术和其他文化现象一样，都是社会和阶级统治的工具。此外，他还展示了作为统治阶级的资产阶级是如何通过积累“文化产品”（或用他的话来说，象征资本）来巩固其权力，以及如何剥夺被统治阶级对这些产品的占有。象征资本的概念产生后，布迪厄认为市场和象征商品的流通可以被比喻为物质商品市场，但又不能被简化为这种市场。在不同的社会背景下，拥有象征和文化资本的人比一无所有的人更容易获得信贷，这就是他所说的“资本向资本转移”。象征资本的形式或例子之一是语言能力。对资产阶级的后代来说，这种能力对于他们的社会和经济事业至关重要。

赵：说到语言能力，布迪厄的语言能力概念与诺姆 · 乔姆斯基的有何不同？

齐马：二者之间的差异还是很明显的。布迪厄认为乔姆斯基的语言能力概念太过抽象和正式。在他看来，语言能力绝不仅是一种形式，而是象征资本的一个基本方面。象征资本使有能力的人更容易在“社会阶梯”上爬得更高，所以布迪厄建议用“语言资本”来代替“语言能力”。

赵：通过对阿多诺和布迪厄的并置与比较，我们可以有哪些收获？

齐马：这让我们发现了阿多诺和布迪厄的思想中分别存在的不足。首先，阿多诺不关注那些“次要的”作家和艺术作品，而这些作品可以用布迪厄对特定领域的“策略”来解读。其次，作为一名艺术社会学家，阿多诺忽视了艺术作品产生的文学和艺术背景。他把注意力集中在那些否定社会支配和整合机制的批判作品上，将它们与艺术传播系统中的众多不具备消极性和批判性的艺术作品隔离开来。他忽视了商业作品与思想作品之间，以及商业作品与批判性作品之间的辩证关系。简而言之，布迪厄的美学理论中缺少社会学的成分。他忽略了一个重要的问题，即艺术和文学的认知、批判和审美维度。在布迪厄的理论讲座《论演讲的演讲》（Lecon sur la lecon）中，他自己也无法回答是什么构成了理论话语的价值这个问题。当然，作为一名社会学家和理论家，他不可能认为理论的认知标准是虚构的或存在阶级歧视的，因为那意味着理论不再成立。

赵：那么这些标准是什么呢？英国文学评论家利维斯（F. R. Leavis）认为，四五名小说家构成了英国小说的“伟大传统”，其余的都是些无足轻重的小人物，不值得关注。在他看来，文学是一种建立在品味、道德和支持或反对生命之上的等级制度。布迪厄对此也持这种观点吗？既然我们讨论的是理论之间的对话，那么在这里我们是不是也可以将 F. R. 利维斯和布迪厄是进行比较？

齐马：在布迪厄看来，文艺的标杆不是阿多诺意义上的审美真理那样的质量或审美价值，而是文化客体在文化商品市场中的地位。根据布迪厄的观点，这个市场的规则和法律是由统治阶级或统治阶级，即他们的文学或艺术批评家所制定的。它们决定了一种风格是否有价值、是否精致、是否复杂、是否与众不同等等。在利维斯的例子中，布迪厄感兴趣的是利维斯作为统治阶级或阶级的发言人，是如何在他的时代支配着文学市场的规则和法律的。

张：齐马教授，刚才你用了“理论的终结”这个短语。这听起来像是你对著名术语“后理论”或“反理论”的解释。那么你如何看待“后理论”或“反理论”呢？

齐马：我写过一本书叫《什么是理论》[①]，有德语和英语两个版本。我在英文版的开头提到了伊格尔顿，他曾经发表过对后理论的看法。从理论上讲，他所说的理论仅指文学理论，他甚至没有说明理论到底是什么。我的观点与他有两处不同。首先，如果你总是对后理论的概念避而不谈，那么谈论它又有什么意义呢？其次，我认为理论并不是二元的，它考虑到了现实的模糊性。此外，我还想展示一些社会学理论，以及它们关注的焦点。焦点反映出叙述者从谁的角度看世界，在社会学理论中发挥着重要作用。拿马克思来说，谁是他的焦点？无产阶级。他从他们的角度进行讲述。叙事理论分为内外焦点，这在马克思身上有着有趣的呈现。一方面，他从外部视角看待他的主人公——无产阶级，并把它与其他社会群体作比较。后来他对无产阶级有了一定了解，于是成为一个局内人。但这是不合理的，因为他的思想不是基于经验或民族研究，而是猜测。我认为叙事理论也广泛存在于社会学中，也就是说，每一种社会学理论都是一种叙述，一种语义和叙事结构。批判理论的焦点是批判性个体。阿多诺认为理论与实践并不是统一的，因此批评是一个独立的个体。自主批判的个体是决定性的批评实例，而不是任何社会阶层、政党或运动。

赵：您曾说过阿多诺不是马克思主义者，因为他不相信实践与理论的统一。您能否就此再做一些解释？

---

① Peter V. Zima, *What is Theory? Cultural Theory as Discourse and Dialogue*, London and New York: Continuum International Publishing Group, 2007.

齐马：是的，而且我同意他的观点，即我不认为实践和理论是统一的。马克思相信他的行为和理论与现实相符，而且把自己的思想等同于现实。在他的主张中，他还把自己的思想与无产阶级的命运联系起来，相信自己的理论会被工人阶级所实现。然而，我认为理论只是诸多可能性之一，我们可以通过与其他理论相结合来测试它，从而批判性地看待自己的观点。

赵：您似乎不想把阿多诺的美学理论称为“马克思主义”或“新马克思主义”，为什么？

齐马：夸张一点说，马克思主义美学甚至可以说是根本不存在的，因为马克思主义中的所有美学理论都源自黑格尔学派。当戈德曼、卢卡奇或亨利·列斐伏尔等作家试图将文学作品转化为哲学、意识形态或“世界观”时，其中蕴含的黑格尔主义便会显现。然而，阿多诺在这方面却与黑格尔意见相左。他认为艺术品是不应该被概念化的，因为这会限制它们被转化为概念、哲学或意识形态语言的可能性，或者将其用于商业目的的尝试。在阿多诺的美学理论中，“模仿”的含义之一是非概念性的。与黑格尔相反，阿多诺维护艺术的模糊性和多义性，正是这一点使得某些艺术作品免于被转化为意识形态。

赵：对于阿多诺来说，“模仿”意味着非概念性的。你能详细解释一下吗？

齐马：艺术和文学的非概念性特征是由于文学使用的是索绪尔意义上的能指，而不是所指，它不像阿多诺的理论那样适用，而是一词多义的能指。他们是模糊的。理论总是试图定义概念，但在文学中，尤其是诗歌中，它是不同的。

赵：阿多诺以风格晦涩著称，您对此有何看法？

齐马：有些作者的作品很好懂，但很肤浅。特里·伊格尔顿就是一个例子。他把伊瑟尔和乔斯混为一谈。伊瑟尔采取现象学方法而且关注文本，尤其是文本的潜在语义和模糊性。相比之下，乔斯关注的是人们阅读和接受文本的方式，因此他更多地扮演了一名接待员的角色。伊格尔顿的作品虽然具备易读性，却忽略了这个关键区别。

张：除了“模仿”，“特殊性”是阿多诺的另一个关键术语。按照您的观点，如果我们要开启理论之间的对话，特殊性和普遍性之间的关系是否也是一个不可回避的问题。

齐马：你说得非常对！以阿多诺为例，在他的关于特殊性的思想中，被强调的是个体。他不像黑格尔那样相信历史普遍发展规律，也不像马克思那样相信无产阶级会实现自己的理想。他相信的是特定的个人。所以我多年前写一本关于法兰克福学派的书时，给它起了一个副标题“特殊性的辩证法”。当然，由于概念的普遍性，艺术模仿无疑是特殊的、具体的和非概念性的。所以阿多诺不希望艺术作品沦为概念。他强调特殊性（或者说符号学）和能指的结构，而不是所指。由此可见，从个体到特定的艺术作品，阿多诺都强调特殊性。在我看来，特殊性意味着每一个理论都基于一种具体和特殊的群体语言，这是创建理论之间的对话所必须考虑到的。因此，个体代表普遍理性并能够自发交流的观点是不成立的。

张：那么您认为普遍性的重要性体现在哪里？

齐马：普遍性无疑非常重要。无论是进行对话、对比各种理论，还是发起讨论，我们的目标都是为了达成一个普遍的共识。不同的语言之间并非像利奥塔认为的那样总是互相争斗，无法比较，相反，它们可以在某些方面达成一致，而这正是特殊性的一部分。所以我的目标是通过特殊性来实现普遍性，即使有些人并不相信特殊性的存在。

张：为了把比较文学带到社会科学的前沿，据说您采取了一些非常规的方法。这种“非常规性”具体指的是什么？

齐马：在于一些理论和语义成分。欧洲文献历史悠久且充满理想主义色彩，因此比较文学很少被与社会科学结合。有些人不喜欢社会学和批判理论，对符号学也知之甚少，所以他们拒绝接受，而且认为我的方法是非常规的。

张：您在《比较文学导论》[①] 一书中认为，因为比较文学具有很强的语言学传统，因此比较文学史是一门科学，是这样吗？您能否就此再作一些详细说明？

齐马：作为一门以实证主义为基础的语言学，比较文学发展于19 世纪的英国和法国。什么是实证主义？实证主义是由法国哲学家奥古斯特·孔德创立的一种哲学，他是首位使用社会学一词的思想家。他以自然科学特别是生物学为研究对象，于是提出了面向自然科学特别是生物学的社会学思想。他认为社会学是生物学的一个分支。他的哲学思想的第二个基本原则是实事求是，即科学的陈述和理论应该以事实为基础，而不是猜测。其哲学思想的第三个基本原则是因果关系，即科学应该首先关注因果联系和事实之间的因果关系。孔德的哲学思想后来被称为实证主义，在法国和其他欧洲国家都极具影响力，包括对社会学和推崇文学事实的比较文学的影响。作为实证主义的拥护者，法国的伊波利特·丹纳和德国的魏特林·谢勒都曾试图将实证主义应用于比较文学。

张：但是这种实证主义很快就受到了来自不同理论阵营的比较学者的挑战，对吧？

齐马：没错。比如美国的勒内·韦勒克，他的思想与捷克的结构主义很相似。20 世纪 60 年代和 70 年代，他批评法国比较文学的“求实癖”，认为文学作品是一个结构化的整体，不应该被简化为作

---

① ［奥］彼得·V. 齐马：《比较文学导论》，范劲、高晓倩译，安徽教育出版社 2009 年版。

家之间的影响和联系。20 世纪 20 年代初，法国实证主义在德国受到了哲学诠释学的挑战，比如弗里德里希·冈多夫。他认为，文学不能被简化成像自然科学的对象那样的事实，因为它是一个不断提出问题和答案的活的有机体。新读者们会不断重复这个过程，重新表述，赋予其新的生命。这一思想后来被德国的接受美学或读者反应批评重提，这种美学是由汉斯·罗伯特·约斯和沃尔夫冈·伊瑟所代表的所谓的康斯坦斯学派发展起来的。该学派也是反实证主义的，因为它拒绝将文学作品视为事实，而是试图发现历代读者如何对待文学作品所提出的问题。从比较文学的视角，这意味着这种读者反应批评的目的是确认文学作品在其他文化中是如何被解读的。当然，批评的声音还来自一些马克思主义学者，比如前苏联的维克托·日尔蒙斯基和斯洛伐克的戴奥尼茨·杜里辛。他们认为法国实证主义忽略了作家的历史和社会处境之间的类型学相似性，因此无法理解文学的影响。他们还认为文学作品之间存在着重要的相似性，但这并非来自影响力，而是源于相似的社会结构、制度和发展。

张：您刚才提到了“类型学相似性”。关于类型学比较，您认为通常情况下成因比较是以类型比较为前提的。为什么？

齐马：让我再来举一个例子，是关于爱尔兰裔英国作家奥斯卡·王尔德和奥地利作家雨果·冯·霍夫曼斯塔尔之间的类型学比较。在王尔德的戏剧和小说中，1900 年前后在伦敦上流社会中常见的对话或诙谐谈话随处可见。有人甚至认为它们是王尔德的戏剧和小说的精髓。在雨果·冯·霍夫曼斯塔尔的戏剧中，尤其是他的喜剧《一个难相处的人》中，谈话的主导地位也很明显。对话在这部剧中不仅是主旨，也是一个主要的话题。那么，怎样解释奥斯卡·王尔德和雨果·冯·霍夫曼斯塔尔的戏剧之间的这些相似之处呢？虽然霍夫曼斯塔尔知道奥斯卡·王尔德的作品，但用这一点来解释上述相似性有些牵强，因此只能诉诸日尔蒙斯基和杜里辛的社会学的和类型学。这种结构上的相似性是由于王尔德和霍夫曼斯塔尔的戏剧分别产生于伦敦和维也纳，而这两个地区的社会环境是类似的。在英国和奥地利的小资阶层中，对话或诙谐谈话正是最常见的群体语言。世纪之交（1900 年）的历史和社会背景解释了戏剧结构的相似性。

张：集体语言？这是个有趣的说法。您能解释一下它的含义吗？

齐马：集体语言也可以被称为社会方言，是指在我们所处的社会和语言环境中共存且相互作用的多种不同的集体语言，包括宗教的、政治的、哲学的和科技的。正是这些社会语言或群体语言造就了我们的期待，这种期待又塑造了我们对文学作品的解读。

张：这就是你所说的试图在社会符号学的基础上重建比较文学？

齐马：是的。我们应该将文学作品及其翻译定位于特定的社会语言环境中。在这种环境中，作品的意义会随着文化特征、群体语言和意识形态发生变化。采用社会学和符号学的视角会让我们的“期待视野”更加精确。

张、赵：您说得太好了！非常感谢你这次内容丰富、使人深受启发的采访，齐马教授。

齐马：不客气，这是我的荣幸。

皮特·V. 齐马（Peter V. Zima，1946— ）奥地利克拉根福大学比较文学教授，奥地利科学研究院通讯院士，欧洲科学院院士，兼任维也纳大学和那不勒斯东方大学客座教授，德语区最具国际影响的文本社会学、比较文学学者之一。其研究领域涉及比较文学、美学、哲学、社会学等。主要著作有《社会学批评概论》（*Manuel de Sociocritique*）、《主体性与同一性》（*Subjectivity and Identity*）、《什么是理论》（*What is Theory?*）、《现代文学理论的哲学》（*The Phi-*

losophy of Modern Literary Theory)、《解构主义与批判理论》(*Deconstruction and Critical Theory*)、《现代/后现代：社会、哲学、文学》(*Modern/Postmodern：Society，Philosophy，Literature*) 等。

张聪，文学博士，中国社会科学杂志社编辑。

赵冰，文学博士，外交学院英语系讲师。

本文由中国外交学院中央高校基本科研业务费专项资金资助（编号：3162018ZYKC04）。

许卢峰

历史的隐喻与神话的现实
——对福柯启蒙论中“愚人船”意象的解析

内容提要：“愚人船”是福柯在《疯癫与文明》一书中使用的重要意象，过去的研究者们更多关注的是该意象所体现出的理性与疯狂的关系，并将福柯简单地化约为研究“微观权力”的谱系学家。然而事实上，哲学、历史和文艺分别塑造了福柯的多个面孔，“愚人船”的意象就此呈现出一种视觉感。此外，考虑到欧洲有关启蒙的思想通常会采用隐喻的形式表现出来，因此本文将通过对“愚人船”意象的分析，厘清其背后隐喻的有关启蒙的象征含义。继而，本文还将梳理福柯的启蒙观与古典式启蒙观、现代性启蒙观之间的异同，从而实现对启蒙的整体性反思。

关键词：愚人船；意象；界限；隐喻；启蒙

“这些萦绕着整个文艺复兴早期想象力的愚人船很可能是朝圣船。那些具有强烈象征意义的疯人乘客是去寻找自己的理性。”①

——福柯

福柯（Michel Foucault）是20世纪法国乃至全世界最有影响力

① ［法］福柯：《疯癫与文明》，刘北成等译，生活·读书·新知三联书店2012年版，第12页。

的学者之一，然而誉之所至，谤亦随之，如今距离福柯逝世已经三十多年了，对于他思想的辩论与捍卫不但没有停止，反而日趋激烈。之所以会出现如此广泛的争议，很大程度上是因为福柯思想的丰富性和复杂性。福柯究竟是一个社会学家、历史学家，还是一个哲学家？在学科划分极端细化的今天，研究者们阅读福柯时，往往面临跨越学科的无所适从，免不了都要问一声：福柯以什么身份讲话？带着这种难以进入作者内心世界的困惑，当读者面对着福柯那些包罗万象的作品时，便会将作者化约成研究“微观权力”的谱系学家，因此，无论是对福柯理性与疯狂、知识和主体之间关系的探讨，还是对话语和自我技术之类概念的分析，都被简单地看作权力研究的衍生物。然而，如果我们只是这样脸谱化地阅读福柯，显然是对他的一种贬低和误读。那么，福柯究竟是谁？

米歇尔·德赛多（Michel de Certeau）曾经讨论过“福柯的面孔”。在《米歇尔·福柯的笑》一文中，他指出，福柯善于凭借“精确和警觉的注意力”去发现那些“潜藏着未被人注意的某一奇怪的火花”，而这些火花“就在那里，非常具有可读性，但却未为人读，因为它们会使被预料的和被符码化的人大吃一惊”，而当福柯读到它们时，总是会抑制不住的大笑，因为这种文本“一经阅读，就会打破我们这个时代的思想，打破所有熟悉的里程碑，打破所有秩序的表面”[①]。由此可见，福柯的高超之处，就在于他能够结合哲学家的洞察力、史学家的求证力和文学家的想象力，从而在结合哲学概念讨论与历史事件分析的基础上，展现出一种视觉的效果。福柯作品的这种视觉风格，与他酷爱先锋派艺术有很大的关系，实际上，这种视觉感最好的体现就是意象，意象继而又创造了

① ［法］米歇尔·德塞多：《米歇尔·福柯的笑》，载汪民安等编《福柯的面孔》，文化艺术出版社 2001 年版，第 36 页。

文本。这个意象世界的基本变化是，一个多重意义所具有的张力使这个世界从形式的控制下解放出来，并且在意象表面的背后建立了如此繁杂的意义，以至于意象完全呈现为一个令人迷惑不解的面孔。《疯癫与文明》一书中“愚人船”的意象，正是福柯风格的典型代表。因此，本文将对“愚人船”这一意象进行新的解读，并试图在理性与启蒙的隐喻和现实中，还原出一个人文主义者福柯。

一 “船”的传统意象

福柯“愚人船”的意象并非空穴来风，而是出自西方传统的经典作品之中。实际上，在“愚人船”意象出现之前，“船”作为母题，就已经在西方的宗教与文学文本中被广为运用了[①]。最早的意象自然是“诺亚方舟”（Noah's Ark），这是一艘根据上帝的指示而建造的大船，目的是为了让诺亚与他的家人，以及世界上的各种陆上生物能够躲避一场大洪水灾难[②]，这段故事分别被记录在基督教《旧约·创世纪》以及伊斯兰教的《古兰经》中。虽然弗雷泽（James Frazer）在考察《旧约》中大洪水的故事时，发现它们都源自半传说加上半神话，是一种夸张的记述[③]，但从这些文本中，我们不难发现，洪水与船这两个意象是紧密相连的，船是在危难中解救人类的神圣之物，在船上乘坐的则是自然界中世俗的生物，

① 参见［法］让—伯努瓦·埃龙《文学史上的“船”说》，李芳原译，华中科技大学出版社2019年版。需要指出的是，该书虽然分析了重多航海文学经典作品中著名船只的形象，但却并没有涉及“愚人船”。

② 有关大洪水神话的研究，可参见［美］阿兰·邓迪斯编《洪水神话》，陈建宪等译，陕西师范大学出版社2012年版。

③ ［英］詹姆斯·弗雷泽：《〈旧约〉中的民间传说：宗教、神话和律法的比较研究》，叶舒宪等译，陕西师范大学出版社2012年版，第155页。

他们必须遵循严苛的禁忌方能生存。这正好印证了涂尔干（Emile Durkheim）对宗教现象的描述："整个世界被划分为两大领域，即神圣与凡俗，它们之间存在着绝对异质性的对立"[①]。这种宗教意义上"船"的意象，体系出了一种明显的二元对立思维。

此外，还有一种古典学意义上的"船"。至少在古希腊的文学中，我们就经常能看见船的隐喻，其中包括舵、舵手和领航员三个要素，而掌握着舰船舵柄的这个人，事实上则是在暗指城邦的头领，他对这个城邦来说有一些责任。比如在索福克勒斯（Sophocles）的《俄狄浦斯王》中，我们可以看到这样的隐喻：国王承担城邦的责任，他引领城邦应当像一个优秀的领航员引领船舰那样，避开礁石，导入港口。在古典时期，柏拉图（Plato）是最擅长运用"船"这个隐喻的学者，在其《游叙弗伦篇》《普罗塔戈拉斯篇》《政治篇》《法律篇》和《理想国》中，都有过类似的比喻[②]。而之后亚里士多德（Aristotle）的《政治学》，西塞罗（Marcus Tullius Cicero）的《与阿提克书》与《论共和国》，以及托马斯·阿奎那（Thomas Aquinas）的《论执政》中，都对柏拉图"以船喻政"的方式加以继承和发展[③]。而在这一点上，福柯毫无疑问是深受影响的，他在法兰西学院授课"治理术"时，就曾专门讨论过这种"船"作为治理的意象。

与以上两种普遍意义上的船的意象相比，愚人船（Narrenschiff）的历史则要短得多，事实上，它是一个文艺词语，按照福柯

---

① ［法］涂尔干：《宗教生活的基本形式》，渠东等译，商务印书馆 2011 年版，第 48 页。

② Pierre Louis, *Les Métaphores de Platon*, Paris: Les Belles Lettres, 1945, p. 156.

③ 此处列举与船相关的政治意象，可参见［法］福柯《安全、领土与人口》，钱翰等译，上海人民出版社 2010 年版，第 97 页。

的推断，可能出自古老的亚尔古英雄传奇（Argonautic saga），然而在文艺复兴时期，“愚人船”被赋予了新的想象图像，这种奇异的“醉舟”沿着平静的莱茵河和弗兰芒运河巡游。于是，出现了一大批与之相关的文学作品：尚皮埃（Symphorien Champier）的《王公之舟和贵族之战》《淑女船》与《健康者之舟》，奥斯特沃伦（Jacob van Oestvoren）的《蓝舟》，还有巴德（Josse Bade）的《女愚人船》等。然而，在所有这些作品中，对福柯影响最大也是最直接的，还是布兰特（Sebastian Brant）的诗歌《愚人船》、伊拉斯谟（Desiderius Erasmus）的文学作品《愚人颂》以及博斯（Hieronymus Bosch）的画作《愚人船》。特别是博斯的画风与旧时尼德兰大相径庭[①]，原本宗教上庄严的圣者，在博斯的画笔下变成了尔虞我诈的凶恶怪物，上层社会生活中的争权夺利，成了画家鞭挞和揶揄的对象，该作品已经初步具有一种超现实主义的风格特点。

虽然福柯深受博斯超现实主义画风的影响，但在《疯癫与文明》的开篇，他并没有直接分析博斯的画作，而是选择了作为历史真实的愚人船，福柯认为：“在所有这些具有浪漫色彩或讽刺意味的舟船中，只有愚人船是唯一真实的，因为它们确实存在过。”[②]于是，福柯以展现史料的形式，列举了14世纪至15世纪欧洲，尤其是德国用船驱逐疯子的风俗。然而正如传统史学家指出的那样，福柯在此所用“愚人船”的史料，是完全没有出处的，也就无法证明其存在的真实性。那么，福柯此处所说的“愚人船”意欲何在呢？

---

① Walter Bosing, *Bosch*: *C.* 1450—1516 *Between Heaven and Hel*, Taschen Special editions, 2010.

② ［法］福柯：《疯癫与文明》，刘北成等译，生活·读书·新知三联书店2012年版，第10页。

二　愚人船的历史隐喻

在《疯癫与文明》一书中，福柯提到了不少文艺复兴时期的绘画，其中博斯最受福柯的特别关注。博斯是尼德兰的重要画家，仅在《疯癫与文明》中，福柯就提到了《治疗疯癫》《愚人船》和《圣安东尼的诱惑》这三幅。事实上，博斯的绘画开创了一个崭新的风格[①]，他打破了尼德兰绘画传统中的虔诚、肃穆和静止不动的宗教气息，创造了几乎是令人眼花缭乱、骚动不安，而又充满寓意性形象的画面，充斥着反宗教的叛逆气息。在博斯的同时代里，尼德兰著名的人文主义学者伊拉斯谟，曾在其《愚人颂》等著作中，用辛辣的笔锋攻击了教会中的愚蠢和伪善。而同时代的另一个德国诗人布兰特，则在同样名为《愚人船》的寓言故事中，讽刺了愚昧而又行为不检的教会人士。博斯深受他们的影响，用绘画形象对教会人士及其造成的社会黑暗，进行了深刻的讽刺和批判。不过他常用一些隐晦曲折的手法，采用寓意和幻想的形象，他画中的人物形象极尽夸张。此外，他还喜欢以绘画的形象来诠释民间谚语和书籍典故，所以其画作的内容和形式常显得烦琐复杂、神秘莫测。

福柯在书中说道："博斯的名画《愚人船》不是直接取材于布兰特的诗作《愚人船》吗?"[②] 有人甚至认为，博斯的这幅画就是图解布兰特长诗主要诗篇的系列绘画的一部分。的确，博斯的画不仅采用了同样的标题，而且几乎完全是对布兰特长诗的第二十七章做出的图解，是用夸张的绘画风格来讽刺"酒鬼和饕餮之徒"的，因此，西方现代美术评论家往往把博斯视为超现实主义绘画的鼻

---

① 朱伯雄编：《世界美术史》，山东美术出版社 2006 年版，第 254 页。

② ［法］福柯：《疯癫与文明》，刘北成等译，生活·读书·新知三联书店 2012 年版，第 19 页。

祖。超现实主义强调描绘人的潜意识或梦境，但在博斯的画中，那些怪诞形象并非完全来自人的梦境或潜意识，它们仍然来自于现实的生活。由此可以看出，福柯隐喻的手法不仅是继承了尼采，还延续了博斯。就博斯的《愚人船》而言，福柯做出了三点论述：第一，它是布兰特同名诗作《愚人船》的再现，这两个出现于同时代的作品都敏锐地感知到了疯癫与起航之间的关系；第二，作为博斯作品中的桅杆的树与知识有密切的关联；第三，疯癫船员的贪欲代表着一种虚假的幸福和邪恶的胜利。

事实上，传统上的舟船意象，按照福柯的说法都是“载着理想中的英雄、道德的楷模、社会的典范，开始伟大的象征性航行”[①]。透过航行，船上的人即使没有获得财富，至少也会成为命运和真理的化身。但是显然，博斯的画作里的“愚人船”与福柯文本中的“愚人船”与那些广为流传的舟船故事在内容和关怀上完全不同。因此，尽管福柯关于博斯画作的评价受到不少质疑，但为了明确他们运用“愚人船”意象的真实意图何在，我们可以分别从水域、桅杆和船员三个角度来理解《疯癫与文明》中愚人船的隐喻。

1. 水域与非理性

纵观欧洲的历史，我们就会发现长期以来水域和疯癫就在欧洲人的梦幻中相互联系着。为此，福柯曾经专门写过一篇短文来讨论水与疯狂之间的关系。他认为，在西方人的想象中，理智长期以来就属于坚实的土地，而非理性则自古以来就属于水，尤其是属于动荡不安的汪洋大海。福柯指出：“疯狂是乱岩突兀的理性水流涓涓的外表，也许正是因为在古老的想象中疯狂具有流体的本性，我们

① ［法］福柯：《疯癫与文明》，刘北成等译，生活·读书·新知三联书店 2012 年版，第 10 页。

的文化中才出现了与疯狂相关的主题。[①]”为了更直观地说明水域与非理性（疯癫）的关系，福柯在书中还引用了海因洛特半人类学半宇宙学的分析，指出疯癫是人身上晦暗的水质的表征，水质是一种无序状态、一种流动的浑沌，是一切事物的发端和归宿，是与明快和成熟稳定的精神相对立的。

既然水总与疯狂相伴，那么很久以来，水被用来治疗和对付疯狂也就不足为奇了。福柯列举了在17世纪至19世纪的精神病院中，临床治疗疯癫一般都会使用浸浴或者淋浴。在这里，水被赋予了四个功能：首先，它能使人感到痛苦，使患者重新回到他试图回避的现实世界中来；其次，它令人受挫，使患者清醒地面对自我；再次，它打断患者的话，使其沉默，因为那无休无止的饶舌不仅仅是疯狂的信号，其本身就是疯狂；最后，它对人进行惩罚，当患者悔过时便停止。福柯因此认为：“水代表着精神病院的审判机构，不过这种审判具有特殊性，它的目的在于使得患者承认自己所说的都是幻觉——纯粹的疯狂。”[②] 当时人们认为审判与意志构成了理性与非理性二分，因此，患者必须承认自己精神不正常才能恢复健康。

如果说疯人的航行在西方的精神世界里与如此之多的古老动机有联系，那么为什么愚人船及其精神错乱的乘客突然频频出现在15世纪的文学和绘画中？为什么水域和疯癫的古老结合在某一天而且恰恰是在这一天生出了这种船？

福柯认为，其原因就在于它是一种巨大不安的象征[③]。疯癫和

① ［法］福柯：《水与疯狂》，载《福柯集》，杜小真译，上海远东出版社1998年版，第10页。

② ［法］福柯：《水与疯狂》，载《福柯集》，杜小真译，上海远东出版社1998年版，第12页。

③ ［法］福柯：《疯癫与文明》，刘北成等译，生活·读书·新知三联书店2012年版，第15页。

疯人成为重大现象，其意义暧昧复杂：他们既是威胁又是嘲弄的对象，他们既是尘世无理性的晕狂又是人们可怜的笑柄。尽管上述的文艺作品中一如既往地鞭挞罪恶和错误，但不再把这些全部归咎于傲慢或冷酷，而是归咎于某种严重的非理性。在这种情况下，水变成了让人供认的工具，水可以排斥一切的非理性。水，在精神病院的道德氛围中，使人面对赤裸裸的现实，它具有强大的洁净力，既是洗礼，又是忏悔，在使患者回到失范之前的状态同时，还使他彻底地认识自我。这是因为当时的人们认为，疯狂是患者不愿承认现实的一种幻觉，但是水能使精神病患者承认自己有病，水使意识清醒地认识到自我，它的效果相当于传统的启蒙者对非理性的厌恶。

2. 桅杆与知识

在博斯的《愚人船》这幅画里，愚人船上摇曳着桅杆，这个桅杆的前身是禁树、允诺永生和使人犯下原罪的树，它曾种在人间乐园的中央，但后来被连根拔起。然而这棵树却是知识的象征，那么这种愚人的智慧预示着什么呢？毫无疑问，因为它是被禁止的智慧，所以它既预示着撒旦的统治，又预示着世界的末日；既预示着终极的狂喜，又预示着最高的惩罚；既预示着它在人世间的无限威力，又预示着万劫不复的堕落[1]。愚人船穿行过一个快乐区域，这里能满足人的一切欲望，在这里人似乎不再有痛苦，也不再有需求，但人们只是享受着虚假的幸福，却不知已迫近末日。这个末日毫无作为过渡和希望的价值，而只是一个吞没世界原有理性的黑夜。

博斯作品中船的桅杆无疑就是传说中来自伊甸园的智慧树，对此，需要注意的是，它很有可能指的就是流行的五朔节中的山楂树，这一形象包含了某些普遍的道德自由的意味。福柯说它指代

① ［法］福柯：《疯癫与文明》，刘北成等译，生活·读书·新知三联书店 2012 年版，第 23 页。

“永生树”，显得有些奇怪，因为伊甸园中关乎善恶的知识树正好就是死亡之树，它的果实意味着天堂的终结和堕落的来临，人类生命从此开始了由生至死的无尽循环。所以，事实上伊甸园里有两棵树，另外一棵树，即生命之树，并没有被禁止。只是在亚当和夏娃屈服于蛇的诱惑之后，他们认识到了善恶之分，才被上帝从天堂中驱赶出去，以使他们不会再去吃永生树上的果实。罗伊·博伊恩（Roy Boyne）在分析这棵树的含义时，指出“不管怎么说，如果博斯作品中的树确实是知识树，那它就更加说明博斯的作品是与超验领域正相对立的，它缺乏那种洞穿他者领域的雄心”[①]。

话语不是自生自灭的，它受到社会秩序的控制。无论在古典时期，还是在中世纪，乃至于现代，疯人的话语总是和理性话语区分开来，疯人的话语长期被视为无效的、不重要的，甚至不值得倾听，因为它们和理性话语不同，这种区分导致了排斥，于是疯人话语就被视为没有意义的噪音，被视为不存在的。即便到了现代时期，医生开始倾听疯人的话语，但这种倾听仍然不是理性话语和疯人话语的坦诚交流，反而具有某种等级上的差异性。对于倾听者而言，他只是在倾听一个危险的他者。由此，自然会导致所谓的真理也被控制，我们从愚人船中，就不难发现，桅杆作为知识的象征，挟持着理性，控制着真理意志。在历史的不断变化中，真理话语也在被反复修正，它以一种可变性的方式前进。自诩为理性的“正常人”用他们自己的话语权力形成社会体制，并最终规训出真理。就此，福柯相信：“如此依赖于体制支撑和配置的真理意志，常常会向其他形式的话语施加压力，施加约束。”[②] 而这些正是传统的启

① ［英］罗伊·博伊恩：《福柯与德里达：理性的另一面》，贾辰阳译，北京大学出版社2010年版，第20页。

② ［法］福柯：《知识考古学》，谢强等译，生活·读书·新知三联书店2007年版，第219页。

蒙观所持有的态度，即带着所谓理性的真理走向启蒙。

3. 船员与权力

如果阅读布兰特的《愚人船》一诗，就会发现共有116段描述愚人船上的乘客，其中既有守财奴、诽谤者、酒鬼，还有放荡不羁者、曲解圣经者、通奸者。福柯认为这部作品的宗旨就是谴责人所能做的一切不端行为[①]。当然，我们不能忽视的是，船上还有大量"正常"的船员、水手等。因此，既然有了正常与不正常之分，在这两者之间，甚至在它们各自的内部都存在着基于权力的"治理"。

那么，治理一艘船意味着什么？"很清楚，它意味着治理者不光要对这些船员负责，同时还要对船舶及货物负责。照料一艘船还意味着要认真考虑风向、礁石和各种坏的天气。"[②]也就是说，治理一艘船，要在需要照料的船员和需要照料的船舶之间，要在需要安全运抵港口的货物和所有这些不测之间，建立一种联系，这就是它最大的特点。福柯进一步论述，他认为治家也是如此，治理家务或者家庭，其实质并不是卫护家庭财产；与治家关联的其实是组成家庭的每个人，以及他们的财产和幸福。治家意味着认真考虑所有可能突然降临的情况，例如出生和死亡；以及所有可能做的事，例如与其他家庭的联姻；这种管理的一般形式就是治理的特征；相比而言，对家庭而言的地产问题，对君主而言夺取领土主权的问题，只是相对次要的事，真正重要的是这种人与事的复合体。

在这一系列的隐喻中，国王成为舵手的化身而城邦成为舰船，但是必须指出的是，被治理的，即在这个隐喻中作为治理对象的，是城邦本身，它被看成是在暴风雨中穿过暗礁密布的水道的舰船，

---

① ［法］福柯：《疯癫与文明》，刘北成等译，生活·读书·新知三联书店2012年版，第28页。

② ［法］福柯：《治理术》，载冯钢编《社会学基础文献选读》，浙江大学出版社2008年版，第468页。

这艘舰船必须逆风行驶，躲避海盗和敌人，到达正确的港口。治理的对象，治理行为所作用之处，并非个人。船长或者领航员所治理的不是船员，而是舰船。同样，国王所治理的是城邦，而不是城邦中的人。治理的对象和目标是作为物质实体的城邦，它是一个整体，是可能延续或者消亡的城邦。而城邦中的人们，只可能间接地被治理，因为他们也登上了这艘船。只有通过这个过程，通过登上舰船这个中介，人们才被治理，但是人们自身并没有直接被城邦的首领所治理。

不容忽视的是，我们对于“治理”这一概念的理解，除了历经“人治理事”到“人治理人”这两个阶段，事实上人的“自我治理”这一要素一直都存在于治理艺术之中。福柯曾说他是在“向他人实施的支配技术”和“自我技术”之间来表述所谓的“治理术”的。此外，在《不正常的人》中，福柯就提到了“治理的艺术”这个问题，他说：“古典时期建立了可以被称为‘治理的艺术’的东西，这里取其当时的确切意义：治理儿童、疯子、穷人以及即将出现的工人。”[①] 而福柯在《疯癫与文明》中所说的“愚人船”，也是用“船”的意象来隐喻关于“治理”的问题，船上的所有人都在权力无处不在的治理配置中展现自我伦理。

三　作为神话的现实：愚人船与启蒙

通过以上对“愚人船”的意象做出的细化的分析，我们已经看出了其中有关理性、权力、知识和伦理的深刻含义。但如果我们重新从整体上来看“愚人船”，就会发现这不仅是一座船，更是一场仪式。实际上在福柯看来，大量迹象已经表明，驱逐疯人已成为许多种

① 参见［法］福柯《不正常的人》，钱翰等译，生活·读书·新知三联书店2010年版。

流放仪式中的一种。一方面，将疯人交给水手是为了确保他们不再徘徊在墙下，确保他们将远走他方，使他们成为背井离乡的囚徒。福柯曾说过："这些萦绕着整个文艺复兴早期想象力的愚人船很可能是朝圣船。那些具有强烈象征意义的疯人乘客是去寻找自己的理性。"[①]愚人船作为朝圣船就是神圣的，而它所载的疯人们却被认为是世俗的，既然如此，这条船也就打破了神圣与世俗的二分，它们都汇集在了这一座特殊的船上，由此可见，愚人船象征了两种仪式。

第一种就是分类仪式。玛丽·道格拉斯（Mary Douglas）认为一个事物的无法分类，往往会导致其遭受排斥和禁忌[②]。疯人们正是这样的一类人，福柯在《不正常的人》中指出，疯人既不属于正常人，又不属于完全意义上的病人，[③] 他们自然就会受到正常社会的流放。因此，疯人远航既是一种严格的社会区分，又是一种绝对的过渡。在这种意义上，这不过是透过半真实半幻想的地理变迁而发展了疯人在中世纪焦虑中的门槛处境，成为一种消极的"阈限"（Liminality）[④]。疯人们在此无法被归类，因为他们具有被囚禁在城关内的特许权，但是要排斥他们就必须将他们圈起来，而"除了门津之外没有其他适合的监狱，于是他们只能被扣留在那个渡口"。[⑤] 疯人被置于里外之间，对于外边是里边，对于里边却是外边，这是具有强

① ［法］福柯：《疯癫与文明》，刘北成等译，生活·读书·新知三联书店 2012 年版，第 12 页。

② 参见［英］玛丽·道格拉斯《洁净与危险》，黄剑波等译，民族出版社 2008 年版。

③ 参见［法］福柯《不正常的人》，生活·读书·新知三联书店 2010 年版。

④ 参见［英］维克多·特纳《仪式过程：结构和反结构》，黄剑波等译，中国人民大学出版社 2006 年版。

⑤ ［法］福柯：《疯癫与文明》，刘北成等译，生活·读书·新知三联书店 2012 年版，第 13 页。

烈象征意义的一种地位。

另一种则是净化仪式。上文曾提到的水域给这种做法增添了隐秘价值，然而事实上，它不仅将人带走，还具有另外的作用——净化。航行使人面对不确定的命运。在水上，任何人都只能听天由命，每一次出航都可能是最后一次。而疯人乘上愚人船是为了到另一个世界去，当他下船时，他是另一个世界的人，水域和航行确实扮演了这种角色。福柯因而指出，这些疯人“被囚在船上，无处逃遁，他被送到千支百叉的江河上或茫茫无际的大海上，也就被送交给脱离尘世的、不可捉摸的命运。”① 这些疯人们因此便成了最自由、最开放地方的囚徒：他们被牢牢束缚在有无数去处的路口。这些人在福柯看来是最典型的人生旅客，是旅行的囚徒。他将去的地方是未知的，正如他一旦下了船，人们不知他来自何方。用福柯的话来说，就是“只有在两个都不属于他的世界之间的不毛之地，才有他的真理和他的故乡”②。我们知道，虽然这种习俗和这些价值观是那种将要长期存在的想象关系的滥觞，但是它们却是渊源于整个西方文化的历史之中，这也就是疯人出航习俗的由来。

在随后的历史中，原本具有神话意味的仪式变成了一种普遍存在的社会现实，对疯癫（愚蠢）的鞭挞变成了一种普遍的批判方式。因此，在那些闹剧和傻剧中，疯人或愚人的角色变得越来越重要，他们不再是司空见惯的站在一边的可笑配角，而是作为真理的卫士站在舞台中央：“他们用十足愚蠢的傻瓜语言说出理性的词句，从而以滑稽的方式造成喜剧的效果”，进而甚至北欧非常流行的传统的愚人节也成了戏剧性的活动，“把原先自发的宗教戏仿的因素

① ［法］福柯：《疯癫与文明》，刘北成等译，生活·读书·新知三联书店 2012 年版，第 13 页。

② ［法］福柯：《疯癫与文明》，刘北成等译，生活·读书·新知三联书店 2012 年版，第 13 页。

变成了社会和道德的批判”。[1] 更为重要的是，不久后，贫苦流民、罪犯，甚至其他更多的人接替了疯人的角色，福柯认为对他们的严格区分不仅是一种社会排斥，还是一种精神上的重新整合。他们被“朝圣的”使命所鼓吹，去寻找各自的理性，并且运用各自的理性，从而实现所谓的“启蒙”。

对此，福柯问道：“我们是否应该认为全体人类都卷入了启蒙的过程中？”如果正是这种情况，那么我们必须把启蒙看成是影响到地球上所有民族的政治及社会生存状态的一种历史变化。另一方面，福柯同样质疑我们是否也可以理解为“正是启蒙所带来的变化，使人类真正获得了人性？”[2] 这是一个值得我们深思的问题。

如果我们回过来看康德（Immanuel Kant）关于启蒙的论述，就会发现实际上，康德是把启蒙描述为一个历史转折点，在这一点上，人类开始运用自己的理性，而不再臣服于任何权威。同时康德又规定，人类要想逃脱自身的不成熟状态，必须具备两点兼具伦理意涵和政治意涵的基本前提[3]，首先是明确区分服从的领域与理性的领域。康德用为人熟知的表述“不要想，只管服从命令”，简要地概括了不成熟状态的特征。事实上，愚人船上的疯人们就是处于这样的状态中，纪律、权力和威权通常行使的就是这样的思维方式。此外，还有另外一种区分，即理性的私下运用与公开运用。康德认为理性就其公开运用而言必须是自由的，而其私下运用则是顺

---

① ［法］福柯：《疯癫与文明》，刘北成等译，生活·读书·新知三联书店 2012 年版，第 16 页。

② ［法］福柯：《何谓启蒙》，载［美］詹姆斯·施密特编《启蒙运动与现代性：18 世纪与 20 世纪的对话》，徐向东等译，上海人民出版社 2005 年版，第 388 页。

③ ［德］康德：《答复这个问题："什么是启蒙运动?"（1784）》，载《历史理性批判文集》，何兆武译，商务印书馆 1990 年版。

从的。但问题不仅仅如此，对康德来说，是什么构成了对理性的私下运用？而这种运用又是在哪些领域中？这才是问题的关键。康德认为，当人成为“机器上的一颗齿轮”时，他对理性的运用就是私下的。也就是说，即便当他扮演的是社会中的某一角色时，他都是作为社会的一个特殊环节。而愚人船正是处在这样一个被限定的位置上，不得不采用特定的规则，寻求特定的目的。愚人船上的疯人们除了漂泊之外，没有选择自己生活的权力。然而，在康德开来，启蒙不仅仅是个人认识到属于自己的思想自由获得保障的过程，实际上，只有当对理性普遍、自由、公开的运用彼此叠加在一起的时候，启蒙才会出现。

加雷特·格林（Garrett Green）认为，当康德给启蒙下定义时，他把一个隐喻奉为神明，而这个隐喻长期以来也已经成为欧洲现代性的一个备受宠爱的自我定义[①]。康德说，类似于小孩子的地位转变到成人的地位，经过启蒙的现代就是人类的成年，很明显，成年礼就是作为个人的人生“阈限”。但福柯指出，假如像康德所说的那样，对理性的普遍运用是作为个体的主体自身的事情，然而对那种理性的公开运用又是如何得到保证的呢？因此，福柯认为，“启蒙不应该被简单地理解为影响到全体人类的总体过程，也不应该仅仅被视作为个人规定的某种义务。”[②] 如果说，《疯癫与文明》中的“愚人船”象征着一种寻找理性的神圣启蒙，福柯正是要打破这样一种观念。启蒙不是如康德所说的那样是一个必然从黑暗驶向光明

① ［英］加雷特·格林：《现代文化的成熟：哈曼和康德对启蒙的根本隐喻的对立看法》，载［美］詹姆斯·施密特编《启蒙运动与现代性：18世纪与20世纪的对话》，徐向东等译，上海人民出版社2005年版，第301页。

② ［法］福柯：《何谓启蒙》，载［美］詹姆斯·施密特编《启蒙运动与现代性：18世纪与20世纪的对话》，徐向东等译，上海人民出版社2005年版，第390页。

的“转折点”，“愚人船”这一意象中所蕴含的“阈限”仪式是人为的分类，疯癫与非理性长久以来都为人们所排斥，但这种对现代性的盲目追求无疑是有害的。

在论及启蒙时，福柯强调两个方面的问题。一方面，福柯质疑一种特定类型的哲学追问在何种程度上根植于启蒙，因此他更加关注人与现在的关系，人生存的历史模式，以及作为一个自主主体的自我的构成。另一方面，福柯认为，可以将我们与启蒙联结起来的脉络并不在于信守教条的原则，而在于不断激活某种态度，它是某种哲学的精神气质，我们可以将其描述为对我们所处历史时代的持续批判。因此，我们可以看出，福柯眼中的启蒙实际上是一种“精神气质”。而这种精神气质，在“愚人船”这个意象中也得到了充分的表现，福柯通过对“愚人船”的反思，尤其是不再使用过去作为“英雄之舟”的意象，而是关注满载“疯人”的愚人船，这种从传统理性智慧的英雄向具有反讽意味的英雄的转变，正体现出了福柯对于启蒙与现代性的态度。

四　启蒙的界线：愚人船驶向何方？

哈贝马斯（Jürgen Habermas）曾说过，启蒙是一项未竟的事业[①]。在他看来，启蒙所提出的共同价值，如对自由、民主和平等的追求，今天远远没有实现，因此，哈贝马斯试图从启蒙的内部拯救启蒙。然而，我们应当看到，启蒙本身并不是自洽的，其内部具有极大的紧张性。启蒙曾经一度是绝对的褒义词，古典式启蒙从一场轰轰烈烈的运动开始，如康德所说的那样，启蒙号召人们学会运用自己的理性。逐渐地，人们从中世纪神学的桎梏中解脱出来，他

① ［德］哈贝马斯：《现代性的哲学话语》，曹卫东译，译林出版社 2005 年版，第 1 页。

们一开始被看作是离经叛道的怪胎，就像“愚人船”上的疯人们一样，为占绝大多数的宗教理性所不容；有时，他们更像是盗火者普罗米修斯，从神坛圣殿中盗取名为“自我理性”的火种，却又从此饱受荼毒。因为我们总是会看见，伴随启蒙而来的，往往不是安宁的生活，而是革命的刀与血——一批被启蒙造就的英雄，成为人群中新的圣物。然而，当处于水深火热中的民众们仍然幻想启蒙还将会带来美好生活时，少数思想家们已经开始质疑启蒙的真实性来，随之而来的，则是普通民众更为广泛和普遍的不信任和反智、反经验主义。

我们知道启蒙以理性为号召，但欧洲近代理性的传统有两个来源，一种是法国笛卡尔主义式唯理主义，另一种是英国培根、洛克式的经验主义。虽然它们都追求理性与科学的确定性，但却形成了一个内部相互批判的趋势。此外，启蒙内部不仅有理性，还有怀疑论，也就是说，理性包含着自负与怀疑的双层意义，一方面相信理性的全知全能，另一方面又怀疑理性之外的一切权威，这正是启蒙独特的气质所在。

然而，当我们重新梳理福柯“愚人船”的意象，反思其中所反映出的启蒙内涵时，不难发现，至少存在两点，可以说明启蒙的界线问题，而这两点都是围绕启蒙的“精神气质”展开的。我们知道福柯将启蒙作为一种带有游牧风格的“精神气质”，也正体现了“愚人船”所呈现出的特点。首先，这种精神气质意味着拒斥启蒙的“挟持”与“讹诈”。从愚人船的意象中，我们可以看到，疯人们被强迫寻找理性，而这种理性又是被在数量上占据绝大多数的“正常人”所决定的，这些“正常人”操控了话语的权力，并且设定了寻找真理之光的既定航程，在他们看来这个过程就是启蒙。启蒙作为今天我们依然相当依赖的一系列政治、经济、社会、制度和文化事件，构成了一个享有优先权的地位。此外，启蒙被认为是一项将真理的进步与自由的历史直接联结起来的事业。然而，我们就一定要对启蒙表示出非敌即友的立场吗？福柯正是要打掉这一点，他认为我们必须放弃一切可能会以某种简单化的专断选择形式出现的立场，即“要么接受启蒙并信守它的理性主义传统，要么就批判启蒙，并努力摆脱它的理性原则”。[①] 也就是说，即便是疯人们，也有权力去选择自己想要的生活，而不是被整个社会粗暴地排斥，这才是启蒙应有的态度。

事实上，不仅是中世纪的人们，还有我们现代人，都很难意识到自己对待疯癫的态度的不妥。他们往往会认为对疯人们实施隔离、流放以及日后的禁闭，不是一种毁灭，而是一种体现现代理性文明的人道主义。然而，福柯并不同意这样的说法，在他看来，就像我们必须从“对启蒙非敌即友”的知性上和政治上的挟持中寻找自我解脱一样，我们也必须摆脱将人道主义主题与启蒙问题混为一谈的做法[②]。具体而言，福柯所谓的启蒙是一个或一系列事件，是一系列复杂的历史过程，它定位在欧洲社会发展过程某一特定的节点之上。而人道主义则与此完全不同，它是一项主题或一系列主题，它们曾经在漫长的时间跨度里，在多个场合之下出现欧洲社会中，并且总是牵系着价值的判断。福柯认为，至少从 17 世纪以来，所谓人道主义的东西就一直依赖于一些从宗教、科学或政治中挪用过来的有关人的观念。因此，福柯认为启蒙与人道主义之间是一种张力关系，而不是同一关系。也就是说，我们既不能将启蒙与人道主义掺和在一起，又不能使其相互对立，因为这样做都是危险的。

---

① 田立年：《福柯的启蒙》，载王生平编《世纪存疑·哲学伦理卷》，山西人民出版社 2001 年版，第 97 页。

② ［法］福柯：《何谓启蒙》，载［美］詹姆斯·施密特编《启蒙运动与现代性：18 世纪与 20 世纪的对话》，徐向东等译，上海人民出版社 2005 年版，第 393 页。

这些正是福柯“愚人船”的意象所要告诉我们的。理解了它们，我们才能对启蒙有着更为深刻的认识，才能有独立的判断。

启蒙运动使得人们相信理性是一切法律的源泉，没有理性，人们甚至产生不了法律的概念。同时，人们也坚信，没有哪个国家能够完美无缺，它只能通过永无休止的完善来接近那个理想，如果一个国家认为自己已经完美无缺，那么它就必然会再次衰落。理性，如果只是在自为的思想中被行使，并且是以一种与道德不可分离的方式被行使，那么就永远不会成为不良状态的根源，恰恰相反，理性就是赋予人性以尊严。如果理性受到贬低，就会成为感官享受的奴隶；如果理性受到蒙蔽，就会成为恶性的仆人，那么它就只能提出谬误的偏见。因此，我们只有以一种新的思维重新理解启蒙与现代性，才能避免本质主义的西方中心论所提出的现代性方案，哪怕它以各种伪装的形式出现。此外，也只有这样，才能与文化相对主义和价值虚无主义划清界限。这些尚未完成的艰巨的任务，才是知识分子所要从事的真正的事业。

［作者单位：法国国立东方语言与文明学院（Institut National des Langues et Civilisations Orientales）］

王强伟

犹太人何以成为一个“问题”？

有着犹太血统的马克思曾经有一篇重要文章《论犹太人问题》（收入《马克思恩格斯全集》第 3 卷，人民出版社 2002 年版），此文是针对当时德国青年黑格尔派主将布鲁诺·鲍威尔于 1843 年结集出版的小册子《犹太人问题》及其另外一篇论文《现代犹太人和基督徒获得自由的能力》一文的评论与批判，被视为马克思与青年黑格尔派“思想剥离进程序幕”的标志。然而，长期以来，中文读者紧紧围绕马克思《论犹太人问题》一文来认识和理解“犹太人问题”，但是对于这篇文章所评论的标靶对象却很少关注，很大程度上也因为语言问题（鲍威尔原文为德文）无缘问津。最近几年来，重新辨析马克思与青年黑格尔派之间的关系成为国内学界尤其是马克思主义研究领域的热点问题，马克思与鲍威尔之间围绕“犹太人问题”所展开的这场论争自然又重回学术聚光灯下。得益于聂锦芳等著名马克思主义文献研究学者的努力，中文读者久久未得谋面的鲍威尔《犹太人问题》以及其他相关论著，被悉数从德文译为中文，并与数篇国内外学者的研究论文汇编到一起，题名为《马克思思想发展历程中的“犹太人问题”》（中国人民大学出版社 2017 年）正式出版。此著为马克思“犹太人问题”研究提供了新视野，同时，无论文献搜集、译读还是研究层次，该书都可以说代表了国内该领域的最前沿水平。

捧读此书，可见马克思、鲍威尔、当时诸多参与这场论争的学者，以及今天国内外的研究者，关于“犹太人问题”的阐释洞见纷呈。但是，学者们在剥丝抽茧般重现逻辑叙事的同时，对于他们的研究客体对象却缺乏一个根本性追问，即“犹太人何以成为一个‘问题’”？稍作考究我们可以发现，除去马克思这篇重要文献的推动之外，“犹太人问题”（*The Jewish Question*）为中国学界所熟悉，还有一个来自历史层面的影响，即第二次世界大战中希特勒所提出并施行的臭名昭著的“最终解决”（*the final solution*）方案，其“解决”对象也正是“犹太人问题”。伴随着理论研究和历史叙事的深入开展，“犹太人问题”成为一个看起来妇孺皆知、耳熟能详的概念。但是考察既有成果，很少有关于这个概念的辨析，往往是拿来即用，以为理所当然。虽然最后可能解决了相关学理方面的问题，却始终忽视或者无法回答“犹太人究竟何以成为一个‘问题’”这个更具有历史实在意义的“元问题”。从澄清对犹太文化的认知和科学严谨的学术研究态度出发，我们认为对作为概念的“犹太人问题”本身进行分析研究是十分必要的。

一　question 还是 problem：英译呈现立场差异

我们先来分析“犹太人问题”的本来意义及其翻译过程中出现的涵义偏差。根据既有的研究，学者们一般认为“犹太人问题”作为一个专门术语，第一次使用出现在英国对 1753 年议会通过的“犹太人法案”（*The Jew Bill*）的讨论过程中，但在当时只是昙花一现，没有引起人们的持续关注。真正的广泛讨论发生在约一个世纪之后的德国，阿列克谢·贝恩（Alex Bein）认为，德国语境中的“犹太人问题”直到 1840 年才开始流行起来。鲍威尔当属最早使用这个术语的学者之一，而马克思《论犹太人问题》一文的矛头所向正是他那篇以德语词汇 *Die Judenfrage* 为标题的文章。通过对涉及该问题的相关英译文献的分析，我们可以发现，对这组德语词汇的英文译法存在着分歧，主要体现在究竟是使用“Question”还是“Problem”来对应该词语?根据目前所掌握的论述“犹太人问题”的英文文献资料来看，还是以“Jewish Question”来对应“Judenfrage”更多一些。

我们认为，这个差异的存在，并非仅属于译者个人不同用词习惯的问题，而是更深层次地反映出使用者对待“犹太人问题”的认识和态度。首先我们来梳理这两个英文词语在意义上的差别。question 通常是一种要求提供答案或解决途径的表达，语义侧重于应对措施的提出。question 一词本身并没有色彩倾向，属中性词；而 problem 意为事物发展过程中遭遇的障碍、困难等消极因素，其影响是负面的，并且 problem 的克服往往需要人们付出一定的代价，这就导致了词语本身在色彩上便有所偏重。通过上述分析可以看出，这两个词语虽然都在于寻求某种“解决”，但是强调或暗示的方面有所不同。question 一般是通过与 answer（“答案”）一同构成一个整体，来完成一个完整的意义描述，当然不排除某些没有答案的 question；而 problem 则不同，它不需要另一部分的搭配，自身本来就是一种主观或客观意义上的完整描述。所以，具体到“犹太人问题”上，我们认为，Jewish Question 是要求解答的一个或者一系列问题，这个或者这一系列问题也与不同的“答案”或“解决途径”相得益彰，通过它们也更加明确起来，为此犹太人和非犹太人群体都给出了回应和对策；而 Jewish Problem 更侧重表达使用者的一种态度和立场，我们会看到，这种态度往往是负面的，其立场也通常是消极的。

二　汉译“问题”对英译分歧的整合及其隐患

在将德文译为英文的过程已经出现语义理解上的分歧，而在汉译的过程中同样出现偏差。相较之下，中文有一种言简意赅、涵义丰富的优势，这在“问题”这个词汇的汉译方面又得到了淋漓尽致的体现。在汉语语境中，无论是“question”还是“problem”都被译作“问题”。按照《现代汉语词典》的解释，中文的“问题”同时具有两方面的意思：“要求回答或解释的题目，或需要研究讨论并加以解决的矛盾、疑难。”不难看出，这个定义恰好分别对应“question”和“problem”，将二者的意思美妙地合二为一。然而，难题也同时出现。我们知道，“涵义丰富”在某些场合恰恰成为“不够清晰、明确”的另一种表达。从哲学的视角来看，这无疑是汉语诗性语言特征面临的困境。正是这种不明晰性，使得中文语境中的“犹太人问题”在人们的理解、诠释、转述以及使用过程中，往往容易受到外界的影响。通过对既有成果的梳理我们不难发现，现有的有关研究，一般都是在 problem 的思路下，来谈论本来是中性的犹太人的 question。我们知道，这种外界影响的重要源头，正是犹太人进入历史以来尤其是近代以来绵延不绝的“反犹主义”。经过几种语言之间的不完全互译，加之受到反犹主义的影响，“犹太人问题”逐渐被人们“赋予”了贬义的色彩。

三　“犹太人问题”与“反犹主义”的纠缠

反犹主义（Anti-semitism），如同前文所探讨的“犹太人问题”一样，也是由早已存在的一种历史观念或现象演变而来，但其作为一个专门术语来使用只是近代以来的事情。一般认为是德国政治煽动家威廉·马尔（Wilhelm Marr）在1879年出版的小册子《犹太教对德意志的胜利》中首次使用了该词。徐新教授将“反犹主义”定义为“一切厌恶、憎恨、排斥、仇视犹太人的思想和行为”。（《反犹主义：历史与现实》，人民出版社2015年版）基于这个定义，他在研究著作中详尽地分析了历史上“反犹”的种种表现，揭示了犹太民族的苦难命运。在这个意义上，“犹太人问题”与“反犹主义”存在重合之处，可以说，近代之前作为历史现象的“犹太人问题”，主要内容就是“反犹主义”。这种重合使得人们容易将二者混淆。

但是，“犹太人问题”与“反犹主义”之间毕竟存在差异。首先，二者之间的关涉范围还存在不同之处。犹太人尤其是基督徒关注并尝试解决“犹太人问题”，不外乎两种立场：其一是历史上一以贯之的对犹太人的排斥与迫害立场，另一种则是偶有浮现的对犹太人的宽容与同化主张。无疑，“反犹主义”只是代表了非犹太人排斥、迫害犹太人的一种立场，而我们必须承认历史上同时还真实地存在着犹太人与异族、异教和睦相处，甚至在战争高压境况之下基督徒冒险帮助犹太人的事例，大量根据真实事件改编的文学、影视作品可为佐证。相较之下，“犹太人问题”的关涉范围更为广大，弥尔顿·斯坦伯格（Milton Steinberg）曾明确指出，“反犹主义只是‘犹太人问题’的一个重要方面”，只是犹太人与周围民族之间消极紧张关系的呈现。而除去一般意义上的“反犹主义”以外，基督教或者其他宗教理性地对待犹太人和犹太教，也属于“犹太人问题”的范畴。由此，我们可以将“反犹主义”视为非犹太人群体中的一部分人，看待和解决“犹太人问题”的方式。虽然他们中的一些人实际上只是沿袭历史上的看法，固执地反对犹太人这个民族，而不一定意识到他们的作为是在解决某个“问题”。因此，与“反犹主义”相对立的宽容、同情、同化犹太人的主张，是非犹太人群体对“犹太人问题”的理解与回应，自然也应该归属于“犹太人问题”的范畴。

其次，反犹主义区别于“犹太人问题”的存在形式不同。相较于“犹太人问题”，反犹主义的存在更加呈现为一种普遍性特征。从时间先后来看，通过前文分析，我们明确了“犹太人问题”的产生和存在是以犹太人的存在数量达到了“可以感知的程度”，而反犹主义必然是在此基础上产生，因此二者之间存在一个时间序列上的先后顺序。所以，“反犹主义”的产生时间应该晚于犹太人被视为一个“问题”，一般认为在公元前四世纪才成为一种社会思潮。另一方面，“反犹主义”发生的空间范围远远超出“犹太人问题”的涉及地域，因为即使当地没有犹太人生存，却并不妨碍这种“情绪”或“思潮”的谬种流传，即反犹主义的存在和散播并不需要犹太人的具体存在作为载体。综合考察反犹主义的发展历史，我们认同徐新教授“反犹主义并不会因为犹太人的不存在而消失，也不因犹太人的离去而止息”这一基本判断。在这个意义上，“反犹主义”更具普遍性，而“犹太人问题”一般是将在周围客观存在着的犹太人作为对象，很难想象不存在犹太人踪迹的地方可能出现“犹太人问题”。

“犹太人问题”与“反犹主义”之间存在的交叉和重叠，使得二者成为犹太历史中一对互相影响，甚至互为因果的观念或者行为：“犹太人问题”的产生与存在，是“反犹主义”发生的必要条件；而“反犹主义”则表现为部分群体对“犹太人问题”的态度与回应，其不间断地高涨与大范围地蔓延，则反过来极大地影响了人们对“犹太人问题”的关注。正是在这种双向的历史发生过程中，犹太人成为一个“问题”；而当“犹太人问题”作为一个概念进入并没有显著的犹太群体存在并产生较大影响，以及鲜见“反犹主义”的中国之后，又经过不同语种之间的迻译，更受制于汉语的特点，犹太人在中文语境中愈发成为一个“问题”。因循前贤“辨章学术，考镜源流”的示例，试作以上钩沉，希望对认识这个被聂锦芳教授称为“迄今为止也还是最难以理解更无法彻底解决的‘世界性难题’”的“犹太人问题”略尽绵薄。

（作者单位：山东大学犹太教与跨宗教研究中心）

娄 林

论施米特《大地的法》中的“占取”概念

施米特晚年与汉学家什克尔（Joachim Schickel）谈论《游击队理论》时曾经强调：“拥有如此惊人大地空间的中国，是对抗海洋唯一乃至最后的制衡。”① 大地与海洋作为不同文明品性的差异，是施米特持续思考的核心论题之一。而要理解施米特的“大地”品性和政治哲学意义，最好要从他一九五〇年发表的《大地的法》入手。

但是，从篇章内容上看，《大地的法》似乎是一部以大地之法作为标准的欧洲公法史——还带有某种对未来的预示。书的标题全名为 *Der Nomos der Erde im Volkerrecht des Jus Publicum Europaeum*，可译为“欧洲公法的国际法中的大地法”。② 这个颇具文艺复兴风格的冗长特征的书名，意图究竟是什么呢？其实，写于一九三九年的《禁止外国势力干涉的国际法大空间秩序：论国际法中的帝国概念》（以下简称《论国际法中的帝国概念》）导言，已经预示了《大地的法》的标题和书中的核心关注：

① 《与施米特谈游击队理论》，收于刘小枫选编《施米特与政治的现代性》，华东师范大学出版社 2007 年版，第 22 页。

② 中译参《大地的法》，刘毅、张陈果译，上海人民出版社 2017 年版，下文引用只标识中文页码，据德语有细微修改之处也不一一注明。德文本参 Carl Schmitt, *Der Nomos der Erde im Vö lkerrecht des Jus Publicum Europaeum*, Zweite Auflage, Berlin: Duncker & Humblot, 1974。

> 国际法，作为万民法（jus gentium），作为各个民族之间的法，首先，并且最早是一种人格化的具体秩序，换言之，一种以民族或国家为决定基础的秩序。……传统民族各自生活，互相尊重，然而它们之间的每一种秩序不仅在人格意义上是被决定的，从地缘意义上来讲，这些秩序还是具体的空间秩序。至今为止，国家概念仍旧是空间秩序必不可少的因素，而不仅仅是一种人格化的统治领域，而国家首先意味着一个疆域上有限而封闭的联合体。……无论如何，我们不仅必须通过国家的概念修正现存的国际法理论，还要从空间秩序的观点考察国际法问题。为达到这样的论证效果，我认为有必要跳出“国家”的普遍观点中关于领土问题的抽象思考，有必要引入具体的大空间（Großraum）概念，并且结合大空间秩序的概念与国际法理学。[①]

这段引文颇长，但施米特明显已经开始思考《大地的法》中的相关问题。首先，这里已经预示了他为什么要用 nomos 这个希腊词汇重新界定全球的政治秩序：[②] Gesetz 或者 law、loi 之类，都不足以具备这种秩序的含义（页 33—35）。其次，这里对以传统民族、现代国家的评价以及大空间秩序的期许，背后的整体思考轮廓当然就是欧洲“国际法”史以及施米特对“新大地法”的期许。就大

① ［德］施米特：《禁止外国势力干涉的国际法大空间秩序》，方旭译，收于《经典与解释 51：地缘政治学的历史插曲》，华夏出版社 2018 年版。另参 William Hooker，*Carl Schmitt's International Thought*：*Order and Orientation*，Cambridge：Cambridge University Press，2009，参第二章《施米特的国际思想》（Schmitt's “international thought”），第 11—30 页，尤参第 22—26 页。

② 大多数的英语解释者都将施米特的 nomos 翻译为 order，另参 *The International Political Thought of Carl Schmitt*：*Terror*，*liberal war and the crisis of global order*，Edited by Louiza Odysseos and Fabio Petito，Routledge，2007。

空间秩序来说，欧洲现代以国家为主体的国际法秩序从现实到理论上都已经严重不足，必须要引入大空间的秩序，才能为欧洲和世界确立被实证主义所败坏的国际秩序——而欧洲（或者德意志帝国）必须成为这样基本的“大空间秩序”之一，成为与美国帝国主义抗衡的大空间。① 所有这些都必须基于从希腊开始的“大地”和 nomos，才能贯注强烈的意志和精神。

因此，这个大地（Erde），不是随便某块土地，而是有其界限和规则的人类共同生活的场域，换言之，必须有为大地（包括海洋和太空）立法的能力的场域，才能统摄所谓大地的本质内涵。在施米特看来，自地理大发现以来，只有欧洲才是这样的大地。因此，施米特的大地具有双层含义：首先是表面意义上作为全球时代的地球的大地；其次，这个大地的发现以及规则乃至于意志均来自于欧洲的现代文明，那么，大地的本质规定来自于欧洲，所以大地是欧洲的大地。这样我们就能理解这本著作的标题：在这个题目中，存在三个要素是清楚的：“欧洲公法”（Jus Publicum Europaeum）的“国际法”（Volkerrecht）的“大地的法”（der Nomos der Erde）。

在这样一个普世的自由主义——尤其是虚假的哲学式道德感强烈的自由主义——盛行的时代，像施米特这样坦诚而尖锐的西方思想家着实罕见，但这或许才是西方现实最强力的地方所在，其中有我们必须直面的残酷与理性。这种残酷与其理性尤其体现在《大地的法》中的奠基性概念“占取”（Landnahme）。既然大地有两层含义，或是欧洲自身的土地，或是地球上所有的土地。那么，大地如何成为人在其中生活并立法的场所？施米特说，这一切的开端来自于“占取”。

① 参 Martti Koskenniemi，“International Law as Political Theology：How to Read Nomos der Erde?” *Constellations*，Volume 11，No. 4，2004，p. 494。

一 韦伯的"占取"概念

"占取"（Landnahme）并不是一个常见的德语词，根据施米特自己的说法，这个词直到他写作《大地的法》最近几十年间才开始广泛使用。他在注释里还认为在法学领域几乎没有人提到过（页47—48）。但是，这并不完全符合实情，至少韦伯——韦伯是法学家吗？——曾经有几处与施米特息息相关的典型用法，而施米特在与什克尔交谈时曾经对韦伯很熟悉。①

在早年的《古代文化衰落的社会原因》（Die sozialen Gründe des Untergangs der antiken Kultur）中，韦伯说道：

> （在公元前287年的平民革命胜利后，）罗马共和国事实上是一个武装农民的国家，或更确切地说，一个由自耕市民组成的征战国家。每次战争都是占取更多的土地以供拓殖（Jeder Krieg ist Landnahme zur Kolonisation）。罗马兵源乃从罗马自耕市民的非长子中征召。这些非长子们没有继承权，只有靠从军征战去为自己赢得土地，同时也只有以这种方式为自己谋得片草寸土后他们才有资格取得充分的罗马公民权。罗马扩张力量的秘密全在于此（Darin liegt das Geheimnis seiner Expansivkraft）。②

韦伯这里谈论古罗马的武力扩张与其经济形态的问题，但这不

① 《与施米特谈游击队理论》，收于刘小枫选编《施米特与政治的现代性》，华东师范大学出版社2007年版，第20页。

② 收录于 Max Weber，*Gesammelte Aufsätze zur Sozial-und Wirtschaftsgeschichte*，Hrsg. von Marianne Weber，Tübingen^2，1988，S. 294。汉译收录于《民族国家与经济政策》，名为《古典西方文明衰落的社会原因》，韦伯，《民族国家与经济政策》，甘阳译，生活·读书·新知三联书店1997年版，第10页。

是我们这里的关注要点。韦伯使用的 Landnahme，表达了一种双重性：这种占有的目的是罗马的非长子们的政治和经济生存之途，似乎只是一种个人性的目的，最终成为一种个人的占有；但是这种个人性的目的只有通过罗马作为一个政治共同体的占取行为才可能达到。与施米特的使用至少有几处相关：首先，占取必然是通过战争行为而达致；进一步说，占有不是罗马法概念中的原初占有，也即西塞罗所谓的“远古的占有”（《论义务》1.7.21），这对理解施米特的占有概念非常有益。其次，韦伯虽然主要谈论经济问题，但是这里的占取背后显然含有罗马共和国的国家政治规划在其中：“罗马扩张力量的秘密全在于此”；这种结构与施米特对欧洲殖民时代的扩张描述的结构当然有某种结构类似。

韦伯对 Lanfnahme 的使用并非这一处，在最著名的《经济与社会》里，还有几处用法与这里直接相关，都出现在第二部分，我们列举两个最为典型的例子。首先是第五章“宗教社会学（宗教共同体化的类型）”（Religionssoziologie [Typen religiöser Vergemeinschaftung]）第七节“等级、阶级与宗教”（Stände, Klassen und Religion）：

> 伊斯兰教的宗教战争更甚，因为它比十字军其实更加明显，是一次基本以封建租息为取向的地主占领土地的行为——乌尔班教皇也不失时机，十分明确地劝说十字军骑士：为了给后代争夺封地，必须进行占取（grundherrlichen Landnahme）。①

① 见 Max Weber, *Wirtschaft und Gesellschaft*, *Grundriß der verstehenden Soziologie*, Besorgt von Johannes Winckelmann, Studienausgabe, Tübingen[5], 1980, S. 288。中译参林荣远译，《经济与社会》（上下册），商务印书馆 2004 年版，此处是上卷，第 534 页。

这一节标题中的“宗教”涵盖了犹太教、基督教和伊斯兰教，但韦伯的主要笔触还是集中在早期基督教和中世纪基督教在整个政治与经济结构关系中与农民以及封建领主的关系。在这段引文里，韦伯“占取”一词的使用方法，与前文雷同，上一次使用是罗马的占取行为，这一次则是中世纪基督教教会的占取行为，如果与施米特在《大地的法》中的用法略作关联，这显然就与中世纪基督教的整体世界秩序相关，甚至是某种前提。韦伯所谓“为了给后代争夺封地”，当然就是基督教政治秩序的延续，一种世代累积不休的秩序，后代既是政治的子嗣，也是精神的子嗣。占取则是达到这种目的所必须的军事和政治行为。

同样在第二部分，第八章“政治共同体”第四节“帝国主义的‘经济基础’”，韦伯再次使用了占取一词。在这一章开篇，韦伯就给政治共同体（Politische Gemeinschaften）下了一个定义，在这个定义里，韦伯强调了政治共同体的两个基本特征：领域或者土地；秩序。这在某种程度上就是施米特的“大地”与“法”这两个词语的应有之义。韦伯强调，这种领域必须在任何时候都能够以某种方式确定下来，施米特则强调这个领域之被占有的最初政治行为。很显然，在写作这部书的时候，韦伯认为帝国主义形态的欧美列强是这种政治共同体的一个最为重要的类型。在这个第四节里，韦伯将论述的主题转向19世纪欧洲列强的“帝国主义”，不过他认为这种帝国主义形态不仅仅是一种现代现象，罗马乃至于中世纪的欧洲都有类似的政治形态。作为与帝国主义的资本主义不同的农民共同体，他们的经济首要特征与土地有关：

> 暴力占有（der gewaltsamen Aneignung）的原初之物，除了女人、牲口和奴隶之外，首当其冲的，就是土地，只要土地缺

乏的话。在进行争夺的农民共同体中，消灭迄今为止一直生活在这块土地上的人，直接征服土地（die direkte Landnahme），是自然的事情。（Max Weber，*Wirtschaft und Gesellschaft*，*Grundriß der verstehenden Soziologie*，德文页 522，中译本，下卷，页 233）

韦伯随后以古代的条顿人为例加以说明。这里的占取似乎是与帝国主义政治共同体不同的古代农民共同体的政治特征。那么，作为对比，帝国主义的形态如何呢？韦伯说：

一个政治共同体获取（Der Erwerb）海外殖民地、凭借暴力手段（durch gewaltsame Versklavung）奴役当地居民或者至少把他们束缚于土地上作为种植园劳动力进行剥削，这给资本主义利益集团带来巨大的盈利机会。（Max Weber，*Wirtschaft und Gesellschaft*，*Grundriß der verstehenden Soziologie*，德文页 523，中译参下卷，页 235）

这样的共同体，韦伯列举了古代的迦太基，但尤其是西班牙、英格兰、荷兰——这些都是施米特在描述对新世界占领时的重要政治力量。而施米特以占取来形容欧洲列强对殖民地占有，所谓占取新世界（《大地的法》，第二章“占取新世界”），但韦伯用了一个相对中性的“获得”（Erwerb），不过他又加上了一个补充：“凭借暴力手段”，凭借暴力手段获得并维持所获得的土地，不就是占取么？施米特着重强调这种占取背后的政治理念或者意图，但韦伯强调，这种“建立在直接暴力和强迫劳动基础上的殖民掠夺式资本主义”，比同其他政治实体和平的贸易要获利机会大得多（德文页 525，中译页 237）。无论二者有多大的区别，但很显然，其中存在一个共同的事实：对非欧洲土地的暴力占有和控制（一是政治控制，一是经济控制）。

约略而言，韦伯使用的“占有”一词，就其基本含义来说，与施米特的使用既有相同，也有差异。其中本质的类似正如施米特所说：

> 并不是所有侵略或临时占领都是占取，后者以建构秩序为目的。（页 47）

无论韦伯和施米特，他们都强调占取背后所具有的秩序，韦伯对罗马和中世纪天主教会的占取的描述，都强调了其明确的政治意图。但是，韦伯更倾向于用“占取”来描述古代社会的占有行为，施米特更强调“占取”行为在西方历史和思想中的一贯性，尤其强调它在十六世纪欧洲公法上的重大意义。就后一点而言，韦伯的使用几乎可以纳入施米特的使用含义之内。施米特是否细致地阅读韦伯当然是难以判断的历史，但是韦伯的使用至少表明，在施米特写作《大地的法》的时代，通过当时最重要的思想家韦伯的著作，“占取”的这些思想含义对当时的知识界一定不会陌生。而且，在《大地的法》中，施米特明确引用了韦伯对于法律的社会学看法（页 37）。我们挖掘出韦伯对“占取”的使用，并非考索之癖，其实只是要证明一个浅显的道理：施米特的思考不是个体的行为，韦伯以及更多的前驱都在共同思考，这才是尼采所发现的“权力意志”的西方文明。

二　施米特对“占取”的规定

施米特在《大地的法》一开始就明确断言，占取是“法权基础的原初行动”。借用韦伯的概念，任何一个政治共同体，对内部秩序的奠定以及外部关系的确立来说，占取都是“首要的合法资格，其后所有的法权一概由此而生，以此为据”（页10—11）。约略地说，占取既是内部秩序确立的开端，也是外部秩序（国际法）得以确立的前提，这是一种政治秩序的建构。[①] 但是，这个极为重要的开端却被实证主义法学所忽略，他们“将建构秩序的进程问题视为非法学问题而予以排斥”（页50）。如果说十六世纪以来对非欧洲土地的占取是欧洲公法的基本前提，那么，施米特在这个国际法体系瓦解的时候重提“占取”概念，就相当于说，采取实证主义法学进路，根本无力着手“新大地法”的秩序构建，而在后欧洲公法时代，建立新的大地法对于欧洲——或者对于任何一个空间秩序——来说都是生死攸关的事情，而这种新大地法必须首先探讨“秩序建构”问题。在这个意义上，“占取”作为开端就不是一个纯粹法学问题，而是一个政治法学问题，或者一个政治神学问题。当施米特以占取作为开端的时候，至少意味着，新的秩序，新的大地法的开端仍旧与“占取”问题息息相关。

但施米特首先从罗马法的占取概念描述入手。他最早使用的占取概念，是对拉丁术语 occupatio 的德语翻译。施米特引用十二世纪《格拉提安教令集》中的国际法本质规定，但这个规定来自于六世纪的伊思多尔（Isidor von Sevilla）的《词源》（页9—10）。伊思多尔是教父时代最后代表，也被称为最后一位博学的古代人，后来被教罗马廷追封为“教会博士”（1722年）。但这里还有一个关键的疑问：occupatio 其实是一个非常经典的罗马法概念。

我们举两个重要的例证。首先是施米特也提到的罗马法汇编《学说汇纂》。《学说汇纂》卷41《所有权、占有与时效取得》在关于物的所有权的规定中提道：

---

① William Hooker，“Histories of space”，载于 *Carl Schmitt's International Thought：Order and Orientation*，前揭，页72—73、75。

> 无主之物，根据自然理性归先占取者所有（quod nullius est，id ratione naturali occupanti conceditur）。（《学说汇纂》，41. 1. 3，pr.）

> 产生于海洋中的岛屿（此种情形较少发生）归占据它的人（occupantis fit，系 occupatio 的分词形式）所有，因为它不属于任何人。（《学说汇纂》，41. 1. 7. 3）[①]

根据《学说汇纂》的定义，这种类型的占有符合“自然理性”，也就是符合万民法（41. 1. 1，pr.）。其次，《学说汇纂》其实提到了海岛，或者海洋中的无主之地，这与十六世纪开始的殖民时代的海外占有提供了某种论据。但是，根据施米特的“占有”的政治属性来说，罗马法的这种规定显然不够。西塞罗在《论义务》中的占取则明显强调了某种政治属性：

> 不存在任何自然的个人所有，或是由于远古的占有（vetereoccupatione），例如从前无人的荒漠；或是由于胜利，例如有人通过战争而占领某处；或是根据法律、契约、协议、阉签等。[②]

就自然本身而言，没有什么存在物的首要属性是个人的，那就必然为某个政治体所有——《论义务》卷一第七节所谈论的正是共同体及其政治德性。但对施米特来说，占取从个人的占取过渡到政

① 汉译参贾婉婷译，《学说汇纂第四十一卷：所有权、占有与时效取得》，中国政法大学出版社 2011 年版，第 3、11 页。

② 西塞罗，《论义务》1.7，21；中译参王焕生译文，《西塞罗文集：政治学卷》，中央编译出版社 2010 年版，第 333 页。

治共同体的占取，仍然不够，因为任何性质的共同生活的群体都可以采取这种占有行为。占取背后还必须具有一种精神和思想的规定，这是为什么施米特的占取概念要从一个基督教化的说法开始的根本原因。因为基督教学者伊思多尔的定义在中世纪之被继承，有一个非常明显的政治背景：中世纪的基督教普遍政治秩序规定。施米特认为，这才是真正国际法秩序的开端。

因此，施米特的占取概念的首要特征不是他经常强调的历史时刻的意义，而在于这个概念背后具备的普遍政治规定，也正是在这个意义上，前全球化时代，甚至中世纪之前的古代帝国并不存在真正的国际法，或者说“不完整不确定的国际法形态”（页 19）。但是，中世纪的基督教世界尽管也是前全球化时代，但是从精神理念上来说，中世纪反而开创了现代的国际法秩序。其中根本原因就在于，中世纪的土地占取的各个民族，虽然各有差异，但是他们同处于基督教共同体之内，有着明确的秩序和场域：

> 基督教领域内的基督徒贵族的战争是封闭性的，这种战争不会影响到基督徒共同体内部的统一，其性质与针对非基督教世界的征伐性战争迥然不同。（页 23—24）

因此，中世纪与此前的时代相比，有一个根本的不同，基督教文明对整个世界有一种非神话式的现实理解——所谓神话式理解，即把自己的帝国视为整个世界，或者世界的中心（页 16）。中世纪的基督教共同体对基督教领域和非基督教领域的区分具有明确的“空间秩序划分”，明确的敌我区分（页 31），这当然以“对基督教这个前提性的法律框架为前提”（页 24）。与其视所谓基督教的法律框架为某种实定法。不如说施米特的真正用意在于，中世纪的基督教政治秩序具有一种空间秩序的本质的现实规定。

到目前为止的溯源，都还不是施米特真正意义上的占取，毋宁说，这些都是现象学式的预备性考察，旨在规定占取的精神品质。真正的占取，真正的国际法意义上的占取，是所谓“占取新世界”，或者说西方世界对非西方世界的殖民。殖民主义对美洲、非洲和美洲所造成的数个世纪的灾难，恐怕是任何史家和思想家都不能回避的历史与思想事实，因此，对占取新世界所作的论证或者辩护，是施米特在“占取新世界”一章的主旨之一。这是本文下一部分要讨论的内容，我们目前还是先回到“预备性的考察”，因为还有一个根本问题没有回答：占取固然是大地的法的开端，但除了开端之外，占取与“大地”与“法”（nomos）的本质关联究竟是什么？[①]

占取既与大地有关，也与法（nomos）有关（页41），正是由于这种相关，才最能够凸显“大地的法”的基本内涵。大地，在施米特这里不是物理意义上的土地，也不是普通的国土领域，在引论第一节“作为秩序和场域之统一的法权”中，施米特一方面坚持占取是土地的初始理由和法权根基，因此“占取”所占取的，不是别的，正是土地。另一方面，他更加强调，占取的本质在于，正是凭借这种行为，“空间与权利、秩序与场域”才找到了连接点。这就是说，大地作为被占取的对象，是占取行为赋予了大地政治品质，而这种品质是决定性的，即便人类将政治生活空间拓展到海洋和太空，但仍然是大地决定政治的品质，这是“大地的法”乃至于“新大地法”必须含有“大地”一词的根本缘由。施米特还强调了大地的另一个特征：作为整体的地球（页17）。这就意味着，在地理大发现之前，所有对于大地的认识都是片面的、不足的，在这个

① 参 Helmut Rumpf，Der “Nomos der Erde” und der Geist des Völkerrechts，*Archiv des Völkerrechts*，4. Bd.，No. 2（September 1953），pp. 189 – 197；尤参 pp. 192 – 193。

意义上当然就不存在国际法——连国际是什么都没有搞清楚，哪里来的国际法呢？但是新发现的世界秩序必须基于欧洲大陆的国家间的平衡作为整个空间的秩序原则，也就说，这个大地是欧洲的土地原则所理解并且得到完全认识的大地。如此一来，占取就是这种意义上的大地的必然要求。

Nomos 呢？施米特放弃了德语单词 Gesetz，而使用古希腊的词 Nomos。很显然 Gesetz 不足以传达施米特的意图。根本原因在于，它“变成了一种人工制作的实证主义法律”（页 37）。施米特采取 nomos 是为了强调它所具备而 Gesetz 所不具备的几个根本含义：1. 法与场域和秩序之间的决定性联系（页 36）；2. 法是“一个民族社会和政治规则在空间上变得可见的直接形式”（页 37）；3. 作为空间划分根本环节的法（页 45—46）。就此来说，空间秩序必然来自于占取，因此 nomos 就必然基于占取行为。但是，不仅仅是基于占取行为。在解释品达和梭伦关于 nomos 的使用时，施米特说：

> 尼德迈耶对法的解读之所以正确，就在于其彰显了法与最初具体而建构性的分配行为（即占取）之间的联系。

这里的意思再清楚不过了：占取之为占取，而不是随便什么占领和侵略行为，是因为占取形成并体现一种 nomos，一种关于政治秩序的整体视野。施米特的“占取”似乎有一些含混，一方面它是个普遍概念，无论任何时代，任何民族都会采取的政治行为：“在他们迁徙之后定居下来，并开辟新的空间，就实现了占取。”（页 49）但另一方面，在大地法的基本论述框架里，占取又专指地理大发现之后的“占取新世界”，也就是全部的殖民历史（页 51）。这两种含义恰恰在它与 nomos 的运动关系中得到完整的理解：占取当然是最初的具体的分配行为，但是正是这种行为的本质在于构建具体空间秩序的权力，这个建构过程以及随后的政治安排都可以 nomos 命名：统治本身与具体的统治规定。“世界总是处于开放和运动的状态”（页 46），只要运动不停止，新的 nomos 就必然呈现，占取和 nomos 处于某种运动关系或者辩证关系之中，而大地正是这个运动的场域和空间。

我们可以进一步发问，为什么在施米特看来，古希腊语的 nomos 具有如此强烈的意涵，具有穿越时空的能力，竟可以支配他对于法、对于世界秩序的根本看法？我们甚至可以认为他的解释很粗暴——比如他对荷马《伊利亚特》开篇的解释（页 43—44），但是，施米特从希腊思想中选择 nomos，在罗马法和基督教思想中提取占取概念，以现代哲学和科学的精神充实“大地”这个概念，这些做法不单单是一种纯粹的思辨，从根本上说，这是因为“新大地法”必须是“大地法”的延续，而这种延续，就必须是某种 nomos 的延续。我们可以视此为施米特对欧洲文明所怀的深情。如果这份情怀是真切的，而非施米特个人孤独的好古癖，那么反过来，我们就可以清楚地发现：占取是西方文明的基本品质之一。①

三 为“占取”辩护

在《大地的法》中，实质上的占取只有一种：“占取新世界”。但是占取新世界只是欧洲文明发展到这个最重要阶段的必然结果，而非相反。就大地而言，只有到了 16 世纪，大地才真正成为“科学研究的事实对象和施以实际测量的空间”（页 54），也就说，到了这个历史阶段，大地才成为真正大地，大地法也才有可能。而让大地法得以可能的，正是占取行为：

① 与尼采的关系，参 Gary Shapiro，“Beyond the Line”：Reading Nietzsche with Schmitt，*Telos*，Thursday，March 8，2012。

> 欧洲占取者这次出手，已经将大地的划分和建构秩序的必要性提上日程。(页 57)

施米特将这种占取思维称之为“全球性的划界思维”，本质上是一种空间秩序的规定。可是，“表面上看”，占取新世界“不过是手段强硬的占取”（页 57）。如何让这种表面看来粗暴的占取显得合法而合理，是《大地的法》第二章“占取新世界”的要害，也就是辩护。第一次提到辩护（Rechtfertigung）的地方，施米特就界定了辩护的根本含义：

> 划定争夺新世界的战场，有助于遏制欧洲内部的战争。此即国际法上的意义与辩护。(页 68)

施米特并没有要在亚非拉等被殖民的国家或者道德意义上为占取做什么道德辩护。他的辩护是欧洲中心主义的，是对欧洲文明与政治秩序正当性的辩护与说明，本质上与其他文明无关。因此出于纯粹利益和强力，为占取或者殖民辩护，将非欧洲的非基督徒视为非人而鄙弃，从而为占取行为辩护（页 74—75），在施米特看来，这种辩护之所以是错的，不是因为道德上不正确，而是因为这个辩护本身没有说服力：它不能在理论上证明占取是正义的。

唯一对此作出正义论证的，是西班牙的维多利亚。当时流行的看法是，印第安人不是基督徒，因此不是人，因此他们的土地不过是无主之地；但维多利亚不同，认为他们当然是人。但关键在于，虽然非基督徒也是人，可是这并不能“抹平人类历史进程中产生的社会、法律和政治上的等差”（页 76）。基督教是欧洲文明的本质属性，而把非基督徒视为人的人道精神本身是内在于基督教的含义之中。因此，基督教文明是一种更高的文明，“野蛮民族需要文明人的引导”。那么，在这个文明等级当中，基督教共同体对美洲新世界的占取，就具有一种文明意义，因为具有其正当的正义性质（页77）。施米特详细分析维多利亚的“客观”论证，他超越了当时时代的关于正义战争的根本思考：

首先，在维多利亚看来，如果野蛮人（非基督徒）既不好客，也反抗自由传教、自由通商，那么依照万民法，这就损害了西班牙的权利；如果西班牙之后的好言劝诫，“和平劝降”被拒绝，那么，西班牙就有发起战争的权利：正义战争的权利（页81）——这不是战争的权利，而是正义战争的权利。

维多利亚这里的论证其实隐含一个前提：非基督徒必须接受西班牙人或者欧洲人对于世界的整体看法和整体秩序规定。基于这个整体规定，其他诸如好客，自由传教或自由经商等等就成为“天然”的要求。

其次，人道主义干涉：如果当地有人遭受本地土著不公的欺负时，西班牙人应该挺身而出，尤其是已经皈依基督教的本地人受到欺负时更应该如此（页81）。

施米特认为，这两点足以让西班牙的征服“在整体上获得完全的合法性”，这当然也就为其他的西方殖民做了合法性辩护。很显然，维多利亚与其他辩护者的差别不在于对占取行为本身的态度——无论维多利的辩护如何客观，他终究是支持占取的——而在于占取行为背后的理据的差异。就维多利亚本人而言，施米特认为，从本质上来说，“对于争议战争普遍性和中立性的结论，只有从传教任务这一点上才能够获得具体的决定意义”（页83）：

> 教宗授予的传教任务是地理大征服的法律基础。西班牙的基督教国王们也多次承认，传教任务乃是法律上的义务。（页76）

就此而言，维多利亚的辩护根本上说，还是中世纪的，“是在基督教共同体的空间秩序”之内（页 84），“地理大发现就是中世纪基督教共同体空间秩序的延伸”（页 85）。但是，1600 年以后的欧洲国家法不再是维多利亚的时代，施米特的具体内容此处不再赘述，这里只需强调其中的关键，欧洲的空间秩序主体不再是基督教共同体，而是主权领土国家（页 101）。维多利亚没有认识到这一点，也就无法真正确立现代的国际法。可是，施米特花费笔墨为维多利亚的辩护而辩护，并不是要论证他的具体理由是正确的，而是要揭示维多利亚辩护的进路的有效性：文明的正当性和战争正义的论证。也就是说，维多利亚的辩护尽管不再有效，但维多利亚式的辩护依旧有效，质言之，基督教神学论证必须变成理论或者世俗论证：“论证也必须去神学化”（页 102）。

施米特没有将某个章节命名为自己的辩护，但这种辩护几乎贯穿全书。我们甚至可以说，《大地的法》从最根本意义上，就是一部辩护之书。不妨列举几处施米特的“维多利亚式”的论证。

占取新世界的前提是对新世界的发现。“发现”不是一种单纯的地理或者政治行为，而是西方现代文明的基本特征。是欧洲人发现印第安人，而不是相反，欧洲人能够做到这一点，是因为：

> 欧洲人 15、16 世纪对新世界的发现不是一个偶然事件……而是新觉醒的西方理性主义思想的现实成就，是源自于欧洲中世纪之精神和知识文化背景的产物，在很大程度上得到了来自古典时期的欧洲思想体系以及基督教—欧洲思想有关的阿拉伯思想体系的重大影响，并最终成为一种具有强大历史影响力的大事件。（页 107）

这是全书最重要的段落之一。一言以蔽之，“发现”本身是欧洲文明的精神特质，向来就内在于西方的精神品质之中，而且是西方文明迄今为止所达到的最高峰之一。发现首先是西方理性主义思想的发现，至于对美洲的发现，只是这种精神的“现实成就”而已。维多利亚的护教式论证被施米特转换为文明论证——但维多利亚显然会认为，护教就是他的文明论证。因此，作为占取的前提，发现的“法权取决于更高一级的正当性。只有在思想和历史层面上做好足够准备的发现者，才能在知识和意识方面理解被发现者。”在这个意义上来说，被发现的大陆和那些大陆上生活的人没有本质区别，都是一种对象化的存在，是作为罗格斯中心的欧洲文明的他者。

因此，欧洲基督教共同体就转变为这种现代理性主义思想的共同体，这种理性认为国家是欧洲政治存在的基本单位，那么欧洲的空间秩序就转变为这些国家之间的国家关系，而这种国家关系则确定了整个世界的国际法秩序。这就是欧洲中心的大地法的实现过程。然而这个国际法秩序瓜分了全球，这意味着一个新的困境：不再有新的土地可供占取。

四　新大地法中“占取”的位置

在没有新的土地可供占取的时代，16 世纪以来的国际法秩序濒临崩溃。而在施米特看来，这是有思想缘故的。《政治的概念》详细分析了这种以国家为主体的政治哲学的困境。根据施米特一九六三年为《政治的概念》撰写的再版序言，西方现代政治思想的努力都是要构建一种称之为“国家”的东西，这是西方现代政治思想和法学思想的根本要点：“国家是设定政治统一体模式的前提”。[1] 但是如今，即便国家的概念保留了下来，这种国家的政治哲学构建已

① ［德］施米特：《政治的概念》，刘宗坤译，上海人民出版社 2004 年版，第 90 页。

经走向了终点。这种终结有两个原因。《政治的概念》第一节“国家的和政治的”描述了第一个原因，第二个原因则见之于施米特一九三一年的《论国际法中的帝国概念》，后者略为繁难，但更具现实因素，前者则更具政治哲学的维度。

我们先看第一个政治哲学层面的原因。在第一节里，施米特强调了两个关键点，其一即该书著名的开篇：国家的概念以政治的概念为前提。这个断言确定了二者在学理逻辑上的层次关系。第二点则更为关键，施米特在描述了政治的概念难以得到清晰的定义的种种困难之后，提到了一个根本的现代难题：国家等于政治这个说法无比荒谬。其关键在于，现代国家的根本目的其实是构建一个上述的“创造幸福条件”的社会，但是，国家不应干涉社会中生活的个体或者各种团体。不过，随着现代自由民主社会的进程，施米特发现，与这种现代理论不符合的现实状况是，属于国家事务的东西变成了社会事务，同样，本来属于社会事务的东西又变成了国家事务。举例来说，根据自由主义的政治构想，文化事务本来应属于“中立”的社会生活，但是，其现在不再保持中立，而逐渐被国家控制在内，也就是说，国家最终会对文化生活进行规定，于是出现了施米特所谓的“全权国家”，也就是凌驾于社会之上、并且全权控制社会的新型国家。现代国家概念本身吞噬了自己原初的政治构想。根据施米特引用的布克哈特的说法，这是民主制度的必然结果，因为在民主制度下，“人民最梦寐以求的就是参与权力的运作，这样，国家的形式日益受到质疑，但国家权力的范围则变得日益宽泛。”一言以蔽之，国家和社会之间矛盾重重。① 因此，施米特认

① ［德］施米特：《政治的概念》，刘宗坤译，上海人民出版社 2004 年版，第 24 页。施米特着重强调国家之高于社会的一面的矛盾，施特劳斯则强调，无论是国家高于社会，还是社会高于国家，这本身就是一个思想困境。

为，我们无时无刻不生活于政治之中，但是通过“国家”这个现代概念反而让让我们难以理解什么是政治。所以，我们必须切入政治的本质，而不是在国家这个现代概念下打转。

施米特放弃国家概念的第二个原因，更多基于现实的政治考虑和新的国际法构想。在该文开篇的引文中，他声称，在理解国际关系时，“有必要跳出‘国家’的普遍观点中关于领土问题的抽象思考，有必要引入具体的大空间秩序（concrete Großraum）概念”，国家已经不足以理解国际政治关系：“作为国际法中心概念的传统的国家概念，不再符合真实现状和事实”，那么，作为具体大空间秩序的现实载体，帝国才是更加恰当的政治概念。在最为核心的第五节《国际法中的帝国概念》中，施米特明确提出：

> 大空间秩序属于帝国概念……这个意义上的帝国是领导性的、承载性的大国……每一个帝国的确有一个为其政治理念所照射而且不容外来干涉的大空间秩序。（施米特：《禁止外国势力干涉的国际法大空间秩序》，页122）

这是有着既定疆域的“国家”所不能承担的政治空间。具体的政治原因其实不难理解：当欧洲以本大陆的国家为单位，在其他大陆占取殖民地的时候，他们的内部矛盾可以协调，维持“友好线”，但是一旦不再有可供殖民的土地存在，他们的内部矛盾将难以协调。

施米特这本书的标题是“大地的法”，在他看来，这一欧洲公法系统显然已是历史陈迹。但他为什么要用一个将要终结的历史秩序作为标题？目的在于引出新的大地法——新的大空间秩序。新“大地的法”之所以仍旧是新的大地法，而不是新秩序法，或者新空间法，或者其他某个新概念，是因为旧的“大地法”在形成国际法秩序过程背后的原则和意志，是新大地法所必须依从的。这里与我们本文论述有一个显而易见的相关问题：在旧的大地法中，占取具有极端重要的开端和实际地位，那么，施米特对新大地法的构想中，占取具有怎样的地位？

施米特虽然写书洋洋洒洒，但用词其实十分慎重，颇有古典作家的风格。在《大地的法》前三章里，“大空间”（Großraum）除了在注释中之外，几乎没有出现，[①] 而占取则是屡屡出现；相反，在第四章“关于新大地法的诸问题”里，大空间频繁出现，而占取则极其罕见。我们几乎可以得出一个直观的印象：这两个概念似乎具有某种可替代和相关性。

施米特提到两种类型的占取：一种是内在于现存国际法整体秩序的占取，一种是摆脱现有空间秩序，在相邻国家的整体空间领域中建立新的法（页49）。所谓“占取新世界”的占取，基本上以第一种意义上的占取为主，因为无论欧洲主权国家在非洲或者美洲有怎样的战争与矛盾，它们都内在于以欧洲公法为中心的国际法体系之中。关于第二种占取，施米特已经暗示，这些挣脱既有秩序结构的占取，“有可能建构一种新的国际法空间秩序”（页49）。

什么是新的国际法空间秩序？虽然第四章很少提到占取，但几处提及都与门罗主义有关：门罗主义“终结了欧洲国家在西半球进一步占取的可能性”（页218）。下一处更加清楚地展示出其中的要害：

> 1823年的门罗宣言反对欧洲式的占取要求。在美国看来，美洲界线最初就具有防御老的欧洲大国的特征，是防止欧洲进

---

① 前三处只出现在注释里，唯一一次提及是页192，“国际法中非国家的元素和类别之概述”，最后一种元素，帝国的大空间秩序。这显然在提前说明第四章的内容。

一步在美洲建立占取的抵抗。但是，很容易看出，这个界线使得美国可以自由地在西半球获得占取……①

这段话最为清晰地说明了占取和大空间两个概念的关系。正是由于大空间国际政治的兴起，占取才不再重要。门罗主义所宣扬的对“西半球”的政治利益诉求，构建了一个“超出国家边界的、国际法意义上的大空间”（页262）。大空间终结了殖民时代的占取行为。因此，当大空间政治兴起之后，占取就不再是国际法的决定性因素。

门罗主义在施米特的大空间概念当中有着特殊的地位，根据他在《论国际法中的帝国概念》中的说法：

1823年，美国第一次提出门罗主义，直到今天，这仍是“大空间”原则在当代国际法历史中最成功的例子。对我们而言，这是独一无二、非常重要的“先例”。如果要讨论国际法的“大空间”原则的法律概念，我们必须将门罗主义作为起点，而不是从什么“自然国界”或者“国土权”，或者此前提到的其他任何的区域性条约。

门罗主义作为大空间秩序最为成功的先例，它的秩序形态，它对美洲或者西半球的新占取形式，塑造出一种不同的国际法秩序：国际秩序的构造不再基于欧洲的国家均衡以及其与殖民地的关系，而是门罗主义划定的空间形态。这种国际法秩序就是施米特所谓的“新大地法”的最早形式。“大地”“法”这两个古老的词语暗示了大空间不完全是一种新构造。上引《大地的法》同一段引文后还有

① ［德］施米特：《大地的法》，第268页；对比页206—207；211。

一句：美国并不想与欧洲决裂，它“毕竟属于欧洲文化圈”（页268）。可是，美国并不仅仅是属于欧洲文化圈。门罗主义不与欧洲决裂，也就是不与自己的传统决裂。“西半球”暗示了西方的新生：

> 新的西方，即美洲将取代老西方和欧洲，重新确定世界历史的方向，成为世界的中心……文明的中心继续向西、向美洲移动。（页272）

施米特无意中提到过东亚的大空间（页199），但这无法与门罗主义相提并论，因为门罗主义代表了一种文明的努力和方向。美国要将美洲塑造成新的空间秩序，新的西方文明的中心。假如门罗主义保持这样的努力，或许会出现美利坚帝国、德意志帝国这种类型的大空间的均衡秩序，[①] 塑造出共同的新的西方中心以重新规定全球的国际法秩序。但是很遗憾，门罗主义最终还是沦为“普世性—帝国性的全球原则……门罗主义的普世化，破坏了大空间不干涉原则，由此转变为某种超越国界的干涉主义。”（《论国际法中的帝国概念》；另参《大地的法》，页224）

或许是由于德国的战败，《大地的法》中关于大空间的叙述总是闪烁其词，没有了施米特往常著作中那种常见的明晰与惊人的判断。但战争失败不代表施米特认为自己关于大空间的判断错误——否则他不会以“新大地法”命名他的新国际秩序期待。因此，占取概念让位于大空间，或者说，大空间政治是一种新的占取，大空间（Großraum）是占取的新形态。前面提到，占取的本质基于西方文

① 《论国际法中的帝国概念》写于1939年，德意志第三帝国正如日中天，所以施米特期待的是：“大空间”概念有助于我们克服国家版图这一空洞概念的独断地位，并把“帝国”提升为我们法律思考的决定性概念。

明的“发现”本性（页 107），那么，大空间就既是一种新占取，也是“发现”在政治上的新形式：首先，如前所述，美国的大空间不是一种简单的空间攫取，而是一种自觉的文明担当，这是一种与发现并占领新世界相同的文明追求；其次，大空间中的政治控制，不再采取十六世纪以来的占取形式，而是“现代的控制形式”（页 233）：放弃以公开吞并的方式控制某个国家，但是：

> 被控制国的领土已经被吸纳进控制过的空间范围。被控制国领土主权的外在形式没有变化，但其主权的实质内容因控制国之经济大空间（des ökonomischen Großraums）的保障措施而改变。（《大地的法》，页 233）

占取的本质并没有改变。在施米特看来，这种以大空间为基础的国际法并未形成，但如今以国家为基础的国际法实际上已经穷途末路。那么，在这样的新大地法的开创时代，占取虽然隐匿，但或许变得更加重要。我们只有穿透大空间概念的迷雾，洞悉到其中的“占取”本质，才会明白，当施米特将中国称为对抗海洋（英美帝国主义）的力量时，他对中国文明有着怎样的误解。但这种误解未必是坏事。

（作者单位：中国人民大学文学院）

袁济喜

生也有涯，无涯惟智
——《黄保真文集》读后

收到海南师大周泉根教授寄来的《黄保真文集》，翻阅其中熟悉的文章，沉寂多年的记忆，瞬间奔涌而出。那些文章承载着岁月的风云，印刻着黄先生的人格精神，历历在目，难以忘记。正如《文心雕龙》中所咏叹的：“岁月飘忽，性灵不居，腾声飞实，制作而已。”

这本书中的许多文章，正是二十世纪七十年代末、八十年代初开始的中华民族启蒙年代，实事求是，解放思想成为那个时代的标记，是我们民族重新开启民智，走向现代文明的岁月。我作为中国人民大学中文系复校后的七八级本科生，步入人生中最美好的时光，开始了如饥似渴地读书学习阶段。在我的大学二年级第二学期开始，上了一门课《中国文学批评史》，当时我们用的是油印的教材，每次课前发到大家的课桌前，我至今记得散发着油墨味的教材是由不同的手写字体刻写油印而成的，蔡钟翔老师先给我们上先秦文论，其中讲到孔孟、老庄、《毛诗序》《礼记乐记》，娓娓而谈，幽默风趣；成复旺老师给我们讲的唐宋与明代文论精彩异常，讲授中常带情感，而最后出场的是黄保真老师讲授王国维《人间词话》。黄保真老师那天第一天出现在同学们面前时，笑容可掬，出口成章，他对于王国维的《人间词话》涉及的作品信手拈来，对这部诗话作品中的精义，以及与西方文论的比对，可谓了然于心，融贯中西。下课后，同学们议论纷纷，赞不绝口，深为黄老师的才学所倾倒。

随着与黄老师接触的深入，我对于黄老师的学历和出身也有所知晓。知道黄老师本科时在复旦大学中文系读书，研究生时随着郭绍虞先生专攻中国文学批评史，是科班出身。他虽然受过严格的传统学术的训练，在文献学方面造诣很深。郭绍虞先生从事的中国文学批评史研究来自于传统的诗文评体系，新中国成立后又受到当时意识形态的束缚，其对于中国文学批评史的认识常受到这方面的影响，总体正如其弟子黄保真所评价“六艺中心，诗文正宗”。黄保真先生自己在八十年代的中国古代文论的研究令人耳目一新。他和蔡钟翔老师、成复旺老师治中国古代文论，善于将四部之学中的子史与集部中的诗文评相结合，善于从哲学史、思想史与文论史的融合角度去分析与研究。我聆听这几位师长关于中国古代文论方面的讨论，极受启发。他们在当时《文学遗产》编辑部组织的笔谈，以及在其他座谈会上，都持这样的观点与视野，在当时的文论界产生了很大的反响。成复旺老师在《〈黄保真文集〉序》中谈到黄老师为了写好明清之际三大思想家王夫之、顾炎武、黄宗羲的文学批评理论，不是就事论事地从分科而论的角度出发，摘取一些文论话语来编写，而是通览他们的整个思想体系，从经史子集融会贯通的角度写出他们的文论思想，让人耳目一新。他对于章太炎、王国维等人文学批评理论的梳理与评析也贯彻这一治学方式，成复旺教授这样评价黄保真先生的治学方法，感叹：“不这样做对吗？不这样行吗？不这样做写出来的东西靠得住吗？”成老师这样评价黄老师的学术特点“林深水茂”，而担得起这四个字谈何容易，是长期潜心学术、厚积薄发的结果。也是刘勰《文心雕龙》所说的“观澜而索源，振叶而寻根”，它与西方自古希腊亚里士多德树立的学术理念与中国传统的探赜索隐，考镜源流可谓一脉相承。那些动辄以专业性、文学性来进行中国文学理论研究的人，否认中国文学理论研究的学术特点，不啻坐井而观天。

黄老师与蔡钟翔、成复旺老师合力编著而成的《中国文学理论史》，正是遵循着这种学术理念，沐浴时代风云，努力开拓中国文学批评的新天地。他们三人承担书中的各个章节与分编的撰写时，和而不同，互相配合，凝聚成这部富有创新价值的中国文学理论批评史，树一代之风标，在学界产生了极大的影响。我们七八级的本科生，以及后来上这门课的研究生，深受此书的沾溉。记得黄老师讲授司空图的《二十四诗品》时，将道家老庄，以及魏晋玄学王弼思想用来解析此书的结构以及基本美学理念，脱开了以往将《二十四诗品》作为风格类型和文体论的套路，益人心智。后来。黄老师将他的课程内容融进《中国文学理论史》的第三编第三章中的《司空图的诗歌哲学》一节中，内容是从哲学入手来阐发《二十四诗品》，在当时发人之所未发。这一节也是《中国文学理论史》中最出彩的章节之一。这种治学理念后来一直为黄老师所光大，在他一九九三年调入海南师大之后，撰写的《论中国古代文学理论中的“养气说”》等论文中，也彰显出这一特点。在晚年所著的《二十四诗品臆解臆译》这部未完成书稿中，也贯穿着这样的研究方法。黄老师认为，虽然近年来对于《二十四诗品》的作者究竟是谁，一直颇有争议，但在未得确证前，还应遵从旧说，不能轻易下结论。他在这部书稿中，融新旧治学方法为一体，颇多创见。黄老师在释“大用外腓，真体内充”时，引入老庄与王弼玄学的体用范畴来解释，材料丰富，判断有力，与他早年对于司空图诗歌哲学的研究方法既相互接续，又有所推进。

二十世纪八十年代人文学术的发展，每前进一步，都与打破僵化，创榛辟莽分不开，记得黄老师与蔡老师他们那时发表的文章，经常涉及现实主义概念在中国古代文学批评史领域的适用问题，以及唯物唯心概念是否适合用于评价古代文论中的人物与著作。当时受苏联僵化的教条主义思维影响，中国古代文论研究过程是存在着戴帽穿靴、削足适履的现象，这些在今天看来非常可笑的观点，在当时却大行其道，我上大学时刚接触到的许多论著，这些东西很多，就是我的老师们在他们刚发表的论文中，这些概念也不时出现。因为那个特定年代，正所谓冰凌始解而未解，柳条将舒而未舒，而一个非常明显的事实是，如果这些观念不加以清理，中国古代文论的研究无法取得突破，所幸的是，黄老师当时对于这些敏感的问题毫不回避，大胆讨论，对于这些问题作出了自己的探讨。文集中的两篇《中国古代文学理论研究中的现实主义问题质疑》之一、之二，即体现出这样的探索精神。我曾编过业师蔡钟翔选集《生生不息的古代文论》，发现开头的几篇文章也是讨论古代文论中的现实主义问题。二十世纪八十年代人文学术领域中的解放思想，打破桎梏，正是从这里起步的。重读黄老师文集中的这些文章，对于我们今天重新深入思考中国古代文论与美学精神到底是什么，当是大有裨益的。

黄老师与蔡老师、成老师于一九八五年编写完成了《中国文学理论史》，正如书的后记中所说："他们思想活跃，治学严谨，态度谦逊。他们真挚地尊重前辈学者以至同龄的同行及他们的同类著作。但是为了开拓中国文论史研究的新局面，他们也不隐晦自己的观点。这种态度，是负责任的态度，是符合在学术上百家争鸣的方针和有助于古为今用的工作的。"这部富有创新价值的中国文学理论史出版后，立即受到学界的好评，在当时中国文论史的研究中注入了新的活力，获得首届教育部人文社会科学一等奖。嗣后，他们趁热打铁，在此基础之上，拟定了新的项目计划，蔡老师和江西师大的陈良运教授与百花洲出版社合作，开始运作《中国美学范畴丛书》的约稿与编写工作，当时我也参加了此项工作，撰写了《和：审美理想之维》《兴：艺术生命的激活》这两本书。成复旺老师则组织了《中国美学辞典》的编写工作。这两项工程历经数年，取得世所公认的成就，团结了一大批当时在中国古代文论与美学界卓有成就的中青年学者，许多学者正是通过这项工作而为学界所熟知。黄老师则负责《中国文论要义》的编写工作，意在对中国文论与美学的要义进行开掘，这三项工作互相配合，齐头并进，对于中国古代文论与美学的深入探索与研究，产生了极大的影响。

在我的印象中，黄老师与蔡老师这些前辈学者，体现了孔子所说的“古之学者为己，今之学者为人”的人格精神，他们生前并没有什么炫耀的头衔，他们的研究与写作，是出于自己的学术情怀，是追求一种人生乐趣与境界。蔡老师退休后，全部精力投入《中国美学范畴丛书》的编修。而黄老师的写作，也都是出于自己的学术见解，不追求声名与身外之物。他们的学术精神，也一直激励着作为学生的我不敢有所懈怠。

世事难料，当时整个中国的市场经济刚开始起步，社会发展处于极度失衡之中，脑体倒挂的社会现象严重。高校老师的收入普遍处于贫困之中，再加上住房福利欠缺，导致高校师资流失严重。记得当时《北京青年报》采访人大时，蔡老师直言不讳地指出当时高校存在“老年退光，中年死光，青年走光”的“新三光政策”。黄老师曾在一九八九年《文学遗产》上发表的一篇文章中感叹：“研究者的柴米之忧，出版社的严重亏损，青年人的厌学之风，使研究的饥饿变成了饥饿的研究，这本身比传统文论面临的挑战更具有现实性、威摄性、危险性。”黄老师因为某些原因，选择去海南师大任教。当时我在人大哲学系美学教研室工作，黄老师去海南之前，我常去他家看望与聊天。黄老师对于海南充满了向往与期待，他反复诉说去海南并不完全是经济上的原因，而是对那里的环境与气候感兴趣。一九九三年黄老师正式到了海南师大中文系任教，从此，开始了在天涯海角的生活与教学新生涯，一直到他去世之前，都在海南师大。

一九九六年，我第一次去海南师大参加杨春时教授主持召开的美学讨论会。专门去黄老师在海南师大的家，见到了黄老师与师母，时隔三年之久，见到老师分外高兴，黄老师情绪很好，对这里的工作与生活很习惯。黄老师是一位随遇而安的人，对于生活没有太多的要求，到了海南后，他也很少外出，一般就在海口，忙于上课与指导学生。他说这里的学生很老实与纯朴，他很喜欢在这里上课教学生。黄老师到海南师大后，写的文章虽然不如在人大时多了，但是依然发表了不少有见解的论文，收在集子中的不少论文，如《中国古代文化的历史特征》《中国文化发展历史分期之我见》，都是在海南师大任教时写就的。达到了老熟的境界。

黄老师善于与学生沟通，教学时一丝不苟，学生极爱听他的课，从我上大学时就聆听过他的课，每一念之而不能已，可以想象，他在海南师大讲课时学子们倾听时的专注与投入。海南师大的学子为有这样的好老师而感到幸运，他也将全部的心血倾注于辅导学生上面。今年四月，当我将黄老师文集出版后的消息发到朋友圈后，杨春时教授立即在朋友圈转发了这一消息，并且深情地写下了一段文字，回忆了他们在海南师大时共事时的难忘经历。他们当时作为海南师大文艺学与中国古代文学的学科带头人，为当时的海南师大作出了巨大贡献。后来杨春时教授去了厦门大学，而黄老师始终留在海南师大，一直到退休。

最后一次见到黄老师，是二〇一〇年的三月份我去海南出差，当时我的博士生周泉根已经到海南师大中文系工作好几年了，泉根因为与黄老师共同来自于人大，相处甚好。那天泉根与单正平教授想请我吃饭，我专门邀请了黄老师，同时坚持由我做东，因为这是请老师吃饭。记得当时是在海口的一家安徽菜馆。天下着细雨，我们在餐馆相聚，相谈甚欢，其间自然有不少感慨。与前次相比，黄老师显得老了一些，但兴致很高，侃侃而谈，他已经退休，师母也回北京了，黄老师喜欢海南的环境与气候，不欲回京，我也很理解黄老师的想法。餐叙后，单正平老师开车送黄老师到海南师大校园内的寓所前，下车道别后，目送黄老师踽踽远去，倍感怅怃。泉根则劝慰我，黄老师一直还在给学生上课，大受学生欢迎，他将这些学生视为自己的孩子，由于腿脚不好，学生都到他的寓所上课。他的客厅里经常传出古文吟诵声、授课声、笑谈声，成为海南师大弦歌不辍、诗书风雅的一道亮丽的风景线。黄老师一直任海南师大国学所所长，他以自己的讲学与人格，践行了国学的诗书精神，正所谓青青子衿，悠悠我心。

二〇一五年，黄老师因病重来到北京就医，病危时，他在海南师大的本科指导学生、后来成为我的硕士生李冬梅（时已任海南热带海洋学院教授）来到北京探望他，顺便到我家中看我，其间说到黄老师的病情，彼此唏嘘不已。如今周泉根教授与学生经历数载，精心编撰，终于出版了这本《黄保真文集》。虽然不算鸿篇巨制。但是正如刘勰《文心雕龙·序志》中感叹：“生也有涯，无涯惟智。逐物实难，凭性良易。”书籍是人格精神的表征，余读后亦感慨良多，于是在疫情严重的京南寓所，写了这些拉拉杂杂的文字，算是对黄老师的悼念之情。

二〇二〇年六月三十日

（作者系中国人民大学国学院教授）

石兴泽

“为公众之进步及幸福而服务”的两个现代学人
——傅斯年和丁文江

“我以为在君确是新时代最良善最有用的中国人之代表，他是欧化中国过程中产生的最高有的精华，他是用科学知识作燃料的大马力机器；他是抹杀主观，为学术、为社会、为国家服务者，为公众之进步及幸福而服务者。”①

这是傅斯年在《我所认识的丁文江先生》中说的话，既是他对丁文江“立身”“行道”的高度评价，也是他们之间戏剧性交往的基础。傅斯年交友，看重道德品行和对国家民族的态度。他和丁文江性格有很大差别，但在相识后频繁交往、情谊笃厚者在于，作为受中西方文化影响很深的自由主义知识分子，他们都有“为学术、为社会、为国家服务”的热情和能力。

一 “科学与玄学”论战，丁文江暴得大名，傅斯年“大佩服”

丁文江，字在君，江苏泰兴人，生于一八八七年，比傅斯年大

① 傅斯年：《我所认识的丁文江先生》，原载《独立评论》1936 年 2 月 16 日第 188 号；引自王富仁、石兴泽编《谔谔之士：名人笔下的傅斯年，傅斯年笔下的名人》，东方出版中心 1999 年版，第 232 页。

九岁，其经历比傅斯年复杂得多。十五岁留学日本，两年后到英国留学，一九一一年获得地质学和动物学双学士学位，回国参加“游学毕业考试”，获“格致科进士”称号。这一称号还没给他带来实际内容，大清王朝就被推翻了，“进士”也就成为过期的“荣誉”。他于一九一三年到北京组建地质研究所，创办《地质汇报》，撰写中国地质方面的论著，成为中国现代地质学界颇有影响的人物。

傅斯年和丁文江同年进京。虽因创办《新潮》杂志，宣传新思想，张扬新文化，提倡新文学而成为新文化阵营中闻名遐迩的人物，但他们在各自的人生道路上行进，路不同，不相谋，彼此没有进入对方的视野，甚至连名字也不知道。

傅斯年最初知道“丁文江”这个名字是“科学与玄学”论战的时候。

一九二三年张君劢发表《人生观》，宣传柏格森的生命主义哲学，认为科学不能支配人生观，“人生观问题之解决，决非科学能为”。他分析说，欧洲科技进步创造了物质财富，却导致物欲横流，人成为物的附属品，失去了精神方向，甚至导致空前的世界大战。那么，怎样解决人生观问题？如何抑制物欲横流的现象发生？张君劢认为，中国传统文化从孔孟到宋元明的理学家都注重人格修养，青年应当回到孔孟那里，回到宋元明理学那里。[①]

张君劢提出的问题带有普遍性。但新文化运动刚过，如此明显地贬低在人们心中树立起重要地位的“赛先生”——科学，劝人们回到孔孟那里，显然不合时宜。他对西方科技进步、物质发展造成社会危机、精神文明倒退的分析，更引起人们的广泛兴趣和热烈反响，梁启超、胡适等学界的许多名流参与讨论。最早发现张文偏

① 张君劢：《人生观》，《清华周刊》1923 年第 272 期。

颇、撰文反驳、挑起并推动论战的是丁文江。

丁文江在国外学的是自然科学，回国后从事自然科学研究，对自然科学推动人类发展和社会进步的重大作用有极深刻的认识。他和张君劢“感情甚深”，但科学家追求真理的精神却让他无法容忍张如此贬低科学，提倡玄学。于是作《玄学与科学》《玄学与科学讨论的余兴》等文章，对张君劢的主张进行全面批驳。

> “科学与玄学”论战是“五四”以后中国文化建设中的重大问题，远在英国的傅斯年予以密切关注。他饶有兴趣地阅读丁文江的文章，欣赏他的学识，赞同他的见解，更佩服他的“坚实分析力”，认为“在中国现在实在稀有”。在他心目中，丁文江“必是一个深刻的受赫胥黎影响者（严复并不是），他也在中国以他的科学玄学战做成了赫胥黎（可惜对方太不行了）”①。

丁文江给傅斯年留下了深刻印象。此后，他关注国内论坛，也留意丁文江的文章，大凡找到的都认真阅读。给他留下深刻印象、让他再次钦佩的是丁著《中国历史人物与地理的关系》。文章运用西方统计学的方法分析中国历史人物，研究历史，这在国内还很少见。傅斯年虽然不赞成用现在的省份作为依据分割24史中的人物，而后进行统计分析的做法，但对他的尝试表示了极大兴趣。他连看了好几遍，受到很多启发，次年在写给好友顾颉刚的信中说：“这篇文章我非常的爱读，当时即连着看了好几遍。我信这篇文章实在很有刺激性，就是说，很刺激我们这些在欧洲虽已是经常，而在中

---

① 傅斯年：《我所认识的丁文江先生》，引自《谔谔之士：名人笔下的傅斯年，傅斯年笔下的名人》，东方出版中心1999年版，第239页。

国却尚未尝有人去切实的弄过的新观点，新方法，去研究中国历史，又很提醒我们些地方。”①

傅斯年恃才傲物，佩服的人不多，“大佩服”的人更少，但自“科学与玄学”论战之后，他“大佩服”丁文江。概因他们的知识、见解、理论乃至思维有很多相同的地方，遵循的科学方法也大体相同。后来，傅斯年跟丁文江聊天，谈到西欧某些著名的通论科学方法的书，傅斯年一连说出好多，丁文江高兴地说：“这里边至少有三分之二是我们共同读过的。”②

丁文江留学早，从业也早，他用西方的科学方法研究人文科学的实际问题，颇引起刚接触那些科学理论和方法的傅斯年的赞同。傅斯年对中国学术研究有深刻理解，现在他“出乎其外”，对国内学界研究方法和学术观念的滞后感受颇深，对丁文江的尝试感到惊喜，也寄予厚望。在他心目中，丁文江是中国学界有出息的学者，他希望丁为中国学术发展做出更大贡献。

但不久，他就大失所望，并且由失望而愤怒，进而仇恨，恨恨地说：“我回国后的第一件事就是杀死丁文江！”

二　傅斯年由失望而愤恨，扬言回国后“杀死丁文江”

丁文江干了什么？傅斯年为何对他如此憎恨？这要说到胡适在巴黎的一段难堪经历。

---

① 傅斯年：《评丁文江的〈历史人物与地理的关系〉》，载《国立第一中山大学语言历史研究所周刊》1928 年 1 月 3 日第一集第十期；原文系“与顾颉刚书”中的一节，是傅斯年与顾颉刚论古史书中讨论的“第一件事”，可能考虑较长，单独发表。引自《傅斯年全集》第一卷，湖南教育出版社 2003 年版，第 425 页。

② 傅斯年：《丁文江一个人物的几片光彩》，载《独立评论》1936 年 2 月 23 日第 189 号；引自《谔谔之士：名人笔下的傅斯年，傅斯年笔下的名人》，东方出版中心 1999 年版，第 242 页。

一九二六年七月胡适到西欧出席中英庚款全体委员会议，尔后应邀在伦敦、柏林、巴黎讲学。据载，中国旅欧巴黎国民党支部发了一张传单：《警告旅欧华侨同胞》。其内容大意为，胡适是北洋军阀孙传芳的走狗，大家要提高警惕，严密探察他来欧所干的勾当。传单是在巴黎万花楼饭馆散发的。那天正好傅斯年、梁宗岱等人在此请胡吃饭。胡去得晚，刚进门便被饭馆老板拦住，劝他不要进去，说里面有关于他的传单。胡适笑着说我来吃饭，不要紧，也想看看传单。胡适进去后跟傅斯年等人一起吃饭，谁也不提传单的事。饭后他们到一个小咖啡馆休息，胡适说起传单的事，问他们看见没有？傅斯年憋不住话，就说："我们把传单收起来了，怕你生气。"胡适说我决不生气，于是大家就把传单给他看。傅斯年问胡适，怎么得罪了国民党，为什么被称为"走狗"？①

有些情况，胡适也不知道，但他猜测，可能受了丁文江的牵连。

丁文江当时在上海任军阀孙传芳的淞沪总办，很有作为。他整理内政，廓清税收，整肃币制，改革教育，承认工会，还一下子查封了国民党的十五个机关，激起国民党的强烈不满。丁文江和胡适是好朋友，他的某些做法是胡适建议或支持的。巴黎的国民党支部听说胡适来了，就准备拿他出气，让其替丁文江戴"走狗"帽子。傅斯年护师心切，并且认为丁文江这样一个有才华的现代知识分子竟然"任于铁幕之朝"——为军阀做事，失望而且愤怒，情急之下，说出回国后杀死丁文江的话。

那么，丁文江作为一个知识分子、科学家，怎么忽然之间走上政界、成为大权在握的"淞沪总办"、被视为孙传芳的走狗呢？

丁文江是江苏人，当时江苏、上海一带属于孙传芳的地盘。孙虽系军阀，却沽名钓誉。他关心社会治安，整肃军纪，抑制税收，

---

① 参见白吉庵《胡适传》，人民出版社 1993 年版，第 253 页。

并公开宣称自己愿为国家献身，骗取了许多人的好感。一九二四年直奉战争后，奉系军阀势力扩展到江苏安徽一带，江苏有些绅士商人联系丁文江，商讨拯救江苏的办法。最后决定，借重皖系军阀孙传芳的势力赶走张作霖，并委派丁文江等人到杭州与孙传芳面谈。孙答应出兵救江苏，同时提出，赶走来军之后，丁文江出来帮他的忙。

初次接触，丁文江对孙传芳的印象很好。孙传芳率领五省联军赶走奉系军阀后，丁文江对他的认识也深进一步。在他看来，军阀中有不少是爱国的，也有不错的天资，可惜没受过近代教育。他想用自己的近代知识影响孙传芳这样的“爱国军阀”，也想借用他的权力实现自己的政治理想。丁文江很想在政治上有一番作为，他认为，有知识有道德的知识分子对政治冷漠是可怕的事情，他想通过改良政治改变社会，改变国家落后的局面。作为科学家，丁文江相信遗传，多次对胡适说：“我家里没有活过五十岁的，我现在快四十岁了，应该趁早替国家做点事”。[①] 一九二六年六月，他接受了孙传芳的邀请，怀着建设“大上海”的雄心，出任松沪总办，践行其“立定了脚跟，咬紧了牙齿，认真做事，认真做人”的信条。

傅斯年对这些情况并不知情。他只知道作为受过现代教育、拥有西方科学文化知识的丁文江居然同反动军阀走到一起，也知道因为他的关系害得胡适受到玷污，被视为“走狗”。激怒之下，他愤愤地表示，杀掉丁文江，为学界清理门户，为老师雪耻！

事情的发展改变了他们的初衷。

丁文江任淞沪总办期间，确实做了许多有益于上海建设和发展

---

① 胡适：《丁文江这个人》，《独立评论》第188期；引自朱文华编《自由之师：名人笔下的胡适，胡适笔下的名人》，东方出版中心1998年版，第278页。

的事情，却无法影响孙传芳，改变孙的军阀统治，也就无法实现改良政治的理想。几个月后，他辞职回到学术界。

其时，傅斯年已经回国到广州任中山大学教授。在广州，他对国内形势，对国民党及各路军阀的关系，对孙传芳当五省“联帅”时的作为有所了解，对丁文江的仇恨也就渐渐淡化，早已忘记“杀掉丁文江”的誓言，或者说，对知识分子而言，杀人，只是表达愤怒的方式，原本就是无法兑现的大话。傅斯年后来自嘲地说：“‘杀’之一说，其中实不免有点如朱子所说，其词若有憾，其实不尽然也。”① 一九二八年年初，傅斯年在《语言历史研究所工作》周刊上刊载了他一九二四年写的《评丁文江的〈历史人物与地理的关系〉》。可以设想，如果还带有仇恨情绪，他是不会在自己编辑的刊物上公开这封赞赏信的，虽然涉及的只是学术问题。

但他对丁文江出任“总办”仍存芥蒂。据说，宁汉合流之后，国民党建立统一政府，撤销了对丁文江的通缉，主持中山大学工作的朱家骅曾经提出聘请丁文江到中山大学担任理学院院长，遭到很多人的反对，其中似乎应该包括傅斯年。因为此时他和丁文江未曾谋面，仇恨减少了，友谊尚未建立；学术上的敬佩公开了，人格了解还不够。“总办”的阴影还起着作用。

三　僵局打破，芥蒂消失，两种性情的人坐在了一起

傅斯年和丁文江相识是一九二九年夏天。其时，傅斯年来到北平，丁文江也度过了困难时期，回到学术界，回到朋友中间。他们首次见面具有戏剧性。那天，傅斯年宴请胡适，赵元任、李济等作陪，胡适还拉来丁文江。傅斯年要杀丁文江的话早就在朋友间传

---

① 傅斯年：《我所认识的丁文江先生》，引自《谔谔之士：名人笔下的傅斯年，傅斯年笔下的名人》，东方出版中心 1999 年版，第 241 页。

开，现在他们同席而坐，有人担心出现不愉快的场面。胡适最了解两人的性情，将丁文江拉到傅斯年跟前，介绍说：“孟真，这就是你要杀的丁文江”，又说，“在君啊，这就是要杀死你的傅孟真！”胡适“恶作剧”般的介绍，打破了僵局，化解了尴尬，缩短了距离，傅斯年和丁文江坐在一起。事后，傅斯年因担心丁文江心存芥蒂，埋怨胡适的“恶作剧”，胡适则说“在君必高兴，他能将你这杀人犯变作朋友，岂不可以自豪？”①

事实证明，胡适更了解丁文江。傅斯年也说，他和丁文江“不久即成朋友，一年后成为好朋友，最近几年中竟成极好的朋友”。②

傅斯年的表述符合实际，他们关系的改变是一个渐进过程。

丁文江知道自己“从政”在学界影响不好，但想不到恶劣到有人要杀他的程度。他是自律自洁之人，比较在意别人的议论，不想让朋友对自己产生误解和成见。宴会之后，在和傅斯年交往中多次谈他任“总办”的初衷，任职期间的工作以及他跟孙传芳的交往、合作和分裂。他说得诚恳细致，改变了傅斯年对他的认识——丁文江所热心的政治，其实只是“行政”，说白了也就是处理日常事务。丁文江恒以“治世之能臣”自负，在傅斯年看来，只能说明他有“处置政务的天才”，却玩不好“勾心斗角的政治把戏”。他可能成为顶好的行政官员，却不是政治家，“他若做 Politician 的生涯必焦头烂额而后已”③。

傅斯年不愧为丁文江的至交好友。他对丁文江的分析，客观准

---

① 傅斯年：《我所认识的丁文江先生》，引自《谔谔之士：名人笔下的傅斯年，傅斯年笔下的名人》，东方出版中心 1999 年版，第 240 页。

② 傅斯年：《我所认识的丁文江先生》，引自《谔谔之士：名人笔下的傅斯年，傅斯年笔下的名人》，东方出版中心 1999 年版，第 241 页。

③ 傅斯年：《丁文江一个人物的几片光彩》，引自《谔》，东方出版中心 1999 年版，第 248 页。

确，甚至超过丁文江自己；丁文江本人在“从政”受挫之后，虽有所醒悟，有所反思，但远不及傅斯年分析得深刻到位。因而对傅斯年表示了很大的敬佩，有话愿意跟他讲，遇事愿意和他交流。

但丁文江对自己的失败并不悔愧。因为他之从政，并非为个人名利。他上任几个月，生活俭朴，自律甚严，为国家利益，为上海建设，做了很多有益的事情。他坚守知识分子操守，问心无愧。这些话，他对胡适说过，也常对傅斯年说。对此，傅斯年大都认可，认可他做出的贡献，更认可他为国家服务的精神。丁文江死后，他写悼念文章，专门谈丁文江出任“总办”的前因、过程和后果，帮助丁文江洗刷泥污，消除误解，让世人了解真实的丁文江。对丁文江为国家利益而放弃名利，放弃自己热衷的科学事业的精神，对他摒弃空谈和清高，进入社会踏实肯干的精神，对他置身浊流、洁身自好、不顾危险、改良政治所做出的努力、所表现的人格操守，都给予高度评价。相信丁文江若地下有知，也会深情地道声：谢谢！

这当然是后来的事。当时，傅斯年和丁文江话说透了，误解消除了，成见没有了，他们似乎要把“相见恨迟”的时间找回来，一九二九年夏天那次宴会之后，他们的交往格外频繁。

这似乎有些费解。

一个是情感型的人，从事人文社科研究；一个是理智型的人，从事自然科学研究；傅斯年激情洋溢，能言善辩，说话聊天，天南海北，无拘无束；丁文江严谨理性，讲逻辑，重规范，求实效，重秩序，严格按照科学思维方法办事，生活严谨极有规律——并因此被胡适称之为“欧化最深”“科学化最深”的中国人。[①] 傅斯年富有人文情愫，丁文江具有科学习惯。两种性情的人，为何一见如故？

---

① 胡适：《丁在君这个人》，引自《自由之师：名人笔下的胡适，胡适笔下的名人》，东方出版中心 1998 年版，第 278 页。

因为他们都是博学的知识分子，有相同的知识基础。傅斯年从事人文社科研究，对自然科学如物理、化学、数学等也下过一番功夫；丁文江治自然科学，也曾广泛涉猎人文社会科学，写过如《中国历史人物与地理的关系》那样让傅斯年佩服的文章。共同的知识志趣提供了交流、沟通的平台和话语资源，他们之间有话可说，如他们在一起交流读过的书，交换对某些人或事的看法。但这只是交往的一个条件，即使知识分子坐在一块，也不只谈知识、论学问。他交往过从，还有别的原因。

丁文江是严谨的人，缺乏风趣，用傅斯年的话说是"枯燥无味"的人，"注意实事"的人。但跟傅斯年交往，有时表现出另一面，或者说被傅斯年诱导和开发出另一面："他谈论时如火把一般，在亲热的环境中，玩得高兴了如玩童一样，流露很多的趣语，出了不少的趣事。"丁文江不重视山水画，觉得没意义。傅斯年告诉他"山水画里有诗意"。丁讥笑说："画鬼也有诗意。"傅斯年受了攻击，却也不恼。一次，他们坐人力车从西城到东城去，车过金鳌玉蝀桥，但见北海水波荡漾，仲夏荷花盛开，绿岛倒映在碧海上，夕阳普照，美丽动人。傅斯年道："丁大哥，你向北看，好看不？"丁文江转头一看，说"是好看。"傅斯年故作惊讶地说："丁大哥，你也知道好看，你的字典中也有好看这个名词！"① 说完哈哈大笑。丁文江中了傅斯年的话语圈套，并不计较，在笑声中得到放松和乐趣。

这些富有情趣的生活片断，大体反映出傅斯年和丁文江的性格，也能看出他们交往的某些情形。

这当然只是交往片断，甚至可以说是不甚重要的片断，因为他

---

① 傅斯年：《丁文江一个人物的几片光彩》，引自《谔谔之士：名人笔下的傅斯年，傅斯年笔下的名人》，东方出版中心 1999 年版，第 244—245 页。

们生活在国家民族内忧外患的时代，又都是责任心和使命感很强的知识分子，这样轻松打趣的情形并不太多。

四　舍己耘人，重情重义，他们成为极好的朋友

傅斯年和丁文江交往频繁，友谊发展迅速者在于，他们都具有中国知识分子重义轻利的品质。傅斯年具有山东人的豪爽仗义，侠肝义胆，为朋友两力插刀，为政学两届友朋所公认；而丁文江则是朋友中的“老大哥”。这自然跟年龄有关——他比胡适、傅斯年等朋友都长几岁，更与他对待朋友的超乎寻常的热情相关。与人交往，一旦成了朋友，丁文江常常表现出无尽的关心，以牺牲自己成全别人为己任。他把胡适当作“理应该照管‘操心’的‘小弟弟’”，竭尽全力予以照顾。胡适爱喝酒，他“耿耿在怀”，告诫胡适不要“为喝黄汤牺牲”身体，“尤其不值得拿身体来敷衍别人”。[①] 他曾经摘录胡适诗中的句子请梁启超写在扇面上，提醒他戒酒。一九二九年胡适到北平后经常生病，丁文江说他的家庭生活不太合适，硬逼胡适搬家。他跑前跑后，亲自为胡适挑选房子，看中之后又张罗着搬家布置，十分热心。江冬秀嫌每月八十元房租贵，丁文江也不说什么，私下跟房东说定，每月向胡适夫人收七十元，他自己垫付十元。胡适深有感慨地说，“这样热心爱管闲事的朋友是世间很少见的”[②]。

其实，丁文江的家庭负担很重，收入有限，花费路广，一直处在经济拮据状态。在朋友圈里，他以“寒酸”闻名，和友人打牌，很计较输赢，手里有好牌时激动得手心出汗，大家取笑他，说只要

① 丁文江致胡适的信，引自胡适《丁文江传》，东方出版社 2009 年版，第 154 页。

② 胡适：《丁文江这个人》，《独立评论》1936 年第 188 期。

摸摸他的手心，就知道他的脾。就是这样“惜钱”的人，却舍得出十元钱暗中资助经济宽裕的胡适，毫不犹豫，从不声张，绝无怨言。傅斯年虽然也重朋友情谊，也仗义疏财，但对丁文江的作法仍有许多感动。

傅斯年自己也受到过丁文江热情周到的照顾，老大哥般的关怀。他说：“朋友们若生活不安定，他便如他的见解促成之……他为一个朋友打算，要从头到尾步步安排着，连人如何娶妻如何生子都在里头。”[①] 梁启超、葛利普、翁文灏等很多人受到他无微不至的热情照顾，傅斯年说他自己就受过这样的待遇。他究竟在哪些方面得到丁文江如此细心的照顾？他没明说，推算起来，恐怕跟促成他的离婚结婚有关。

傅斯年十六岁结婚，属于家庭包办。婚后，他长期在外，独身生活，夫妻间缺乏爱情，感情淡薄。旧式婚姻给傅斯年带来很多痛苦，直至一九三四年才解除婚约，同年八月经人介绍，跟俞大维的妹妹、上海沪江大学毕业的俞大綵结婚。丁文江和傅斯年同年结婚，也属于父母包办，与妻子的生活情趣也不在同一层面，但在传统观念影响下，他接受了这种婚姻，跟妻子十分恩爱。也许基于旧式婚姻之苦的切身体验，也许宽容的性情使然，丁文江对傅斯年的离婚结婚都给予理解和支持，正像他支持徐志摩的离婚结婚一样。

当然，这只是推断。历史当事人没留下记载，许多事情淹没在史海深处，无法落实。从丁文江关心傅斯年的角度说，有文字记载的是一件趣事。有天晚上，傅斯年和丁文江在卧室谈天，忽然从外面走进一人，见傅斯年高兴，举起手杖朝他那弥勒佛般的胖肚子上打去。丁文江见有人打傅斯年，大惊失色，瞪目而起，挡住来人的

---

① 傅斯年：《我所认识的丁文江先生》，《谔谔之士：名人笔下的傅斯年，傅斯年笔下的名人》，东方出版中心 1999 年版，第 236 页。

“棍子”。后经解释，来人是傅斯年的同学好友罗家伦，他们见面常开这样的玩笑。丁文江这才松了一口气，三人相视大笑。[①]

傅斯年说丁文江是“理学大儒”，胡适不以为然，说丁文江倘若在世，听见会生气的。其实傅斯年的话是知人之言。丁文江受西方文化影响很大，具有现代知识分子的生活习惯和思想观念，但在家庭生活和对家庭的责任上，继承了许多传统道德。他对个人要求极严，甚至可以说得上苛刻，妻子不断得病，丁文江耐心伺候，不特做她的保护人，并且做她的看护生，如此二十多年，恩爱如初。对于兄弟，无论同母的一兄二弟，还是异母的三弟，求学的事情总是他操心。为了玉成弟弟们的学业，他放弃自己的学术事业，辞去地质调查所所长，去北票煤矿公司任总经理。傅斯年也有很强的家庭观念，对母亲极尽孝心，对弟弟和侄子也始终尽着很大责任。相同的经历和处境生成独到的体验，同命运的朋友有同样的人生感悟。他理解丁文江，也敬佩丁文江。

傅斯年和丁文江都有高尚的人格境界。他们遵循中国古代知识分子的为人信条：不损公肥私，不假公济私，不沾公家的便宜。洁身自好，浊世清流，是对他们社会人格的概括。

丁文江的事迹有口皆碑：一九一九年，他四弟丁文渊去德国留学，开销很大。有人出主意说，你二哥丁文江认识很多教育部有权的人，请他设法给你办成官费，也省得他为你筹措经费为难。丁文渊觉得有理，遂写信给哥哥提出此事，丁文江收到弟弟的信后一口回绝。“照你的学历以及我们家中的经济状况，你当然有资格去申请……不过你应当晓得，国中比你更聪明、更用功、更贫寒的子弟实在不少。他们没有像你有这样一个哥哥能替他们担任学费。他们

---

① 罗家伦：《现代学人丁在君先生的一角》，引自雷启立编《丁文江印象》，学林出版社 1997 年版，第 34 页。

要想留学深造，唯一的一条路就是争取官费。多一个官费空额，就可以多造就一个有为的青年……我既然答应担负你的学费，如何节省筹款，都是我的事，你只安心用功读书就行。”① 他宁肯卖掉房子，也不肯争取官费，沾国家便宜。傅斯年十分敬重这种“真实的爱国”精神。他说丁文江“从来不曾坐过免票车，从不曾用公家的费用作私用，从不领过一文干薪”。资源委员会每月送他一百元，他拿来，分给几个青年编地理教科书，担任研究院总干事后，经济委员会送他每月公费二百元，他便分请三位助理各做一件事。他在“淞沪总办”御任后，许多人以为他捞了一把，但他的钱加起来只是薪俸节省的三千元！②

傅斯年敬佩这种廉洁奉公的精神，并有同样的操守。在和丁文江交往的时候，他只是历史语言研究所的所长，学术机构，清水衙门，自然廉洁；后来生活紧张，和妻子两人的薪金不能维持清苦的生活，穷到卖书易米的地步，也不领取一文干薪。他身兼国民参政会驻会参政员，本来可领双薪，也有很多人兼多职领多薪，但傅斯年坚持领取一份。他说，“国家有难，义同征兵”，义务操劳，君子风范，更无须说假公济私之类！

说到为国家服务，不能不谈他们的政治态度，准确地说是“从政”态度。傅斯年和丁文江都热心政治，也都有处理行政事务的能力和自信，但从政的态度却不相同。丁文江看重政治实践，具有很强的从政欲望，他说：“我们中国政治的混乱，不是因为国民程度幼稚，不是因为政客官僚腐败，不是因为武人军阀专横……是因为‘少数人’没有责任心，而且没有负责任的能力。”在他看来，“只

① 丁文渊：《文江二哥教训我的故事》，《热风》1954 年第 22 期。

② 傅斯年：《我所认识的丁文江先生》，《谔谔之士：名人笔下的傅斯年，傅斯年笔下的名人》，东方出版中心 1999 年版，第 237 页。

要有几个人有百折不挠的决心，拔山蹈海的勇气，不但有知识而且有能力，不但有道德而且要做事业，风气一开，精神就要一变”。他坚信“只要有少数里面的少数，优秀里面的优秀，不肯束手待毙，天下事不怕没有办法的。……最可怕的是有知识有道德的人不肯向政治上去努力”。他希望“少数里面的少数，优秀里面的优秀”，承担改良政治的责任。①

而他自己，则“不择时机”地走进孙传芳幕府。傅斯年理解丁文江的政治热情，清楚他改良政治、躬身历行的苦衷。他似乎比丁文江清醒，觉得一个知识分子，即使有政治热情，有“行政”能力，也不能轻易地参与政治。“改良政治”的话只能说在嘴上，写在纸上。他坚持“议政”而不“从政”，无论蒋介石怎么拉他，给他多高的官职，多大的诱惑，他都坚辞不就。

傅斯年和丁文江都曾担任学术机构的行政职务。他们努力工作，表现出很强的敬业精神，在学术事业和人生道路上都写下辉煌的几笔。在工作中，也都表现出甘做人梯、为人耕耘的精神。他们不是为名利而工作，相反，他们都知道，从事行政事务，其实是一种牺牲。用傅斯年评价丁文江的话说就是“服务”。他曾高度评价丁文江在这方面的贡献和人格境界，说：

> 在君对于社会的观念完全支配在“服务”一个信心之下。……他一生的服务范围虽是多元的，但十之七八是学术及学术行政，……他放弃了自己的研究来管别人的研究，他牺牲自己一时的工作来辅助别人的工作，其意无非以为一人之成绩总有限，多人之成绩必然更大。在不深知者或者觉得他有一个舍己耘人的天性，其实他是为社会求得最大量的出息，

① 丁文江：《少数人的责任》，《努力周报》1923年第67期。

而不求其自我。[①]

这话颇有夫子自道的意思。

五　两人都是热心肠，傅斯年的热心用在了丁文江身上

傅斯年和丁文江是重事业、负责任的知识分子。在任期间，他们奖掖后学，提携新人，有锦上添花、雪中送炭，也有剪枝削叶、从严修理的时候。傅斯年说丁文江责备过失，督促改过“常和朋友发生纠纷”，但这方面的材料很少见到。因为大凡写文章，无论缅怀故人还是谈论自己，多写过关斩将的光彩事，很少涉及走麦城、失街亭之类有失个人或别人体面的内容，像傅斯年在《我所景仰的蔡先生之风格》中把蔡元培对他的教训写出来，用自己的“小”衬托蔡元培高大的做法很少，故丁文江和人发生纠纷的事也就消失在历史烟雾之中。

比较而言，傅斯年与人发生纠纷是“经常性”的。他性情暴躁，常常发火训人，因而被人误解、让人丢面子的记载颇多。周作人说他“动不动就叫嚣”，[②] 这比较符合实际。有人敬他畏他，视他为诤友；有人恼他恨他，视他为敌人；而真正了解他的人，才爱他亲近他，喜欢他的直率坦诚。因为他们知道，傅斯年责人背后，有火热心肠，而且也知道，傅斯年批评人，大都为工作和事业，意在促进被批评者进步和健康发展。傅斯年说丁文江“论一件事之是非，总是以这一件事对公众有利或有害为标准。他论一个人的价值，总是以这一个人对公众有利或有害为决定”，[③] 而不是一个狭

① 傅斯年：《我所认识的丁文江先生》，《谔谔之士：名人笔下的傅斯年，傅斯年笔下的名人》，东方出版中心 1999 年版，第 235 页。

② 周作人：《新潮的泡沫》，《亦报》1950 年 6 月 4 日。

③ 傅斯年：《我所认识的丁文江先生》，引自《谔谔之士：名人笔下的傅斯年，傅斯年笔下的名人》，东方出版中心 1999 年版，第 235 页。

隘的功利主义者。并且断言，丁文江“在同情的天性上是站在大众方面的，为大众而非由大众”。[①] 傅斯年亦然。

丁文江是“好人”，也有好人的天真。一九二二年他和胡适等人创办《努力周报》，联合蔡元培、李大钊、罗文干、高一涵等人发表《我们的政治主张》，世称“好政府宣言”，也叫“好人政府宣言”。据说，宣言由胡适起草，中心意思来自丁文江。他目睹军阀混战、政局动荡的社会现实，一直希望“好人”出来组建“好人政府”，推行“好人政策”，他还就“好人”的条件、作用做了详细论述。后来，在“好人政府宣言”中签名的王宠惠、罗文干等组成的“好人内阁”成为直系军阀玩弄的政治闹剧，只维持了两个多月的时间。丁文江组建“好人政府”的理想破灭了，但做好人的信条没有改变。傅斯年不相信“好人政府”，觉得那是幼稚的幻想，但他欣赏好人，喜欢好人，因而跟丁文江特别亲近。丁文江去世后，他特别痛心，连续写了两篇文章，怀念这个好人，表彰他的德行。

丁文江的“好人”标准内容十分丰富，其中最重要的便是诚实，不说谎。胡适概括丁文江有“四个最恨”：“最恨人说谎，最恨人懒惰，最恨人滥举债，最恨贪污。”[②] 据说，徐志摩死后，有朋友问丁文江：“你看志摩是一个什么样的人?”他毫不犹豫地答道：“志摩是个好人，他从不扯谎!”[③] 朋友视其为笑谈，而在熟悉他的李济看来，这是“最恭维”徐志摩的一句话，透露了丁文江识人的标准。他和傅斯年来往密切，有些话愿意跟傅斯年说，是因为

---

① 傅斯年：《丁文江一个人物的几片光彩》，引自《谔谔之士：名人笔下的傅斯年，傅斯年笔下的名人》，东方出版中心 1999 年版，第 249 页。

② 胡适：《丁在君这个人》，引自《自由之师：名人笔下的胡适，胡适笔下的名人》，东方出版中心 1998 年版，第 279 页。

③ 李济：《怀丁在君》，载《独立评论》1936 年第 188 期。

在他心目中傅斯年诚实坦荡，磊落可交。事实也正是如此，傅斯年刚直正义，胸怀磊落，与他交往，无须设防戒备。物以类聚，人以群分。尽管两人所从事的专业不同，性格差别较大，但不说谎，不欺瞒，坦诚相待，却是一致的。

傅斯年和丁文江都是性情中人，重视朋友情谊。一九三四年二月，丁文江因病住院，傅斯年去协和医院看他。丁在病床上躺着，从报纸上看到翁文灏在杭州受伤的消息，想立即从医院飞到杭州看望他。因发烧未愈，医生不许，他涕泗交流地跟医生争执，最后医生说：“你在这个时候离开医院去坐车是极傻的。你到了杭州，一个病人也无一点用处。”[①] 他这才停止争执。他人在病床，心在杭州，完全忘了自己的病，一直挂念着朋友的伤情。他在病床上料理了许多事，都是关于翁文灏的，他说：“咏霓（翁文灏的字）这样一个人才，是死不得的。”[②]

傅斯年对朋友也有这份心肠，不幸将这份热心用在丁文江身上。

一九三五年年底，丁文江到湖南调查即将动工的粤湘铁路沿线煤炭资源情况，他本可以不去，但觉得此次考察关系重大，一定要亲自参加。十二月八日他住进粤汉铁路局株韶宾馆，晚上中了煤气。医生缺乏经验，耽误了医治时间，加重了病情，昏迷了四十多个小时。

丁文江醒来后很想念傅斯年、胡适。傅斯年和胡适听说丁文江患病，万分焦急，因正值“一二·九”学生运动期间，胡适分不开身，傅斯年一人急匆匆地赶到长沙。他半夜到长沙，顾不得休息，听取汇报，了解病情及救治情况，次日天刚亮，就到医院看望丁文江。

---

① 傅斯年：《我所认识的丁文江先生》，引自《谔谔之士：名人笔下的傅斯年，傅斯年笔下的名人》，东方出版中心 1999 年版，第 236 页。

② 傅斯年：《我所认识的丁文江先生》，引自《谔谔之士：名人笔下的傅斯年，傅斯年笔下的名人》，东方出版中心 1999 年版，第 237 页。

丁文江因胸部化脓高烧不退，神智昏迷，见到傅斯年，激动不已，话说得很多，却语无伦次。傅斯年心情十分沉重，在接下来的十几天里，他终日陪护左右，视同亲人。他参与制订治疗方案，请最好的医生诊治。几天后丁文江的病情有所稳定，他紧张的心情才略有放松。看丁文江的病情短时间不会有大变化，傅斯年和他握别，因为北京平和南京都有很多事情等他去处理。谁知，傅斯年走后第二天，一九三六年一月四日，丁文江的病情突然恶化。傅斯年到北平刚下火车，胡适就把他接到协和医院院长家里，会同其他专家商量抢救方案。他顾不上休息，连夜拟定长电，把抢救方案及注意事项发给长沙，一直忙碌到深夜。但已经无济于事。几个小时之后，丁文江去世。

消息传到北京，傅斯年极其悲痛。他连续写了《我所认识的丁文江先生》《丁文江一个人物的几片光彩》两篇文章，深切悼念这位至交好友，对其“立身”“行道”的诸多方面给予高度评价。

傅斯年在文章中说，丁文江“这样的一个人格，应当在国人心中留个深刻的印象”。[①] 其实，不仅丁文江这样的人格应该留在国人心里，傅斯年胡适等现代文学史上很多很多有良知的知识分子都应留在国人心里。

（作者为聊城大学教授）

---

① 傅斯年：《我所认识的丁文江先生》，引自《谔谔之士：名人笔下的傅斯年，傅斯年笔下的名人》，东方出版中心 1999 年版，第 232 页。

附录 《人文》第一卷、第二卷、第三卷目录

《人文》第一卷目录

第二卷目录

第三卷目录

《人文》学术集刊约稿启事

《人文》学术集刊由河南大学高等人文研究院主办，《人文》编辑部编辑，中国社会科学出版社出版。《人文》坚持正确舆论导向和办刊宗旨，坚持社会效益第一，注重内容建设和办刊品质。《人文》以人文关怀为中心，突出学术原创性与新知传播，注重实证研究，鼓励综合创新，力图融通各学科，探讨各种学术思想和历史文化问题，推介不同知识领域的深度思考，展示中国思想学术界新成果。《人文》学刊力争为学术界提供一个优质学术成果发表平台，与学界朋友共同为新时代中国学术的发展尽力。

人文关怀，学术品质；突出新见，文思兼美。这是我们的追求。一本严肃的、高品位的学术文化辑刊，是我们的目标。

我们希望您的文章，具有鲜明的问题意识，重大的理论意义，能体现该学科学术水平，反映该学科研究前沿和研究热点；希望您的文章材料结实，论述饱满，阐释明晰，证成新见，发人之所未发。

在主体文章之外，《人文》另设"对话""学林""札记""书札""史料""书评"等栏目，以求多形式、多层面地反映学者们的研究成果。《人文》文章以学术文章（论文）为主，也欢迎思想学术随笔及其他形式的学术文章。内容凡涉人文、思想、学术、文化等，有新意，文笔晓畅清新，写作认真的文章，编辑部都将认真阅读，及时反馈，择优刊用，优稿优酬。

请阁下不要一稿多投。大作自发至本邮箱50天后，未接到编辑部通知的，作者可自行处理。

接稿邮箱：renwenxuekan@163.com

稿件体例规范及审稿说明

1. 来稿请作者文责自负，来稿应为尚未正式出版的文本（包括未在重要网络公开发表）。

2. 凡被本学刊选用的文章，《人文》有权用于与《人文》其他相关学术传播，包括网络传播，即包括中国知网在内的机构以数字化方式复制、汇编、发行、传播本刊文章。本刊所付稿酬已包含著作权使用费。所有署名作者向本刊提交文章发表之行为，即视为同意上述声明，凡有不同意者请特别声明；如不注明，将视为同意。若因违反知网与本刊的版权协议而导致法律纠纷，其法律责任由个人自行承担。

3. 不以任何名义向作者收取费用，凡要求作者缴纳诸如审稿费、版面费的，均系假冒我刊的诈骗行为。

4. 来稿请用电子版。稿件文件名，请用“作者名+文章标题+日期”组合，如“文开喜：钱钟书的语言艺术，20190308”。

5. 本编辑部有权对稿件修改和删改。如不同意请明示。

6. 来稿请以中文写作。来稿中外国人名、地名，请一律以中文译名形式出现。因本学刊将与国际相关学术期刊互登目录，来稿请给出中英文标题、中英文摘要、中英文关键词。获得国家社科基金等资助的文章，可依次注明基金项目来源、名称、项目编号等基本要素。

7. 文章字数：一般文章以5000字至12000字为宜；短栏目

（“札记”“书札”“书评”等）最短不限。

8. 正文中年代、数字请用汉字，如“一九一九年”，“三十本书”等。

9. 注释为页下脚注，注解数码为①②格式。短栏目文章为文中注。征引他人著作，请注明出处，包括：作者/编者/译者、出版年份、书名/论文题目、出版地、出版者，如是对原文直接引用则应注明页码。

10. 来稿应遵循学术规范，引文注释应清楚准确。专业术语及特殊术语应给出明确界定，或注明出处，如属翻译术语请用圆括号附原文。

11. 各类表、图等，请分别均用阿拉伯数字连续编号，后加冒号并注明图、表名称；图编号及名称置于图下端，表编号及名称置于表上端。图片需注明出处，如“数据来源：2003 年统计年鉴、2008 年统计年报”。使用他人图片需提供授权。

12. 《人文》按学界惯例，会将阁下文章提交相关专业专家，匿名外审。

13. 请附作者简介及相关信息。作者简介包括：姓名、单位、职务职称、电子邮箱地址，手机。作者信息包括：身份证号，银行户名，银行卡号，开户行（具体到支行）；通信地址、邮编。我们会及时给阁下奉寄稿费与样书。

赐稿《人文》的文章，即视为阁下同意上述约定。

感谢您的垂注与赐稿！

《人文》编辑部

《人文》编辑部